Cornelia Härtl

Leise Wut

Der dritte Lena Borowski-Krimi

mainbook

ISBN 978-3-947612-89-5
Copyright © 2020 mainbook Verlag
Alle Rechte vorbehalten
Covergestaltung: elicadesign/autorendienst.net
Bildrechte: rich.naz@bk.ru/depositphotos.com

Auf der Verlagshomepage finden Sie weitere spannende Bücher:
www.mainbook.de

Die Autorin

Cornelia Härtl kommt ursprünglich aus Süddeutschland. Erste berufliche Erfahrungen sammelte sie in der First-Class-Hotellerie, bevor sie in Frankfurt am Main Betriebswirtschaft studierte.

Sie arbeitete als Marketingmanagerin, in Leitungsfunktionen im sozialen Bereich und war in der Erwachsenenbildung tätig. Viele Jahre engagierte sie sich darüber hinaus ehrenamtlich.

Neben Fachartikeln und Kurzgeschichten schreibt sie Sozialkrimis sowie, unter dem offenen Pseudonym Carla Wolf, Cosy Crime. Unter anderen Namen veröffentlicht sie weitere Genres im Bereich Unterhaltung, Mystery und Erotik.

Cornelia Härtl ist verheiratet und lebt südlich von Frankfurt.

Für Wolf-Ingo

Prolog

Der Junge wimmerte, sie konnte es durch die dünne Wand hören.

Die Männer waren gegangen und hatten sie mit ihm allein gelassen. Sie vertrauten ihr. Ihrer Angst vor ihnen. Das war ein Fehler.

In der Küche lag unter der Spüle ein Wohnungsschlüssel versteckt. Vor Wochen, als sie alle in diese Bruchbude einzogen, hatte ER einmal kurz den Überblick verloren. Seitdem wartete sie auf ihre Gelegenheit. Jetzt schien der Zeitpunkt gekommen zu verschwinden.

Vorsichtig öffnete sie die Tür zu dem Zimmer, in dem der Junge lag. Schlief er? Er schniefte und hielt ein zerfleddertes Kuscheltier an sich gedrückt. Sie wollte sich bereits zurückziehen, als er den Kopf hob. Im Halbdunkel des Raumes trafen sich ihre Blicke. Er war klein, so zart, mit blondem Flaum und hellen Augen. Still sah er sie an. Sie konnte ihn nicht alleine hierlassen. Sie seufzte, stieß die Tür ganz auf und ging zu ihm. Der Mann, der GOTT war, hatte dem Jungen die Hände zusammengebunden. Sie löste den schmutzigen Gürtel, der irgendwann einmal zu einem Bademantel gehört hatte, von den blassen Handgelenken. Er starrte sie an, urplötzlich flackerte Angst in seinen Augen auf. Er verzog den Mund zu einem Greinen.

»Pst!«, signalisierte sie ihm, den Finger an die Lippen gelegt, die Augen warnend aufgerissen. Sie zog ihn hoch, ängstlich presste er die Stoffgiraffe an sich.

»Ich haue ab. Wenn du willst, nehme ich dich mit«, flüsterte sie in ihrer Sprache. Er antwortete nicht. Starrte nur auf den Schlüssel in ihrer Hand. Wie hypnotisiert ließ er sich in den Flur führen. Sie lauschte kurz an der Tür, dabei fiel ihr etwas ein.

»Bleib hier.« Sie rannte in die Küche, griff nach dem Stoffbeutel am Haken hinter der Tür. Dorthinein warf sie alles, was sie im Kühlschrank und im Regal fand. Es war nicht viel. Ein Stück Salami, eine kleine Packung Milch, ein Apfel, eine Packung Cracker. Mit einem Ohr nach draußen lauschend, durchsuchte sie danach den Schrank und die Schubladen nach Geld. Sie fand zwei 10-Euro-Scheine in einer Tasse und einen Fünfziger in einem alten Briefumschlag, auf dem jemand unter dem Wort »Einkäufe« Streichhölzer, Seife und Spülmittel notiert hatte.

Der Junge stand genauso an der Tür, wie sie ihn verlassen hatte. Er atmete durch den geöffneten Mund, seine Nase in dem tränenverschmierten Gesicht war rot vom Weinen. So konnte sie unmöglich mit ihm auf die Straße gehen.

Ich sollte ihn hierlassen. Der ist eh fertig.

Der Junge hob die Hand und fuhr damit unter der Nase entlang. Er sah sie an. Vertrauensvoll auf eine Weise, die sie berührte. Erneut ging sie zurück, dieses Mal ins Bad, um ein Handtuch zu holen. Als sie ihm das Gesicht abgewischt hatte, ließ sie es einfach zu Boden fallen.

Nun endlich drehte sie den Schlüssel im Schloss. Langsam zog sie die Tür der Wohnung auf. Bereit, innerhalb von Sekunden ihren Plan für diesen Tag aufzugeben, falls ausgerechnet jetzt jemand kommen würde. Draußen war es still. Sie trat in den Hausflur hinaus. Niemand zu sehen. Sie griff nach der Hand des Jungen, zog ihn mit sich. Sie nahmen die Treppe, hasteten hinunter. Erst, als sie auf der Straße standen, begann etwas in ihrem Magen zu rumoren. Angst. Wenn jetzt der Transporter angefahren käme. Die Männer sie hier sehen würden. Mit dem Jungen ...

Schnell schob sie den Gedanken an die Konsequenzen weg. In aller Eile orientierte sie sich. Sie befanden sich in einer Siedlung, in der mehrere lang gestreckte, fünfgeschossige Häuser schräg zur Straße standen wie große Legosteine. Dazwischen ungepflegter Rasen, ein Sandkasten, eine Schaukel, Teppichstangen.

Der Himmel hing grau über ihnen, es nieselte und ein leichter Wind bauschte eine weggeworfene Zeitung auf.

Der Junge brummelte etwas, sie achtete nicht auf ihn, zog ihn über die Straße. Sie rannten zwischen zwei Häusern hindurch, bis sie zu einem Fußpfad kamen. Hier erst bemerkte sie, wie unpassend sie angezogen waren. Der Junge trug lediglich eine kurze Hose und ein T-Shirt, er hatte keine Jacke an und an den Füßen nur Socken. Sie selbst trug ein viel zu dünnes Kleid unter ihrer Strickjacke. Hektisch sah sie sich um. Wohin? Sie war so sehr darauf konzentriert gewesen, die Wohnung zu verlassen, dass sie sich über das weitere Vorgehen kaum Gedanken gemacht hatte. Ausgerechnet jetzt fing der blöde Junge wieder an zu weinen.

***

Gerda Bahlmann prüfte mit dem Finger die Erde ihrer Topfpflanzen. Noch feucht genug, sie stellte die Gießkanne zur Seite und blickte hinunter in den Durchgang zum Nachbarhaus. Ein dunkelhaariges, mageres Mädchen lief dort, vielleicht neun oder zehn Jahre alt. An der Hand hielt sie einen kleinen, blonden Jungen, der ein Stofftier hinter sich herschleifte. Die Nervosität, die die beiden ausstrahlten, erregte ihre Aufmerksamkeit. Ebenso die Kleidung. Beide waren nicht dem Wetter entsprechend angezogen. Trug der Junge überhaupt

Schuhe? Sie schob die Brille etwas höher auf die Nase. Das Mädchen hatte es eilig, sie sah sich ständig um. Der Junge weinte. Er kam nicht richtig mit, stolperte. Verlor sein Spielzeugtier. Das Mädchen wollte weiter, aber der Kleine war bockig. Sie mussten zurück. Er umklammerte die Giraffe jetzt so fest, als wolle er sie erwürgen. Sie verschwanden hinter dem Nachbarhaus. Wohin sie wohl wollten, ohne Kopfbedeckung, ohne Schirm bei dem feuchten Wetter? Achteten denn Eltern heutzutage nicht mehr auf sowas? Die Rentnerin zuckte die Schultern. Sie wohnte schon lange in dieser Siedlung am Stadtrand von Heilbronn. Inzwischen zogen immer mehr merkwürdige Leute hierher, bald wunderte einen gar nichts mehr.

01

Lena Borowski schreckte schwer atmend aus einem Traum auf, der sich mit ihrem Erwachen in die Dunkelheit zurückzog wie ein verschrecktes Tier. Sie benötigte einen Moment, um sich darüber klar zu werden, wo sie sich befand. Sie war wieder zu Hause, in Offenbach, in ihrer eigenen Wohnung im Buchrainweg. Im Traum war sie woanders gewesen. Irgendeine Gefahr hatte ihren Körper in Aufruhr versetzt. Ihr Herz schlug heftig, ihr Mund war trocken. Sie tastete mit der Hand auf die andere Seite des Bettes. Sie war leer. Langsam hob sie die Beine aus dem Bett, setzte sich auf und starrte in das Halbdunkel des Schlafzimmers, bevor sie aufstand, um in die Küche zu gehen. Sie war durstig. An die Spüle gelehnt trank sie ein Glas Wasser. Der Tag sickerte durch die halbgeschlossenen Jalousien. Sie konnte sich noch nicht richtig entscheiden, ob sie wach bleiben oder ins Bett zurückkehren wollte.

Irgendwo klingelte ein Telefon. Es war der Klingelton ihres Diensthandys. Wo lag es nochmal? Ach ja, sie hatte es zum Aufladen eingestöpselt.

»Frau Borowski?« Eine Frau, kaum zu verstehen.

Die Nummer war unterdrückt.

»Wer ist dran? Ich kann Sie kaum hören.«

»Bitte ...«, die Stimme am anderen Ende verschwand kurzzeitig, als habe die Anruferin eine Hand über das Gerät gelegt. Jemand hämmerte im Hintergrund gegen eine Tür.

»Frau Borowski«, die Frau klang heiser, als habe sie geweint oder geschrien oder beides. Sie redete noch gedämpfter als vorher. »Holen Sie Toby. Gleich jetzt. Bitte.«

Erneut wurde es im Hintergrund laut. Eine Männerstimme, die Worte konnte Lena nicht verstehen. Die Frau stieß einen undefinierbaren Ton aus.

Das Telefon wurde, den Geräuschen nach, weggelegt. Lena lauschte angestrengt.

»Zick nicht rum!«, schrie der Mann.

Die Frau antwortete ihm, offenbar durch eine geschlossene Tür, für Lena nur in Bruchstücken verständlich.

»... nicht Toby. Kannst ihn ... Azul ... überlegt ... nicht mehr.«

Einige Augenblicke blieb es still.

»Hallo?«, flüsterte Lena in den Hörer. Sie war nun hellwach.

Die Stimme des Mannes im Hintergrund war nur noch ein kaum wahrnehmbares beruhigendes Murmeln. Die Frau schluchzte kurz auf.

»Schwöre es!«, hörte Lena sie sagen.

Die Antwort musste zu ihrer Zufriedenheit ausgefallen sein, denn nun kam sie an das Telefon zurück.

»Hat sich erledigt«, sagte sie leise. In ihrer Stimme schwang jetzt etwas anderes mit. Erleichterung?

»Vergessen Sie, dass ich angerufen habe.«

»Aber ... wer?« Lena erhielt keine Antwort, die Verbindung war unterbrochen.

Stirnrunzelnd blickte sie auf den Apparat in ihrer Hand.

Toby. Welche der Familien, die sie als Sozialarbeiterin für den Landkreis Offenbach betreute, hatte ein Kind, das so hieß? Dass es um ein Kind ging, stand für sie außer Frage.

Das Mobiltelefon war inzwischen vollständig aufgeladen, sie zog den Stecker und legte es auf der Kommode ab. Ob die Frau noch einmal anrufen würde? Vorsichtshalber ließ sie das Handy auf Empfang geschaltet. Es war wohl ihrer Müdigkeit geschuldet, dass sie es vor dem Aufladen überhaupt eingeschaltet hatte. Im Büro würde sie erst am Montag wieder sein. Toby. Toby. Der Name sagte ihr etwas, aber noch bevor sie ihre Erinnerung klar schalten konnte, klingelte es an der Haustür.

»Fräulein Borowski!« Die Hausmeisterin stand vor ihr, einen Stapel Post in der Hand. »Habe ich doch richtig gehört.« Ein leiser Vorwurf schwang in diesen Worten mit.

»Frau Kasulke. Ich wäre nachher zu Ihnen runtergekommen. War zu müde nach dem langen Flug.« Lena lächelte. Ihr Gegenüber und sie waren sich über Jahre hinweg nicht gerade wohlgesonnen gewesen. Inzwischen hatte sich das geändert. Auch wenn sie beide keine Freundinnen waren, wusste sie doch, dass sie der Älteren vertrauen konnte. Leider würde sie ihr die Anrede »Fräulein« wohl nicht mehr ausreden können.

»Nachher bin ich nicht mehr da«, antwortete die Hausmeisterin ernst und überreichte Lena den Stapel. »Hab was zu erledigen.«

»Danke. Ich komm dann die Tage vorbei und erzähle Ihnen, wie es in Neuseeland war.«

Die Kasulke murmelte etwas, das sich wie »mal sehen« anhörte und trat den Weg ins Erdgeschoss an. Normalerweise hätte Lena sich gewundert darüber, dass die Andere den Weg in den dritten Stock angetreten hatte, im Haus gab es keinen Aufzug. Doch die Müdigkeit und die Zeitverschiebung führten dazu, dass ihr Kopf mit Watte gefüllt schien. Sie warf die Post auf die Kommode. Urplötzlich übermannte sie erneut die Müdigkeit und sie ging zurück ins Schlafzimmer.

»Nur noch ein paar Minuten«, dachte sie, bevor sie tief und fest einschlief.

02

Toby. Endlich wusste sie, mit wem sie gesprochen hatte. Es war vier Uhr früh, Sonntag. Sie hatte den restlichen Samstag komplett verschlafen.

Jetzt fühlte sie sich ausgeruht. Einen Moment lang blieb sie dennoch liegen. Ihr war kühl und das lag nicht an der frischen Morgenluft, die zum gekippten Fenster hereindrang.

Er hat sich nicht gemeldet.

Sie schüttelte den Gedanken ab, kehrte zu dem zurück, was ihr im Halbschlaf eingefallen war.

Toby. Tobias Kiewitz. Vier Jahre. Seine Mutter musste die Frau am Telefon gewesen sein. Angelika Kiewitz, alleinerziehend. Bezog seit Jahren Hartz IV. Lena hatte die kleine Familie betreut, als sie noch beim Jugendamt war. Seit ihrem Wechsel in eine Querschnittsabteilung war sie nicht mehr für sie zuständig. Trotzdem hatte die Frau sie angerufen.

Lena stand auf, duschte ausgiebig, kochte Kaffee und checkte ihr Handy. Frau Kiewitz hatte sich nicht mehr gemeldet. Sie würde frühestens morgen früh, wenn sie im Amt war, die Akte mit der Telefonnummer raussuchen können. Einen Moment überlegte sie. Vielleicht gab es ja noch einen Festnetzanschluss? Sie rief online das Dietzenbacher Telefonbuch auf und sah nach. Kein Eintrag. Verärgert warf sie ihr Handy auf den Tisch.

Etwas in der Stimme der Frau hatte sie alarmiert.

Es war inzwischen halb sechs. Viel zu früh, um jemandem einen Besuch abzustatten. Lena hockte sich mit ihrer Kaffeetasse in der Hand auf die Couch und kramte in ihrem Gedächtnis. Was wusste sie sonst noch über die Kiewitz? Tobys Vater war offiziell unbekannt. Angelikas Beziehungen hielten meist nicht lange. Gelegentlich stürzte sie total ab, jedes Mal spielte Alkohol dabei eine Rolle. Bei Lenas letzten Besuchen war jedoch deutlich geworden, dass die noch recht junge Frau versuchte, ihr Leben auf die Reihe zu kriegen. Sie war trocken, hielt die Wohnung in Ordnung und Toby hatte keinerlei Anzeichen von Verwahrlosung gezeigt. Lena dachte nach. Welche Kollegin war jetzt zuständig? Sieglinde Brohm, die Abteilungsleiterin, hatte die Fälle nach Lenas Versetzung neu verteilt, aber auch sie würde Lena erst am Montag fragen können.

Unruhig stand sie auf, lief durch die Wohnung. Ihr Blick blieb an dem Stapel Post hängen, den die Kasulke ihr gebracht hatte. Inmitten von Rechnungen und Werbung fand sie eine Ansichts-karte, die das Foto eines Feuersalamanders zeigte. Auf der Rück-seite hatte jemand in ungelenken Großbuchstaben die Worte »Lena« und »Samantha« geschrieben, dazwischen war ein Herz gemalt. In der Erwachsenenschrift, mit der die Karte auch adressiert worden war, war hinzugefügt: »Liebe Frau Borowski. Uns allen geht es gut, Samantha fragt oft nach Ihnen. Kommen Sie uns mal wieder besuchen? Herzliche Grüße, B. Treutle.« Tat-sächlich war es eine Weile her, seit Lena die kleine Samantha in ihrer neuen schwäbischen Heimat besucht hatte. Jedes Mal, wenn sie daran dachte, wie verwahrlost das Mädchen bei ihrer ersten Begegnung gewesen war, zog sich ihr Herz zusammen. Inzwischen hatten sich Samanthas Lebensumstände radikal verbessert. Jetzt ging es dem Mädchen bei ihren Adoptiveltern, einem liebevollen Ehepaar, gut. Sie lebte mit den Treutles und Max, einem anderen Adoptivkind der Familie, in einem Einfamilienhaus mit großem Garten in einer ruhigen Kleinstadt. Ein Umstand, den sie einem Deal verdankte, den Lena damals eingefädelt hatte. Gegen etliche Widerstände. Aber das war egal. Das Ergebnis zählte.

Sie nahm die Karte mit ins Wohnzimmer, um sie ins Bücherregal zu stellen. Der Feuersalamander gab ein gutes Bild ab.

Noch immer war es zu früh, um nach Dietzenbach zu fahren. Wo hatte Frau Kiewitz gewohnt? In einem der Hochhäuser, aber die genaue Anschrift wusste Lena aus dem Gedächtnis nicht. Zu viele Klienten, es war unmöglich, sich alles zu merken. Sie würde vor Ort nachsehen. Zuständigkeit hin oder her.

03

Das Dietzenbacher östliche Spessartviertel war weit über die Stadtgrenzen hinaus als Brennpunktgebiet bekannt. Man hatte die Großwohnsiedlung, die früher Starkenburgring hieß, vor Jahren umbenannt. Unter anderem, um Menschen mit diesen negativ behafteten Wohnadressen bessere Chancen einzuräumen. Faktisch waren die fünf Hochhäuser, zwischen neun und siebzehn Stockwerken hoch, noch immer ein breit gestreutes Betätigungsfeld für Sozialarbeiter. Doch seit Anfang der Nullerjahre ein Konzept zur Verbesserung der Wohnbedingungen umgesetzt worden war, hatte sich vieles verändert. Lena profitierte jetzt davon, dass die einst dauerbeschädigten und wenig aussagekräftigen Klingelanlagen neu gestaltet waren. Bereits im Eingangsbereich des zweiten Hauses, das sie betrat, entdeckte sie im siebten Stock den Namen »A. Kiewitz«. Sie legte den Finger auf den Klingelknopf und wartete. Nichts geschah. Es war kurz vor neun Uhr morgens an einem Sonntag. Nicht ausgeschlossen, dass dort oben noch alle in ihren Betten lagen. Dennoch ließ Lenas Nervosität nicht zu, dass sie ihr Hiersein in Frage stellte. Erneut klingelte sie. Auch dieses Mal umsonst. Ihr Blick wanderte über die Klingelreihe des ganzen Stockwerks. Leise schlug die Erinnerung an, als sie den Namen Buckpesch las. Sie wusste sofort, dass sie die Leute kannte. Gleichzeitig aber auch, dass das keine Klienten von ihr waren. Dennoch klingelte sie nun genau dort.

»Hallo?« Eine brüchig klingende Frauenstimme.

Lena nannte ihren Namen und stellte sich, nach kurzem Zögern, der Einfachheit halber als Mitarbeiterin des Jugendamtes vor. Frau

Buckpesch stellte keine weiteren Fragen, sondern betätigte den Türöffner. Sie stand an der Wohnungstür, als Lena wenig später aus dem Lift in den Flur trat. Der ähnelte einem langen dunklen Tunnel, in den kaum Tageslicht fiel. Frau Buckpesch war eine zierliche Person, deren blasses Gesicht mit der kurzen spitzen Nase und den großen grauen Augen in der spärlichen Beleuchtung an ein Kind erinnerte. Erst wenn man näherkam, das Netz an feinen Falten, die pergamentartige Beschaffenheit der Haut und den unendlich müden Blick erkennen konnte, ahnte man ihr tatsächliches Alter.

»Frau Borowski«, sagte sie nur. Sie hielt die Tür fest, als sei sie ein Schutzwall gegen Bedrohungen von außen. Bereit, sie sofort zu schließen, sollte etwas Unvorhergesehenes geschehen. Und jetzt fiel es Lena wieder ein.

»Wie geht es Ihrer Enkelin?«, fragte sie. Sie selbst war es gewesen, die Carolin Buckpesch eines Tages halb tot in ihrer Wohnung gefunden hatte, der prügelnde Freund saß im Wohnzimmer und sah ungerührt fern.

»Seit Sie sie da rausgeholt und ihr eine Wohnung besorgt haben, wieder gut.« Die ältere Frau lächelte leicht. Betreten blickte Lena auf ein verfärbtes und unvollständiges Gebiss.

Ihr Gegenüber bemerkte den Blick und senkte beschämt den Kopf.

Lena kannte Magda Buckpesch und ihren Mann Roger nur flüchtig. Sie wusste, dass der Mann wegen mehrerer schwerer Einbrüche vorbestraft war. Vor vielen Jahren hatte er sich aus der Kriminalität verabschiedet, aber im normalen Leben nie wirklich Fuß gefasst. Inzwischen bezogen die beiden Rente, die jedoch bei weitem nicht ausreichte. Daher blieben sie zusätzlich auf Sozialleistungen angewiesen. Mit diesem Hintergrund war es ihnen unmöglich, hier wegzuziehen.

»Auf ewig verdammt«, hatte es Magda damals genannt. Ein kurzes Zulassen von Verbitterung. Lena wusste, dass sich die kleine Frau seit Jahren trotz aller Nackenschläge mit einer bewundernswerten Zähigkeit durchs Leben kämpfte.

»Frau Kiewitz hat mich angerufen und gebeten, vorbeizukommen. Leider öffnet niemand.«

»Oh. Die sind gestern in Urlaub gefahren«, murmelte Frau Buckpesch. Hinter ihr tauchte jetzt ihr Mann auf. Fast zwei Köpfe größer als seine Frau, breitschultrig und mit dem misstrauischen Blick, den hier viele hatten. Als er Lena erkannte, nickte er ihr wortlos zu.

»Frau Borowski wollte zu Angelika«, erklärte ihm seine Frau und deutete zur gegenüberliegenden Tür.

»Die sind weg«, bestätigte er die Aussage seiner Frau.

Ein merkwürdiges Schweigen entstand. Frau Buckpesch blickte zu ihrem Mann hoch und blinzelte nervös.

»War ein Riesenstreit gestern, bevor sie gefahren sind«, bequemte er sich schließlich zu sagen. »Sie hat ja wieder einen neuen Freund. Der ist nicht gut für sie.«

Lena nickte verstehend. Dann hob sie seufzend die Schultern.

»Tja, wenn sie weg ist ...«

Ihr Blick wanderte zur Tür. ‚Angelika und Toby‘ stand auf dem Namensschild aus Ton, das über der Klingel hing.

»Ich habe sie gar nicht weggehen sehen. Nur gehört«, murmelte Frau Buckpesch.

»Sei still, Frau. Das geht uns nichts an.« Herr Buckpesch hatte genug, das war ihm anzusehen. Er litt an einer unheilbaren Allergie gegen Ämter und Justiz.

Wäre die Sache mit seiner Enkelin nicht gewesen, würde er nicht mal mit mir sprechen.

»Die beiden sind mit den Kindern weggefahren. Punkt.«

Doch seine Frau wich nicht von der Tür. »Denk doch daran, wie Frau Borowski unserer Carolin geholfen hat«, regte sie seine Erinnerung an. »Vielleicht geht es der Angelika genauso.«

»Sie ist mit ihm ans Meer und du mischst dich da nicht ein«, insistierte ihr Mann. Er griff nach der Schulter der zarten Person und zog sie zurück in die Wohnung.

»Schönen Tag noch«, warf er Lena schroff zu und schloss die Tür. Sie stand alleine auf dem dunklen Gang. In der Wohnung gegenüber blieb es still. Trotzdem konnte Lena nichts gegen die aufsteigende Unruhe tun, die sie erfasste.

04

Norbert Müller war der erste, der sie am Montagmorgen sah. Zu Lenas Erstaunen blieb der Teamleiter bei ihrem Eintreten wie versteinert an seiner Bürotür stehen.

»Morgen!«, rief sie ihm über den Gang hinweg zu. Er nickte knapp und verschwand, die Tür schlug heftig zu.

»Merkwürdige Begrüßung«, murmelte sie, als sie den kleinen Büroraum betrat, den sie mit einer Kollegin teilte. Sie hielt inne, als ihr Blick auf Andrea Geissler fiel. Die saß hinter ihrem Schreibtisch, der Lenas gegenüberstand, und sah sie mit großen Augen an.

»Was ist denn los? Habt ihr nicht mit mir gerechnet?« Lena warf ihre Tasche auf den Sessel und zog ihre Lederjacke aus. »Ich war doch nur im Urlaub.«

Andrea schnellte nach vorn. »Lena. Weißt du noch gar nichts?«

»Ob ich was weiß, weiß ich erst, wenn du mir sagst, was ich wissen sollte.« Sie würde sich die Laune nicht verderben lassen. Nicht gleich am ersten Tag.

Oder wissen alle bereits, was ich getan habe?

Der große Knall, wie sie es nannte, lag inzwischen rund zwei Monate zurück. Sechs der acht Wochen, die seither vergangen waren, war sie weg gewesen. Überstunden, Resturlaub, sie hatte kaum etwas von ihrem diesjährigen Anspruch nehmen müssen. Es war nicht nur der Wunsch nach Erholung, der sie getrieben hatte, für eine Weile das Amt und alles, was damit zusammenhing, hinter sich zu lassen. Aber das konnte Andrea unmöglich wissen.

»Eine unserer Klientinnen, die Kiewitz und ihr Sohn ...« Andrea schüttelte in einer hilflosen Geste den Kopf.

»Was?« Lena war mitten in der Bewegung erstarrt.

»Der Kleine ist tot. Die Mutter hat Selbstmord begangen.« Andrea war kaum zu verstehen.

»Woher weißt du das?« Lena fühlte eine Welle von Übelkeit in sich aufsteigen.

»Die Maibaum. Sie hat uns heute in aller Herrgottsfrühe zusammengetrommelt.«

Lena blickte automatisch auf ihr Diensthandy. Sie hatte keine Nachricht erhalten. Weder von der Sozialdezernentin noch von Norbert, ihrem Teamleiter.

»Dich haben sie nicht informiert?« Andreas Blick wirkte wie eingefroren.

Lena schüttelte den Kopf. Etwas schnürte ihr die Kehle zu. Was war hier los?

»Sag nicht, dass ich mit dir gesprochen habe.« Andrea flüsterte nun. »Die Kripo war auch dabei. Ich glaube, sie wollen dich befragen ...« Weiter kam sie nicht. Norbert Müller stürmte mit hochrotem Gesicht und besorgniserregenden Falten auf der Stirn in den Raum

»Lena, du sollst sofort rüber ins Haupthaus kommen. Die Maibaum will dich sprechen.«

Lena blickte von Andrea zu Norbert und wieder zurück. Ein weiterer Kollege war an der offenen Tür aufgetaucht und blickte sie an. Mitleidig, wie ihr schien.

»Meine Termine«, murmelte sie mit einer vagen Handbewegung zu ihrem Computer. Norberts Brauen hoben sich unmerklich. Andrea blinzelte nervös. Der Kollege an der Tür verschwand wortlos.

»Für deine Vertretung ist gesorgt«, antwortete Norbert. Er war überfordert als Teamleiter und versuchte häufig, das durch besonders forsches Auftreten im Team wettzumachen. Dass nun keine Häme in seiner Stimme mitschwang, keine Genugtuung, machte ihr klar, dass etwas verdammt Ungutes in Gang war.

05

Marianne Maibaum, Sozialdezernentin des Landkreises Offenbach, residierte im obersten Stockwerk der Kreisverwaltung in der Werner-Hilpert-Straße. Vom Spessartviertel, wo sich die Büros des Querschnittsteams befanden, bis dorthin war es Lena noch nie so weit vorgekommen. Nun saß sie bereits seit einer Viertelstunde im Vorzimmer und wartete darauf, von ihrer obersten Vorgesetzten empfangen zu werden. Sieglinde Brohm rauschte irgendwann an ihr vorbei ins Büro der Politikerin. Als sie totenbleich wieder herauskam, würdigte sie Lena keines Blickes. Dabei waren beide einmal so etwas wie befreundet gewesen. Damals, als sie noch

Sozialarbeiterinnen im Jugendamt waren. Nach Sieglindes Beförderung zur Abteilungsleiterin hatte sich das Verhältnis zwischen ihnen verändert. Sieglinde war seither gezwungen, anders zu handeln als vorher. Vor allem die Effizienz der Abteilung stand nun im Vordergrund ihres Wirkens, ebenso quälte sie in zunehmendem Maße die Frage, wie immer mehr Arbeit mit immer weniger Personal bewerkstelligt werden konnte. Lena war ihr dabei ein Dorn im Auge, weil sie stets auf die Unvereinbarkeit von qualitativ guter Arbeit und zusammengeschusterter Lösungen aufgrund von Überlastung verwies. Als Sieglinde die Gelegenheit bekam, Lena in ein zunächst befristetes Vorzeigeprojekt der Dezernentin abzustellen, hatte sie nicht lange gezögert. Seither saß Lena mit rund einem Dutzend anderer Sozialarbeiter*innen in Büros direkt im Brennpunkt und war für einen ausgesuchten Personenkreis erste Ansprechpartnerin in allen Fragen der Hilfegewährung sämtlicher Ämter.

Die Tür flog auf und Lena wurde aus ihren Überlegungen gerissen. Doch nicht Marianne Maibaum stand dort, sondern Konrad Leiß. Der Personalchef sah aus, als habe man ihm die Luft abgelassen. Er winkte Lena herein. Beim Betreten des Raumes war es, als würde sie sich in eine elektrisch aufgeladene Atmosphäre begeben. Die Maibaum saß am Kopfende des Besprechungstischs und blickte bei ihrem Eintreten von einem Schriftstück auf. Lena erkannte unverhohlene Abscheu in ihren Augen, bevor sich die Chefin wieder im Griff hatte. Neben der Maibaum saß Carola Bergmann, die persönliche Referentin der Politikerin. Ihre Miene war ernst und ausdruckslos. Leiß räusperte sich, bevor er Lena bat, ebenfalls am Tisch Platz zu nehmen und sich ihr gegenüber niederließ.

Die nachfolgende halbe Stunde würde sie vermutlich nie vergessen. In einer Atmosphäre eisiger Kälte informierte sie Konrad Leiß über die Situation. Angelika Kiewitz war in ihrer Wohnung aufgefunden worden. Ihr Sohn Toby lebte ebenfalls nicht mehr. Der kleine Junge war derartig schwer misshandelt worden, dass er die Tortur nicht überlebt hatte.

»Die Misshandlungen zogen sich über einen längeren Zeitraum hin. Sie als zuständige Sozialarbeiterin hätten sehen müssen, was in der Familie vorgeht«, hielt Leiß ihr vor.

»Moment«, meldete sich Lena zu Wort. »Ich war nicht mehr zuständig für die Familie.« Niemand antwortete, Leiß wich ihrem Blick aus.

»Frau Borowski, wir alle stehen hinter Ihnen. Die Kripo wird Sie womöglich befragen. Wir als Behörde sind jedoch aufgefordert, die Sache intern zu klären. Bis dahin sind Sie vom Dienst suspendiert. In Ihrem eigenen Interesse. Und selbstverständlich nach Rücksprache mit dem Betriebsrat, der der Maßnahme zugestimmt hat.«

Die Worte hallten nach wie ein viel zu lauter Gong, der in ihrem Kopf geschlagen wurde.

Sie sah von Leiß, der sichtlich bemüht war, die Sache so sachlich wie geschmeidig rüberzubringen, zu Carola Bergmann, die sie aufmerksam musterte. Was sie dachte, konnte Lena noch nicht einmal erahnen. Bei Marianne Maibaum verhielt sich das anders. Blanker Hass leuchtete aus den Augen der Dezernentin.

Die rächt sich jetzt an dir für das, was du ihr vor Kurzem zerschossen hast.

Doch keinesfalls wollte Lena eine solche Behandlung klaglos hinnehmen.

»Als ich sie zuletzt gesehen habe, hatte Angelika Kiewitz ihr Leben wieder im Griff. Doch seit meiner Versetzung gehörten sie und ihr Sohn nicht mehr zu meinen Klienten.«

Leiß blickte stirnrunzelnd zur Maibaum, die Lenas Worte mit einer leichten Handbewegung abtat. Erst jetzt sah Lena, dass die Finger der Dezernentin auf der Fallakte lagen.

»Schauen Sie nach!«, forderte sie die Politikerin auf.

Carola Bergmann blickte nun ebenfalls auf die Akte. Nachdenklich, wie Lena schien. Sie sagte jedoch nichts.

»Das werden wir tun. Wie gesagt, wir klären das. Nicht Sie. Wir stehen momentan im Fokus, es ist die Kreisverwaltung, mein Dezernat, das Jugendamt.« Marianne Maibaum erhob sich zum Zeichen, dass sie das Gespräch als beendet betrachtete. Leiß und die Bergmann taten es ihr gleich. Lena schnappte empört nach Luft. »So geht das aber nicht! Sie können mich nicht einfach zur Seite schieben. Eine Suspendierung kommt einem Urteil gleich ...«

»Frau Borowski. Wir haben uns das gut überlegt. Es ist momentan der einzig denkbare Weg.« Die Bergmann hatte sie unterbrochen. Nicht unfreundlich, aber bestimmt. »Sobald wir klarer sehen, reden wir weiter.«

Keine Chance, die Sache noch zu drehen.

»Wir melden uns, falls es Neuigkeiten gibt.« Leiß reichte ihr als einziger die Hand.

Wie betäubt verließ Lena das Büro der Politikerin. Sie rannte die Treppe hinunter. Dann stand sie vor dem grauen Gebäude, immer noch wie vor den Kopf geschlagen. Sie war total durcheinander. Wohin sollte sie sich wenden? Zurück an ihren Schreibtisch, das war ihr untersagt worden. Sie wusste, dass Norbert Müller sehr genau darauf achten würde, dass sie dieses Verbot einhielt. Und hier im Haus gab es für sie nichts mehr zu tun.

Wir heben die Suspendierung sofort wieder auf, sollte sich der Fall zu Ihren Gunsten klären, hatte der Personalchef ihr versichert, nachdem er ihre Schlüssel und das Diensthandy an sich genommen hatte. Lena fühlte sich, als habe man ihr einen Teil ihrer Identität geraubt. Sollte sie jetzt einfach nach Hause fahren? Während man hier so tat, als trüge sie die Schuld oder zumindest eine Mitschuld an dem, was geschehen war? Wut erfasste sie. Am liebsten hätte sie gegen irgendetwas getreten. Nur, dass das auch nichts geändert hätte. Genauso wenig wie an ihrem permanent schlechten Gewissen. Hatte Angelika Kiewitz noch gelebt, als sie am Vortag vor ihrer Tür stand? Sie ging noch einmal die Optionen durch, die sie gehabt hatte. Doch genau wie am Sonntag kam sie zum Ergebnis, dass es keinerlei Handhabe für sie gegeben hätte, die Polizei zu rufen. Die hätte ganz sicher keine Wohnung aufgebrochen, deren Bewohner laut Auskunft der Nachbarn in Urlaub gefahren waren.

Lena wusste, dass ein Blick in die Akte die Sache klären würde. Nur, dass die Maibaum genau das verhindert hatte. Mit Argumenten, die Lena nur bedingt akzeptieren konnte. Während sie ziellos durch die Straßen lief, lächelte ihr die Maibaum mehrfach von Plakatwänden entgegen. Genauso wie der amtierende Landrat Hans-Joachim Söder. Die beiden würden sich in den kommenden Wochen bis zur Landratswahl ein heißes Gefecht liefern. Die Maibaum wollte unbedingt Söders Stuhl. Da war es für die ehrgeizige Politikerin fast ein Super-Gau gewesen, als zwei Monate zuvor eines ihrer geplanten Vorzeigeprojekte im Sozialbereich den Bach runterging, nachdem brisante Details zu Betrügereien durch den von ihr ausgesuchten Geschäftspartner ans Licht gekommen waren. Sie verdächtigte Lena, etwas damit zu tun zu haben. Das kam nicht von ungefähr. Doch sie konnte ihr nichts nachweisen. Jetzt würde sie versuchen, es ihr auf andere Weise heimzuzahlen.

Die Fäuste tief in den Taschen ihrer Lederjacke vergraben, lief Lena eine Weile ziellos umher. Dann wusste sie, was zu tun war. Sie drehte auf dem Absatz um, und schlug den Weg zu den Hochhäusern des Spessartviertels ein.

06

»Sie schon wieder!« Herr Buckpesch klang nicht erfreut.

»Ach, Frau Borowski«, piepste seine Frau und drängelte sich an ihm vorbei zur Tür. »Kommen Sie rein. Ich habe gerade frischen Kaffee aufgesetzt.«

Lena ignorierte den unwilligen Blick des Mannes und folgte seiner Frau in die Wohnung. Klein war sie und vollgestopft mit Möbeln, die mehr Raum benötigt hätten. Aber alles war picobello, sauber und wesentlich aufgeräumter als Lenas eigene Wohnung.

»Sie kommen sicher wegen Angelika«, begann die ältere Frau das Gespräch, kaum dass sie das Wohnzimmer betreten hatten.

Lena ließ sich auf ein geblümtes Sofa sinken. »Es lässt mir einfach keine Ruhe.«

Frau Buckpesch nickte, sie sah traurig aus. »Wir machen uns ebenfalls Vorwürfe. Aber wir haben die Nachbarn doch gehört. Sie haben am Samstagabend das Haus verlassen. Angelika hatte den Urlaub angekündigt. Gefreut hat sie sich. Ein bisschen im Meer baden, das täte Toby ganz gut. Und sie wollte mal was anderes sehen als immer nur das hier.« Sie unterstrich ihre Worte mit einer vielsagenden Geste. »Ihr Freund hat ihr die Reise spendiert, erzählte sie mir. Sie selbst hatte ja kein Geld. Die Streitereien ...«, sie zog die Schultern hoch und ließ sie wieder fallen, »die waren doch an der Tagesordnung.«

»Kennen Sie den Mann, mit dem Ihre Nachbarin zusammen war?« Lena hatte nachgerechnet. Sie war fast ein dreiviertel Jahr nicht mehr zuständig für Frau Kiewitz. Damals war die Frau Single gewesen.

»Hm«, machte ihr Gegenüber und warf einen unsicheren Blick zu ihrem Mann hinüber.

»Wir wollen in nichts hineingezogen werden«, brummte der. Eine betretene Stille trat ein, die durch die Türklingel durchbrochen wurde. Herr Buckpesch verschwand und zog die Tür bis auf einen Spalt hinter sich zu.

»Frau Buckpesch, ich brauche Ihre Hilfe«, sagte Lena leise. »Wie Sie wissen, war ich einige Jahre die zuständige Sozialarbeiterin im Jugendamt. Jetzt ist ein kleiner Junge tot, dessen Mutter mich kurz zuvor noch angerufen hat und ich habe keine Ahnung, was genau geschehen ist.« Sie blickte kurz zur Tür, von draußen war lebhaftes Gemurmel zu hören.

»Man hat mich vom Dienst suspendiert.«

»Ach herrje!« Frau Buckpesch hob die Pergamenthände an den Mund und sah Lena mitfühlend an. »Aber Sie können doch nichts dafür.«

»Leider ist die Situation im Moment etwas unübersichtlich.«

Herrn Buckpeschs Stimme hob sich, offensichtlich war er verärgert.

»Der Freund, er hatte ebenfalls ein Kind«, flüsterte die ältere Frau nun hastig. »Auch ein kleiner Junge, ungefähr in Tobys Alter. Das hat mir Angelika erzählt. Der Mann selbst war eher unauffällig. Aber er fuhr ein großes Auto. Einen Chevrolet, sagt mein Mann.«

Der schlug nun gerade draußen jemandem lautstark die Tür vor der Nase zu.

»Reporterpack!«, schimpfte er verärgert, als er zurück ins Zimmer kam. »Wollten mich doch tatsächlich über unsere Nachbarin ausquetschen.«

Er ließ sich in den Sessel neben dem seiner Frau fallen und musterte Lena auf einmal neugierig. »Die Kerle wollten wissen, ob das Jugendamt sich um die Familie gekümmert hat.«

Lena schloss kurz die Augen. »Woher wissen die denn schon Bescheid?« Sie selbst hatte erst vor einer knappen Stunde von den Geschehnissen erfahren.

»Schmeißfliegen. Die haben ihre Quellen und Methoden«, ließ Herr Buckpesch sie wissen. Augenscheinlich gehörten Reporter für ihn in eine ähnliche Kategorie wie Beamte und Polizisten.

»Wer hat die beiden gefunden?«, fragte Lena.

»Ramona. Ein Mädchen aus der Nachbarschaft. Die hatte einen Schlüssel. Wegen der Post. Und Tobys Hamster.«

Wie sich herausstellte, kannten die Buckpeschs den Teenager nicht. Doch als das Mädchen am Vortag die Wohnung betreten hatte, um den Hamster zu füttern, war sie angesichts dessen, was sie dort vorfand, schreiend auf den Gang gerannt.

»Die war so durch den Wind, die konnte nicht mal mehr den Notruf wählen. Das mussten wir dann tun«, brummte Herr Buckpesch.

»Die Polizisten haben auch uns vernommen«, fuhr seine Frau fort.

»Befragt. Lediglich befragt.«

Lena brummte der Kopf. Das ältere Ehepaar hatte also einen heftigen Streit gehört, danach aber angenommen, dass sowohl Angelika und Toby Kiewitz als auch ihr neuer Freund mit seinem Sohn gemeinsam zu einer Urlaubsreise aufgebrochen waren.

»Wohin sollte es denn gehen? Wissen Sie das?«

Die beiden schüttelten zunächst den Kopf, bevor ihnen doch noch etwas einfiel.

»Mallorca? Ich glaube, es war Mallorca«, meinte er.

»Nein, etwas, das so ähnlich klang«, meinte sie.

»Ist auch egal. Sie ist ja nicht gefahren. Womöglich wollte sie nach dem Streit nicht mehr.«

»Vielleicht hat er sie verlassen und ist alleine weggefahren. Und deshalb hat die Angelika sich umgebracht.«

Die beiden fingen nun an, alle möglichen Szenarien durchzuspielen. Lena ahnte, dass das Gespräch sie nicht mehr weiterbringen würde, und verabschiedete sich. Es gab noch jemanden, mit dem sie dringend sprechen musste.

07

Sieglinde Brohm bugsierte ihren schwarzen Mini in eine Parklücke vor dem gepflegten Mehrfamilienhaus in der Anton-Hermann-Straße in Heusenstamm. Sie stieg aus, griff nach einigen Tüten auf der Rückbank, schloss die Tür und wandte sich um. Als sie Lena auf der gegenüberliegenden Straßenseite stehen sah, erstarrte sie.

»Ich darf nicht mit dir reden. Und du nicht mit mir«, stieß sie nach ein paar Schocksekunden hervor.

»Wer sagt das?« Lena schlenderte gemächlich auf ihre ehemalige Abteilungsleiterin zu. Es war ihr nicht anzumerken, dass sie seit über zwei Stunden auf Sieglinde wartete. Sie wirkte, und das war kalkuliert, lässig.

»Die Maibaum. Und der Leiß.« Sieglinde versuchte, an Lena vorbeizukommen, doch die stellte sich ihr in den Weg. »Du musst aber mit mir reden. Denn du bist die Einzige, die mir helfen kann.«

»Lass mich vorbei, oder ich schreie!«

»Schrei doch.« Lena bewegte sich keinen Millimeter und sah Sieglinde unverwandt an.

Die senkte schließlich die Augen. »Niemand wird mit dir reden. Die haben uns allen heute einen Maulkorb verpasst.«

Lenas Arm sank herab. »Sag mir einfach, wer die Familie Kiewitz nach meiner Versetzung betreut hat.«

Ein Flackern trat in Sieglindes Augen. Sie schüttelte den Kopf. »Das geht nicht.«

»Warum nicht? Du hast doch meine damaligen Fälle nach meiner Versetzung neu verteilt, oder?«

Sieglindes Mund verzerrte sich, als leide sie Schmerzen. »Habe ich«, quetschte sie schließlich hervor. »Aber ich weiß das nicht aus dem Gedächtnis.«

»Du hast die Akte.«

»Hatte. Ich hatte die Akte. Bis sie heute Morgen von jemandem abgeholt wurde. Direkt zur Maibaum. Glaub mir, ich hatte noch nicht einmal Gelegenheit, einen Blick hineinzuwerfen.«

»Es gibt eine digitale Version.«

»Die ist gesperrt.«

Lena runzelte die Stirn. »Sieglinde, das ist doch Mist. In deinem Team wird diejenige Person ja wissen, dass sie zuständig ist! Das lässt doch niemanden kalt! Ein kleiner Junge ist tot. Offenbar wurde er seit längerer Zeit misshandelt. Als ich die Familie abgegeben habe, ging es ihm gut. Jetzt will man mir einen Strick daraus drehen. Abgesehen davon fühle ich mich total beschissen bei der Vorstellung, dass der kleine Toby gewaltsam zu Tode kam. Kannst du das nicht verstehen?«

»Hör auf!« Sieglinde stellte ihre Tüten ab und trat einen Schritt auf Lena zu. »Niemand will dir an den Karren fahren. Im Gegenteil. Die Spitze der Kreisverwaltung steht hinter dir. Mal wieder. Wie auch immer du das angestellt hast. Aber ich habe die Sache nun an der Backe und muss sehen, wie ich Schaden von meiner Abteilung abwenden kann.«

Lena zog irritiert die Brauen nach oben. »Schaden von deiner Abteilung abwenden? Was redest du da? Wenn Mist gebaut wurde, muss das auf den Tisch. Ihr könnt die Sache doch nicht köcheln lassen, mit mir im Schmortopf! Und das noch zu deiner Information: Das Gespräch, das ich heute früh in Frau Maibaums Büro geführt habe, war nicht freundlich.«

»Möglich. Aber du bist erst einmal raus aus der Nummer. In deinem eigenen Interesse suspendiert, bis zur Aufklärung der Sache. Nicht im öffentlichen Fokus, wie unsere Dezernentin so schön sagt. Ganz im Gegensatz zu uns anderen. Also spiel dich nicht auf, genieße deine Freizeit und reiße niemanden mit rein, nur weil du es einfach nicht lassen kannst, deine Nase in anderer Leute Angelegenheiten zu stecken.«

Sie nahm ihre Tüten wieder auf und dieses Mal trat Lena beiseite.

»Du bist wütend, Sieglinde. Weil ich einen eigenen Kopf habe und nicht alles abnicke, was in der Hierarchie von oben kommt. Aber denk bitte bei allem daran, dass wir früher eine Art kollegialer Freundschaft hatten. Unsere fachlichen Auseinandersetzungen einmal beiseitegelassen, war ich dir gegenüber stets loyal. Vergiss das nicht.«

Sieglindes Blick war abweisend, aber sie widersprach nicht.

»Glaub ja nicht, dass mich das kaltlässt. Ein Kind zu misshandeln, das ist so ekelhaft. Du kennst meine Meinung dazu. Aber ich kann, will und werde mich nicht gegen meine Vorgesetzte stellen.« Damit wandte sie sich ab und ging an Lena vorbei ins Haus.

Die stand noch eine Weile da und starrte auf den Bürgersteig. Hatte man sie wirklich aus der Schusslinie genommen? Wenn ja, warum? Wenn sie doch gar nichts damit zu tun haben konnte? Sie wurde aus der Nummer nicht schlau.

08

Die Kripo stand am nächsten Morgen vor ihrer Tür. Ein Mann und eine Frau, beide ungefähr in Lenas Alter. Sie wollten nicht die Sozialarbeiterin befragen, sondern die Person, die Angelika Kiewitz vor ihrem Tod angerufen hatte. Man hatte das Handy gefunden und inzwischen auswerten lassen.

»Es lag im Badezimmer, in einem Korb von Schmutzwäsche verborgen. Der letzte Anruf, den die Frau getätigt hatte, galt Ihnen. Worum ging es?«

Die Kripobeamtin hatte blasse Haut und fahlblondes Haar, das sie zum Pferdeschwanz gebunden trug. Ihre Stimme war kräftig, der Ton sachlich.

Lena schilderte, was vorgefallen war. Dass sie zunächst keinen Schimmer gehabt hatte, wer da am anderen Ende gewesen war. Dass sie, als es ihr klar wurde, hingefahren war, aber nach der Aussage der Nachbarn keinen Grund gesehen hatte, weitere Schritte einzuleiten.

»Im Nachhinein frage ich mich natürlich, ob das ein Fehler war. Leider habe ich nicht verstanden, was genau Frau Kiewitz wollte.« Noch einmal wiederholte sie das Gespräch und die wenigen Worte, die sie mitgehört hatte, als die Anruferin mit jemandem vor der Tür sprach.

Die Beamtin blickte sie aufmerksam an, ihr Kollege schrieb mit.

»Sie haben die Familie betreut?«

Ihr war, als wechselten die beiden einen kurzen Blick, als sie das richtigstellte. »Nicht mehr. Ich wurde vor rund neun Monaten vom Jugendamt in einen neu geschaffenen Querschnittsbereich versetzt.«

»Warum, glauben Sie, hat Frau Kiewitz Sie dennoch angerufen?«

Lena zuckte die Schultern. »Vielleicht, weil sie meine Nummer noch eingespeichert hatte. Weil mein Diensthandy erreichbar war und das der inzwischen zuständigen Kollegin womöglich nicht«, mutmaßte sie. »Sie müssten ja sehen können, ob noch andere Nummern der Kreisverwaltung in ihren Kontakten stehen.« Wieder wechselten die beiden Beamten einen Blick, ließen Lenas indirekte Frage jedoch unkommentiert. »Die Mutter wurde im Wohnzimmer auf der Couch gefunden. Offenbar hat sie sich mit Schlaftabletten und Alkohol das Leben genommen. Der Junge lag in seinem Bett, ordentlich gekämmt und zugedeckt.«

So, als wolle die Mutter im Nachhinein gutmachen, was sie ihrem Kind angetan hatte.

»Tobys Körper trug Anzeichen andauernder Misshandlungen. Gestorben ist er an einer schweren Kopfverletzung. Hat Frau Kiewitz ihren Sohn früher schon geschlagen?«

»Nein. Definitiv nicht. Das passt nicht zu ihr«, entgegnete Lena bestimmt. »Sie war labil, ja. Gefährdet, was Alkohol betraf. Sie hat Toby vernachlässigt, sich zu wenig um ihn gekümmert. Vielleicht ist ihr hin und wieder die Hand ausgerutscht. Aber sie hat ihr Kind nicht körperlich misshandelt.«

»Könnte es sein, dass sie das Kind als Hemmnis betrachtet hat, dass er ihr im Weg stand? Schließlich soll sie eine neue Beziehung gehabt haben.«

Lena dachte kurz nach, bevor sie antwortete. »Man weiß nie, was in einem anderen Menschen vorgeht. Aber so, wie ich sie kannte, würde ich das ausschließen.«

»Wie war sie in Beziehungen?«

»Sehr anlehnungsbedürftig. Sie war jemand, die sich schnell unterordnete, es ging da um Verlustängste. Ihre Kindheit war schwierig. Es fehlte ihr an Anerkennung und als Erwachsene an einem gesunden Selbstwertgefühl. Doch sie hat Toby geliebt, auch wenn sie als Mutter unzulänglich war.«

Lena schoss der Gedanke durch den Kopf, dass der neue Freund nach dem Streit alleine in Urlaub gefahren sein könnte. Hatte das Tobys Mutter derartig in Rage versetzt, dass sie ihr Kind verprügelt hatte? Oder hatte doch der Mann etwas mit Tobys Tod zu tun?

»Wir suchen mit Hochdruck nach dem Mann. Im Moment ist er jedoch lediglich ein wichtiger Zeuge«, versicherten ihr die Polizisten.

»Der Vater des Kindes ist unbekannt?«

»Laut Aktenlage. Ja. Ich hatte immer das Gefühl, dass Frau Kiewitz weiß, von wem Toby war. Aber sie hat es mir nie gesagt.« Oder war es ein Eifersuchtsdrama? War Tobys Vater zurückgekommen und hatte die Befürchtung, sein Sohn würde demnächst zu einem anderen Mann Papa sagen?

Am Ende überreichten die Polizisten ihr eine Visitenkarte.

»Wenn Ihnen noch etwas einfällt, zögern Sie nicht, uns zu verständigen. Wir werden Sie womöglich auch noch einmal befragen müssen.« Als die beiden gegangen waren, fühlte Lena sich unendlich müde. Im Badezimmer schaufelte sie sich kühles Wasser ins Gesicht. Der Blick in den Spiegel sorgte nicht gerade ür Freude. Sie sah fertig aus. Dunkle Schatten ließen ihre Augen aussehen wie grüne Tümpel inmitten von Schlamm. Das dunkle, kurz geschnittene Haar wirkte nicht gewohnt fluffig, sondern klebte regelrecht am Kopf. Ein unangenehmes Kribbeln durchlief ihren Körper, als sie im Geist wieder die Stimme der Anruferin hörte. »Holen Sie Toby. Gleich jetzt. Bitte.« Angelika Kiewitz hatte gewusst, dass ihr Kind in Gefahr war. Nur, warum hatte sie bei Lena nicht insistiert, sondern gleich darauf alles zurückgenommen? Wenn es stimmte, was die Polizei annahm, hatte sie ihr Kind in einem Wutanfall getötet und danach sich selbst das Leben genommen.

Lena kehrte ins Wohnzimmer zurück. Nahm an ihrem kleinen Schreibtisch Platz, zog einen Block aus der Schublade und schrieb systematisch auf, woran sie sich noch erinnern konnte.

»Nicht Toby. Kannst ihn ... Azul ... überlegt ... nicht mehr.«

Azul. Das spanische Wort für Blau.

Mallorca, hatte Herr Buckpesch gesagt.

So ähnlich, seine Frau.

Lena musste keinen Atlas konsultieren. Mallorcas Nachbarinsel hieß Menorca. War sie gemeint? Oder hatten die beiden älteren Herrschaften etwas völlig missverstanden? Waren Madeira, Malta oder ganz was anderes das Ziel? Sie rieb sich mit Daumen und

Zeigefinger die Nasenwurzel. Ob die Kripo den Mann bereits anhand seines auffälligen Wagens identifiziert hatte?

Der Freund, er hatte auch ein Kind. Ein kleiner Junge, ungefähr in Tobys Alter, geisterte Frau Buckpeschs Stimme durch ihren Kopf.

Sie konnte nicht stillsitzen, sprang auf und tigerte durch die Wohnung.

Ich muss etwas tun. Bloß was?

Die Suspendierung nagte an ihr, das Gefühl, ihr seien die Hände gebunden, setzte ihr zu.

Als seine Mutter mich anrief, lebte er noch.

Sie wusste, dass sie keine andere Chance hatte, als die Sache rational und professionell anzugehen. Dennoch schmerzte sie die Vorstellung, sie habe womöglich versagt. Um ihre Unruhe zu bekämpfen, beschloss sie, joggen zu gehen. Ein probates Mittel, um den Kopf frei zu bekommen. Danach würde sie klarer denken können.

Eine Viertelstunde später trabte sie am Mainufer entlang. Die Luft war mild, alles Grün wirkte hell und frisch, die Enten am Wasser schnatterten lebhaft. Sie fand schnell ihren Rhythmus und lief schon nach kurzer Zeit gleichmäßig und im richtigen Tempo. Erst als ihr Blick auf die Schlagzeile einer bekannten überregionalen Zeitung fiel, geriet sie aus dem Tritt.

»Schlamperei im Jugendamt! Warum musste der kleine Toby (4) sterben?« Daneben ein verwaschenes Foto des Jungen.

Lena blieb keuchend stehen. Der Mann, der auf einer Bank am Ufer sitzend die Zeitung las, blätterte um und die Schlagzeile verschwand aus ihrem Blickfeld. Lena drehte um. Das Herz schlug ihr bis zum Hals. Schlamperei, was sollte das denn heißen? Jugendämter gerieten jedes Mal, wenn ein Kind auf gewaltsame Weise innerhalb der Familie zu Tode kam, in den Fokus der Medien. Reflexartig wurde die Schuld dort gesucht. Sie hatte schon öfter solche Berichterstattungen aus anderen Kommunen verfolgt. Dieses Mal war die Angelegenheit ganz nah an ihr dran. Und das auf mehr als eine Weise. Bevor sie nach Hause zurückfuhr, kaufte sie am Aliceplatz sämtliche regionalen Zeitungen. Überall war der tote Junge erwähnt. Jedoch nicht so reißerisch wie in *Brandheiß,* dem Blatt, das für seine krassen Schlagzeilen bekannt war.

Trotzdem reichte die Berichterstattung aus, in Lena Übelkeit aufsteigen zu lassen. Woher hatten die Journalisten so viele Informationen? Dass Angelika Kiewitz Selbstmord verübt hatte, wurde genauso erwähnt wie die Tatsache, dass Tobys Vater unbekannt war. Angeekelt legte Lena die Zeitungen zur Seite. Das Ausschlachten menschlicher Tragödien war nicht ihr Fall.

09

Der Notar las mit kräftiger Stimme den letzten Absatz des umfangreichen Schriftstücks vor, das vor ihm auf dem Tisch lag und schob es anschließend den Männern zu, die ihm in seinem Büro gegenübersaßen. Beide unterschrieben, wenige Minuten später brachte die Vorzimmerdame ein Tablett mit drei Gläsern Sekt. Es wurden Hände geschüttelt und die Vertragspartner verließen kurze Zeit später gemeinsam die Kanzlei im Frankfurter Westend. Sie verabschiedeten sich vor dem Jugendstilbau und strebten in entgegengesetzte Richtungen.

Es war kurz nach fünf Uhr am Nachmittag, der Tag war ungewöhnlich warm gewesen, in den Straßencafés saßen gut gelaunte Menschen, um den Feierabend mit einem Kaffee oder einem Apérol Sprizz einzuläuten.

Gerd Rohloff bestieg zwei Straßenecken weiter seinen Jaguar und fuhr in Richtung Bahnhofsviertel, wo er eine Viertelstunde später den *Kinky-Club* betrat. Zum letzten Mal, denn er hatte ihn soeben verkauft. Es war das letzte seiner Etablissements, von dem er sich trennte. Alles andere, darunter das wenige Schritte entfernt liegende Stundenhotel und ein Stripteaselokal, waren bereits in andere Hände übergegangen. Bei jedem Verkauf hatte er genau überlegt, wem er das anvertraute, was er über viele Jahre hinweg aufgebaut und geleitet hatte. Anders als die meisten seiner Konkurrenten im Bahnhofsviertel, hatte er sich in erster Linie als Geschäftsmann gesehen. Der gut verdiente, aber eben Grenzen hatte. Weder mit Drogen noch mit Prostitution hatte er sein Geld gemacht. Einen altmodisch anmutenden Ehrenkodex besaß er. »Stundenhotel ja, Bordell nein«, hatte er einmal auf eine entsprechende Frage geantwortet. Und dass seine Barfrauen auch nur das waren und er in keinem seiner Läden Animiermädchen beschäftigte. »Tabledance, Striptease und wer jemanden kennenlernt, kann stundenweise ein Zimmer mieten. Ich bin kein Zuhälter, verkaufe keine Drogen und habe mich schon immer erfolgreich aus allen anderen Arten von Kriminalität herausgehalten«, lautete seine offizielle Devise. Streng genommen stimmte das Letztere nicht, aber außer ihm wusste das kaum jemand. Gerd Rohloff hatte durchaus seine eigenen Grenzen, Regeln und Gesetze.

»Chef!« Die Barfrau war bereits da. »Wollen Sie es sich nicht doch noch mal überlegen?« Ihre kajalumrandeten Augen schwammen.

Rohloff strich ihr mit der Hand über den Arm. »Anita, Ihr habt alle eine Übernahmegarantie vom neuen Besitzer.« Zusätzlich hatte jeder, je nach Dauer der Betriebszugehörigkeit, vor einigen Tagen einen Umschlag mit ein paar persönlichen Worten, handschriftlich und individuell, ausgehändigt bekommen. Das, was sich darüber hinaus im Umschlag befand, war bei Anita besonders üppig ausgefallen. Sie hatte vor ihrer Zeit hier bereits in einem anderen Club für Rohloff gearbeitet, anschließend war sie vom Eröffnungstag der *Kinky-Bar* an hinter der Theke gestanden. Sie biss sich auf die Lippen, und als sie den Kopf senkte, liefen ihr die Tränen übers Gesicht.

Rohloff betrat sein Büro, das bereits weitgehend leer geräumt war. Noch ein paar letzte Dinge verstaute er in einem Pappkarton. Dann sah er sich ein letztes Mal um. Wehmut ergriff ihn. Der Entschluss, sich aus dem Milieu und all den Geschäften hier zurückzuziehen, war nicht von heute auf morgen gereift. Es war ein schleichender Prozess gewesen, der vor einigen Monaten in Gang gekommen war. Lange hatte er das Für und Wider abgewogen. Dabei war ihm schnell klar geworden, dass seine Entscheidung rein aus dem Bauch heraus kam. Es gab keinen greifbaren Anlass dafür. Lediglich ein immer stärker werdendes Gefühl, das ihm signalisierte, diese Phase seines Lebens sei vorbei. Es war Zeit für etwas anderes.

Mit einem leichten Seufzen nahm er den Pappkarton auf. Als er durch die Tür trat, hielt er inne. Natürlich hatte er sich von jedem einzelnen seiner Mitarbeiter bereits verabschiedet. Doch nun standen sie alle vor seiner Tür Spalier. Keiner sprach, ihre Mienen sagten genug. Stumm, mit einem Lächeln auf dem Gesicht, ging er zwischen ihnen durch, nickte jedem zu. Zuletzt dem Türsteher, zu dessen martialischen Tattoos, Piercings und Brandings die feuchten Augen so gar nicht passen wollten. Marek verneigte sich leicht und hielt Rohloff die Tür auf, begleitete ihn zum Wagen und half ihm, den Karton auf dem Beifahrersitz des Jaguar zu verstauen. Er würde den Club in der Zwischenzeit so lange führen, bis der neue Besitzer einzog. Rohloff selbst zog es vor, die Tage bis dahin nicht mehr hier zu sein. Es fühlte sich besser an, jetzt zu gehen. Das Tagesgeschäft hatte ihn sowieso nicht gebraucht, das handelten seine Leute.

»Alles Gute Chef. Und wenn Sie mal was brauchen, wir sind immer für Sie da.«

Rohloff nickte gerührt, als der Zwei-Meter-Hüne ihn plötzlich in den Arm nahm.

»Ihr wisst, dass das umgekehrt ebenfalls gilt.« Damit stieg er in den Wagen und fädelte sich, ohne noch einmal zurückzublicken, in den inzwischen dicht gewordenen Verkehr ein.

Eine halbe Stunde später betrat er das Haus in Bad Homburg, das er schon mit seiner verstorbenen Frau bewohnt hatte. Zu groß für ihn alleine, dennoch ein Teil seines Lebens, von dem er sich noch nicht trennen wollte.

Er stellte den Pappkarton in seinem Arbeitszimmer auf den massiven Schreibtisch aus dunklem Holz und packte ihn aus. Zwei handgeschliffene Whiskytumbler, ein paar Fotos, ein Montblanc-Füller, ein Brieföffner. Jetzt war alles erledigt. Der Moment, auf den er so lange gewartet hatte. Nur eines blieb noch zu tun. Das Schwierigste überhaupt. Er dachte an die Frau, für die er gerade sein Leben änderte. Ohne dass sie das Geringste davon ahnte.

Gedankenverloren faltete er den Karton zusammen und brachte ihn zum Altpapier. Als er die Tonne öffnete, lag obenauf das Krawallblatt, das seine Haushälterin immer las. Die Schlagzeile schrie ihm nur halb entgegen, er hätte sie, wie üblich ignoriert. Doch in diesem Fall ging das nicht. Was ihn elektrisierte, war das Foto. Darauf eine schlanke Frau mit kurzem, fast schwarzem Haar, die gerade durch eine gläserne Tür trat. Es war verschwommen und vermutlich aus weiter Entfernung aufgenommen. Dennoch erkannte er sie sofort. Der Karton fiel zu Boden. Rohloff griff nach der Zeitung, schlug sie auf und starrte Sekunden später verständnislos auf die Schlagzeile der Titelseite.

Lesbische Sozialarbeiterin: Trägt sie die Schuld am Tod des kleinen Toby (4)?

»Lena«, flüsterte er entsetzt.

Die Zeitung flatterte zurück, er war mit wenigen Schritten im Haus, am Telefon, tippte einen dort gespeicherten Kontakt an. Nur, um zu erfahren, der gewünschte Teilnehmer sei momentan nicht erreichbar. Keine Möglichkeit, eine Nachricht zu hinterlassen.

10

Sie fragte sich, woher die Reporter ihre Adresse hatten. Schon seit dem frühen Morgen klingelte ein besonders aggressiver Schmierfink. Da sie nicht öffnete, versuchte er es bei den Nachbarn. Frau Kasulke schien nicht da zu sein, die anderen waren bei der Arbeit. Dennoch war es dem Kerl gelungen, bis zu Lenas Wohnungstür vorzudringen. Sie hatte den Fehler begangen, die Tür zu öffnen, um ihn mit klaren Worten zusammenzufalten. Doch gleich merkte sie, dass das dumm gewesen war. Er hob eine Kamera, bereit loszuknipsen. Sie schlug ihm die Tür vor der Nase zu. Sie hätte wie eine Furie ausgesehen auf den Bildern. Passend zu dem, was man über sie schrieb.

Sie hatte durch die geschlossene Tür hindurch mit der Polizei gedroht und die Klingel ausgestellt. Seither herrschte Ruhe.

»Reden Sie mit niemandem!«, hatte der Leiter des Rechtsamtes ihr kurz darauf am Telefon gesagt, bevor sie auch das ausgestellt hatte. Vorsichtshalber. »Die ganze Angelegenheit betrifft, falls überhaupt, zunächst die Kreisverwaltung, nicht Sie als Mitarbeiterin.« Er redete denselben Stuss wie Sieglinde, der Leiß oder die Maibaum. Wenn es jemanden betraf, dann doch sie! Oder wie war das zu verstehen, dass immer mehr Details über sie an die Öffentlichkeit gelangten? Ein Foto! Der Hinweis, dass sie lesbisch war, gezielt als Wortwaffe eingesetzt. Wie die Reporter überhaupt ihren Namen erfahren hatten, war dem obersten Juristen der Kreisverwaltung genauso ein Rätsel wie ihr.

»Wir prüfen das«, versicherte er ihr. Sie fragte sich, wie lange das wohl dauern würde. Als gälten für eine Behörde die Gesetze viraler Beiträge im Internet nicht. Irgendwann wäre die Lawine aus Unwahrheiten, Unterstellungen und Vermutungen so groß, dass sie überhaupt nicht mehr zu stoppen war.

Nun stand sie am Fenster und blickte zur Straße hinunter. Vor dem Haus war niemand mehr zu sehen. Es war bereits Nachmittag, sie hatte noch keinen Fuß nach draußen gesetzt. Die ganze Angelegenheit drohte, ihr über den Kopf zu wachsen. Sie ging zu ihrem Schreibtisch, klappte den Laptop auf und loggte sich ein. Seit gestern versuchte sie, das, was sie bei dem Telefonat gehört und von den Buckpeschs erfahren hatte, in irgendeinen sinnvollen Zusammenhang zu bringen. Erneut gab sie die Worte »Azul« und »Mallorca« ein, was zu einer atemberaubenden Menge an Einträgen führte, die sie alle nicht weiterbrachten. Doch wenn sie gar nichts tat, würde sie verrückt werden. Nachdem sie sich zum x-ten Mal durch die Suchergebnisse geklickt hatte, versuchte sie es mit dem Stichwort »Menorca«. Auch hier war alles Mögliche dabei. Was konnte Angelika Kiewitz gemeint haben?

Ein Piepton verkündete, dass jemand sie anskypte. Tamae war es, ihre ehemalige Geliebte. In Neuseeland hatten sie beide beschlossen, ihre Beziehung, die im Grunde ein jahrelanges lockeres Verhältnis gewesen war, zu beenden. Als Freundinnen verstanden sie sich nun womöglich besser als jemals zuvor.

Die Japanerin hatte heute ihre übliche, fast schon kühl zu nennende, pragmatische Art abgelegt, sie schien völlig von der Rolle. Auch sie hatte die Schlagzeilen gelesen.

»Was ist da los? Wie kommen die dazu, dir derartig nahe zu treten?«, wollte sie wissen. Lena schilderte ihr, was gerade ablief. Die Japanerin schüttelte dabei mehrmals unwillig den Kopf. »Du brauchst einen Rechtsanwalt, der der Presse Einhalt gebietet!«, fand sie.

Vermutlich hatte sie recht. Doch inzwischen hatte die ganze Geschichte das Internet erreicht, was noch viel schlimmer war.

»Gib mir mal die Informationen aus dem Gespräch«, forderte Tamae Lena nun auf. »Vielleicht finde ich etwas heraus.«

Lena gab ihr, was sie wollte. Tamae war wesentlich besser als Lena darin, Informationen aus den Tiefen des www hervorzuholen.

»Ich melde mich«, verabschiedete sie sich knapp.

Seufzend klappte Lena ihren Laptop zu. Ob sie es wagen konnte, ein paar Schritte an die frische Luft zu gehen? Sie schlüpfte in Sportschuhe, warf sich eine Jacke über. Als sie ihren Wagen gestartet hatte, änderte sie ihre Meinung. Statt zum nahe gelegenen Maunzenweiher, wie ursprünglich geplant, fuhr sie nach Dietzenbach.

Man hatte ihr untersagt, Kollegen und Kolleginnen anzusprechen. Man hatte denen untersagt, mit ihr zu sprechen. Aber eine Person kannte sie, die sie als integer kennengelernt hatte. Der sie zutraute, Marianne Maibaums Verbot zu umgehen. Die würde sie fragen. Mehr als Nein sagen konnte diejenige nicht.

11

Carola Bergmanns Wagen stand im Parkhaus des Rathaus Center. Lena hatte sich daran erinnert, dass Marianne Maibaums Referentin dort einen reservierten Parkplatz hatte. Sie wartete schon eine ganze Weile und konnte nur hoffen, dass die Bergmann an diesem Tag einigermaßen pünktlich ihr Büro verließ.

Gerade, als Lena daran zweifelte, stieg sie aus dem Aufzug. Den Blick auf das Display ihres Handys gerichtet, sah sie Lena erst, als sie ihr fast schon gegenüberstand.

»Frau Borowski.« Sie wirkte keineswegs überrascht und musterte Lena mit interessiertem Blick.

»Sie müssen mir helfen.«

»Das geht nicht, das wissen Sie doch.«

Lena trat einen Schritt auf die Referentin zu, die jetzt ihr Handy wegsteckte.

»Ich habe seit Monaten nichts mehr mit der Familie zu tun. Aber mir liegt selbst viel daran, herauszufinden, was geschehen ist. Dazu brauche ich die Fallakte.«

Carola Bergmann musterte sie lange. »Die Akte liegt bei Frau Maibaum unter Verschluss. Selbst wenn ich wollte, könnte ich sie Ihnen nicht geben. Noch nicht einmal ich habe einen Blick hineingeworfen. Chefsache. Lediglich das Rechtsamt ist einbezogen.« Sie verschränkte die Arme und lehnte sich gegen den hinteren Kotflügel ihres Wagens, sodass sie Lena nun ihr Profil zuwandte. Lena sah, dass Carola Bergmanns Kiefer arbeitete.

»Ich kann mir vorstellen, wie es in Ihnen aussieht«, fuhr sie nun fort. »Es ist mir unbegreiflich, woher die Sensationspresse Ihren Namen hat.«

»Das ist doch einfach. Jemand aus dem Amt muss mich in die Schusslinie gebracht haben.« Lena unterstrich ihre Worte durch eine vage Handbewegung in Richtung des Kreishauses.

Carola Bergmann drehte blitzschnell den Kopf und musterte Lena aufmerksam. »Wer sollte das sein? Meine Chefin steht hinter Ihnen. Sie lässt keinen Zweifel daran, dass die Sache intern geklärt werden muss und wir nach außen hin ein geschlossenes Bild präsentieren.«

Die beiden Frauen sahen sich schweigend an. Lena hatte keine Ahnung, ob die Bergmann wusste, dass sie hinter dem geplatzten Vorhaben steckte, das von der Maibaum als soziales Prestigeprojekt geplant gewesen war. Ob sie wusste, wer ihr und der Presse die Unterlagen zugespielt hatte, die deutlich machten, wie faul der Apfel war, den die Politikerin ihren Wählern als äußerst appetitlich hatte anpreisen wollen? Die Sache war sang- und klanglos gestoppt worden, jetzt fehlte der Sozialdezernentin ein wichtiges Pfund, mit dem sie in der Öffentlichkeit wuchern konnte. Hans-Joachim Söder war keiner, der sich so leicht vom Landratssessel schubsen ließ. Er verstand sich nämlich noch besser als seine Konkurrentin auf eine perfekte Außendarstellung. Kurz nach deren peinlichem Rückzug in der fraglichen Sache hatte er seine Konkurrentin mit einem genialen Schachzug düpiert. Indem er ein neues Arbeitszeitmodell präsentierte, das einerseits modern war und andererseits für Einsparungen im Haushalt sorgte. Ganz nebenbei floss in die Pressekonferenz auch noch ein, dass sich bereits andere Kommunalverwaltungen dafür interessierten. Der Landkreis Offenbach als Blaupause eines Erfolgsmodells, signiert von Hans-Joachim Söder. Die Maibaum hatte erwartungsgemäß geschäumt vor Wut, dem nichts entgegensetzen zu können. Lena wusste, dass die ehrgeizige Politikerin sie für den Schlag ins Wasser verantwortlich machte. Nur beweisen konnte sie es nicht.

»Das glauben Sie doch nicht wirklich«, brachte Lena schließlich ihre Gedanken auf den Punkt. »Selbst wenn sie im Moment so tut, als ob sie mich stützt, wird sie mir bei der ersten besten Gelegenheit in den Rücken fallen.«

Die Bergmann nickte unwillkürlich, seufzte und stieß sich vom Wagen ab. »Wie gesagt, ich kann das alles gut verstehen. Nur tun kann ich für Sie momentan nichts.«

»Sprechen Sie mit Sieglinde Brohm«, sagte Lena hastig. »Sie muss doch in ihrer Abteilung wissen, wer die Familie zuletzt betreut hat. Selbst wenn sie das, wie sie behauptet, nicht aus dem Gedächtnis heraus sagen kann, muss die entsprechende Person es wissen. Man kennt doch seine aktuellen Fälle! Und Frau Maibaum braucht nur in die Akte zu schauen, um genau das zu sehen.«

»Verstehen Sie denn nicht, dass es uns genau darum nicht geht? Wir wollen keine Schuldzuweisung an eine einzelne Mitarbeiterin oder einen einzelnen Mitarbeiter. Solange keine grobe Fahrlässigkeit vorliegt, kein Verschulden im dienstrechtlichen Sinn, stehen wir das als Behörde durch. Falls es stimmt, was Sie sagen, müssen wir im Rahmen der Fürsorgepflicht die Person schützen, die die Betreuung übernommen und nichts von den Misshandlungen bemerkt hat. Genau das tun wir, das schließt aber auch ein, dass weder Sie noch sonst jemand über den engen Kreis hinaus, den ich bereits genannt habe, an Informationen gelangt.«

»Mich schützen Sie aber nicht vor der Sensationspresse!«, erwiderte Lena empört.

Carola Bergmanns Gesicht verschloss sich. »Damit haben wir nichts zu tun«, befand sie knapp. »Womöglich stammen diese Informationen ja aus Ihrem privaten Umfeld. Das ist jedenfalls Frau Maibaums Meinung.«

Danach ging sie um Lena herum zur Tür ihres Wagens. Bevor sie einstieg, drehte sie noch einmal den Kopf. »Sie wissen, dass ich Sie schätze. Aber leider sind mir in dieser Angelegenheit zurzeit die Hände gebunden.«

Noch eine Weile, nachdem Carola Bergmann abgefahren war, stand Lena im Parkhaus und starrte die Wände an. So unnachgiebig wie der graue Beton kam ihr die ganze Angelegenheit vor.

12

»Es sind einfach zu wenig Hinweise.« Tamae schnaubte kurz. »Solange du nicht weißt, wer der Mann ist, mit dem diese Frau Kiewitz liiert war und wohin er wollte, wirst du nicht weiterkommen. Ich habe mir mal die üblichen sozialen Plattformen angesehen. Aber im Gegensatz zu vielen anderen, die alles Mögliche posten, hat sich diese Frau offensichtlich nicht öffentlich dargestellt.«

Das hatte Lena natürlich auch schon gemacht, sicherlich auch die Polizei. Wenn Tamae nichts gefunden hatte, gab es vermutlich auch nichts.

»Kennst du niemanden, der mit dieser Frau befreundet war?«

Lena schüttelte den Kopf. Im selben Moment fiel ihr doch noch etwas ein.

»Das Grillfest letzten Sommer. Da haben sich einige Bewohner der Häuser zu einem Kennenlernen zusammengetan«, murmelte sie. »Vielleicht war auch Tobys Mutter dabei.«

Tamae beugte sich vor, ihr Gesicht füllte nun fast den ganzen Bildschirm aus. »Gibt es dazu einen Namen? Jemand, der das Ganze organisiert hat? Jemanden, von dem du weißt, dass er oder sie dabei war?« Nein. Sie hatte keine Ahnung. Lena war an dem Tag eher zufällig zu dem Grillfest gestoßen. Sie konnte sich kaum daran erinnern, wen sie dort getroffen hatte. Nun gab sie passende Begriffe in die Suchleiste ihres Browsers ein und erhielt viel zu viele Treffer.

»Die Leute geben sich ja heutzutage die merkwürdigsten Spitznamen im Internet. Vielleicht hatte diese Frau Kiewitz ja einen Account unter einem Fantasienamen?«, mutmaßte Tamae, die noch immer nicht aufgegeben hatte.

Ja, nur dass Lena keine Ahnung hatte, welcher das sein könnte. Die folgenden Stunden verbrachte sie am PC, sie ging jeder noch so kleinen Verbindung nach, begann mit Hashtags wie Dietzenbach, Spessartviertel, gab dazu eine ganze Reihe von Namen ein. Alles Menschen, mit denen sie dort bereits einmal beruflich zu tun gehabt hatte. Irgendwann kam sie nicht mehr weiter. Sie fand keine Fotos von dem Grillfest und keine von Angelika Kiewietz. Vielleicht verbarg sie sich einfach gut?

Bei Facebook hatte sich Lena aus innerer Überzeugung nie angemeldet, jetzt tat sie es doch, wobei sie ihren zweiten Vornamen und den Geburtsnamen ihrer Mutter, sowie eine alte Adresse aus Teenagerzeiten angab. Dergestalt hoffentlich unsichtbar konnte sie nun etliche Profile noch etwas genauer durchforsten. Es war ihr schon immer unbegreiflich gewesen, mit welcher Naivität sich Menschen im Netz präsentierten, manche gaben mit einem peinlichen Eifer noch die banalsten Dinge preis. Angelika Kiewitz war eindeutig anders. Als Lena sie dann doch irgendwann auf einem Foto im Account eines Mannes mit einem Fantasienamen entdeckte, hielt sie den Kopf abgewandt und schien in der Bewegung eingefangen worden zu sein. Sie trug eine auffällig bedruckte Bluse, weiß mit kleinen roten Lippen darauf. Trotz des leicht verschwommenen Eindrucks war sich Lena sicher, die richtige Person zu sehen. Der Schnappschuss war bei einer Fete aufgenommen worden, aus einem Zimmer hinaus auf den Balkon geknipst. Lena betrachtete die anderen Gesichter. Keines davon kannte sie. So blätterte sie anschließend das ganze Fotoalbum dieser Party durch. Einmal noch stieß sie auf Angelika Kiewitz, es war ihr Arm in der Küsschen-Bluse, der zu sehen war. Ihre Hand lag auf der Schulter eines Mannes. Wer war er? Ein Nachbar? Der Mann einer Freundin? Oder der Unbekannte, mit dem sie zuletzt eine Beziehung gehabt haben sollte? Dunkles, kurz geschnittenes Haar, ein Ring im linken Ohr, ein rostrotes Hemd, mehr war von ihm nicht zu erkennen.

Die Party hatte vor rund drei Monaten stattgefunden. Gut möglich, dass das Paar sich da bereits gefunden hatte.

Lena klickte vom Profil des Partygebers weiter auf andere, sah sich alles an, was zugänglich war. Dann, es war bereits nach Mitternacht, ihre Augen brannten und ihr Nacken hatte sich schmerzhaft verkrampft, landete sie über mehrere Ecken bei den Urlaubsfotos, die ein Ehepaar aus Wuppertal gepostet hatte.

»Endlich wieder Meer!«, schrieb die Frau, die sich Shaenna nannte. Ein Fakename, dachte Lena. Oder gab es vor rund dreißig Jahren Leute, die ihre Tochter so hatten taufen lassen? Heute war das ja gang und gäbe. Man sah Shaenna, wie sie mit geziertem Gehabe einen Fuß in das blaue Wasser des Hotelpools steckte. Wie sie einen bunten Ball aufblies. Wie sie vor der Kulisse eines Sonnenuntergangs einen Cocktail schlürfte. Ihr Mann und die beiden Kindern waren auf den Fotos lediglich von hinten zu sehen, oder, verwackelt, von der Seite.

Lena wollte schon weitergehen zum nächsten Profil, Shaenna hatte eine große Anzahl von Followern, als ihr ein Detail auffiel.

»... ranja Azul« war als Fragment in hellblauer Schrift auf dem Teil eines dreistöckigen Gebäudes zu erkennen, das hinter Shaenna aufragte. Dort war sie beim Aufsteigen auf ein Fahrrad fotografiert worden. Neben ihrem parkte ein Herrenrad, dahinter erkannte man Kinderräder mit bunten Wimpeln.

Lena klickte sämtliche Fotos der Frau an. Kein Hashtag erklärte, wo die Familie genau Urlaub machte. Weder der Ort noch das Land oder die Insel wurden angegeben. Auch nicht der vollständige Name des Hotels. Das war etwas seltsam. Aber hier hatte sie vielleicht eine Spur. Sie öffnete ein weiteres Browserfenster und leitete noch einmal eine Suche ein, indem sie das Wortfragment eingab. Nichts von dem, was sie fand, machte einen Sinn. Schließlich versuchte sie es mit der Verbindung zwischen Mallorca, danach Menorca, einem Hotel, denn das Gebäude, vor dem Shaenna stand, sah danach aus, und dem Wort Azul. Und dann machte es Bingo. Neben einer ganzen Reihe von Hotels, die das Wort Azul im Namen trugen, erschien der ältere Eintrag eines Touristen. Der war auf Menorca in einem Hotel *Naranja Azul* abgestiegen. Sie klickte den Eintrag an, doch mehr als eine halbe Textzeile war nicht mehr auffindbar. Lenas Herz schlug plötzlich schneller, als sie danach die Website des Hotels suchte. Doch im Display erschien lediglich eine Fehlermeldung. Sie versuchte es erneut, mit demselben Ergebnis.

Langsam ließ sie sich in ihren Stuhl zurücksinken. Shaenna war mit ihrer Familie im letzten Sommer dort gewesen. War das Hotel zwischenzeitlich geschlossen worden? Verkauft und umbenannt?

Lena stand auf, kochte sich trotz der späten Stunde noch einen Kaffee und überlegte. Sie war nun hellwach. Wenn es stimmte, was die Buckpeschs sagten, könnte Menorca das Reiseziel gewesen sein. Das Wort Azul war gefallen, als Angelika Kiewitz mit dem Mann vor ihrer Badezimmertür gesprochen hatte. Eine Familie war über mehrere Ecken mit jemandem in den sozialen Medien vernetzt, bei dem sie eine Party besucht hatte. Diese Familie wiederum hatte in einem Hotel namens *Naranja Azul* Urlaub gemacht. Lenas Suche hatte ein mögliches Hotel zutage gefördert. War das die Spur, die sie gesucht hatte?

Irgendwo im Haus rumpelte es und Lena ertappte sich dabei, wie sie zusammenfuhr. Sie war kein ängstlicher Typ, aber die hartnäckige Verfolgung durch die Klatschpresse der letzten Tage hatte sie dünnhäutig gemacht.

Sie öffnete am Laptop die aktuelle Ausgabe von *Brandheiß,* dem größten Schmierblatt, und erschauderte erneut, als sie ihr eigenes Konterfei erblickte. Jemand hatte sie beim Verlassen des Kreishauses geknipst. Nur, wer hatte denn überhaupt wissen können, wann sie dort gewesen war? Schließlich stand ihr Schreibtisch inzwischen woanders. Wütend warf sie die Zeitung zurück auf den niedrigen Couchtisch. Ihr Handy war abgeschaltet, den Telefonstecker des Festnetzanschlusses hatte sie gezogen. Niemand würde sie anrufen und am Telefon bedrängen können. Wieder hörte sie ein Rumpeln. Sie stellte ihre Tasse ab und lief zur Tür. Durch den Spion sah sie, dass im Treppenhaus Licht brannte. Ein Kopf tauchte am Rande ihres Sichtfeldes auf. Lena zuckte im ersten Moment erschrocken zurück. Dann erkannte sie die Mieterin, die über ihr wohnte. Die Frau kicherte. Sie hing am Arm eines Mannes, die beiden schienen komplett betrunken zu sein. Die Frau knickte um, fast wäre sie gefallen, der Mann hielt sie fest. Prustend und stolpernd erklomm das Paar die Treppe nach oben. Lena hörte noch, wie ein Schlüsselbund zu Boden fiel, dann klappte die Tür. Sie ging zurück ins Wohnzimmer, starrte auf den flimmernden Bildschirm ihres Laptops. Gegen einen inneren Widerstand rief sie die online Ausgabe der restlichen regionalen Presse auf. Dort war dem »Fall Toby«, wie er nun hieß, ein allgemein gehaltener Artikel gewidmet. Man sei bei der entsprechenden Behörde bemüht zu klären, ob möglicherweise eine Mitschuld vorlag.

Doch die Kommentare im Internet sprachen für sich. Für einige der sich außer Rand und Band gebärdenden Lesern gab es ein klares Feindbild, es hieß Lena B.

Das Krawallblatt hatte sich nicht die Mühe gemacht, die Sache differenziert zu betrachten. »Noch mehr Kinder in Gefahr? Wann zieht das Jugendamt die Konsequenz?«, lautete der fett gedruckte Aufschrei.

Ein Zittern durchlief sie. Ihr Job war noch nie einfach gewesen. Renitente Klienten, manche sogar bereit, ihr vermeintliches Recht mit körperlicher Gewalt durchzusetzen, kannte sie zuhauf. Es war nie schön, Kinder von ihren Eltern trennen zu müssen, auch wenn noch so viele Gründe dafür sprachen. Es war selten einfach, Frauen aus gewalttätigen Beziehungen herauszuhelfen. Aber bisher hatten immer ihre Klienten im Mittelpunkt gestanden. Nun war sie es, auf die sich die Aufmerksamkeit ihrer Dienststelle richtete. Damit nicht genug. Sie fühlte sich brutal hineingezerrt in eine Sache, der sie schutzlos ausgeliefert zu sein schien. Ihre Hilflosigkeit machte sie fertig. War sie für die anderen ein Punchingball, auf den aus dem Hinterhalt eingedroschen werden konnte? Auch wenn offiziell die Spitze der Kreisverwaltung hinter ihr stand, auch wenn objektiv für sie gar kein Grund bestand, sich Sorgen zu machen, sie fühlte sich entsetzlich.

»Ich muss die Sache klären«, schoss es ihr durch den Kopf. »Sonst werde ich nie wieder unbelastet in meinem Beruf arbeiten können.«

13

»Frau Kasulke ist nicht da.« Die Frau mit dem mausbraunen Haar war aus der Tür der Erdgeschosswohnung im Offenbacher Buchrainweg getreten, als Lena gerade klingeln wollte. Sie war deutlich jünger als Lena und wirkte unendlich erschöpft. Sie sei, so erklärte sie, die Enkelin einer Cousine der Hausmeisterin und hatte ein paar Dinge aus der Wohnung ihrer Verwandten geholt.

»Ich bin Krankenschwester, sie lag bei uns in der Klinik, hatte eine OP. Bandscheibenvorfall. Jetzt kommt sie in die Reha.« Die

Mausbraune prüfte noch einmal, ob der Reißverschluss der kleinen Reisetasche ordentlich zugezogen war.

»Ich muss. Bin spät dran«, murmelte sie und ließ Lena stehen.

»Bitte grüßen Sie sie herzlich von mir«, rief sie ihr noch hinterher.

Deswegen also war die Kasulke am Samstag so merkwürdig gewesen. Aber sie hatte nicht einen Ton von der bevorstehenden Operation gesagt.

Wenn ich es gewusst hätte, hätte ich sie besuchen können.

Im selben Moment, in dem der Gedanke durch ihren Kopf schoss, wusste sie, dass ihr das unendlich schwergefallen wäre. Nicht wegen der Kasulke, sondern wegen der Abneigung, die Lena seit einiger Zeit gegen Krankenhäuser hegte. Das letzte Mal, als sie eines betreten hatte, lag dort ihre beste Freundin und rang mit dem Tod. Lena hatte sich damals so elend gefühlt wie nie zuvor in ihrem Leben.

Jetzt schulterte sie ihre Tasche. Sie hatte die Kasulke bitten wollen, noch einmal nach der Post zu sehen. Musste es halt so gehen. Im Gegensatz zu ihrer Reise durch Neuseeland würde sie dieses Mal nicht so lange weg sein. Sie nahm sich vor, der Hausmeisterin aus Menorca eine Postkarte zu schicken, die sie hoffentlich über die Verwandte erreichen würde.

***

Am Nachmittag desselben Tages holte Lena am Schalter einer Mietwagengesellschaft am Flughafen von Menorca einen roten Hyundai ab. Sie warf einen Handgepäcktrolley, ihr einziges Gepäckstück, in den Kofferraum, breitete eine Karte der Insel auf dem Beifahrersitz aus und stellte das Navi ein. Sie hatte keine Ahnung, wo genau sich das Hotel befand. Ihr einziger Anhaltspunkt war der ältere Eintrag im Internet. Dort war in einem uralten Post einmal die Rede von einem Hotel *Naranja Azul*, das in der Nähe von Cala Morell lag. Sie würde also quer über die ganze Insel fahren müssen, um dort ihre Suche zu starten. Eine Suche, die völlig umsonst sein konnte. Selbst wenn sie ihn fand, würde sie den Mann erkennen? Sie wusste nicht, wie er aussah, hatte keinen Namen. Sie zog das neue Handy hervor, das sie am frühen Morgen gekauft hatte. Ein Prepaid-Modell, das den Vorteil besaß, dass niemand die Nummer hatte. Ganz besonders nicht die Presse. Sie hatte sie wichtigsten ihrer eigenen Kontakte eingespeichert, ebenso Kopien einiger Fotos. Darunter die Aufnahme, die lediglich den Arm von Angelika Kiewitz zeigte und den Hinterkopf des Mannes, auf dessen Schulter er lag.

Irgendwas wird mir schon einfallen.

Sie musste sich sowieso irgendwo einmieten, warum also nicht in genau diesem Hotel?

Sie gab sich einen Ruck und startete den Wagen. Wenn sie sich heute noch in der Gegend bei Cala Morell umschauen wollte, musste sie sich sputen.

14

»Naranja Azul?« Die Frau schüttelte bedauernd den Kopf. Es war bereits die vierte Person, die Lena nach dem Hotel fragte. Ihr Spanisch bestand aus ein paar Wörtern, die Frage »Dónde está« gehörte dazu. Doch niemand in Cala Morell schien das Hotel zu kennen. Lena zeigte der Frau auf dem Display ihres Handys den Eintrag, den sie gefunden hatte. Kein Straßenname, keine Kontaktdaten, kein Foto, lediglich »Nähe Cala Morell«.

Die Frau zuckte die Schultern. Jetzt wies sie mit einer weitläufigen Handbewegung auf die vielen weiß getünchten Häuser, die die vom Meer her sanft ansteigende Bucht säumten und sagte etwas in schnellem Spanisch. Lena verstand sie nicht, dankte ihr aber mit einem Lächeln. Die Frau ging davon und Lena betrachtete die Umgebung. Der ganze Ort war eine Feriensiedlung, auf dem Wasser lagen Motorboote und kleine Jachten. Vermutlich kannte kaum jemand die Namen sämtlicher Hotels und Appartementhäuser, wenn man nicht gerade dort arbeitete. Lena war müde und hatte Kopfschmerzen. Die Luft auf der Insel war wesentlich wärmer als im Rhein-Main-Gebiet, eine angenehme Brise strich durch die Büsche und Bäume und der Wind vom Meer trug den Geruch nach Salz und Wasser mit sich. Sie reckte sich, um die nervöse Anspannung in ihrem Körper zu vertreiben, die sie bei ihrer Ankunft befallen hatte. Die Fahrt war angenehm gewesen. Sie war den größten Teil über der Hauptverkehrsader gefolgt, die die neue Hauptstadt Mahón mit der alten, Ciutadella, verband, kaum vierzig Kilometer waren es. Die Straße war gut ausgebaut und vor allen Dingen nicht übermäßig stark befahren. Bei Ciutadella war sie abgebogen, weiter nach Norden gefahren und auch dort gut vorangekommen. Jetzt, wo sie ganz in der Nähe ihres eigentlichen Zieles war, schien sich alles in Luft aufzulösen. War es naiv gewesen, einfach hierher zu kommen? Sie beschloss, sich hier ein Zimmer zu suchen. Danach konnte sie immer noch die Umgebung abfahren und, falls sie das Hotel heute nicht mehr fand, am nächsten Tag ausgeruht weitersuchen. In der Nähe waren einige Badebuchten, vielleicht stand das Hotel dort.

15

Der gut gekleidete Mann an der Bar des Hotels *Frankfurter Hof* blickte versonnen in sein Glas. Der Whisky, ein 25 Jahre alter Talisker Single Malt, verströmte ein dunkles, torfiges Aroma. Er trank ihn immer pur, ließ nun den schweren Tumbler kreisen und betrachtete die öligen Schlieren, in denen die Flüssigkeit sich innen am Glas entlang bewegte. Die in dunklen Tönen gehaltene Bar war zu dieser frühen Abendstunde kaum besucht. Leise Musik untermalte halblaut geführte Gespräche und das Klirren der Eiswürfel, wenn der Barkeeper einen Drink mixte.

»Herr Rohloff. Guten Abend.« Er blickte hoch. Vor ihm stand Bertram von Hagen. Der Frankfurter Polizeipräsident war hochgewachsen, asketisch schlank und trug das ergraute Haar kurz und dicht an den schmalen Kopf gekämmt.

Wie immer war er tipptopp gekleidet. Grauer Anzug mit Weste, ein bisschen zu dick der Stoff für die bereits milden Temperaturen, burgunderrote Krawatte, Manschettenknöpfe aus Weißgold.

Er erklomm den Barhocker neben Gerd Rohloff.

»Den Talisker kann ich empfehlen.«

»Danke, ich trinke selten Alkohol.« Von Hagen wandte sich dem Barkeeper zu und bestellte ein stilles, ungekühltes Wasser.

Die beiden Männer musterten sich gegenseitig. Sie kannten sich, wenngleich sie sich viele Jahre so gut wie nie begegnet waren.

»Es ist lange her«, brach von Hagen das Schweigen.

»Fünf Jahre. Das letzte Mal sahen wir uns bei einer Vernissage in der Kunstgalerie meiner verstorbenen Frau.« Ein leichter Schmerz durchzog ihn. Wie immer, wenn er von Marie sprach, auch jetzt noch, fast vier Jahre nach ihrem Tod.

»Sie ziehen sich zurück?« Von Hagen war gut informiert.

»Ja. Es ist Zeit, etwas Neues zu beginnen.« Er meinte es nicht nur geschäftlich, aber das ging sein Gegenüber nichts an. »Trotzdem habe ich noch einen Finger am Puls einer gewissen Szene.«

Von Hagen antwortete nicht. Er blickte in sein Wasser. Wartete. Schließlich hatte Rohloff um dieses Treffen gebeten.

»Ich will Ihnen ein Geschäft vorschlagen«, fuhr dieser nun fort. »Es wird gerade etwas eingefädelt in einem der Milieus, in das Sie mit Ihren Leuten nicht vordringen.«

Von Hagen hob den Kopf und wollte etwas sagen. Rohloff bedeutete ihm mit einer Handbewegung, noch kurz zu warten.

»Ich habe Verbindungen zu jemandem, der aussteigen will. Eine Frau, die die Machenschaften ihres Clans nicht mehr erträgt. Besonders die im Rotlicht. Sie traut den deutschen Behörden nicht. Würde nie mit einem ihrer Beamten sprechen. Sie sucht einen Mittelsmann, dem sie vertraut.«

Die Miene des Polizeipräsidenten zeigte höchste Konzentration. »Der wären Sie?«

»Ja. Sie hat Verbindung über einen meiner langjährigen Mitarbeiter aufgenommen. Also, jetzt Ex-Mitarbeiter.«

Von Hagen trank langsam das ganze Glas leer und schenkte sich den Rest aus der kleinen Flasche nach. »Was ist der Deal?«

Rohloff beugte sich nach vorne und senkte die Stimme. »Es wird ein Treffen geben. Alles hochrangige Clanmitglieder. In einem Haus am Stadtrand von Frankfurt. Man fühlt sich unbeobachtet. Unantastbar. Über dem Gesetz stehend. Aber das brauche ich Ihnen nicht zu sagen. Dort herrscht daher ein gewisser Übermut. In dem Haus findet sich belastendes Material gegen die Köpfe des Clans.«

»Haben Sie etwas für mich dabei?«

Rohloff war auf diese Frage gefasst. Er griff in die Innentasche seines Jacketts, nahm ein Blatt Papier heraus und legte es auf den Tresen.

Von Hagen beugte sich über das Schriftstück. »Immobilien«, murmelte er.

Rohloff nickte. »Die Familie wäscht einen Teil der Einnahmen aus illegalem Glücksspiel im sogenannten Speckgürtel von Frankfurt.«

»Nun ja, das ist noch kein Beweis, dass die Häuser und Grundstücke mit Schwarzgeld erworben wurden.«

»Die finden Sie in dem besagten Haus. Schwarze Buchhaltung, Kanäle, Auslandskonten. Dazu Bargeld, der ganze Keller ist voll davon, gefälschte Papiere, Waffen und vermutlich auch ein Arsenal an Drogen. Da war sich meine Informantin nicht ganz sicher.«

Von Hagen schwieg, in seinem Gesicht arbeitete es.

»Es wird ein Notruf über die 110 eingehen. Eine Frau wird um Hilfe bitten. Es wird von mehreren bewaffneten Männern die Rede sein. Damit hätten Ihre Leuten guten Grund, in das Gebäude einzudringen, die Räume und alle Anwesenden zu filzen.«

»Wie belastbar ist das Ganze?«

»Die Zeugin weiß, dass sie unter Druck geraten könnte. Sie wird aussagen, aber sie will einen Deal. Kronzeugenregelung. Eine neue Identität für sich und ihre Tochter, mit der sie zukünftig im Ausland leben wird. Das müssen Sie mit den zuständigen Stellen klären, das ist mir klar. Aber die Frau will raus da. Zwangsverheiratet, unglücklich, hat Angst um ihre Tochter, die wohl nach Meinung des Clanältesten mit 14 Jahren bereits im heiratsfähigen Alter ist.«

Keiner der beiden verzog eine Miene, sie wussten beide schon zu lange Bescheid.

Von Hagen hatte sein Wasser ausgetrunken. »Was ist Ihr Preis für diese Art von Überzeugungsarbeit?«

Rohloff richtete sich auf und atmete tief durch. Dann griff er erneut in sein Jackett und entfaltete einen Zeitungsartikel.

»Der tote Junge aus Dietzenbach?«, murmelte der Polizeipräsident, während er las. Sein Blick verriet, dass er sich darauf keinen Reim machen konnte.

»Ich will wissen, was ihm geschehen ist. Alles. Welcher Art die Misshandlungen waren, denen er ausgesetzt war, wie er gestorben ist. Jedes Detail.«

Von Hagen blickte sein Gegenüber irritiert an. »Das fällt nicht in meine Zuständigkeit. Diese ...«

Rohloff schnitt ihm das Wort ab. »Der Junge wurde in der Rechtsmedizin Frankfurt obduziert. Als Polizeipräsident haben Sie kein Problem, an den Bericht zu kommen. Geben Sie ihn mir, dann bekommen Sie die Aussage der Zeugin, den Termin, den Ort, die Sicherheitsvorkehrungen und einen Keller voller Beweismaterial. Alles, was Sie benötigen, um einen Coup für die Frankfurter Polizei zu landen, bevor das BKA übernimmt. Ein Deal, von dem Sie mehr profitieren als ich. Wesentlich mehr.«

Von Hagen schaute einen Moment ins Leere.

»Gut. Ich sehe, dass Ihnen die Sache wichtig ist. Auf welchem Weg möchten Sie die Unterlagen übermittelt haben?«

»Auf dem guten alten Papier.«

Van Hagen lächelte leicht, das erste Mal, seit er da war.

»Geben Sie es in einem verschlossenen Umschlag mit dem Vermerk *persönlich* bei Marek in der Kinky-Bar ab, er wird mich informieren.«

»Haben Sie den Club denn noch?«

Rohloff schüttelte den Kopf. »Gerade verkauft. In ein paar Tagen wird der neue Besitzer dort einziehen. Aber dem Personal kann ich vertrauen.«

Sie erhoben sich gleichzeitig. Nach kurzem Zögern reichte von Hagen Rohloff die Hand. »Eigentlich schade. Mit Ihnen verlässt einer der letzten Geschäftsmänner vom alten Schlag das Bahnhofsviertel. Sicherlich werden meine Leute Ihre ehemaligen Clubs in Zukunft wesentlich häufiger filzen müssen.«

Er ging, aufrecht und mit langen Schritten. Rohloff blickte ihm hinterher und trank seinen Whisky. Er wusste, dass er sich auf von Hagen verlassen konnte. So, wie der sich auf ihn.

16

Lena trank bereits den dritten Café con leche, während sie ihre Tour für den heutigen Tag plante. Sie war in einer Pension unweit des Hafens untergekommen. Ein kleines, weiß gekalktes Gebäude, die Zimmer luftig und sauber. Die Pensionswirtin hatte ein üppiges Frühstück serviert. Sie sprach nur ein paar Worte Deutsch und schien nicht neugierig zu sein, warum Lena alleine unterwegs war. Es gab nicht viele Alleinreisende in diesem Ort. Allerdings vermietete man nicht für eine Nacht, sie hatte drei Übernachtungen buchen müssen. In Anbetracht des Umstands, dass sie einen guten Standort darstellte, um die nähere Umgebung auszukundschaften, und sie keine Ahnung hatte, wie lange sie benötigen würde, um ihre Informationen zu sammeln, war das kein Problem für sie.

Lena sah auf die Uhr. Es war kurz vor neun. Sie schob ihre Sachen zusammen und hatte sich bereits halb erhoben, als sie sich doch noch einmal auf den Stuhl des Cafés sinken ließ. Ihre Fingerspitzen schwebten über der Tastatur des Handys. Sie kämpfte mit sich, ob sie die aktuelle deutsche Tagespresse lesen sollte oder nicht.

Das Thema war jedenfalls noch nicht durch.

»Schreckliche Details. So qualvoll musste Toby sterben«, kündigte das Krawallblatt an. Lena schüttelte sich. Was, um alles in der Welt, war in diese Journalisten gefahren? Als sie sah, dass die seriöseren Blätter ebenfalls leicht spekulative Artikel veröffentlicht hatten, biss sie die Zähne zusammen. Einmal wurde sogar die Frage formuliert, ob die zuständige Sozialarbeiterin – hier war ausnahmsweise mal kein Name genannt – überfordert gewesen sei. Ein anderer Journalist berief sich auf Quellen, die nicht genannt werden wollten, sich aber herausnahmen, über Lenas Lebenswandel zu spekulieren. »Man hatte das Gefühl, sie sei auch im Dienst oft mit Dingen beschäftigt gewesen, die nichts mit ihrer Arbeit zu tun hatten«, wurde jemand aus dem »beruflichen Umfeld« zitiert.

Norbert Müller, dachte Lena. Nur ihm waren solche Äußerungen zuzutrauen. Niemand aus dem Team würde derartig dreist lügen. Angesichts dieses Berichtes konnte die Maibaum noch so sehr behaupten, Lena stünde nicht im Mittelpunkt. Solange sich andere über angebliche Verfehlungen ereiferten, ungeachtet der Tatsache, dass sie gar nicht mehr zuständig gewesen war, würden diese an Verleumdung grenzenden Artikel nicht aufhören. Sollte sie auf der Insel nichts erreichen, musste sie nach Hause fliegen und einen Anwalt einschalten.

Sie schloss die Fenster und schob das Telefon in ihre Tasche. Diese blöden Spekulationen würden erst aufhören, wenn Klarheit über das herrschte, was wirklich vorgefallen war. Einer, der mehr über Tobys letzte Monate wissen könnte, war der Unbekannte, den sie suchte.

Eine halbe Stunde später passierte sie eine kleine Bucht. Ein Kleinbus stand dort auf dem sandigen Seitenstreifen neben der Straße. Obwohl der Wagen überlackiert worden war, konnte man noch deutlich die hellblauen, geschwungenen Buchstaben auf den Seitentüren erkennen. Dort hatten einmal die Worte »Naranja Azul« gestanden. Plötzlich klopfte Lenas Herz heftig. Sie bremste ab und parkte ihren Wagen hinter der nächsten Biegung. Sie stieg aus, ging die paar Schritte zu dem Bus zurück und blickte auf den Strand hinunter, den sich drei Familien teilten. Es stand kein weiterer Wagen dort, also waren die Leute alle gemeinsam hergekommen. Die Kinder waren unterschiedlich alt. Eine Frau hielt ein Baby im Arm, die zweite fütterte ein Kleinkind, die Jungs der dritten Familie, ein Zwillingspaar, dürften sechs oder sieben sein. Die Leute würden wissen, wo das Hotel lag.

Lena ging zu ihrem Wagen zurück. Sie schulterte ihre Tasche, schob eine Baseballkappe über die Haare, setzte ihre Sonnenbrille auf, und lief kurz darauf den schmalen Pfad hinunter, der von der Straße zur Bucht führte. Einer der Zwillinge wurde als Erster auf sie aufmerksam. Er rief seinen Eltern etwas zu und im selben Moment schien das Leben dort unten einzufrieren. Irritiert bemerkte Lena, dass alle zehn Personen ihr schweigend entgegensahen. Einer der Männer erhob sich vom Handtuch und kam lächelnd näher. Gerade, als sie am Ende des Pfads angelangt war, erreichte er sie.

»Falls Sie ein ruhiges Plätzchen zum Schwimmen und Sonnenbaden suchen, ist die nächste Bucht ideal.« Er sah sie entspannt an, seine Stimme war freundlich, dennoch fühlte Lena einen leichten Schauder über ihr Rückgrat laufen.

»Ach so, ich dachte ...«, sie wies auf den Teil der Bucht, in dem sie locker noch Platz gehabt hätte.

»Da kommen noch welche. Familien mit Kindern.« Er lachte leise auf, verständnisheischend. »Da geht es immer recht lebhaft zu. Manchmal beschweren sich dann andere Leute.« Er zuckte in einer entschuldigenden Geste mit den Schultern. »Darum ...« Er deutete wieder in Richtung der nächstliegenden Bucht.

Sonnenlicht sprenkelte seine Augen, ein leichter Wind hob sein gepflegtes, blondes Haar. Ein netter Mann, höflich. Zuvorkommend, weil er ihr und seinen Bekannten Ärger ersparen wollte. So hätte sie ihn sehen können. Stünde er nicht so dicht vor ihr, dass sie nicht auf den Strand hätte treten können, ohne ihn beiseite zu schieben.

»Okay«, murmelte sie, ging einen Schritt rückwärts. »Ist das vielleicht der Strand des Hotels?«

Wachsamkeit trat in seine Augen, sein Körper straffte sich unmerklich. »Welches Hotel meinen Sie?«

»Etwas mit Azul.« Ihr war nicht entgangen, dass die Frau mit dem Baby näher gekommen war und mit leichtem Stirnrunzeln das Gespräch verfolgte.

Der Mann schien zu zögern, dann schüttelte er den Kopf. »Ist mir nicht bekannt. Vielleicht auf der anderen Seite der Insel. Dort gibt es mehr Touristen.«

Das Baby bewegte sich auf dem Arm der Mutter und quengelte leise vor sich hin. Die Zwillinge hatten angefangen, Federball zu spielen.

»Einen schönen Tag noch«, sagte Lena, bevor sie sich umdrehte, um auf dem Pfad wieder nach oben zu gehen. Sich dabei ertappte, plötzlich loslaufen zu wollen, weil sie glaubte, seine Blicke wie Nadelstiche in ihrem Rücken zu spüren. Erst, als sie oben angelangt war, hatte sie das Gefühl wieder frei atmen zu können. Sie warf einen Blick zurück. Der Mann beobachtete sie noch immer. Die Frau war mit dem Baby auf ihr Tuch zurückgekehrt. Der Rest der Leute schien mit anderen Dingen beschäftigt.

Lena atmete tief aus. Sie wandte sich in die Richtung, die der Mann ihr bedeutet hatte. Gerade so, als wolle sie seinem Rat folgen. Doch schon nach wenigen Metern, als sie um eine Biegung war und er sie nicht mehr sehen konnte, blieb sie stehen. Die drei Familien waren mit dem Kleinbus hergekommen. Sie würden mit diesem Wagen wegfahren. Sie musste ihnen einfach nur folgen, dann würden sie sie zum Hotel führen. Allerdings machte niemand dort unten den Eindruck, gleich wieder aufbrechen zu wollen. Wenn sie Pech hatte, würde sie den restlichen Tag über warten müssen.

17

Der Junge war ein Klotz am Bein. Dennoch brachte sie es nicht übers Herz, ihn einfach zurückzulassen. Sie waren nicht weit gekommen seit ihrer Flucht aus der Wohnung. Nicht nur, weil er keine Schuhe an den Füßen trug und ständig jammerte. Auch, weil sie keine Ahnung hatte, wo genau sie sich befanden. Wo sie überhaupt hinwollte. Die Siedlung, aus der sie kamen, erschien ihr unendlich groß. Ständig in Angst, doch noch entdeckt zu werden, hatte sie sich und den Kleinen zu einer schnellen Gangart angetrieben. Jetzt standen sie an einer Haltestelle. Als ein Bus kam, stiegen sie einfach hinten ein. Zunächst achtete niemand auf sie. Bis eine ältere Frau bemerkte, dass der Junge keine Schuhe trug. Sie fing an, herumzulärmen und sie mussten aussteigen. Jetzt befanden sie sich in einer Art Industriegebiet.

»Sind wir bald da?«, wollte der Junge wissen.

»Sei still«, raunzte sie ihn an. Er schwieg, verstört und folgsam zugleich. Niemand hatte sich in den vergangenen Monaten die Mühe gemacht, freundlich mit ihnen zu reden. Sie hatten zu parieren und den Mund zu halten. Auch wenn er diese Art von Fügsamkeit noch nicht so verinnerlicht hatte wie andere, reagierte er doch auf einen strengen Ton.

Angestrengt blickte sie sich um. Wenig Leute unterwegs. Große Gebäude. Büros, eine Gärtnerei, ein Baustoffhandel, ein Lagergebäude. Ihre Blicke wanderten die Straße hoch und runter. Es dämmerte. Bald würde hier Ruhe einkehren.

»Komm«, sie streckte ihm versöhnlich die Hand hin. Er ließ sich mitziehen, presste mit der anderen Hand seine Giraffe an sich. Sie traten durch ein offenes Tor, huschten zwischen hohen, metallenen Gitterboxen durch auf das

Gelände des Baustoffhandels. Dort versteckten sie sich in einem Schuppen, in dem Arbeitsgeräte aufbewahrt wurden.

»Pst«, sie bedeutete ihm mit einem Finger an den Lippen, ruhig zu sein. »Sobald hier alle weg sind, gehen wir woanders hin.« Er sagte nichts, blickte nur ängstlich auf. Einen Moment lang fragte sie sich, ob er je wieder etwas anderes würde empfinden können. Dann schob sie den Gedanken weg, denn er kam ihren eigenen Gefühlen viel zu nah.

18

Hitze, Durst, Hunger und das Gefühl dringend pinkeln zu müssen, hatten sich einige Stunden lang abgewechselt. Tatsächlich waren keine weiteren Badegäste angekommen. Lena war sich sicher, dass der freundliche Familienvater sie angelogen hatte. Sie hatte den Standort gewechselt und ihren Wagen oberhalb des Kleinbusses an der Straße geparkt. Als die drei Familien am Nachmittag vom Strand nach oben kamen, schien keiner von ihnen mehr an die Frau zu denken, mit der sie fast ihre kleine Bucht hätten teilen müssen. Fröhlich wirkten sie, ausgelassen. Die Zwillinge knufften einander, die Frau mit dem Baby wirkte beseelt. Lediglich das Paar mit dem Kleinkind schien nicht ganz so guter Laune. Der Mann und die Frau würdigten sich keines Blickes und er räumte die Badesachen mit verkniffener Miene und eckigen Bewegungen in den Wagen.

Lena folgte ihnen in einigem Abstand. Es herrschte kaum Verkehr auf der Straße, sodass sie nicht gezwungen war, dicht aufzufahren. Andererseits musste sie genau deswegen aufpassen, nicht gesehen zu werden.

Nach zehn Minuten Fahrt bog der Kleinbus auf einen schmalen, asphaltierten Seitenweg ein. Lena fuhr zunächst an der Abzweigung vorbei, wendete und folgte dem Bus. Ihrer Berechnung nach konnte die Straße, der sie folgte, nicht sehr lang sein. Sie führte direkt aufs Meer zu und sie waren nicht weit entfernt davon. Tatsächlich tauchte schon nach kaum hundert Metern ein dreistöckiger Gebäudekomplex auf, der von einer halbhohen, sandfarbenen Mauer umgeben war. Dahinter hatte man locker stehende Büsche gepflanzt, die in ein paar Jahren einen dichten grünen Sichtschutz bilden würden. Der Kleinbus war hinter einer hohen, gemauerten Durchfahrt verschwunden, dessen schmiedeeisernes Tor weit offen stand. Lena wartete eine Weile ab, bevor sie ihm folgte. Zunächst passierte sie ein halb fertig gestelltes Gebäude. Achteckig und mit einer halbrunden Kuppel versehen wirkte es, als sei hier ein Wellnesstempel geplant gewesen. Der wirkte, genau wie ein Tennisplatz und etwas, das aussah wie ein Amphitheater, traurig und verlassen. Dem Zustand nach hatte man die Bauarbeiten bereits seit längerer Zeit eingestellt. Vermutlich war den Investoren das Geld ausgegangen. Sie fuhr im Schritttempo weiter, umrundete einen schmalen Seitenteil des rechteckigen Gebäudes. Der Eingang lag in einem einstöckigen Gebäudeteil auf der landabgewandten Seite, vor ihm öffnete sich der Weg zu einer breiten Zufahrt. Im Bereich hinter der gegenüberliegenden Schmalseite war ein Parkplatz angelegt, auf dem rund ein Dutzend Wagen geparkt waren. Dort stand inzwischen auch der Kleinbus, aus dem der Fahrer kletterte. Lena erkannte den schlecht gelaunten Vater des Kleinkindes. Da er alleine war, hatte er den Rest der Gesellschaft wohl schon direkt am Eingang abgesetzt. Lena fuhr im Schritttempo am Eingangsbereich vorbei ebenfalls auf den Parkplatz. Sie stieg aus und blickte sich um. Die landabgewandte Seite des Hotels zeigte direkt zum Meer. Die Stelle, an der sie stand, bot über die Mauer hinweg einen atemberaubenden Ausblick aufs Wasser. Genau gegenüber vom Hoteleingang führte an den Klippen eine grob in den Stein gehauene Treppe zwischen Handläufen aus dickem Seil auf eine winzige Bucht mit hellem Sandstrand hinunter. Sie drehte sich um. Drei Stockwerke hoch war der Gästetrakt, auf jedem Stockwerk schätzungsweise fünfzig Zimmer oder Appartements. Kein Wunder musste sich ein Teil der Gäste andere Badeplätze suchen. Sie rief das Foto von Shaenna mit den Fahrrädern auf ihrem Smartphone auf und dachte: »Bingo!« Es war genau vor diesem Haus aufgenommen worden. Heller Sandstein, alles Naturtöne. Nur der Hotelname, den man auf dem Foto noch halb erkennen konnte, fehlte. Nirgendwo stand jetzt *Naranja Azul* angeschrieben. Die Fassade am Zugang war zudem frisch verputzt worden, sodass jeder Hinweis auf eine frühere Beschriftung fehlte.

Das konnte natürlich daran liegen, dass das Haus verkauft worden war. Neue Besitzer, neuer Name. Darum hatte sie es nicht mehr im Internet gefunden. Aber woher kannte Angelika Kiewitz den alten Namen? War sie schon einmal hier gewesen?

Lena steckte das Smartphone weg, warf die Baseballkappe in den Wagen und nahm ihre Sonnenbrille ab. Zwar rechnete sie nicht damit, dem Familienvater vom Strand zu begegnen, und falls doch, hoffte sie, nicht erkannt zu werden. Sie ging zum Eingang zurück und betrat das Hotel durch eine hohe, gläserne Schiebetür. Der Empfang befand sich auf der linken Seite, rechter Hand hatte man eine kleine Sitzecke eingerichtet.

»Buenos Dias«, wurde sie begrüßt. Die Rezeptionistin war jung und trug das lange dunkle Haar zu einem Dutt geschlungen. Sie sah Lena neugierig an und antwortete ihr auf die Frage nach einem Zimmer mit einem bedauernden Kopfschütteln. Sie sprach Englisch mit einem starken spanischen Akzent und erklärte, das Hotel sei komplett ausgebucht.

»Ist das hier das Naranja Azul?«, wollte Lena wissen. Die Miene der jungen Frau veränderte sich fast unmerklich. Sie schüttelte den Kopf.

»Aber das war doch hier, oder?« Die Rezeptionistin blickte hilfesuchend um sich, bevor sie leise erklärte, sie sei erst seit Kurzem hier beschäftigt.

»Okay«, meinte Lena gedehnt. »Dann trinke ich noch einen Kaffee, bevor ich fahre.«

»Das Café ist nur für Gäste des Hauses«, beeilte sich die Empfangsangestellte, zu erklären.

Lena hob erstaunt die Brauen. »Ach so«, brachte sie hervor. Etwas seltsam war das hier schon. Sie sah keinen Hotelprospekt, keine Visitenkarten, überhaupt keinerlei Werbematerial für das Haus auf dem Tresen herumliegen.

»Okay«, meinte sie. Die Empfangsdame lächelte verkrampft, bevor ihre Aufmerksamkeit durch das Klingeln eines Telefons in Anspruch genommen wurde. Lena trat vom Empfang weg, wandte sich aber nicht nach rechts, zur Tür, sondern nach links. Dort befand sich ein Durchgang, der direkt auf den großzügigen Innenhof führte. Von dort hörte man Stimmen, Lachen und das Kreischen von Kindern. Ein kurzer Blick zum Empfang. Die

Mitarbeiterin war mit etwas beschäftigt und hielt die Augen gesenkt. Lena überlegte nicht, sie durchquerte den Durchgang, dessen Glastüren passenderweise offen standen und befand sich gleich darauf in dem Teil des Geländes, in dem der Pool lag. Ein schöner, großer Pool, hellblau gekachelt, umstanden von Liegen und Sonnenschirmen auf einem gepflegten Rasen. Rechterhand konnte man an einem Pavillon Eis und Getränke kaufen, auf der gegenüberliegenden Seite befand sich ein Häuschen, aus dem gerade jemand mit einem Stapel Pooltüchern in der Hand kam. Etliche Familien mit kleinen Kindern befanden sich hier, die plantschten im Kinderbecken, das sich direkt an das Becken der Erwachsenen anschloss. Lena hob den Blick. Auf den meisten Balkonen hing Badekleidung auf den sauber an den Seiten ge- stellten Trockengestellen. Viele Fenster und Türen waren geöffnet. Dennoch wirkte das Hotel höchstens zur Hälfte bewohnt.

Lena war inzwischen bemerkt worden, einige Gespräche verstummten, einige Köpfe wandten sich ihr zu. Ein merkwürdiges Gefühl überkam sie. Als würde sie durch die Blicke der Menschen in ein Netz eingesponnen. Sie wandte den Kopf, wollte gerade zu der Poolbar hinübergehen, um trotz des Hinweises der Rezeptio- nistin zu versuchen, dort einen Kaffee zu trinken. Dabei würde sie die anwesenden Männer genauer unter die Lupe nehmen. War einer davon der, den sie suchte?

Jemand trat hinter sie. Ein Kellner. Er trug ein weißes Hemd und eine schwarze Hose, dazu ein freundliches Lächeln. Doch er fragte nicht nach ihren Wünschen.

»Dieser Bereich ist für Hotelgäste reserviert«, stellte er klar und wies mit einer leichten, aber unmissverständlichen Geste auf den Durchgang zurück in die Empfangshalle. Lena nickte knapp. Es machte keinen Sinn, einen Aufstand zu machen. Sie wusste, sie würde zurückkommen müssen, aber jetzt hatte sie noch keinen Plan, wie sie das anstellen sollte.

Als sie zu ihrem Wagen zurückging, bemerkte sie auf dem Parkplatz eine andere Frau. Kleiner als sie, vermutlich ein paar Jahre älter. Glattes dunkles Haar, das mit einem breiten Reifen aus dem Gesicht gehalten war. Ein helles Leinenkleid, die typischen Menorca-Sandalen. Die Frau hatte einen Fotoapparat in der Hand, als habe sie gerade ein paar Bilder geknipst. Nun stand sie gegen die Kühlerhaube ihres weißen Wagens gelehnt und musterte Lena interessiert.

Die ging vorbei zu ihrem Auto. Wenig später befand sie sich wieder auf dem Weg zurück nach Cala Morell. Jetzt hatte sie das Hotel gefunden, aber es nützte ihr nichts. Sie würde einen Plan brauchen, um herauszufinden, ob Angelika Kiewitz´ Freund sich dort aufhielt.

19

Das Mädchen stand am Fenster und blickte in die Dunkelheit hinaus. Ein paar Solarleuchten warfen kleine Lichtkreise auf den akkurat gemähten Rasen, links von ihr spuckte ein steinerner Fisch einen Strahl Wasser in die Luft, der von dem Becken unter ihm aufgefangen wurde. Sie drehte den Kopf. Der Junge schlief auf der gegenüberliegenden Seite, zusammengerollt wie ein Embryo. Er war so erschöpft gewesen, dass er nicht einmal etwas gegessen hatte. Nur die Milch hatte er getrunken. Sie griff in die runde Keksdose, die sie in dem Schränkchen neben Prospekten, Klarsichthüllen und Kugelschreibern gefunden hatte. Die mit Schokolade gefüllte Waffel knirschte beim Hineinbeißen. Sie behielt das Stück lange im Mund, schmeckte Zucker und Kakao und versuchte, sich zu erinnern, wann sie das letzte Mal Süßigkeiten gegessen hatte. Sie wusste es nicht mehr, es war schon zu lange her. Sie biss erneut ab und verfuhr genauso wie zuvor. Ob man nach ihnen suchte? Ganz sicher. Der Mann, der GOTT war, würde sie nicht davonkommen lassen. Da sie kreuz und quer gelaufen waren, sie selbst keine Ahnung davon hatte, wo sie sich befanden, wäre es vermutlich unmöglich, dass jemand anderes sie aufstöberte. Sie lächelte grimmig. Er hatte sie für dumm gehalten, weil sie ungebildet war. Aber jetzt hielt sie sich für schlauer als ihn. GOTT. Was sollte das überhaupt heißen? Niemand war GOTT. Nur, dass der Mann sich so nannte.

Das letzte Stück der kleinen Waffel war dran. Sie warf einen Blick in die Dose. Wenn sie es sich gut einteilte, würde sie mit den Keksen ein paar Tage hinkommen. Noch immer hatte sie keinen blassen Schimmer, wie es weitergehen sollte. Polizei war undenkbar. Nicht nach allem, was sie mitbekommen hatte.

Die sperren euch ein. Ihr kommt in ein Heim.

Nach Hause konnte sie nicht, sie hatte kein Zuhause mehr. Nur noch einen Vater, an den sie nicht denken wollte. Jetzt nicht. Nie mehr.

Ich wünschte, er wäre tot.

Sie presste die Stirn gegen das kühle Fensterglas. Sie würden sich irgendwie durchschlagen müssen, bis ihr etwas einfiel. Der Junge regte sich im Schlaf, er brabbelte etwas Unverständliches, seine Füße zuckten.

Im selben Moment hörte sie von draußen ein Motorengeräusch. Sie trat einen Schritt zurück. Von ihrer Position aus konnte sie ein Stück der Straße sehen. Ein dunkler Wagen fuhr dort draußen im Schritttempo heran. Ihr Herz begann heftig zu klopfen, als er vor dem hohen Metalltor stoppte. Niemand stieg aus, der Motor lief weiter. Ihr Mund wurde trocken. Hatte man sie gefunden? Jetzt öffnete sich die Tür der Beifahrerseite. Ein schwarz gekleideter Mann stieg aus. Der Lichtstrahl einer Taschenlampe fiel auf den gekiesten Weg, der direkt zu ihnen herüber führte.

Das Mädchen ließ sich blitzschnell fallen, robbte ganz nah an die Wand und presste sich mit dem Rücken dagegen. Wer war da draußen? Ein leichtes Metallgeräusch, als rüttele jemand prüfend am Tor. Gleich darauf quietschten die Rollen. Sie hatten das Tor geöffnet! Panisch sah sie sich um. Sie kam hier nicht raus, ohne gesehen zu werden. Ihr Blick glitt schräg nach oben. Erfasste einen Holzriegel an der Tür. Wenn sie es schaffte, den vorzulegen, bevor der Mann die Tür erreicht hatte, konnte er nicht herein. Vorsichtig schob sie sich weiter nach rechts, bis sie direkt unter der Tür saß, drehte sich um und griff, kniend, nach oben. Ihre Fingerspitzen berührten den Riegel, so konnte sie ihn aber nicht umlegen. Ein Glasfenster war in Kopfhöhe in der Tür eingelassen. Sie erhob sich gerade so weit, dass sie den Riegel erreichen konnte und nicht durch das Fenster zu sehen war. Mit einem leisen Geräusch schnappte die Verriegelung ein. Mit heftigem Herzklopfen blieb sie einen Moment in dieser Position. Dann sank sie zu Boden und robbte zurück unter das Fenster. Ein Lichtstrahl huschte darüber hinweg, streifte die hellbraunen Dachbalken. Sie presste die Augen kurz zusammen. Riss sie wieder auf. Wenn der Mann herkam und mit der Taschenlampe durchs Fenster leuchtete, würde er den Jungen sehen.

Die Anspannung in ihr war auf einmal so groß, dass sich ihre Finger wie von selbst zu Fäusten schlossen. So fest, dass ihre Fingernägel ins Fleisch ihrer Ballen schnitten. Was sollte sie tun? Den Jungen wecken, um ihn auf ihre Seite zu holen? Was, wenn er aufschreckte, weinte oder schrie?

Sie hörte vorsichtige Schritte draußen auf dem Kies. Eine Männerstimme, die leise etwas sagte. Sie wusste nicht, ob sie die Stimme kannte.

Sie dürfen mich nicht finden, dachte sie. Was ihr blühen würde, wollte sie sich nicht einmal ansatzweise vorstellen. Und der Junge? Würde es ihn noch härter treffen als sie, wehrlos, wie er war? Das Licht war nicht näher gekommen, aber der Mann war noch da, so nah, dass sie seine Schritte hören konnte. Ein piepsendes Geräusch ertönte, wie von einem elektronischen Gerät. Die Männerstimme sagte etwas. Dabei entfernte sie sich.

Das Mädchen lauschte angestrengt. Erst, als das Tor zugezogen wurde und das Klappen der Wagentür ertönte, erhob sie sich und spähte aus dem Fenster. Der Wagen fuhr an. Jetzt konnte sie im Schein der Straßenlaternen die Aufschrift an der Seite erkennen. »Security«, mehr verstand sie nicht. Es reichte, um sie aufatmen zu lassen. Der Wachdienst war hier gewesen. Nur der Wachdienst. Auch der hätte sie finden können und das wäre nicht gut gewesen. Aber nichts war so schlimm wie GOTT.

Gut, dass der Junge all das verschlafen hatte. Jetzt legte auch sie sich hin, richtete sich auf dem harten Holzboden des Ausstellungspavillons ein, in den sie sich geflüchtet hatten. Morgen früh mussten sie hier raus sein, bevor die ersten Mitarbeiter kamen. Sie trug keine Uhr, aber ihr Empfinden sagte ihr, dass sie bis dahin noch ein paar Stunden Schlaf tanken konnte. Und sobald draußen die Sonne aufging, würde sie wach werden. Sie legte den Arm unter den Kopf und versuchte, an etwas Schönes zu denken. Es fiel ihr nichts ein.

20

Lena saß in einem Café am Hafen, um vor dem Abendessen ein Glas Wein zu trinken. Sie schrieb dabei eine Ansichtskarte an Frau Kasulke. Noch war ihr nicht eingefallen, auf welchem Weg sie sich im Hotel umsehen konnte. Also schrieb sie in der Zwischenzeit der kranken Hausmeisterin einen Gruß. In der Hoffnung, dass die sich darüber freuen würde.

»Holà«, grüßte jemand. Die Frau im Leinenkleid nahm am Nebentisch Platz.

Lena sagte »Hallo« und schrieb weiter. Erst, als sie fertig war, die Marke aufgeklebt und den Kugelschreiber in ihrer Umhängetasche verstaut hatte, nahm ihre Nachbarin das Gespräch wieder auf. Zunächst auf Spanisch, als Lena ihr mitteilte, dass sie die Sprache nicht beherrschte, fuhr die Spanierin in perfektem Deutsch mit einer leichten spanischen Melodie darin fort.

»Wir haben uns am Hotel gesehen«, stellte sie fest. »Wohnen Sie dort?«

Lena zögerte, zu antworten. Wollte die Frau Smalltalk machen, oder gab es einen Grund für ihre Frage?

»Nein. Ich habe jemanden gesucht, der dort eventuell seinen Urlaub verbringt. Aber ich habe ihn nicht getroffen«, erwiderte sie schließlich. »Und Sie?«

»Ich habe fotografiert. Der Blick aufs Meer von dort ist herrlich.«

Lena hob zweifelnd die Brauen. Es gab sicherlich noch mehr Stellen, von denen aus man tolle Fotos knipsen konnte. Aber sie sagte nichts dazu.

»Haben Sie Kinder?« Die Frau rührte etwas zu heftig in ihrem Kaffee.

»Nein.« Lena lehnte sich zurück und betrachtete ihre Nachbarin mit zusammengekniffenen Augen. »Sie?«

»Ich ebenfalls nicht.« Der Löffel wurde aus dem Kaffee gezogen und landete auf der Untertasse. »Will nur ein paar Tage ausspannen. Ein bisschen Sonne und Meer genießen.«

Die Spanierin trank ihren Kaffee aus, legte ein paar Münzen auf den Tisch und erhob sich. »Einen schönen Tag noch.« Mit diesen Worten ging sie davon.

Lena blickte ihr hinterher. Bevor die Frau gekommen war, hatte sie nach einem Plan gesucht. Nun glaubte sie, ihn gefunden zu haben.

21

Die Kinder tobten unbeschwert herum, gelegentlich ermahnt von einer der Erzieherinnen. Das Mädchen stand außerhalb des Kindergartens und sah ihnen durch den Zaun hindurch zu. Der Junge hatte seine Hand in ihre geschoben. Sie war kühl und klebrig. Dennoch hielt sie sie fest.

Sie hatten den Gartenpavillon auf dem Ausstellungsgelände des Baugroß-handels verlassen, ohne dass sie gesehen wurden. Kaum jemand nahm von ihnen Notiz, als sie durch die Straßen liefen. Die meisten Menschen starrten auf die Displays ihrer Telefone oder musterten sie nur beiläufig. Nur eine Frau hatte empört geschnaubt, als sie neben ihnen an einer Ampel wartete. Sie war demonstrativ zwei Schritte von ihnen weggegangen und das Mädchen dachte, dass sie vermutlich beide nicht so gut rochen.

Sie betrachtete die schmutzigen Socken des Jungen. Er brauchte dringend ein paar Schuhe, konnte kaum noch laufen. Zunächst hatte sie daran gedacht, sich in den Kindergarten zu schleichen. Doch dann kam ihr eine bessere Idee. Am anderen Ende des Geländes lag eine Grundschule, daneben eine Sporthalle.

»Warte hier«, wies sie den Jungen an und zeigte auf eine rote Bank an der Grünfläche hinter ihnen. »Ich komme schnell zurück.« Er setzte sich brav hin und sie zog ihm einen Socken aus. »Kriegst du gleich zurück«, erklärte sie.

Die Turnhalle roch muffig, irgendwo wurden Bälle auf den Boden gedroschen. Das Mädchen huschte durch die Gänge, bis es zu einer Umkleidekabine kam. Mädchen. Sie ging weiter, bis zu den Jungs. Horchte. Niemand war hier draußen. Sie drückte die Tür auf. Auch hier alles ruhig. In der Mitte zwei Reihen Spinde, mit dem Rücken zueinander. Davor lange Bänke. An Haken hingen Jacken und Turnbeutel, darunter in wildem Durcheinander Schuhe. Sie suchte das kleinste Paar aus, das sie finden konnte, hielt den Socken dran. Die mussten passen. Sie blickte sich um, griff nach einem der Stoffbeutel. Als sie den Inhalt sah, kam ihr eine Idee.

Wenige Minuten später ging sie noch einmal in die Mädchenumkleide, machte sich auch hier systematisch auf die Suche. Noch bevor sie fertig war, hörte sie Schritte. Jemand kam genau auf den Raum zu. Schnell setzte sie sich auf die Bank, tat, als würde sie ihre Schuhe ausziehen. Die Tür öffnete sich. Ein Mädchen stand da, wohl ein paar Jahre älter als sie, das dunkle Haar akkurat gescheitelt und zu zwei seitlichen Zöpfen gebunden. Getöntes Lipgloss ließ es apart aussehen. »Klara nicht hier?«

Sie schüttelte den Kopf, die Tür schloss sich, die Schritte entfernten sich. Sie beeilte sich nun, aus der Turnhalle heraus zu kommen. Der Junge saß auf der Bank, die Beine schlenkerten in der Luft. Er sah so verloren aus, wie er war.

»Schnell, zieh das an!«, sagte sie und reichte ihm seinen Socken und die Schuhe. Sie passten und sie atmete auf. Dann gab sie ihm einen der drei prall gefüllten Beutel, die sie bei sich trug. »Ich hab uns was zu essen besorgt. Und Saft. Und Schokoriegel.«

Weiter hinten trat jemand gestikulierend aus der Tür der Turnhalle. Das Mädchen blickte über ihre Schulter zurück. »Los, weg hier«, murmelte sie und zog den Jungen mit sich, der verlor beinahe den Beutel, weil er nach dem Stofftier griff, das noch auf der Bank lag.

»Hallo, Ihr da!«, schrie jemand. Es war die Bezopfte. Das Mädchen drehte sich nicht mehr um. Sie sprintete mit dem Jungen an der Hand den Fußweg entlang, am Außengelände des Kindergartens vorbei, in dessen Garten jetzt Ruhe eingekehrt war. Frühstückszeit. Sie bogen in eine mit Bäumen gesäumte Allee ab, rannten weiter durch eine schmale Straße. Bis sie zu einer winzigen Grünanlage kamen. Dahinter lagen Reihenhäuser, alles schmuck, mit ordentlich gestutztem Rasen und beschnittenen Hecken.

Ob man sie noch verfolgte? Sie wagte nicht, sich umzudrehen, zog den Jungen weiter, durch den Durchgang zwischen zwei Häusern, hinter denen ein schmaler Weg entlang eines Waldstücks lief. Schilder wiesen zu einem Sportplatz. Von irgendwoher hörte sie laute Rufe. Sie erschrak, bevor sie realisierte, dass auf einem naheliegenden Gelände Fußball gespielt wurde. Die Turnbeutel schlugen heftig gegen ihre Beine, sie wagte nicht, stehenzubleiben, um sie sich über die Schulter zu hängen. Der Junge konnte nicht mehr, er stolperte, wäre fast gefallen.

Gleich wird er wieder anfangen zu heulen.

Das Mädchen ließ seine Hand los. Sie konnte ihn nicht mehr mitnehmen. Wusste selbst nicht, wohin sie eigentlich wollte. Sie musste sich verstecken, noch ein paar Tage durchstehen, zu Geld kommen, in Ruhe nachdenken. Jetzt erst einmal von dem Pfad weg. Sie bog nach rechts ab, lief durchs Dickicht. Ihr eigener Atem dröhnte ihr in den Ohren. Sie spürte Zweige über ihre Haut kratzen. Weiter, einfach weiter, bis sie sicher sein konnte, dass niemand hinter ihr her war. Das Waldstück lichtete sich. Vor ihr breiteten sich große Gartengrundstücke aus. Sie war in einer Schrebergartensiedlung angekommen. Keuchend hielt sie an. Starrte auf Stangenbohnen, Tomatenpflanzen, Komposthaufen. Kleine Gartenhütten. Sie kniff kurz die Augen zusammen. Hier würde sie sich verstecken können. Etwas zu essen und zu trinken hatte sie erst einmal. Wenn sie Glück hatte, konnte sie sich waschen und fand vielleicht auch ein Kleidungsstück, das frischer war als das, was sie am Leib trug.

Hinter ihr knackte ein Ast. Erschrocken fuhr sie herum. Ihre Augen weiteten sich, als sie sah, wer dort stand.

22

Lena frühstückte am nächsten Morgen zeitig. Danach mietete sie ein Fahrrad und brach in Richtung des Hotels auf. Noch am Vorabend hatte sie eine Stelle auf einer Anhöhe ausfindig gemacht, von der aus sie die Seitenstraße zum Hotel überblicken konnte. Wenn ein Teil der Hotelgäste tagsüber zum Baden fuhr, konnte sie den Mann, den sie suchte, eventuell auf diese Weise finden. Ein alleinreisender Mann, der mit einem ungefähr vierjährigen Kind unterwegs war, dürfte unter all den Familien doch auszumachen sein. An ihrem Ziel angekommen, lehnte sie ihr Rad an einen ausladenden Baum. Mit einem Fernglas, das sie noch am Vorabend in Ciutadella gekauft hatte, setzte sie sich im Schutz einiger spärlich wuchernder Büsche so hin, dass man sie nicht gleich sehen konnte. Selbst wenn, würde sie hoffentlich wirken wie eine Radlerin, die eine kleine Pause einlegte.

Es war warm an diesem Tag, einige Insekten umschwirrten sie, gelegentlich fuhr auf der Straße ein Auto vorbei. Ansonsten wurde ihre Geduld auf eine harte Probe gestellt. Der Kleinbus rollte heran, ungefähr eine Dreiviertelstunde nachdem sie ihren Beobachtungsposten eingenommen hatte.

»Mist«, murmelte sie halblaut. Denn trotz des Fernglases konnte sie nicht alle Insassen genau erkennen.

Gehen wir mal davon aus, dass es dieselbe Gruppe ist wie gestern.

Danach fuhren einige Kleinfamilien mit Fahrrädern zur Straße. Ein einzelner Mann in einem Porsche Cayenne kam als Nächstes. Mit seinem fast weißen Haarschopf kam er nicht infrage. In weiten Abständen folgten ein Lieferwagen des Hotels, ein Kleinwagen mit einer vierköpfigen Familie und erneut zwei Radfahrer, ein Mann mit halblangem blonden Haar und ein kleines Mädchen. Danach tat sich sehr lange nichts.

Der Lieferwagen kam zurück, ebenso eine der Familien, die mit ihren Rädern unterwegs gewesen waren.

Inzwischen hockte Lena seit Stunden auf ihrem Platz. Ihre Blase sendete SOS und sie war zum Opfer juckender Mückenstiche geworden. Sie begab sich hinter einen Busch, um zu pinkeln. Danach breitete sie ihre Decke an einer anderen Stelle aus, wo sie mehr Baumschatten hatte. Von dort sah sie lediglich ein kleineres Stück von der Zufahrtsstraße zum Hotel.

Die nächsten zwei Stunden durchbrach kein Fahrzeuggeräusch die Stille. Falls der Mann, den sie suchte, hier war, befand er sich womöglich auf dem Strandabschnitt in der Bucht hinter dem Hotel. Oder eben am Pool. Sie würde nicht drum herumkommen, sich noch einmal auf das Gelände des Hotels zu begeben, auch wenn sie Gefahr lief, erneut sofort hinauskomplimentiert zu werden.

Gegen Mittag kehrte ein Teil der Gäste ins Hotel zurück, keiner von ihnen verließ es noch einmal. Der Kleinbus kam am Nachmittag. Danach wurde es ruhig. In dem Moment, in dem Lena darüber nachdachte, ihren Beobachtungsposten zu räumen, tuckerte erneut ein Kleinwagen heran. Sie erkannte den Wagen der Spanierin, die sie angesprochen hatte. Verwundert sah sie das Auto auf die Zufahrt einbiegen und auf dem Hotelgelände verschwinden. Was die Frau dort wohl wollte? Weitere Fotos schießen? Lena griff nach ihrer Wasserflasche und trank den letzten Schluck. Danach packte sie den Rest ihrer Sachen zusammen. Die ganze Aktion war ein Schlag ins Wasser gewesen. Sie hatte nicht einen Hinweis gefunden, der sie weiterbrachte. Es fing bereits an, zu dämmern. Lena zog den Riemen ihrer Tasche quer über die Brust und legte die Decke und die leere Wasserflasche in den Korb ihres Fahrrads. Sie stieg auf, um noch ein Stück die Zufahrtsstraße hineinzuradeln, bis sie das Gebäude sehen konnte, und starrte angestrengt hinüber. Im Hotel gingen in den ersten Zimmern die Lichter an, doch die meisten der Zimmer blieben dunkle Rechtecke.

Ein völlig ausgebuchtes Haus sieht anders aus.

Lena wendete ihr Rad und war gerade wieder auf der Straße angekommen, als der Wagen der Spanierin hinter ihr auftauchte. Er kam mit überhöhtem Tempo die Zufahrt herauf, bog mit quietschenden Reifen ab, fuhr an ihr vorbei und verschwand aus Lenas Sichtfeld. Gleich darauf kam ein zweiter Wagen. Ein dunkler Audi schien dem Kleinwagen der Spanierin zu folgen. Lena trat in die Pedale, sie fühlte sich verschwitzt und sehnte sich nach einer Dusche und einem kühlen Getränk. Die Straße stieg zunächst ein kleines Stück an, um dann in einem weiten Bogen sanft abfallend um einen Hügel zu führen. Ein leichter Wind war aufgekommen und strich angenehm über ihre erhitzte Haut. Lena war kaum zwei Minuten unterwegs, als ein langgezogenes Hupen einsetzte. Es kam von dem Straßenabschnitt, der vor ihr lag. Mit einem Mal wurde ihr flau, sie legte noch einen Zahn zu. Als sie um eine der Kurven bog, sah sie, dass ihr Gefühl sie nicht getrogen hatte: Der weiße Wagen der Spanierin war von der Straße abgekommen und gegen einen Felsbrocken geknallt. Aus der Motorhaube stieg zischend Dampf auf. Sämtliche Türen waren geschlossen. Lena lenkte ihr Rad direkt hinter den Wagen, sprang ab und rannte zur Fahrertür. Die Spanierin saß dort, wirkte benommen, ihre Hände glitten fahrig über das Lenkrad.

Lena riss die Tür auf und öffnete den Sicherheitsgurt, damit die Frau aussteigen konnte. Die taumelte aus dem Wagen, kreidebleich, wankte zur Seite und wäre gefallen, wenn Lena sie nicht gehalten hätte.

»Sind Sie in Ordnung? Soll ich einen Krankenwagen rufen?«

Die Spanierin hob die Hände. »Schock.«

»Hatten Sie einen Schwächeanfall beim Fahren?«

Auf dem Rücksitz des Wagens lag eine Flasche Wasser. Lena griff danach und hielt sie der Verunglückten hin. Die trank ein paar Schlucke und ließ den Kopf hin und her pendeln, wie, um ihre Benommenheit abzuschütteln.

»Jemand hat mich beim Überholen geschnitten, dadurch bin ich von der Spur abgekommen«, stammelte sie.

Lenas Blick glitt zum linken vorderen Kotflügel. Er war verbeult. Ein Kältegefühl stieg in ihrer Brust auf.

»Ein dunkler Audi?«

Die Frau rieb sich das Brustbein, als habe sie dort Schmerzen.

»Dunkel auf jeden Fall.« Jetzt wirkte sie ansprechbarer. Sie besah sich die demolierte Motorhaube.

»Der kam hinter Ihnen aus der Zufahrt zum Hotel. Hatte einen Affenzahn drauf.«

»Sie meinen, das war Absicht? Ich glaube an eine Unachtsamkeit.«

»Sie sollten die Polizei einschalten.«

»Ja, das werde ich wohl«, antwortete die Spanierin nach kurzem Zögern.

Sie ging um den Wagen herum. Ein Reifen war platt. »Damit komme ich nicht mehr weiter«, stellte sie fest.

»Gibt es einen Pannenservice hier auf der Insel?«

»Ich kenne jemanden, der den Wagen abschleppt und ihn repariert. Brauche nur mein Mobiltelefon.« Die Frau öffnete mit einigen Schwierigkeiten die Tür auf der Beifahrerseite und holte ihre Handtasche heraus. Daneben lag eine Kamera.

»Haben Sie wieder Fotos gemacht?«

»Ja«, antwortete die Spanierin. »Dieses Mal scheint jemand damit nicht einverstanden gewesen zu sein. Ich bin abgehauen, als ein sehr unfreundlicher Mann auf mich zukam.«

Sie tippte eine Nummer an und sagte gleich darauf ein paar Sätze in schnellem Spanisch. Dann seufzte sie. »Der Mann von der Werkstatt kann nicht gleich kommen, ist gerade auf der anderen Seite der Insel.« Ihre Augen blickten nachdenklich auf den Wagen. Den würde sie stehen lassen müssen.

»Steigen Sie auf. Ich bringe Sie mit dem Rad in den Ort«, bot Lena an.

»Carmen.«

»Lena.« Lena ergriff die entgegengestreckte Hand.

»Danke«, sagte Carmen, als sie zwanzig Minuten später mit immer noch leicht schmerzverzerrtem Gesicht vom Rücksitz des Fahrrads stieg.

»Gehen Sie zum Arzt«, riet Lena ihr. Die Spanierin nickte auf eine alles andere als überzeugende Art und verschwand durch die Eingangstür des Appartementhauses, in dem sie wohnte.

Lena seufzte und fuhr zu ihrer Pension. Die Sache gefiel ihr nicht.

23

Der Ort war nicht so groß, dass man sich nicht zwangsläufig über den Weg lief. Am Abend traf Lena in einem Lokal erneut auf Carmen. Die Journalistin hatte ihr Haar locker hochgesteckt, sie trug Designerjeans und eine Seidenbluse. Über der Lehne ihres Stuhls hing eine leichte Jacke. Dass sie keine drei Stunden zuvor in einen mysteriösen Unfall verwickelt gewesen war, sah man ihr nicht an.

Sie nickten sich zur Begrüßung zu. Lena nahm an einem etwas entfernten Tisch auf der anderen Seite des Lokals Platz. Dort widmete sie sich zunächst per Smartphone den Nachrichten aus der Heimat. Noch hatte sich die Presse nicht beruhigt. Immer mehr verstörende Details kamen ans Tageslicht. Eine Nachbarin behauptete, der Junge habe öfter geschrien und geweint. Ein anderer Informant wollte gar wissen, dass Angelika Kiewitz einen lockeren Lebenswandel geführt hatte. Ob diese Leute eigentlich eine Ahnung hatten, was sie mit ihren gedankenlos daher geplapperten Vermutungen anrichten konnten? Sie selbst war, wenngleich in den meisten Zeitungen nicht namentlich genannt, immer noch Gesprächsstoff. Nur *Brandheiß!* nannte sie Lena B. Ein Journalist schrieb sogar, sie sei »abgetaucht«.

Was für eine Unverschämtheit! Sie klickte weiter, bis sie zu einem Artikel im *Aktuellen Blitzlicht* kam. Der Autor nahm den Fall um Toby als Aufhänger, um der Frage nachzugehen, ob und wenn ja wie überhaupt eine moderne Arbeit in den Jugendämtern aussehen könnte. Von Lena kein Wort, es gab keinerlei Sensationshascherei und keine Schuldzuweisung. Lena suchte nach dem Namen des Journalisten und fand ihn am Ende des Artikels. »Jens Borgmann«, murmelte sie. Sie kannte ihn, hatte bereits einmal in der Vergangenheit mit ihm zu tun gehabt. Schwach glomm eine Idee in ihrem Kopf auf. Vielleicht würde sie ihn kontaktieren.

Ihre Bestellung kam, sie hatte eine Art Gulasch bestellt, das so gut duftete, dass sie das Smartphone ausschaltete und sich sofort über ihr Essen hermachte. Auch Carmen aß augenscheinlich mit gutem Appetit. Erst als beide bereits beim Kaffee waren, blickte die Spanierin neugierig zu Lena hinüber. Inzwischen war das Lokal voll geworden, jeder Tisch war besetzt. Die Journalistin wechselte ein paar Worte mit dem Kellner, danach erhob sie sich und kam zu Lena.

»Haben Sie etwas dagegen, wenn ich mich zu Ihnen setze? Ich würde Sie gerne auf ein Glas Wein einladen, nachdem Sie heute Nachmittag so freundlich waren, mich mitzunehmen.«

Lena deutete auf den freien Stuhl ihr gegenüber. Carmen nickte zum Kellner hinüber, der die Flasche und für Lena ein frisches Glas brachte. Sie hatten noch nicht getrunken, da war der andere Tisch bereits wieder besetzt.

Ein Vater mit seiner Tochter. Der dunkelhaarige Mann mochte Anfang Fünfzig sein. Er war auf eine lässige Art attraktiv, trug Jeans, edel aussehende Slipper, das blaue Hemd am Kragen offen und an den braun gebrannten Armen hochgekrempelt. Besonders die teure Uhr am Handgelenk ließ auf einen gewissen Wohlstand schließen. Er legte kurz die Hand auf die seiner Tochter, die sich offensichtlich in seiner Gegenwart wohlfühlte. Carmen beobachtete die beiden, die innig wirkten und sich leise miteinander unterhielten, mit einem schwer zu deutenden Gesichtsausdruck.

»Sind Sie wieder in Ordnung?«, brachte Lena sich in Erinnerung.

»Ja. Ja, danke. Auch der Schaden am Wagen ist halb so schlimm. Vermutlich kann ich ihn übermorgen aus der Werkstatt holen.«

Sie musterten sich einige Augenblicke.

»Mir ist nicht ganz klar, was geschehen ist. Als Sie vom Hotel kamen, folgte Ihnen ein schwarzer Audi. Wenn es derselbe Wagen ist, der Sie geschnitten hat, müsste der Fahrer doch schnell ermittelt sein.«

»Kann sein. Ja.« Carmen blickte weg, sie wirkte etwas nervös. »Möglicherweise habe ich mir Feinde gemacht.« Sie lächelte leicht bei diesen Worten, als wolle sie sie abschwächen.

»Feinde gemacht? Womit denn?«

»Ich bin Journalistin.«

»Ach ja?«

In Anbetracht der Tatsache, dass Carmens deutsche Kollegen, zumindest einige, Lena gerade an den Pranger stellten, bereitete diese neue Bekanntschaft ihr äußerst gemischte Gefühle. Die Spanierin musterte sie unterdessen ungeniert. »Machen Sie Urlaub hier?«

Lena seufzte. »Ich musste mal ein paar Tage raus«, sagte sie schließlich. Das war nicht ganz verkehrt und verriet dennoch nicht zu viel. »Und Sie? Warum sind Sie hier?«

»Ich lebe in Madrid. Da tut ein bisschen Insel zwischendurch ganz gut.« Carmen ließ sich gegen die Lehne ihres Stuhls sinken.

»Das scheint nicht alles zu sein.«

Die Journalistin seufzte. »Eigentlich bin ich hier, weil ich nach jemandem suche«, sagte sie nach einer Weile. »In dem Hotel. Ich dachte, sie wäre vielleicht dort.«

»Wissen Sie, wie das Hotel jetzt heißt?«

Carmen schüttelte den Kopf. »Alle, die es kennen, benutzen noch den alten Namen. *Naranja Azul*, blaue Apfelsine. Waren Sie nicht drin? Gab es im Hotel keine Hinweise auf den heutigen Namen?«

»Ich konnte nichts erkennen. Man hat mich gleich wieder hinauskomplimentiert«, stellte Lena klar.

»Ja, sie sagen, das Hotel sei ausgebucht. Aber das stimmt nicht. Ich bin schon drei Tage dort draußen unterwegs, fotografiere. Die meisten Balkone werden nie betreten, in vielen dazugehörigen Zimmern brennt abends kein Licht. Komisch, was?«

Lena fühlte ihre eigene Wahrnehmung bestätigt.

»Wie weit sind Sie gekommen?«

»Bitte?«

»Ins Hotel hinein. Ich habe Sie herauskommen sehen. Also müssen Sie drinnen gewesen sein. Mich würde interessieren, wie weit sie dabei gekommen sind.«

Lena zog die Brauen nach oben.

»Ich frage, weil man mich bei einem Versuch nicht weiter als bis zum Empfangstresen hat kommen lassen.«

»Oh. Ja. Sie wollten mir nicht einmal einen Kaffee servieren. Aber ich habe den Innenhof gesehen. Die Poollandschaft, eine kleine Bar im Außenbereich.«

»Wow. Dann haben Sie mehr gesehen als ich.« Carmen wirkte nun hellwach und interessiert. »Was waren das für Leute?«

»Die üblichen Touristen.« Lena fragte sich immer mehr, was das Ganze sollte. Eine diffuse Neugier veranlasste sie, das Gespräch weiterzuführen.

»Hm«, machte Carmen.

Im selben Moment erkannte Lena, dass das, was sie gerade gesagt hatte, so nicht stimmte.

»Also – eher Familien mit kleinen Kindern.«

»Keine älteren Ehepaare? Keine Alleinreisenden, wie wir?«

Ein Ruck durchlief Lena. »Gesehen habe ich nur die Gäste, die mit ihren Kindern am Pool waren.« War das so ungewöhnlich? Immerhin könnte es doch sein, dass sich andere Urlauber lieber am Meer aufhielten, als am Pool.

»Sieht aus wie ein reines Familienhotel.«

»Möglich. Wenn Sie schon mehrfach dort waren, wissen Sie darüber mehr als ich.« Lena griff nach ihrem Glas und trank einen Schluck Wein.

»Heute haben sie mich erwischt. Jemandem vom Personal muss mein Wagen aufgefallen sein. Sie hatten mir gestern bereits einen Zettel unter den Scheibenwischer geschoben. Der Parkplatz sei Hotelgästen vorbehalten«, setzte Carmen das Gespräch fort.

»Genauso wie die Bucht unterhalb des Hotels«, murmelte Lena.

»Das sowieso. Tja«, meinte Carmen unvermittelt. »Werde ich wohl weitersuchen müssen.«

»Wen suchen Sie denn?« Wenn die Frau bereits seit mehreren Tagen in der Umgebung des Hotels recherchiert hatte, musste es ja wichtig sein.

»Meine Schwester«, antwortete die Spanierin. »Genauer, meine Halbschwester väterlicherseits.«

»Ist Ihr Vater mit ihr unterwegs?« Lena dachte sofort an Kindesentziehung. Damit hatte sie in ihrem Job gelegentlich zu tun.

Die Spanierin zögerte, ihre Hände griffen nervös ineinander. »Ja«, sagte sie dann.

»Können Sie ihn denn nicht erreichen? Ihn anrufen? Damit Sie wissen, wo er ist?«

Carmens Mund verkrampfte sich. »Wir verstehen uns nicht besonders gut«, sagte sie schließlich.

Eine merkwürdige Stille trat ein.

Lena hob die Schultern. »Sie könnten einfach reingehen und nach ihr und Ihrem Vater fragen.«

Carmen nagte an ihrer Unterlippe. Sie blickte sich auf eine Art um, die Lena nervös machte.

»So einfach ist das nicht. Nehmen wir einmal an, dass er nicht gefunden werden will. Er zieht sich mit dem Kind hierher zurück.«

»Die Mutter des Mädchens hat das Sorgerecht?«

Carmen überlegte, vielleicht waren ihr die Worte nicht geläufig.

»So ähnlich, ja.«

»Ist ein Fall für die Justiz«, entgegnete Lena trocken.

Carmens Finger glitten am Glas hoch und runter. »Aus welchem Grund können Sie nicht nach Ihrem Bekannten fragen?«

Lena hob die Brauen. Sie antwortete nicht.

»Okay, Sie wollen nicht mit mir reden. Schade. Ich dachte, wir könnten uns zusammentun.«

»Wobei denn?«

»Herauszufinden, ob die Personen, die wir suchen, wirklich im Hotel sind. Bisher habe ich meine Halbschwester dort nicht zu Gesicht bekommen.«

»Engagieren Sie einen Privatdetektiv!«

»Nein!« Carmen stieß beinahe ihr Weinglas um. »Das ist eine Sache, die persönlich geregelt werden muss.«

Lena hatte das Gefühl, dass das noch nicht alles war. Sie betrachtete ihr Gegenüber und konnte nicht verhindern, eine gewisse Sympathie für die Frau zu empfinden. Sie wirkte auf eine fast schon überholte Art ehrlich und authentisch.

Wie Gerd.

Ihre Gedanken schweiften ab. In einen Club im Frankfurter Bahnhofsviertel.

»Mögen Sie Bondage?«, waren die ersten Worte gewesen, die er an sie gerichtet hatte. Ein Unbekannter, damals. Groß und ein kleines Bisschen zu schwer gebaut, mit dunklem, grau meliertem Haar und dunkelbraunen Augen, der Blick hellwach und von scharfer Intelligenz. Dass sie ausgerechnet jetzt an Rohloff denken musste! Ihre letzte Begegnung lag lange genug zurück, um zu wissen, dass es kein Wiedersehen geben würde.

Ich hätte ihn nicht wegschicken sollen.

»Sie sehen nachdenklich aus«, stellte ihre neue Bekannte fest und schenkte ihnen beiden noch einen letzten Rest des dunklen Weins ein. »Tut mir leid, dass ich Ihnen mit meinem Vorschlag anscheinend zu nahe getreten bin.« Sie stürzte den Wein hinunter, erhob sich und griff nach Jacke und Tasche.

»Mir ist einfach unklar, was für einen Plan Sie verfolgen«, gab Lena ehrlich zu. »Und ich weiß nicht, welche Rolle ich dabei spielen soll.«

Carmen zögerte, bevor sie antwortete. »Ich habe ein Appartement gemietet. Haben Sie Lust, mitzukommen? Dort spricht es sich leichter als hier.«

24

Carmens Appartement lag nur zwei Querstraßen von Lenas Pension entfernt. Großzügig geschnitten, verfügte es über einen ineinander übergehenden Wohn- und Schlafbereich, eine Küchenzeile und einen großen Balkon, von dem aus man die Motorboote im Hafenbecken schaukeln sah. Weiter draußen ankerten Jachten, deren Lichter sich im Wasser spiegelten. Carmen hatte sich kurz entschuldigt und Lena dadurch Gelegenheit gegeben, die Aussicht auf den Ort zu genießen, bevor die Spanierin in den Wohnbereich zurückkam und sich in der Küche zu schaffen machte.

Der große Raum war penibel aufgeräumt und so sauber, als wäre gerade ein Putzgeschwader durchgerauscht. In der Luft lag ein leichter Zitronenduft, der sich nun mit dem des frisch gebrühten Kaffees vermischte.

Gleich darauf saßen sie sich auf zwei Sesseln gegenüber, auf dem niedrigen Tischchen zwischen ihnen standen eine Espressokanne und zwei Tassen. Carmen hatte die Beine untergeschlagen. Lena saß entspannt zurückgelehnt, der rechte Knöchel ruhte auf dem linken Knie.

»Mein voller Name ist übrigens Carmen de Palma. Wollen wir uns nicht duzen?«, schlug Carmen vor, bevor sie anfing, ihre Geschichte zu erzählen. »Ich gehe davon aus, dass die Leute, die sich zurzeit im ehemaligen *Naranja Azul* aufhalten eine Art Gemeinschaft bilden. Eine Gemeinschaft, in der es als normal gilt, wenn Erwachsene ihre Kinder wie Leibeigene behandeln, ihnen jegliche Rechte absprechen, sie seelisch brechen.« Carmens weiche Stimme zitterte, als sie fortfuhr. »Mein Vater wird genau das mit meiner Halbschwester vorhaben.«

»Wie schon gesagt, du könntest einfach zur Polizei gehen.«

»An diesem Punkt muss ich erklären, dass Deliah nicht widerrechtlich bei ihm ist. Er war mit ihrer Mutter in zweiter Ehe verheiratet, Deliah ist sein Kind.«

Lena trank von ihrem Espresso und hörte schweigend zu.

»Seine Frau ist kürzlich gestorben. Sie wird ihrer Tochter nicht mehr helfen können.«

»Helfen wobei?«, fragte Lena, die langsam ahnte, worauf das Ganze hinauslief.

Carmen schob ihre Tasse vor sich auf dem Tisch herum. Dann erhob sie sich abrupt, drehte Lena den Rücken zu und knöpfte ihre Bluse auf. Darunter trug sie ein ärmelloses Hemdchen, das sie über den Kopf zog.

Lena zog scharf die Luft ein, als sie ihren Rücken sah.

»Du hast nach meinem Vater gefragt. Das ist das Schlachtfeld, das er auf meinem Körper hinterlassen hat. Du wirst verstehen, dass ich so jemanden nicht einfach anrufen kann. Und dass ich so jemandem nicht einfach ein Mädchen überlassen kann, das genauso wehrlos ist, wie ich es damals war.«

Sie zog lediglich die Bluse wieder über. Ihre Wangen leuchteten hochrot, als sie sich zu Lena umdrehte. »Mein Bauch, meine Schenkel, überall Spuren von ihm. Wenn ich in den Spiegel blicke, sehe ich, was er angerichtet hat. Jeden Tag.« Sie hielt inne und schluckte schwer.

»Er hat dich misshandelt«, stellte Lena fest. »Du hast dich von ihm losgesagt, als du volljährig wurdest?«

»Genauso.«

Carmen betrachtete sie jetzt mit einer gewissen Neugier. »Kennst du dich in ... solchen Dingen aus?«

Lena nickte zögerlich. »Ich bin Sozialarbeiterin und habe lange im Jugendamt gearbeitet. Ich weiß also, wovon du sprichst.«

»Woher kommst du?«

»Nähe Frankfurt. Offenbach, um genau zu sein.«

Die Spanierin nickte, als würde das eine Annahme bestätigen, holte ihr Smartphone aus der Tasche und tackerte darauf herum.

»Bist du das?« Sie hielt Lena den Ausschnitt mit dem schemenhaften Foto von ihr hin. Lena atmete scharf ein.

»Auf diesem Foto, das könnte jede Frau mit kurzem, dunklem Haar sein.«

»Nein, das bist du. Ich bin eine Super Recognizer, habe ein fotografisches Gedächtnis. Insbesondere für Gesichter. Die einen können sich gar keine merken, bei mir ist es genau das Gegenteil. Auf jeden Fall haben die das einfach abgedruckt. Unmöglich.«

Lena schwieg. Wollte diese Frau jetzt ein Interview von ihr, oder was?

»Warum interessierst du dich für den Fall?« Lena war klar, dass es kein Zufall war, dass Carmen den Zeitungsartikel so schnell aufgerufen hatte.

»Hat dein Hiersein etwas mit dem Tod des kleinen Jungen zu tun?«, stellte sie eine Gegenfrage.

»Vielleicht sagst du mir einfach, was genau du von mir willst. Denn ich habe keine Lust, die Fragen einer Fremden zu beantworten. Die obendrein noch für die Presse arbeitet. Nicht alle deine Kollegen in Deutschland gehen fair mit der Sache um, wie du ja selbst siehst.«

Carmen sank langsam in ihren Sessel zurück. »Verstehe ich. Würde ich auch nicht wollen.« Sie griff nach ihrer Tasse, leerte sie und beugte sich zu Lena hinüber. »Aber das Wichtigste habe ich dir erzählt. Dass ich meine Halbschwester suche. An diesem Punkt haben wir etwas gemeinsam.«

Lena hob die Schultern und ließ sie wieder sinken. »Ich fürchte, das sehe ich noch nicht so.«

Allerdings könnte ich bei meiner Suche Hilfe gebrauchen.

Carmen scrollte noch ein wenig auf ihrem Bildschirm herum und legte das Handy mit einem nachdenklichen Gesichtsausdruck zur Seite.

»Undenkbar, dass es meiner Halbschwester irgendwann gehen soll wie mir. Ich will sie davor bewahren.« Sie schwieg eine Weile, bevor sie fortfuhr. »Eine Beziehung zu haben, beispielsweise, das ist schwer möglich.«

»Du hast keinen Freund?«

»Nein. Aber das kannst du ja vielleicht verstehen.«

»Du meinst, weil ich Sozialarbeiterin bin?«

»Das meinte ich nicht.« Carmen fuhr sich mit den Händen durchs offene Haar, drehte es am Hinterkopf zusammen und ließ es gleich wieder fallen. Sie ging zum Tresen vor der Kochnische und holte eine Flasche Brandy. Ohne zu fragen, füllte sie zwei bauchige Gläser und kam damit zurück zum Tisch.

Lena stand noch immer unter Schock. Carmens Narben hatten einen Film in ihrem Kopf in Gang gesetzt. Wie viele Zigaretten, wie viele Schläge mit der Metallschlaufe eines Gürtels musste sie als Kind ertragen haben? Ganz zu schweigen von den Dingen, die keine körperlichen, aber dafür umso mehr seelische Verwüstungen anrichteten.

»Darum hast du den Vater mit seiner Tochter so sehnsüchtig beobachtet«, sagte sie tonlos.

»Es ist ein Idealbild, etwas, das ich mir mein Leben lang sehnlichst gewünscht habe, ohne jemals auch nur die geringste Aussicht zu haben, es zu bekommen. Es tut weh, solch eine Hoffnung zu hegen. Zu wissen, es nie zu erleben. Dafür verfolgen mich die entsetzlichen Erinnerungen, die immer noch Wut auslösen. Eine Minute nach Mitternacht bin ich bei meinem achtzehnten Geburtstag aus dem Haus meiner Eltern in Malaga gegangen. Ich hatte mein Abi in der Tasche, trotz allem mit Höchstnoten. Verdanke ich meinem fotografischen Gedächtnis.« Sie lachte rau auf. »Bin ab nach Madrid, habe studiert. Mit Jura angefangen, bis ich bemerkt habe, dass ich als Journalistin womöglich mehr ausrichten kann. Gesehen habe ich meinen Vater danach nie wieder. Erst als seine zweite Frau gestorben ist, habe ich mitbekommen, dass er noch eine Tochter hat.«

»Du kennst deine Halbschwester nicht?«

»Doch. Wir kennen uns. Ich bin nach dem Tod ihrer Mutter hingefahren. Mit seiner neuen Familie hat er außerhalb von Malaga gelebt, in Fuengirola. Es gelang mir, die Adresse ausfindig zu machen und mit ihr zu sprechen. Sie ist erst sieben Jahre alt. Sie ahnte wohl schon, was ihr blühen könnte. Aber noch bevor ich etwas unternehmen konnte, waren sie beide weg.«

Sie trank ihren Brandy in zwei Schlucken leer.

»Warum hat deine Mutter dir damals nicht geholfen?«

Carmen lachte erneut, dieses Mal bitter. »Sie war eine schwache Frau. Wollte nichts hören und nichts sehen. Nicht die Schreie, die Narben, die Wunden. Nicht das, was in meinem Schlafzimmer geschah.« Jetzt war ihr Gesicht blass, zwei hektische rote Flecken brannten auf ihren Wangen.

»Wer war es bei dir? Auch dein Vater?«

Lena verstand nicht, worauf die Spanierin hinauswollte. Sie schüttelte den Kopf. »Mit meinem Vater habe ich mich immer gut verstanden. Meine Kindheit war glücklich. Behütet.«

Carmen starrte sie mit halb geöffnetem Mund an, ihre Unterlippe zitterte leicht.

»Aber ... Aber ... wieso bist du ...?«

»Sozialarbeiterin geworden?«, unterbrach Lena das Gestammel. »Auch wenn man immer noch hört, dass helfende Berufe ausgerechnet von Menschen gewählt werden, die selbst einmal etwas erlitten haben und Hilfe brauchten, so stimmt das nach meiner Einschätzung nicht oder nicht mehr.«

Carmen hatte nachgeschenkt, sie stürzte den Brandy in einem Zug herunter. »Das meinte ich nicht. Ich dachte, weil du ...« Sie blinzelte nervös, bevor sie fortfuhr. »...also, weil in der Zeitung die Rede davon war, dass du lesbisch bist.«

Lena lachte dumpf auf. »Was soll das denn heißen? Glaubst du, alle Lesben sind als Kinder misshandelt oder missbraucht worden?«

Die Spanierin sank in sich zusammen. »Blöder Gedanke?«

»Total blöd!«

Sie sahen sich an und begannen gleichzeitig, zu lachen.

»Tut mir leid«, prustete Carmen. »Bin ich irgendwie hinterm Mond, dass ich solche Überlegungen hatte?«

»Ja. Nein.« Lena seufzte und wurde wieder ernst. »Es gibt natürlich Frauen, die nach traumatischen Erlebnissen keine Männer mehr ertragen können.«

»Wie ist das bei dir? Liebst du nur Frauen? Hast du das schon immer gewusst?«, fragte Carmen dazwischen.

Lena sog scharf die Luft ein. Den letzten Teil der Frage hätte sie bis vor Kurzem noch mit *Ja, ich habe schon immer gewusst, dass ich Frauen liebe, weil ich mich seit frühester Jugend ausschließlich in Frauen verliebt habe,* beantworten können. Ihr verworrenes Liebesleben der letzten Monate war allerdings nicht so einfach zu erklären. Neben Tamae hatte sie noch eine zweite Geliebte gehabt. Karin war so ganz anders gewesen als die eher nüchterne Japanerin. Hatte Lena mit ihrer weichen Weiblichkeit umhüllt. Bis sie schwer erkrankte, ihr Mann hinter die Affäre kam, es viel böses Blut gegeben hatte. Jetzt hatte Karin sich in ihre bayerische Heimat zurückgezogen, um wieder gesund zu werden, und Lena musste akzeptieren, dass sie nur noch sporadischen Kontakt hatten. Aber all das konnte und wollte sie Carmen nicht erzählen.

»Zuletzt habe ich einen Mann geliebt. Nein. Das ist falsch. Ich liebe ihn noch. Aber es ist schwierig.«

»Oh«, sagte Carmen.

»Ja, und auf das zurückzukommen, was du automatisch gedacht hast: Zu glauben, dass alle Frauen, die als Mädchen missbraucht wurden, lesbisch werden, ist arg weit hergeholt.«

»Müsste ich ja wissen«, murmelte Carmen.

»Weil du auf Männer stehst?«

Carmen wiegte den Kopf. Ihr Blick glitt schon wieder zu der Brandyflasche und Lena hoffte inständig, dass sie nicht noch ein Glas in diesem Höllentempo in sich hineinschütten würde.

»Ich steh nicht auf Männer.«

»Auf Frauen?«

Die Spanierin schüttelte den Kopf.

Lena zog die Brauen nach oben.

»Ich steh auf niemanden.«

25

Sie hatten Glück gehabt. Zwar waren alle Gartenhütten verschlossen gewesen. Doch für eine hatte sie den Schlüssel entdeckt. Er lag zwischen übereinander gestapelten Pflanzentöpfen, die man neben geschlagenem Holz in einer Remise deponiert hatte.

Es roch ein bisschen muffig, aber die Ausstattung im Inneren war besser als erwartet. Es gab fließendes Wasser, wenngleich auch nur kalt, und Strom. Ein Wasserkocher stand auf einem Regal, das selbst gezimmert wirkte. Der Junge hockte seit ihrem Eintreten auf einem ziemlich durchgesessenen Sofa, über dem ein bunter Überwurf lag. Sie war überrascht gewesen, ihn am Rande des Wäldchens hinter sich zu sehen. Vermutlich hatte er einfach nicht kapiert, dass sie ihn hatte stehen lassen. Ganz außer Atem war er gewesen. Ihr trotzdem gefolgt.

Jetzt tat er ihr leid. Wenngleich es für ihn besser gewesen wäre, gefunden zu werden. Er wirkte zutiefst erschöpft, was nicht nur daran lag, dass er kaum etwas aß. Nur trinken wollte er. Sie griff in einen der Turnbeutel und holte eine Tüte Capri-Sonne heraus. Nachdem sie den Strohhalm eingesteckt hatte, reichte sie ihm den Pack hinüber. Er trank gierig, bis die Tüte leer war.

»Du musst dich waschen«, sagte sie und deutete mit dem Kopf auf das große Waschbecken aus angeschlagenem weißem Porzellan. Die Leute, denen diese Gartenhütte gehörte, hatten offensichtlich eine Begabung dafür, ausrangierte Sachen aufzumöbeln und wiederzuverwenden. Sie erhitzte Wasser, goss es ins Becken zu dem kalten, mischte mit der Hand, bis die Temperatur angenehm war und legte dem Jungen ein Stück Kernseife hin, dass sie im Unterschrank gefunden hatte. Genauso wie einen gelben, ovalen Schwamm, wie man ihn gewöhnlich für Geschirr benutzte. Dazu eines der Handtücher, alt und bereits ausgedünnt, aber sauber gewaschen und gefaltet, ein ganzer Stapel davon lag in einem Beistellschrank.

Während er zum Waschbecken ging, holte sie frische Kleidung aus einem der Turnbeutel.

»Zieh danach das an. Ich hoffe, die Größe passt.«

Der Junge griff nach der Seife. Sie drehte sich um und ging zum Fenster. Betrachtete die ordentlich angelegten Beete. Ein Zitronenfalter taumelte durch die Luft. Ein Rotkehlchen hüpfte heran und pickte etwas unter einer kleinen Tomatenpflanze auf.

Sie hörte den Jungen im Wasser plantschen, drehte sich unwillkürlich um, obwohl sie das keinesfalls wollte. Die Landkarte des Grauens, die sie auf dem schmalen, weißen Körper sah, veranlasste sie, sich sofort wieder umzudrehen.

Die Erinnerungen kamen ungerufen, ungewollt.

Sie waren zu siebt gewesen. Sieben kleine Jungs, der jüngste drei, der älteste höchstens fünf Jahre alt. GOTT hatte ausgerechnet sie dazu auserkoren, auf die Kinder aufzupassen. Vermutlich, weil ihm nichts anderes übrigblieb, nachdem die mausgraue Frau, die Teil der Gruppe gewesen war, plötzlich verschwand. Am selben Tag zogen sie um. Von einer schäbigen Wohnung in die nächste. Die Jungs schliefen alle in einem Raum, auf Matratzen. Ihr hatte man ein eigenes Zimmer zugestanden, aus Gründen, die nichts mit Rücksichtnahme oder Privatsphäre zu tun hatten.

Eigentlich, das wusste sie sehr wohl, hätte sie gar nicht mehr Teil der Kindergruppe sein sollen. Doch etwas war den ursprünglichen Plänen dazwischengekommen, dazu das Verschwinden der Frau. GOTT hatte die Dinge nicht mehr im Griff gehabt. Und sie hatte ihre Chance gesehen, den Platz der Verschwundenen einzunehmen.

Sie schluckte, als sie an die anderen Kinder dachte. Einer, ein zarter Holländer, hatte nicht mehr aufgehört zu weinen. Sie hatte ihm gesagt »hör auf, sonst werden sie dir noch mehr weh tun«. Aber er hatte sie nicht verstanden oder konnte beim besten Willen nicht anders. GOTT holte ihn eines Abends und danach weinte er nicht mehr. Es war schlimmer.

»Er hat sich eingeschissen«, sagte einer der Männer zu ihr. Sie stand auf, weil sie dachte, sie sollte helfen, den Kleinen sauberzumachen. Doch die Männer hatten anderes vor. Die ganze Nacht stand sie an der Tür des Badezimmers, in das man den Jungen gesperrt hatte. Erst am Morgen durfte sie ihn losbinden, ihn waschen. Nie würde sie den Gestank vergessen, sein verschmiertes Gesicht mit den schreckgeweiteten Augen. Er hatte sich erbrochen, natürlich. Sie sagte es niemandem. Doch danach aß er nicht, er sprach nicht und eines Tages war er einfach weg, wie all die anderen vor und nach ihm.

Sie schüttelte sich unwillkürlich. Der Junge sagte »fertig«. Sie drehte sich um. Sie hatte keine passende Hose gefunden, er trug die alte, aber darüber ein frisches T-Shirt und eine Sportjacke.

»So, jetzt bin ich dran. Dreh dich um, während ich mich wasche.«

Er ließ sich aufs Sofa fallen, griff nach seiner Stoffgiraffe und drehte sich zur Wand.

26

Der Obduktionsbericht mochte emotionslos klingen, was er beschrieb machte Gerd Rohloff fassungslos. Toby war nur vier Jahre alt geworden, weil er monatelang systematisch auf schreckliche Weise misshandelt worden war. Blaue Flecken, Abschürfungen, Narben, wohin man sah. Die inneren Verletzungen kamen noch dazu. Der Tod des Jungen war schließlich aufgrund massiver Schläge eingetreten. Man hatte ihn praktisch ins Koma geprügelt. Rohloff wusste, dass die Mutter des Kindes ebenfalls nicht mehr lebte. Hatte sie ihr Kind getötet und sich danach aus Entsetzten über ihre Tat das Leben genommen? Er konnte und wollte nicht glauben, dass Lena übersehen hatte, was in dieser kleinen Familie vor sich ging. Als Rohloff alles gelesen hatte, versuchte er erneut, sie zu erreichen. Das Ergebnis war seit Tagen dasselbe. Ihr Handy war ausgeschaltet, der Festnetzanschluss ebenfalls: »vorübergehend nicht erreichbar.«

Ein Termin mit einem Anlageberater hatte ihn am Vortag nach Seligenstadt geführt. Während er in einem Lokal, das direkt am Mainufer lag, auf seinen Gesprächspartner wartete, zog er sein Smartphone heraus. Die Meldungen über den Tod des Vierjährigen waren inzwischen weiter nach hinten gerutscht. Lediglich *Brandheiß!* forderte die politische Spitze des Landkreises auf, endlich zu klären, wie es soweit hatte kommen können. Der offene Vorwurf, man versuche das Jugendamt rein zu waschen, klang durch jeden Satz. Die Geschichte beschäftigte ihn auch während des Essens. Immer wieder schweiften seine Gedanken ab, er konnte kaum dem Gespräch mit seinem Gegenüber folgen und sie gingen ohne irgendeine feste Absprache auseinander.

Als Rohloff zu seinem Wagen zurückkehrte, fielen ihm die Wahlplakate auf. Die attraktive blonde Politikerin auf einigen davon kannte er. Flüchtig, auch diese Begegnung lag lange zurück, die Erinnerung stammte aus einer Zeit, in der seine Frau noch lebte. In deren Kunstgalerie hatten sich immer wieder die Wege von Künstlern, Sammlern und Interessierten mit seinen gekreuzt. Aber das war nicht alles. Marianne Maibaum war die amtierende Sozialdezernentin des Landkreises und damit Lenas politische Vorgesetzte. Und Rohloff wusste, dass die beiden Frauen noch eine Rechnung miteinander offen hatte. Trotzdem stellte sich die Politikerin öffentlich hinter das Jugendamt und sämtliche Mitarbeiter, auch hinter die betreffende Sozialarbeiterin. Nur, warum griff die Presse Lena derartig an? Woher hatten sie all die privaten Informationen? Auf dem Heimweg begleitete ihn das ungewohnte Gefühl, den Dingen zusehen zu müssen, ohne etwas tun zu können.

Noch während der Fahrt entschied er daher, nicht sofort nach Bad Homburg zu fahren, sondern zu Lenas Adresse in Offenbach. Er stellte den Wagen ein paar Meter von dem Wohnhaus in der Buchrainstraße ab und lief auf der anderen Straßenseite zurück. Auf sein Klingeln erfolgte keine Reaktion. Die Hausmeisterin kannte ihn ebenfalls. Frau Kasulke würde ihm weiterhelfen, so hoffte er. Doch auch bei ihr schellte er umsonst. Lena schien abgetaucht. Nur warum? Wenn sie unschuldig war, wovon er fest überzeugt war, würde sie sich verteidigen müssen. Er hatte den ganzen Vortag ergebnislos darüber gegrübelt, warum sie sich nicht verteidigte. Nur sie konnte ihm die Frage beantworten. Schließlich schrieb er ein paar Worte auf ein Blatt Papier und warf es in ihren Briefkasten. In der Hoffnung, sie würde sich schnell bei ihm melden.

Doch bis heute hatte er nichts von ihr gehört. Jetzt klappte er den Obduktionsbericht zu. Niemals wäre Lena das Martyrium entgangen, dem der Junge ausgesetzt war. Niemals hätte sie geschwiegen. Dazu war sie zu professionell, zu aufmerksam, zu mutig. Solange er jedoch nicht mit ihr sprechen konnte, musste er hilflos zusehen, wie die Presse sie verriss. Natürlich hatte er versucht, Lena nicht nur privat zu erreichen, sondern auch ihre Büronummer gewählt. Dort hatte sich ein Herr Müller gemeldet und harsch erklärt, die Kollegin sei in Urlaub. Vermutlich eine elegante Umschreibung dafür, dass man sie vorübergehend suspendiert hatte.

»Lena, wo bist du?«, fragte er halblaut.

27

Das Buch war monatelang in den spanischen Bestsellerlisten gestanden. »Kindheit des Schreckens«, hieß es. Carmen hatte darin nicht nur ihre eigene, sondern auch das Martyrium anderer Missbrauchsopfer geschildert. Sie galt seither als eine der wichtigsten Journalistinnen Spaniens zu diesem Thema. Mehrfach war sie nach Erscheinen des Buches in Talkshows gesessen, ihre Artikel erschienen in Magazinen mit hoher Auflage und sie äußerte sich immer wieder in öffentlichen Diskussionen zu dem Thema.

Alles in allem war es kein Wunder, dass sie die Tragödie um Toby in der deutschen Presse verfolgt hatte. Zumal sie selbst viele Jahre in Deutschland, unter anderem in Frankfurt, gelebt hatte.

»Du müsstest mir doch eigentlich misstrauen«, hatte Lena am Vorabend gesagt. »Schließlich werde ich in der Presse als unfähig dargestellt. Eine Sozialarbeiterin, der entgeht, dass ein Kind misshandelt wird. Entspricht das nicht deinem Feindbild?«

Carmen hatte den Brandy so heftig in ihrem Glas geschwenkt, dass es Lena schon allein beim Zusehen fast schwindelig wurde.

»Ich glaube nicht, dass du versagt hast«, antwortete sie dann. »In einem der Artikel war die Rede von einem Freund der Frau, die sich umgebracht hat. Dass es keine Hinweise darauf gibt, wer er ist und er gebeten wird, sich bei den Behörden zu melden. Als Zeuge. Ich würde wetten, dass er das nicht tut. Dass du hier bist, weil du nach ihm suchst. Das tut doch nur jemand, dem an der Wahrheit liegt.«

Gute Intuition, hatte Lena gedacht.

Aber noch war sie nicht überzeugt gewesen, dasselbe Ziel wie Carmen zu haben.

»Ich habe die Familie früher einmal betreut, die letzten Monate allerdings nicht, weil ich versetzt wurde. Wie die Presse an ihre Informationen kommt, ist mir ein Rätsel. Mein Arbeitgeber steht offiziell hinter mir, dennoch wurde ich suspendiert.«

»Und bist auf eigene Faust hierhergeflogen. Müsste sich nicht die Polizei um den Mann kümmern?«

»Das tut sie ja. Den Hinweis, dass der Mann sich hier aufhalten könnte, ist extrem vage und überhaupt nicht belastbar. Ich bin über viele Umwege darauf gekommen, die die Polizei vermutlich wenig beeindruckend finden wird. Und, nun ja, meine Reise hierher scheint nicht erfolgreich zu sein. Ich weiß nicht, wie der Gesuchte aussieht oder wie er heißt, kenne nur ein Foto, das ihn von schräg hinten zeigt.«

»Er ist mit einem Kind unterwegs?«

»Ein Junge, ungefähr so alt wie Toby.«

»Wir müssten irgendwie in den Speisesaal kommen. Wenn alle essen. Leute mit kleinen Kindern halten sich an vorgegebene Zeiten. So könnten wir auch alle Gäste unauffällig beobachten.«

Ja, nur wie sollten sie das anstellen?

Kurz danach hatte Lena sich verabschiedet.

Jetzt, nach einer unruhigen Nacht mit zu vielen Gedanken im Kopf und zu wenig Schlaf, hatte sie Carmens Name in die

Suchleiste ihres Browsers eingegeben. Sie hatte das Buch gefunden und war erstaunt gewesen, wie viele Treffer die Suchmaschine sonst noch ausgespuckt hatte. Der Gedanke, dass Carmens Unfall kein Zufall gewesen war, ließ sie immer weniger los. Die Spanierin selbst schien mit diesem Umstand wesentlich entspannter umzugehen. Ob sie heute wieder zum Hotel hinausfuhr?

Das wie eine Festung bewacht wurde. Lena rekapitulierte alles, was sie am Vortag dort gesehen hatte. Die Hotelanlage wirkte so harmlos, so normal. Doch wieso war man nicht bereit, Zimmer zu vermieten, die doch leer standen? Warum hatte man sie und Carmen sofort wieder hinausgebeten?

Die Nachdenkerei machte sie so nervös, dass sie begann, an ihrem Daumennagel zu knabbern. Jeder Versuch, durch die Eingangshalle in den Poolbereich, das Café oder das Restaurant zu gelangen, wäre zum Scheitern verurteilt. Dazu kam das merkwürdige Gefühl, dass Carmen ihr nicht über alles die Wahrheit gesagt hatte. Wenn sie doch nur Spanisch könnte! Dann würde sie sich das Buch der Journalistin herunterladen. Es war leider nie ins Deutsche übersetzt worden.

Heute aber hatten sie etwas anderes geplant und bei einem Blick auf die Uhr stellte Lena fest, dass sie sich beeilen musste. Schnell packte sie alles zusammen, was sie für ihr Unterfangen benötigte und verließ ihr Pensionszimmer. Wenige Minuten später näherte sie sich der Bucht. Carmen erspähte sie bereits von Weitem und winkte ihr von einem Anlegesteg am Hafen aus zu. Sie trug dunkelblaue Segelschuhe, eine ebensolche Baumwollhose, darüber ein geringeltes T-Shirt und eine leichte Jacke. Damit und mit dem blauen Tuch, das ihr Haar aus dem Gesicht hielt, und der großen Sonnenbrille wirkte sie wie ein lebendig gewordenes Model für Segelmode.

»Dort drüben!«, rief sie und deutete auf ein kleines, ebenfalls dunkelblaues Motorboot, das im Wasser schaukelte.

»Kannst du so etwas fahren?«, fragte Lena, als sie bei der anderen angekommen war.

»Natürlich. Ich bin Spanierin. Wir gehören zu den großen Seefahrernationen.« Sie gluckste kurz und half Lena beim Einsteigen, bevor sie selbst ins Boot kam.

»Bereit?«

»Bereit!«, antwortete Lena und drückte ihre rote Baseballmütze fester auf den Kopf.

28

Marlene Hagedorn stellte ihr gelb lackiertes Schwedenrad ab und nestelte den Schlüssel zum Gartentürchen aus dem Bund ihrer Jeans. Sie war ziemlich heftig in die Pedale getreten und daher außer Atem. Zudem schwitzte sie, obwohl die Sonne noch gar nicht hoch stand. Ein Blick nach oben zeigte einen strahlend blauen und wolkenlosen Himmel. Der Duft nach Blüten lag in der Luft und ein paar Spatzen flogen laut lärmend aus einem Baum auf, als sie das Rad über den mit gesprungenen Platten ausgelegten Weg ihres Schrebergartens schob, um es an die rückwärtige Seite der Hütte zu lehnen. Kurz darauf griff sie nach dem Gartenschlauch. Die Sonne hatte noch nicht ihre volle Kraft, aber da es in den vergangenen Wochen so gut wie gar nicht geregnet hatte, mussten die Beete gewässert werden. Mit einer fast liebevollen Geste strich sie über die kräftig wuchernden Tomatenpflanzen, hob die Hand an die Nase und sog das würzige Aroma der dunkelgrünen Blätter ein. In den Beeten daneben waren Lauch, Paprika, Radieschen und Kopfsalat gesetzt. Auf einem frei aufgehäuften Komposthaufen im Schatten eines Holunderstrauchs schoben sich Kürbisblätter durch die Erde.

Marlene war stolz auf ihren Garten. Sie gehörte nicht zu der Fraktion der Schrebergärtner, die jeden Grashalm mit der Schere stutzten. Bei ihr durften auch mal ein paar Brennnesseln stehenbleiben, Beinwell und Rainfarn sowieso. Daraus braute sie Jauche, die die Pflanzen schützte, nichts kostete und darüber hinaus umweltfreundlich war. Im Herbst hatte sie alles Laub aufgeschichtet, im Frühjahr war zu ihrem Entzücken daraus hervor ein niedlicher Igel aus seinem Winterschlaf getaumelt. Seither kam sie regelmäßig, genoss die sonnigen Tage und verbrachte die milden Abende lieber hier als anderswo. Dass sie sich so an all dem hier freuen konnte, lag an den vielen Jahren, die sie in Hamburg gelebt hatte. Dort hatte ihr ein Fleckchen Erde, wie sie es von ihren Großeltern vom Land kannte, immer gefehlt.

Als die Erde vor Feuchtigkeit dunkel war, rollte sie den Schlauch auf und schob ihn zurück in den schmalen Unterstand seitlich der Hütte. Sie bückte sich etwas schweratmig nach einem umgefallenen Topf und schwor sich beim Aufrichten zum x-ten Mal, ein bisschen abzunehmen. Als sie sich der Hütte zuwandte, ging in ihrer Nähe etwas geräuschvoll zu Bruch. Es hörte sich an, als sei eine Tasse oder ein Teller zu Boden gefallen. Sie blickte sich um. Niemand befand sich in ihrer Nähe. Der Garten links neben ihrem gehörte einem Paar, das sie gut kannte. Die beiden waren übers Wochenende weggefahren. Rechts von ihr war das Grundstück einer türkischen Familie. Wäre sie da, hätte sie das längst bemerkt.

Marlene hob eine prall gefüllte Stofftasche von ihrem Rad und trug sie in die Hütte. Drinnen empfing sie das Gefühl, das sie immer hatte, wenn sie herkam: Sie fühlte sich frei in diesen paar Quadratmetern, die ihr ganz allein gehörten. Sie verstaute gerade die Rolle mit den Papierwischtüchern, eine Packung Kaffee und ein Fläschchen Kondensmilch in dem offenen Hängeregal über ihrer winzigen Spüle, als sie aus den Augenwinkeln etwas bemerkte. Eine Bewegung in der Hütte links von ihr. Sie ließ den Arm sinken und ging langsam zum Fenster. Jetzt war dort drüben alles ruhig. Nichts ließ darauf schließen, dass sich dort jemand aufhielt. Es wäre allerdings auch nichts gänzlich Ungewöhnliches. Immer mal wieder wurde in Gartenhütten eingebrochen. Doch normalerweise waren die Tunichtgute, die entweder einen Unterschlupf für die Nacht brauchten oder auf der Suche nach irgendetwas Essbarem waren, am Tag darauf verschwunden. Marlene wurde es leicht mulmig. Das Gefühl, alleine zu sein, machte sie auf einmal nervös. Sie versuchte, sich zu erinnern, in welchem Garten sie beim herkommen jemanden gesehen hatte. Ein älteres Ehepaar war zwei Grundstücke weiter dabei gewesen, Kompost aufzubringen. Die beiden sahen nicht gerade aus, als könnten sie es mit einem Einbrecher aufnehmen.

Mach dich nicht verrückt, *dachte sie.* Vermutlich einfach ein Vogel, der etwas umgestoßen hat und die Reflexion eines Schattens.

Sie würde sich jetzt erst einmal einen schönen Kaffee kochen und anschließend das Unkraut jäten, das sich ungeniert breitmachte.

Als sie sich umdrehte, fiel ihr Blick auf die Remise. Dort lagen mehrere kleine rotbraune Pflanzentöpfe am Boden. Und jetzt erinnerte sich Marlene: Die Töpfe standen immer in einem Zinkeimer, der oberste durch einen Stein beschwert. Denn in diesen Töpfen verstauten die Nachbarn den Schlüssel für die Hütte.

Jetzt wusste sie genau, dass etwas nicht stimmte.

Sie sank auf einen Stuhl und überlegte, was zu tun sei.

29

Es wirkte wie ein fröhlicher Ausflug aufs Meer. Carmen lenkte das Motorboot geschickt hinaus aus der Bucht und über die dunkelblauen gekräuselten Wellen, deren weiße Schaumkämme zerplatzten, sobald das Boot sie berührte.

Lena lehnte sich in den gepolsterten Sitz zurück und sah zu, wie der Ort mit den sanft ansteigenden weißen Häuserreihen hinter ihnen immer kleiner wurde. Ein paar Möwen taumelten mit heiseren Schreien über dem Wasser, die Luft roch salzig und frisch.

Ihr erstes Ziel erreichten sie bald. Eine sichelförmige Bucht mit hellgelbem Sand. Carmen ließ das Boot soweit es ging ans Land herantuckern, Lena hob ihr Fernglas an die Augen. »Nur jüngere Paare«, murmelte sie. Sie waren noch zu nah am Ort. Diejenigen, die im ehemaligen *Naranja Azul* Urlaub machten, würden nicht so weit fahren müssen. Oder wollen.

Die nächste Bucht war noch gänzlich leer. Dann näherten sie sich bereits dem Strand, an dem Lena die Leute mit dem Kleinbus getroffen hatte. Von denen war bisher auch niemand eingetroffen. Lediglich eine Familie mit zwei Kindern baute dort gerade ein Strandzelt auf, die Wimpel der Fahrräder, die sie oberhalb abgestellt hatten, wehten im Wind und schienen den beiden Frauen auf dem Wasser zuzuwinken.

»Sollen wir an Land gehen?« Carmen ließ das Boot treiben.

»Der Vater schaut schon zu uns herüber. Vermutlich wird er uns die nächste Bucht schmackhaft machen, sobald wir Anstalten machen, den Strand zu betreten.«

»Die verhalten sich hier wirklich alle, als ob das ihnen gehört«, schnaubte Carmen.

»Lass uns erst einmal am Hotelstrand vorbeifahren«, schlug Lena vor. Wenn überhaupt, war das das schwierigste Unterfangen, versprach dabei gleichzeitig höchste Aussicht auf Erfolg.

Als die Anhöhe mit dem Hotel auftauchte, drosselte Carmen erneut das Tempo. Sie umrundeten eine ins Meer hineinragende Steinformation und fuhren so dicht an den Strand heran, wie es ging. Um dann, in der Mitte der Bucht, zu stoppen. Lena zog ihr Shirt aus. Darunter trug sie einen dunkelroten Badeanzug. Alles sollte so aussehen, als wolle sie auf dem Wasser ein Sonnenbad nehmen. Der Hotelstrand war stärker besucht als die, die sie bereits passiert hatten. Sonnenschirme in einem ausgebleichten Blau und ebensolche Liegen befanden sich noch weitgehend in der arrangierten Formation. Rund ein Dutzend Familien hatte bunte Tücher auf die Liegen gelegt, Strandtaschen standen dazwischen, ein Mann blies eine Luftmatratze auf, zwei Kinder bauten am Wasser eine Sandburg. Carmen zog ein Sonnensegel hoch und hockte sich dahinter im Schneidersitz ins Boot. So halbwegs versteckt, griff sie zum Fernglas und beobachtete das Treiben schweigend. Bereits nach wenigen Minuten wurde man auf sie aufmerksam. Jemand zeigte zu ihnen herüber und Carmen nahm erschrocken das Glas herunter, als ein Mann vom Strand aus mit energischen Schritten ins Wasser gewatet kam. Als wolle er ihnen so nahe wie möglich kommen, sie damit aus der Nähe des Strandes vertreiben.

»Da muss er aber noch ganz schön schwimmen, bis er uns erreicht«, meinte Lena. Sie fühlte sich exakt so, wie bei den ersten beiden Begegnungen mit Hotelgästen: eingesponnen von Blicken, die abwehrend und bedrohlich wirkten.

Carmen hatte nun ebenfalls ihr Shirt ausgezogen. Sie trug ein schwarzes, hochgeschlossenes Schwimmoberteil, das den gesamten Rücken bedeckte. Nun rieb sie sich die Arme mit einer Sonnenmilch ein.

»Die können gar nichts machen«, murmelte sie. »Wir sind nicht die Einzigen, die hier auf den Wellen schaukeln wollen.«

Wie auf Kommando kam ein weiteres Boot. Zwei jüngere Paare saßen darin, die Mädchen in winzigen Bikinis, die Jungs mit poppig geschnittenem Haar. Sie stoppten rund fünfzig Meter entfernt, ein Stück weiter draußen auf dem Meer. Während einer der Männer die Stellung im Boot hielt, hüpfte der Rest der Gesellschaft ins Wasser. Die Mädchen kreischten, als der Junge sie mit Wasser bespritzte. Danach gingen die zwei Mädchen zurück an Bord, während der vierte im Bunde gemeinsam mit seinem Freund mit kräftigen Zügen erst in die Bucht hinein, danach wieder heraus schwamm. Alle vier sonnten sich danach noch eine halbe Stunde. Ihr unbeschwertes Lachen drang übers Meer. Nach einer Weile fuhren sie davon.

Immer wieder hob Carmen kurz das Fernglas an die Augen. Obwohl sie sich so gut es ging hinter dem Sonnensegel bewegte, war es nicht ausgeschlossen, dass man am Strand bemerkte, was sie taten. Doch bis auf die Tatsache, dass von dort immer wieder sehr penetrant zu ihnen herübergesehen wurde, geschah noch nichts. Das änderte sich erst, als eine Handvoll weiterer Gäste über den Fußweg vom Hotel herunterkamen.

Carmen keuchte leise auf. »Da sind sie!«, stieß sie aus und wäre aufgesprungen, hätte Lena sie nicht geistesgegenwärtig an der Schulter berührt.

»Hol die Kamera«, bat Carmen.

Lena griff in ihre Tasche und holte eine tragbare Filmkamera heraus. Sie hockte sich neben die Spanierin, die nun das Gerät einstellte, um es, unter einem Handtuch halb verborgen, auf die Strandszene zu richten. Lenas Herz klopfte heftiger. Sie hoffte, beim Auswerten des Materials vielleicht doch einen Hinweis auf den Mann zu bekommen, den sie suchte. Denn jetzt wurde es nach und nach voller am Strand. Hinter ihnen fuhr ein Ausflugsboot vorbei, zwei schneeweiße Motorboote lieferten sich ein Wettrennen und sie hoffte, dass man sie einfach nur für Ausflügler hielt. Gleichzeitig befürchtete sie, dass es verdächtig war, wenn sie den ganzen Tag nichts anderes taten, als in dem kleinen Motorboot zu sitzen. Ohne zu schwimmen, ohne an Land zu gehen.

»Deliah sieht traurig aus«, presste Carmen zwischen den Zähnen hervor.

»Wenn er sie schlägt, müssten die anderen Gäste das doch mitbekommen. Am Strand, im Badeanzug, wird sie ihre Wunden nicht verbergen können.«

»Das muss er womöglich nicht. Falls doch, wird er sich auf die Körperteile beschränken, die nicht sichtbar sind. Möglich auch, dass er mit ihr andere Dinge tut, als mit mir damals. Er ist ein Sadist mit einem großen Erfindungsreichtum.«

Der Hass, den sie für diesen Mann verspürte, sprühte aus jedem ihrer Worte.

Sie blieben auf das Geschehen am Strand konzentriert. Ein Boot näherte sich ihnen vom Meer her, es kam langsam näher.

»Achtung«, raunte Lena ihrer Begleiterin zu. Sie schob die Sonnenbrille ins Haar und drehte sich um. Zwei Männer, jung, offensichtlich sportgestählt. Die eng sitzenden schwarzen T-Shirts hielten den Muskeln kaum stand. »Ich glaube, jetzt werden wir beobachtet.«

Carmen reagierte nicht. Sie hockte im Boot und starrte wie hypnotisiert zum Strand hinüber. Die Muskelpakete kamen im Schleichtempo näher. Sie wirkten nicht gut gelaunt.

»Carmen?« Lena spürte Unruhe in sich aufsteigen. Wenn sie gewusst hätte, wie es geht, hätte sie das Boot gestartet und aus der Bucht heraus weggelenkt.

»Wenn wir jetzt fahren, wissen sie doch, dass wir nicht wegen des schönen Wassers hier waren«, flüsterte Carmen ihr zu.

»Ich glaube, das wissen die auch so.« Lena wusste sich nicht mehr anders zu helfen. Sie konnte die beiden nicht ignorieren, sie waren höchstens noch zwanzig Meter entfernt. Also drehte sie sich um, lächelte breit und hob grüßend den Arm.

»Holà!«, rief sie hinüber. Die beiden nickten lediglich. Carmen lehnte sich nun scheinbar entspannt zurück und drehte den Kopf zu Lena. »Küss mich«, raunte sie ihr dabei zu.

»Was?«, signalisierte Lena mit einem Stirnrunzeln.

»Tu so als ob.«

Lena beugte sich zu Carmen und presste ihre Lippen auf den Mund der Spanierin. Die hob den Arm und zog sie noch näher zu sich. So verharrten sie ein paar Sekunden, dann ließ Carmen sie los und Lena hob den Kopf. Unwillkürlich musste sie lächeln. Offensichtlich hatte die kleine Szene genügt. Ob sie ihnen die Nummer des Frauenpaares, das einfach die Zweisamkeit auf dem Meer genießen wollte, abnahmen oder ob es daran lag, dass bereits ein weiteres Boot mit Ausflüglern an Bord heranschipperte, sie drehten ihren Kahn und verschwanden in derselben Richtung, aus der sie gekommen waren.

»Uff, das war knapp«, murmelte Carmen.

»Ich glaube, wir sollten fürs Erste verschwinden. Wenigstens wissen wir jetzt, dass dein Vater mit Deliah tatsächlich hier ist.«

»Okay.« Carmen wirkte nun wieder sachlich, fast hart. Bevor sie die Kamera in der Tasche verstaute, blickte Lena noch einmal zum Strand hinüber. Dort kam jetzt ein mittelgroßer, sportlicher Mann mit einem kleinen Jungen an der Hand die Treppen herunter. Der Junge war klein und schmächtig, er ließ den Kopf hängen und blickte zu Boden. Lenas Herz begann, heftig zu schlagen. Der Kleine dort drüben war derselbe Typ wie Toby.

»Gib mir das Fernglas«, bat sie heiser.

Auf die Entfernung war er schwer zu erkennen.

»Filmst du noch?« Carmen holte wortlos die Kamera heraus und stellte sie wieder ein.

Zehn Minuten später fuhren sie. Als sie im Hafen von Cala Morell anlegten, konnte Lena es kaum erwarten, den Film zu sehen. Sie war sicher, den Mann gefunden zu haben, den sie suchte.

30

Sie ließen den Film immer wieder auf Carmens Laptop ablaufen. Die Spanierin war wie besessen davon, jede Regung im Gesicht ihrer Halbschwester interpretieren zu wollen. Über ihren Vater verlor sie kein Wort.

Lena hingegen versuchte anhand des wenigen Bildmaterials, das sie zur Verfügung hatte, ihr Bauchgefühl zu verifizieren.

»Lass mal sehen.« Carmen rutschte näher zu ihr heran. Sie betrachtete zunächst das Foto, das Lena als einziger Anhaltspunkt diente und anschließend den Filmausschnitt.

»Das ist derselbe Mann«, sagte sie schließlich.

»Wieso bist du dir da sicher?«

»Man sieht ihn auf deinem Foto nur von schräg hinten. Dabei kann man die Form der Wangen erkennen.« Carmen deutete auf das Standbild des Films, das den Mann von vorne zeigte. »Außerdem stimmt die Haarfarbe, der Schnitt ebenfalls. Jetzt sind die Haare etwas länger. Dann das Ohrläppchen, es biegt sich leicht nach innen. Der Ring im linken Ohr.«

Lena zupfte nervös an ihrer Unterlippe. »Kann ich damit zur Polizei gehen?«

Carmen zuckte mit den Schultern. »Du meinst, das könnte der Mann sein, der mit deiner ehemaligen Klientin befreundet war.

Der, der in der Wohnung war, als sie dich angerufen hat. Aber nach dem, was du in der Hand hast, könnte es auch irgendein entfernter Bekannter der Frau sein.« Carmen kannte inzwischen die ganze Geschichte.

»Der ausgerechnet hier Urlaub macht?«

»Warum nicht? Vielleicht gehören alle zu einer Clique, die sich hier verabredet hat. Kommt ja vor. Solange niemand diesen Vater hier als denjenigen identifizieren kann, der mit der Frau befreundet war, kann man ihn erst einmal lediglich als eventuellen Zeugen einstufen. Womöglich hat er sich von der Frau getrennt, was sie zu ihrem Selbstmord getrieben hat. Immer vorausgesetzt, er ist überhaupt derjenige, der mit ihr zusammen war und nicht nur ein weitläufiger Bekannter, der bei dieser Party nur zufällig neben ihr saß.«

»Hm. Zumindest was die Identifizierung anbelangt, gäbe es jemanden«, murmelte Lena.

Wenig später hatte sie Magda Buckpesch am Apparat. Die war bei der Frage, ob Lena ihr ein Foto schicken dürfe, heillos überfordert.

»Ich kenne mich mit diesem neumodischen Telefon nicht aus.« Ihr Mann müsse das machen. Doch der war nicht da. Lena hinterließ ihre Nummer und bat dringlich darum, er möge sie zurückrufen.

Carmen hockte grübelnd vor ihrem Laptop, bereits wieder eingesponnen in ihre eigene Geschichte.

»Ich muss Deliah da rausholen«, murmelte sie.

»Hast du einen Plan?«

»Sie muss aus seinen Klauen befreit werden, ich muss ihn anzeigen.«

»Carmen«, wandte Lena ein, »was, wenn er ihr gar nichts antut?«

»Tut er. Sie hatte schon Angst vor ihm, als ihre Mutter noch lebte. Schau dir ihr Gesicht an.«

Lena wusste, was sie meinte. Das Mädchen sah auf den Filmaufnahmen zutiefst verstört aus.

»Wenn ich sie soweit kriege, dass sie das Hotel verlässt, dann können wir gemeinsam dafür sorgen, dass sie in Sicherheit gebracht wird.«

»Wir können unmöglich ins Hotel gehen und nach ihr fragen«, wandte Lena ein.

»Das nicht.«

Carmen tippte mit dem Fingernagel gegen die Schneidezähne. »Ich müsste ihr eine Nachricht zukommen lassen«, murmelte sie. Aber wie? Unter dem alten Namen *Naranja Azul* gab es keinen Eintrag mehr im digitalen Telefonbuch, wie sie schnell feststellten.

Lena seufzte. Am wichtigsten schien ihr der Rückruf von Herrn Buckpesch. Er hatte den Mann im Flur gesehen, er konnte ihn identifizieren. Doch jetzt musste sie dringend duschen und wollte daher zurück in ihre Pension.

»Ich hole dich heute Abend zum Essen ab«, kündigte Carmen an. Ihre Worte klangen harmlos, doch ihr Blick hatte etwas Entschlossenes.

31

Noch immer hatte Lena das Gefühl, dass Carmen ihr etwas verschwieg. Nachdem sie geduscht und sich umgezogen hatte, loggte sie sich mit ihrem Smartphone übers WLAN der Pension ins Internet ein. Es dauerte eine Weile, bevor sie fand, was sie suchte. Eine Zusammenfassung des Inhalts von Carmens Buch. Danach rief sie ein Übersetzungsprogramm auf und gab den Text ein. Das Ergebnis war nicht zufriedenstellend für sie, denn noch immer verstand sie nicht genau, welche Verbindung zwischen den von Carmen geschilderten Schicksalen stand. Sie überlegte, ob sie nicht jemanden kannte, der Spanisch sprach. Es fiel ihr niemand ein. Aber jemand, der jemanden kennen konnte …

Sie wählte kurz entschlossen eine der wenigen Nummern, die sie in ihrem neuen Gerät abgespeichert hatte.

»Wo bist du?«, fragte Tamae, kaum dass sie sich gemeldet hatte. »Ich mache mir Sorgen.«

Das ist ja ganz was Neues.

Während ihrer Liaison hatte sich die Japanerin zumeist spröde und wenig zutraulich gezeigt. Eine Beziehung im herkömmlichen Sinn kam für sie überhaupt nicht infrage. Sie bezeichnete sich über

Jahre hinweg konsequent als Freundin, mit der man gelegentlich das Bett teilte. Wobei sich Lena kaum eine schwierigere Freundin hätte vorstellen können. Jetzt, nachdem sich ihr Beziehungsstatus verändert hatte, zeigte Tamae weichere Seiten von sich. So, als habe sie keine Befürchtungen mehr, emotional zu sehr vereinnahmt zu werden.

Lena brachte ihre Ex-Geliebte auf den Stand der Dinge.

»Du hast den Mann ausfindig gemacht?«

»Ob er es ist, weiß ich noch nicht. Ich warte darauf, dass die Nachbarn es mir bestätigen.«

Dann kam Lena zum Grund ihres Anrufs.

»Spanisch? Eine Kollegin von mir ist Kolumbianerin.« Tamae arbeitete in einem international tätigen japanischen Unternehmen als IT-Spezialistin und hatte täglich mit Kollegen aus aller Welt zu tun.

»Kannst du sie bitten, mir die Zusammenfassung zu übersetzen? Ist nur rund eine Seite.«

Sie schickte Tamae den Link und die versprach, sich baldmöglichst zu melden.

Lena brannte es unter den Nägeln, mehr über Carmens Buch zu erfahren. Dass sie warten musste, stellte ihre Geduld auf eine harte Probe.

Am Abend holte Carmen sie wie vereinbart ab. Sie sah nicht aus, als wolle sie essen gehen, eher wirkte sie wie eine Räuberbraut, von Kopf bis Fuß in Schwarz, die Haare straff zurückgebunden, kein Schmuck, kein Make-up.

»Zieh du dir auch was Dunkles an«, bat sie Lena. »Ich will später noch einmal zum Hotel rausfahren. Vielleicht gelingt es mir ja, über die Rückseite ins Gebäude zu kommen.«

»Als Fassadenkletterin?«

»Über den Wirtschaftstrakt. Da dürfte nach dem Abendessen nicht mehr viel Betrieb sein.«

»Carmen, ich weiß nicht, ob ein Einbruch das richtige Mittel ist.«

»Und ich weiß, dass ich alles auf eine Karte setzen muss.«

Das Essen nahmen sie in einer kleinen Bodega ein. Lena bezweifelte, dass es der Spanierin gelingen würde, ungesehen ins Haus zu kommen. Es war ihr schleierhaft, wie sie herausfinden wollte, in welchem Zimmer sich ihre Schwester aufhielt. Doch

Carmen hatte sämtliche Bedenken weggewischt. Wie mit einem Tunnelblick richtete sich ihre gesamte Konzentration auf ihr Vorhaben. Im festen Glauben, sie könne etwas bewirken, wenn sie erst im Hotel wäre. Zudem zeigte sie sich bestens vorbereitet.

»Schau mal«, sagte sie und zeigte Lena auf ihrem Handy ein Standbild der Aufnahme vom Strand. »Man kann hier sehen, was Deliah anhat.« Die Halbschwester der Journalistin trug bei ihrer Ankunft in der Bucht ein helles Strandkleid mit aufgedruckten Muscheln. Darunter einen gelben Badeanzug, der an den Rändern rot abgesetzt war.

»Und jetzt hier die Fotos, die ich vom Parkplatz des Hotels aus in den Tagen zuvor geschossen habe.«

Auf einem der Balkone im zweiten Stock hing ein gelber Badeanzug auf dem Wäschegestell.

»Bist du sicher, dass der von Deliah ist?«

Carmen nickte entschlossen. »Hier. Derselbe Balkon, einen Tag später.« Da hing neben einem grünen Bikini das Strandkleid. Angehoben durch einen leichten Windhauch waren die Muscheln darauf gut erkennbar.

»Daher gehe ich davon aus, dass die beiden dieses Zimmer bewohnen.« Sie legte ihr Handy zur Seite und benutzte die Finger, um die anschließenden Worte zu unterstreichen. »Zweiter Stock, der Gebäudeteil rechts vom Eingang, das dritte Zimmer von der Ecke aus gesehen. Wenn ich es bis dorthin schaffe und Deliah finde, nehme ich sie mit mir.«

»Dein Vater ...«

»Der sitzt nach dem Abendessen gerne noch eine Weile an der Bar. Jetzt ist genau die richtige Zeit für den zweiten von drei Drinks.«

Was, wenn nicht? Was, wenn Senor de Palma die Tür öffnete und sich seiner ältesten Tochter gegenüber sah? Die es sich als Enthüllungsjournalistin zur Aufgabe gemacht hat, Männer und Frauen wie ihn an den Pranger zu stellen?

»Wenn du ihm begegnest ...«

»Schlage ich ihn nieder!« Zum zweiten Mal hatte Carmen sie gleich unterbrochen. Ihr Blick verfinsterte sich beim Gedanken an den Mann, der ihr so Schreckliches angetan hatte.

»Aber glaube mir, das wird nicht geschehen. Ich kenne ihn und seine Gewohnheiten. Wichtig ist, dass ich Deliah finde. Sie wird mit mir kommen. Garantiert.«

Lena sagte nichts dazu. Sie war nicht überzeugt von diesem Plan. Mehr noch, sie glaubte, dass Carmen sich in Gefahr begab. Doch sie alleine fahren zu lassen, wäre auch nicht infrage gekommen. Das restliche Essen verlief überwiegend schweigend. Sie beide hingen ihren Gedanken nach.

***

Die Dunkelheit war bereits seit einiger Zeit hereingebrochen. Lena fuhr ihren Mietwagen, Carmen saß schweigend und mit nervösen Fingern neben ihr. Je näher sie dem Hotel kamen, desto schwerer wog der Stein in Lenas Magen.

Als sie an der Abzweigung von der Hauptstraße abgebogen waren und sich auf dem Zufahrtsweg dem Hotel näherten, steigerte sich Carmens Nervosität. Sie richtete sich plötzlich auf und beugte sich nach vorn. »Alles so dunkel da drüben.«

Jetzt bemerkte Lena es auch. Kein Lichtschein drang durch die Nacht. Die Scheinwerfer des Wagens strichen wie bleiche Finger über die Landschaft, hoben Hecken und Sträucher aus der Finsternis. Düster erhob sich gleich darauf der Gebäudekomplex vor ihnen. Nur das fahle Mondlicht, das durch die Wolken sickerte, beleuchtete ihn. Sonst war kein Licht zu sehen. Lena bremste den Wagen ab. Die Einfahrt zum Hotel war nun nicht mehr offen, sondern durch ein hohes Tor verschlossen. Sie blickten sich an. Lena schaltete den Motor ab, sie stiegen aus. Nur das Zirpen der Grillen und das Rauschen des Meeres waren zu hören.

»Das gibt es doch nicht«, murmelte Lena. »Wo sind denn die ganzen Gäste hin?«

»Ausgeflogen. Haben das Hotel gewechselt, oder die Insel oder sind nach Hause gefahren.«

»Alle auf einmal? Wie auf Kommando?«

Carmen blieb stumm, aber Lena spürte, wie sie vibrierte.

»Das ist die Reaktion auf unseren Bootsausflug«, murmelte die Spanierin irgendwann.

Lena schüttelte fassungslos den Kopf. »Nur weil wir da draußen ein bisschen rumgeschippert sind? Wo sind wir denn hier hineingeraten?«

Die Person, die ihr das alles hätte erklären können, stand stumm neben ihr.

Denn Carmen war nicht in der Stimmung, irgendetwas zu erklären.

»Scheiße, scheiße, scheiße«, fluchte sie stattdessen. Die Verzweiflung darüber, dass sie, die sich so kurz vor dem Ziel gewähnt hatte, nun plötzlich vor dem Nichts stand, war ihr deutlich anzuhören. »Sie war hier, in diesem Haus. Nun hat er sie woanders hingebracht und ich muss von vorne anfangen.«

»Vielleicht findest du sie ja in Fuengirola«, versuchte Lena, ihre Begleiterin zu beruhigen.

»Das Haus steht zum Verkauf. Er wird sich woanders niederlassen«, antwortete Carmen gereizt. Unruhig ging die ein paar Schritte vor dem Tor auf und ab. Lena öffnete die Wagentür und bedeutete ihrer Begleiterin, einzusteigen. »Am besten, wir fahren zurück und überlegen, was wir tun können.«

»Nein, ich gehe da jetzt trotzdem rein«, verkündete Carmen stattdessen. »Die sind so überhastet aufgebrochen, da findet sich vielleicht noch etwas.«

Lena schaute sich um. Die Mauer war zwar nur rund einen Meter fünfzig hoch, aber zu glatt, um sich daran hochzuziehen.

»Wie willst du ...?« Bevor Lena zu Ende gesprochen hatte oder sie zurückhalten konnte, hatte Carmen bereits einen Fuß in die Verstrebungen des schmiedeeisernen Tores gesetzt und kletterte behände hinauf. Sekunden später ließ sie sich auf der anderen Seite fallen.

»Was, wenn die eine Alarmanlage haben?«, versuchte Lena ein letztes Mal, sie umzustimmen. Doch die Spanierin winkte nur ab. Gleich darauf war sie in der Dunkelheit verschwunden.

Lena fluchte lautlos vor sich hin. Sie ging ein paar Schritte, lehnte sich mit dem Rücken gegen die Mauer, die das Grundstück umgab und ließ sich in die Hocke sinken. Wer wusste schon, wie lange sie jetzt würde warten müssen? Irgendwo schrie ein Tier, ein Vogel vermutlich. Lenas Nerven waren zum Zerreißen gespannt, sie war darauf gefasst, das laute Schrillen einer Alarmanlage zu hören. Doch am Hotel blieb alles still. Der Wind frischte etwas auf und brachte feuchte Luft mit sich. Nach einer scheinbaren Ewigkeit erhob sie sich und blickte über die Mauer hinweg zum Hotel. Nichts zu erkennen. Ob Carmen es geschafft hatte, hineinzugelangen? Lena ging zurück zum Wagen. In dem Moment, in dem sie sich hineinsetzen wollte, sprang ihr Handy an. Fast erschrocken blickte sie auf das Display. Tamae. Ihre Kollegin hatte schnell reagiert und den Text übersetzt. Je mehr Lena las, desto unruhiger wurde sie. Als sie den Inhalt kannte, wusste sie definitiv, dass Carmen sich mit ihrer Aktion in höchste Gefahr gebracht hatte, und sie gleich mit.

32

Nachdem sie das Handy weggesteckt hatte, umgab sie erneut komplette Dunkelheit. Das Flüstern der Sträucher im Nachtwind war das einzige Geräusch in ihren Ohren. Dennoch wurde Lena mit jeder Minute, die verstrich, unruhiger. Carmen war inzwischen schon über zwanzig Minuten weg.

Falls jemand kommt, sitzen wir in der Falle. Ich kann den Wagen nicht wenden, wenn ein anderes Fahrzeug hinter uns steht.

Andererseits musste sie sowieso drehen, warum also nicht jetzt? Sie stieg ein, ließ den Motor an und stand nach einigen hakeligen Wendemanövern mit der Motorhaube in Richtung Straße. Jetzt nahm ihre Nervosität noch mehr zu. Was, wenn jemand das Licht der Scheinwerfer gesehen hatte? Sie stieg aus und lauschte angestrengt, bis das Blut in ihren Ohren zu rauschen begann.

Hinter ihr raschelte etwas und sie erschrak dermaßen, dass ihr die Knie zitterten. Sie brauchte einige Augenblicke, um zum Tor zu gehen, an dem nun Carmen erschien.

»Hier nimm das!«, wisperte die und hob zwei weiße Plastiktüten hoch.

Lena ging zur Mauer und nahm die Beutel entgegen, die Carmen herüber wuchtete.

»Bin gleich wieder da.« Mit diesen Worten verschwand die Spanierin.

Lena, deren Herz sich nur langsam beruhigte, stellte die beiden Beutel in den Kofferraum. Minuten später kam Carmen mit einem dritten Beutel, wuchtete auch ihn über die Mauer und stieg anschließend übers Tor.

»Los jetzt, nichts wie weg hier«, verlangte sie, kaum dass sie im Wagen saß.

Lena, der jede Menge Fragen auf der Zunge lagen, schwieg, weil sie immer noch so nervös war, dass ihre Finger zitterten. Sie startete den Motor und fuhr los. Als sie die Straße erreichten, atmete sie auf. Sie waren erst rund hundert Meter gefahren, als ihnen ein Fahrzeug entgegenkam. Es schien, als verlangsame es seine Fahrt. Lena drehte automatisch den Kopf, als sie auf gleicher Höhe waren. Der Fahrer schaute ebenfalls zu ihr herüber. Sie kannte ihn nicht. Doch als der Wagen sie passiert hatte, drehte Carmen sich um.

»Ich glaube, der fährt zum Hotel«, murmelte sie.

»Hast du einen Alarm ausgelöst?«

»Wenn, dann einen stillen.«

Eine Verhaftung in Zusammenhang mit einem Einbruch hätte mir gerade noch gefehlt!

Den Rest der Strecke legten sie schweigend zurück.

33

»Bevor wir hier weitermachen, möchte ich gerne ein paar Antworten.«

Sie waren zu Carmens Appartement gefahren und hatten schweigend die Tüten ausgeladen. Carmen hatte die Sitzgruppe verrückt und in der Mitte des Wohnbereichs ein großes Leintuch auf dem Boden ausgebreitet.

Inzwischen hatte sich Lenas Anspannung etwas gelegt. Nun wollte sie unbedingt auf das zurückkommen, was ihr seit Tamaes Nachricht auf der Seele brannte.

»Du hast mir zwar gesagt, dass du Journalistin bist. Aber nicht, dass du ein hierzulande viel beachtetes Buch geschrieben hast.«

Lena hatte ihre leichte Jacke und die Baseballmütze auf die Couch geworfen. Carmen hatte beides sofort zur Garderobe hinter dem Eingang gebracht und ordentlich aufgehängt. Nun stand sie am Durchgang zur Küche und schwieg.

»Ein Buch, in dem von einer sektenartigen Vereinigung die Rede ist. In der deine Eltern Mitglied waren und du gezwungenermaßen ebenfalls. Darüber hinaus gibt es eine Reihe von Zeitungsartikeln, in denen dir nach dem Erscheinen des Buches vorgeworfen wurde, falsche Anschuldigungen zu verbreiten. Ganz besonders die Behauptung, es würden Kinder missbraucht. Man hat dir untersagt, bestimmte Namen und Orte zu nennen. Es gab eine Gerichtsverhandlung und ein kompliziertes Urteil.«

Tamaes Kollegin hatte es nicht dabei belassen, die Inhaltsbeschreibung des Buches zu übersetzten. Sie hatte gleich noch weitere relevante Informationen drangehängt.

»Gut. Dass du über mich recherchierst, war mir klar, daher habe ich es auch nicht als Versäumnis betrachtet, dir nichts von meinem Buch erzählt zu haben.«

»Die Leute, die du beschreibst, sind gefährlich. Mit der Aktion heute Abend sind wir beide in Gefahr geraten. Du hättest es mir sagen müssen!«

»Du bist doch auch hier, weil du jemanden suchst, der vermutlich dazu gehört. Dir musste doch klar gewesen sein, dass es nicht ungefährlich ist, sich in die Nähe dieser Leute zu begeben.«

»Nein. Nein, das habe ich nicht gewusst. Ich suche einen Mann, von dem ich nicht viel weiß. Auf keinen Fall habe ich ihn mit einer Sekte oder etwas Ähnlichem in Verbindung gebracht. Dass es sich um eine Kindesmisshandlung im familiären Rahmen handelt, davon musste ich ausgehen. Das, was du in deinen Artikeln und Büchern beschreibst, geht weit darüber hinaus.«

Sie maßen sich mit Blicken. Carmen seufzte schließlich und schlug die Augen nieder.

»Ja. Du hast recht«, sagte sie. »Ich bin tatsächlich auf der Spur dieser Gemeinschaft geblieben. Sekte darf ich sie nach dem Gerichtsurteil nicht mehr nennen.« Sie seufzte. »Trotzdem höre ich nicht auf. Eben weil diese Leute gefährlich sind. Dass mein Vater Verbindungen zu anderen Pädophilen hatte, weiß ich aus eigener Erfahrung.« Sie verstummte, ihre Finger verkrampften sich ineinander und ihr Blick glitt ins Unendliche. Lena ahnte, was in der Journalistin vorging. Erinnerungen, die sie nie wirklich losließen. Sie kannte ähnliche Geschichten von Klientinnen, Freundinnen. Nichts konnte jemals ganz gelöscht werden. Alle trugen sie diese Last. Bei einigen waren gestörte Beziehungen die Folge, bei anderen kam immer wieder die Wehrlosigkeit hoch, die sie als Kinder gefühlt hatten. Es gab Menschen, die dennoch in der Lage waren, abzuschließen, Frieden zu finden, glücklich zu werden. Carmen wollte das gar nicht, oder die Berichterstattung half ihr dabei, die Dinge zu verarbeiten. Riskierte sie ganz bewusst, dass die Erinnerungen stets wieder aufbrachen? Weil der Schmerz sie vorantrieb in dem, was sie tat?

»Wenn du nicht darüber sprechen willst ...« Lena hatte das Thema nur angeschnitten, um Carmens Beweggründe besser verstehen zu können.

»Doch, doch. Ich kann darüber sprechen«, antwortete Carmen. »Möglich, dass ich dir anfangs nicht die ganze Wahrheit gesagt habe, weil ich befürchten musste, du würdest mich dann nicht unterstützen.« Sie kam langsam näher und ließ sich aufs Sofa sinken. »Meine Geschichte ist die eine Seite. Alles, was ich dir über meine Halbschwester erzählt habe, stimmt. Auch, dass sie jetzt hier auf der Insel ist. Oder war. Darüber hinaus recherchiere ich weiter zu diesem Netzwerk, in dem auch mein Vater sich bewegt.« Sie verzog den Mund voller Ekel. »Die Gemeinschaft existiert schon seit vielen Jahren. Sie hat ihren Ursprung in einem Bergdorf. Die Anfänge waren vermutlich eher den rauen Lebensumständen geschuldet, die seit jeher archaische Familienstrukturen begünstigen. In dieser Gemeinschaft haben bis heute die Männer das Sagen. Frauen ordnen sich unter, das oberste Ziel ist ein nach außen hin intaktes Familienleben. Kinder gelten nichts, sie haben keinerlei Rechte, sind praktisch Privatbesitz ihrer Eltern.«

»Wie Sklaven«, murmelte Lena.

»Man heiratet innerhalb der Gemeinschaft. Man ist der Gemeinschaft gegenüber loyal. Man verlässt die Gemeinschaft nicht. Das hat sich natürlich inzwischen verändert, wir leben ja nicht mehr abgeschottet voneinander. Inzwischen ist die Gemeinschaft gewachsen. Es haben sich über das Netzwerk ganz unterschiedliche Menschen verbunden. Sie alle haben Kinder, die in ihren Familien alles Mögliche erleiden müssen. Meistens geht es um sexuellen

Missbrauch. Tja, und dabei hat sich so eine Art Tauschgeschäft entwickelt. Wer ein Kind hat, das er tauschen kann, bezahlt damit. Wer kein Kind hat und überprüft ist, also zwei Fürsprecher der Gemeinschaft hat, kann sich ein Kind für bestimmte Dienstleistungen kaufen.«

»Du meinst, diese Familien überlassen ihre Kinder auch anderen?«

»Ja. Es ist immer noch sehr *familiär,* wenngleich ich dieses Wort in dem Zusammenhang ungern benutze. Ein elitärer *Club*. Soll heißen, die einzelnen Gruppen bleiben meistens unter sich. Über ein Netzwerk aus persönlichen Beziehungen knüpft man weitere Kontakte. Selten zu alleinstehenden pädophilen Männern, aber es kommt durchaus vor.«

»Daher also die geschlossene Gesellschaft im *Naranja Azul*?«

»Genau. Menschen fahren mit ihren Kindern in Urlaub und treffen dort auf Gleichgesinnte. So, wie es Sex-Hotels für Erwachsene mit Partnertausch und Gangbangs gibt, gibt es auch welche für Pädophile. Man ist unter sich. Keine Fremden, keine anonymen Verbindungen übers Internet. Glaube mir, da sind die auch noch stolz drauf! Als würde es den Missbrauch erträglicher machen.« Carmen schüttelte sich. »Damals, als ich vielleicht fünf Jahre alt war, hat mein Vater angefangen, mich an andere Männer auszuleihen. Es waren ganz harmlos klingende Ausflüge, die wir unternommen haben. Ein, zwei Nächte in einem Hotel. Mein Vater ging, ein anderer Mann kam. Der wusste jedes Mal, was genau er mit mir tun durfte oder nicht. Zumindest die meisten.« Carmens Stimme wurde leiser und schärfer zugleich. »Bis einer kam, der keine Regeln einhalten wollte. Der mich derartig ... misshandelte, dass ich noch Tage später mehr tot als lebendig war. Damals tobte mein Vater. Als er zurückkam, stritten er und der andere Mann, den seine brutale Attacke auf mich Geld kostete. Damals musste mein Vater das erste Mal von den Codes gehört haben. Man hat sie wohl kurz zuvor eingeführt, damit die Dinge nicht aus dem Ruder laufen. Jedenfalls bot er mich immer mit einer bestimmten Farbe an. Damit der Käufer das vor Augen hatte, bekam ich ein rosa Bändchen um den Arm. Später kam ein rotes dazu, der Beginn dessen, was noch heute auf meinem Körper zu besichtigen ist.«

Lena war aufgrund ihres Berufs nicht naiv. Sie wusste, dass es das alles gab. Menschen, die ihre Kinder nicht nur schlugen, sie vernachlässigten, sie spüren ließen, dass sie ihnen egal waren, oder sie als ihr persönliches Eigentum betrachteten. Misshandlungen, bis hin zum Tod. Darüber hinaus gab es Pädophilenringe, in denen Eltern ihre eigenen Kinder zur Ware machten. Doch so weit war sie in ihren Vermutungen, was es mit dem vermeintlichen Freund von Angelika Kiewitz auf sich hatte, nicht gegangen. Selbst als sie das merkwürdige Gebaren in und um das Hotel bemerkte, war sie erst einmal von einem Urlaubshotel ausgegangen, in dem die Leute mit Kindern unter sich sein wollten. So ähnlich wie in einem Urlauber-Club. Ein bisschen merkwürdig gemacht, aber durchaus im Bereich des Normalen. Jetzt, als sie die ganze Dimension dessen vor sich sah, was Carmen andeutete, als sie es logisch weiterspann, wurde ihr kalt.

»Verabredet man sich heutzutage nicht im Darknet?«, sprach Lena ihre Gedanken laut aus.

»Sicher. Dort finden sich Pädophile aus aller Welt in Foren oder Zirkeln zusammen. Aber das Ganze ist auch riskant. Alles, was im Netz steht, kann verfolgt werden. Theoretisch zumindest. Die zuständigen Leute bei der Bundespolizei, dem BKA beispielsweise, sind total überlastet, weder personell noch technisch ausreichend ausgestattet. Dazu kommt, dass man als Eintrittskarte etwas bieten muss. Filme, Fotos, Kinder.«

»Dann haben wir es hier mit einer Gruppe von Menschen zu tun, die sich ganz gezielt in diesem Hotel treffen, um ihre Kinder zu tauschen?«

»Zu präsentieren und zu verkaufen, Lena. Sie nehmen es in Kauf, Kinderseelen zu brechen. Halten es für ihr gutes Recht. Das sind Kriminelle. Es anders auszudrücken, würde die Sache verharmlosen. Genau das ist der Grund, warum ich alles tun würde, um diesen Typen das Handwerk zu legen.«

34

»Alles war verschlossen. Ich habe jede Tür, jedes Fenster ausprobiert«, erklärte Carmen.

Sie hockten auf dem Boden. Zwischen sich hatten sie ein großes Leintuch ausgebreitet. Daneben standen die Tüten aus dem Hotel.

»Wie bist du reingekommen?«

»Durch die Hintertür.« Carmen zog eine Grimasse. »Der Wirtschaftstrakt war zwar ebenfalls verschlossen, aber es gibt einen direkten Zugang von einem kleinen Hof aus.«

»Du musstest über eine Mauer?«

»Yepp. Das war nicht schwierig, weil ich in einer Remise eine Reihe von Weinkisten gefunden habe. Die ergaben, übereinandergestapelt, eine gute Kletterhilfe.«

»Und dann?«

»Zwei Fenster waren gekippt. Das ist nicht ungewöhnlich in einem derartigen Gebäudeteil, wo unter anderem das Personal sich umzieht und Putzutensilien aufbewahrt werden.«

»Du hast die Fenster aufgehebelt?«

Carmen gab einen nichtssagenden Laut von sich.

»Leider waren von dort aus aber auch wieder sämtliche Türen ins Innere des Hotels dicht. Da blieb mir nichts anderes übrig, als mich da umzusehen, wo ich gerade war. Dabei kam mir eine Beobachtung zugute, die ich ein paar Tage zuvor gemacht hatte.«

»Nämlich?«

»Der Müll des Hotels wird getrennt. Nicht nur nach ökologischen, sondern auch nach praktischen Gesichtspunkten. Jeden zweiten Tag werden die großen Mülltonnen, in denen alles landet, was aus den Badezimmern der Gäste einerseits und aus der Küche andererseits stammt, von einem hoteleigenen Wagen zur Deponie gebracht. Alles andere, also das, was in den Papierkörben landet, wird von den Zimmermädchen in weiße Säcke gegeben. Die Mülltonnen hierfür werden nur alle vierzehn Tage weggebracht.«

»Mit etwas Glück finden wir hier also auch den Papiermüll aus den Arbeitsbereichen des Hotels.«

»Genau.«

Carmen nahm nun den ersten Plastiksack und kippte alles, was sich darin befand, aus. Jede Menge Papier. Zeitungen, Zeitschriften, Verpackungsmaterial. Aber auch kleinere Notizzettel. Jedes Blatt, das zusammengeknüllt war, musste geglättet werden.

»Schau mal«, sagte Carmen nach einiger Zeit. Sie hielt zwei Teile eines Zettels hoch. Er war in der Mitte durchgerissen, auf jedem der beiden Hälften stand eine Buchstaben- und Zahlenkombination.

»Sieht aus wie ein Code.« Lena beugte sich nach vorn, um die dünne Bleistiftschrift besser lesen zu können.

»Fragt sich bloß, wofür?«

»Solche Anordnungen bekommt man, wenn man ein Passwort für einen Internetzugang generiert.«

Sie legten die beiden Zettelhälften beiseite und arbeiteten sich weiter durch den Papierberg.

Kurze Zeit später fanden sie zunächst eine Mobilfunknummer, wie beiläufig auf den Rand einer Seite einer Tageszeitung gekritzelt, dann den zerknüllten Ausdruck einer E-Mail.

»Adressat und Absender sind identisch. Es ist das *Naranja Azul*«, murmelte Lena und reichte das Blatt weiter. »Was bedeutete das, was da draufsteht?«

Es waren nicht mehr als einzelne Buchstaben, Zahlen und, als einzige Wörter ausgeschrieben, die Farben Blau und Gelb.

»Ein Junge, drei Jahre alt. Blau und Gelb sind die Codes, die Zeichen dafür, was mit ihm gemacht werden darf. Leider kenne ich mich da aktuell nicht aus.« Carmen saugte ihre Wangen ein.

»Wenn Absender und Adressat identisch sind, heißt es doch, diese E-Mail wurde nie abgeschickt, oder?«

»Genau. Versendete E-Mails lassen sich einsehen, nachverfolgen. Wer ohne dieses Risiko Nachrichten übers Internet austauschen möchte, schreibt eine Mail und lässt sie einfach im Ordner »Entwürfe« liegen. Alle, die die Zugangsdaten zu dem elektronischen Postfach haben, können das dann lesen.«

Sie legte den Ausdruck zu dem zerrissenen Zettel und dem Zeitungsausriss mit der Mobilfunknummer.

Nach zwei Stunden hatten sie jedes Papier umgedreht, jede Zeitung durchgeblättert. Ohne Erfolg, sie waren auf nichts Verdächtiges mehr gestoßen. Lena erhob sich aus ihrem Schneidersitz. Ihr taten die Beine weh und sie hatte das Gefühl, duschen zu müssen.

»Nicht viel, in Anbetracht dessen, dass diese Gemeinschaft einen direkten, persönlichen Weg der Kontaktaufnahme wählt.«

»Du hast recht.« Carmen wirkte enttäuscht. Sie legte ihre Ellbogen auf die Knie und faltete die Hände unterm Kinn. »Mit dieser Ausbeute lohnt es sich nicht, zur Polizei zu gehen. Sie werden nichts unternehmen können.«

»Was ist mit der Mobilfunknummer? Wir könnten dort anrufen.«

Carmen wiegte skeptisch den Kopf. »Glaubst du, es meldet sich jemand mit Namen?« Sie lächelte schwach.

»Wir könnten es zumindest probieren.«

Stumm reichte Carmen ihr den Zettel mit der Telefonnummer drauf. Lena legte sie auf den Tisch, ignorierte ihre Beklemmung, strich das Papier noch einmal glatt, stellte ihren Apparat auf laut und wählte die Nummer. Nach dreimaligem Läuten wurde abgehoben. Niemand sprach. Lena blickte fragend zu Carmen hinüber. Die legte einen Finger auf die Lippen. Sag ja nichts, bedeutete sie damit. Die Gefahr, in einer solchen Situation ganz automatisch zu sprechen, war eben groß. Nach rund zwanzig Sekunden klickte es und die Verbindung war unterbrochen.

»Warum hat er nichts gesagt?« Lena legte das Mobiltelefon zurück auf den Tisch.

»Es war kein Mensch auf der anderen Seite, sondern ein Anrufbeantworter.«

»Der stumm ist?«

»Ich denke, dass diejenigen, die mit eindeutigen Absichten anrufen, einen Code verwenden. Damit man sie als *Freunde* identifizieren kann.«

»Dieser Code, den wir gefunden haben?«

Carmen griff nach dem entzweigerissenen Zettel. »Ich glaube nicht. So ein Telefoncode besteht wohl eher aus einem Wort oder ein paar Zahlen. Nicht aus so einem komplizierten Gebilde.«

»Und jetzt?«

Carmen zuckte mit den Schultern. Unübersehbar war sie total enttäuscht.

»Die Leute sind weg und wir haben nichts gegen sie in der Hand.«

Sie erhob sich und tigerte im Zimmer auf und ab. »Am schlimmsten finde ich, dass meine Schwester sich immer noch in den Klauen meines Vaters befindet. Ohne, dass ich etwas für sie tun könnte.«

Lena dachte an den kleinen Jungen, der mit dem Unbekannten unterwegs war. War es wirklich sein Kind? Falls ja, würde er seinen Sohn anderen überlassen?

Noch einmal rekapitulierte sie den Anruf von Angelika Kiewitz.

»... *nicht Toby. Kannst ihn ... Azul ... überlegt ... nicht mehr.*«

Hatte die Frau gewusst, was ihr Freund mit dem Kind vorhatte? Sie hatte vermutlich zunächst zugestimmt, es sich dann aber anders überlegt. Weil ihr die Tragweite ihres Tuns erst kurz vor der Abreise klar geworden war? Oder weil sie im letzten Moment von Gewissensbissen geplagt wurde? Weil ihre Verantwortung als Mutter gesiegt hatte über die Angst, von ihrem Freund verlassen zu werden?

»Schwöre es!«, hatte sie zu dem Mann vor der Badezimmertür gesagt. Weil er versprochen hatte, dem kleinen Toby nichts zu tun? Die Reise absagen wollte? Ausgehend davon, dass es tatsächlich der Lebensgefährte war, hatte er dennoch ungerührt alleine die geplante Reise angetreten? Und Angelika Kiewitz so verzweifelt zurückgelassen, dass sie ihren Sohn getötet und sich das Leben genommen hatte?

»Ich muss zurück nach Deutschland. Hier kann ich nichts mehr ausrichten«, sagte sie.

»Wenn der Nachbar den Mann auf dem Foto erkennt, wenn es derselbe ist, mit dem Tobys Mutter in Urlaub fahren wollte, informiere ich die Polizei darüber, dass ich ihm hier begegnet bin. Aber jetzt bin ich müde und mir brummt der Kopf.«

Carmen nickte zerstreut. Es war inzwischen schon weit nach Mitternacht, dennoch betrachtete sie den Papierberg vor sich, als wolle sie gleich noch einmal alles durchsehen.

»Wenn du willst, kannst du hier schlafen.« Das Doppelbett im angrenzenden Raum sah einladend aus, trotzdem schüttelte Lena den Kopf.

»Sind ja nur ein paar Schritte bis zu meiner Pension.« Das war etwas untertrieben, aber ein kurzer Spaziergang würde ihr guttun. Noch drangen von der Straße her vereinzelte Stimmen und leises Lachen zu ihnen herauf. Menschen, die nichts anderes im Sinn hatten, als sich ein paar Tage zu entspannen, befanden sich auf dem Heimweg aus Restaurants und Bars. Lena hätte einiges darum gegeben, ebenso sorglos durch die milde Nacht schlendern zu können. Doch das würde nie wieder der Fall sein, wenn es ihr nicht gelang, die Wahrheit über den Tod des Jungen herauszufinden. Ihre eigene Unschuld zu beweisen, gehörte auch dazu.

35

Der Montagmorgen begann mit einem Knall, der im Kreishaus in Dietzenbach, dem Sitz der Kreisverwaltung, sämtliche Etagen erschütterte. Hans-Joachim Söder, der amtierende Landrat und bis zu diesem Moment der absolute Favorit bei der Direktwahl, sah sich per Presse schweren Vorwürfen ausgesetzt. Es habe bei der Vergabe einiger Großprojekte Unregelmäßigkeiten gegeben. Tatsächlich schien es so, als seien hoch dotierte Beraueraufträge an eine Firma gegangen, die seinem Schwager gehörte.

Carola Bergmann hätte sich ins Fäustchen lachen müssen. Als persönliche Referentin von Marianne Maibaum wurde von ihr erwartet, dass sie ihr die Daumen drückte. Alles, was dem ärgsten Konkurrenten schadete, war gut für sie. Sie lag im Rennen bisher stabil auf dem zweiten Platz. Dem dritten Bewerber wurden wenig Chancen eingeräumt.

Carola verhielt sich loyal zu ihrer Chefin, obwohl die sich schon seit Beginn ihrer Zusammenarbeit als egozentrisch und launisch erwiesen hatte. Was ihre engste Mitarbeiterin ihr jedoch wirklich übelnahm, war, dass sie nicht einmal den Versuch unternahm, ihre fachliche Inkompetenz in vielen Dingen zu beheben. Die Dezernentin konnte das gut kaschieren und das schien ihr zu reichen. Mit einem gewissen Charme und gelegentlicher Schlagfertigkeit parierte sie Angriffe in der Öffentlichkeit. Die Tagesarbeit überließ sie ihren Mitarbeitern. Sie nannte das: *in großen Bahnen denken, ohne sich in Details zu verzetteln.* Darin war sie Meisterin, die ihre Untergebenen stets auf Trab hielt. Ohne diese jedoch jemals zu würdigen. Intern war kaum, extern überhaupt nicht bekannt, wer die eigentliche Arbeit machte. Dem Murren in ihren Ämtern begegnete sie eher stoisch. Wurde es brenzlig, traf sie mit ungewohnt schneller Hand personelle Entscheidungen.

Ihre Referentin war in diesem Zusammenhang noch nie in ihren Fokus geraten und die ehrgeizige Mitarbeiterin würde sich hüten, ihrer Chefin Angriffsfläche zu bieten. War sie doch sicher, dass Söder das Rennen machen würde. Der wiederum sein Interesse an Carola bereits deutlich gemacht hatte. Würde er die Wahl gewinnen, wollte er sie in sein eigenes Dezernat holen. Ein Karrieresprung für die ehrgeizige Angestellte. Daher trafen die aktuellen Schlagzeilen auch sie wie vergiftete Pfeile.

»Das kann doch nicht wahr sein«, murmelte sie. Vertieft in die Lektüre, bemerkte sie Marianne Maibaum erst, als diese direkt vor ihrem Schreibtisch stand.

»Da hat der gute Mann mal wieder nach Gutsherrenart regiert«, bemerkte sie schnippisch mit einer Kopfbewegung hin zur Zeitung.

Sagt ja genau die Richtige!

Carola erhob sich lächelnd. Ihrer Miene war nicht anzumerken, was sie dachte. Dessen war sie sich spätestens bei Maibaums nächsten Worten sicher.

»Diese Entscheidungen, um die es da geht, wurden doch alle von ihm alleine getroffen, oder? Ein besseres Wahlkampfgeschenk hätte er mir ja nicht machen können.«

Fast schon beschwingt drehte sie sich um und stöckelte mit ihren roten Schuhen, neben den rot geschminkten Lippen schon immer ihr Markenzeichen, zum Besprechungstisch in der schräg gegenüberliegenden Ecke. Dort ließ sie sich in einen der Besucherstühle fallen. Sie blickte gedankenverloren durchs Fenster in den heute leicht regenverhangenen Himmel.

»Was denken Sie, Carola? Wird diese schmutzige kleine Geschichte ausreichen, ihn aus dem Rennen zu katapultieren?«

Die Referentin hatte Mühe, nicht lauthals nach Luft zu schnappen.

»Es ist ja noch nicht einmal gesagt, dass da etwas dran ist«, entgegnete sie, mühsam beherrscht.

Der Blick ihrer Vorgesetzten traf sie messerscharf. »Zweifeln Sie etwa daran? Das dürfen Sie nicht! Bei allem, was Sie zu diesem Thema von sich geben, ist wichtig, dass Sie keine konkrete

Aussage machen, dabei umso deutlicher durchblicken lassen, dass es stimmen könnte.«

Carola schluckte eine harsche Antwort hinunter. »Er wird dazu Stellung nehmen müssen«, war alles, was sie dazu sagte.

Die Maibaum stieß einen undefinierbaren Laut aus.

»Die Personalie Märkle liegt auf dem Tisch«, schnitt sie jetzt das nächste Thema an. Der Jugendamtsleiter hatte, völlig überraschend, einen Antrag auf Versetzung in den Ruhestand gestellt. Wäre der nicht durch ärztliche Atteste untermauert gewesen, hätte man ihm unterstellen können, er fliehe vor der *Causa Toby,* wie die Maibaum die Geschehnisse um den Tod des kleinen Jungen nannte.

»Eine unbefristete Krankmeldung liegt der Personalabteilung vor. Der Mann wird nicht mehr in den Dienst zurückkehren. Vielleicht auch besser so, wenn man den Saustall betrachtet, in den er dieses Amt hat schliddern lassen.«

Carola blieben die Worte weg. Saustall? Das Jugendamt war, trotz aller personeller Probleme, tipptopp aufgestellt. Sie wusste es, denn ihr Freund arbeitete dort. Als dessen Name jetzt fiel, spitzte sie die Ohren.

»... dieser Mielke die Vertretung ganz gut hin.«

»Ja«, antwortete Carola. Weil es stimmte. Patrick war seit Jahren Märkles Stellvertreter und hatte keinerlei Schwierigkeiten mit den Anforderungen. Sie hätte ihre Chefin gerne gefragt, ob er sich Hoffnungen auf die Amtsleiterposition machen könne. Doch das wäre ihr zum jetzigen Zeitpunkt verfrüht und distanzlos vorgekommen.

Die Maibaum erhob sich, ein leichtes Lächeln im Gesicht. »Wir müssen uns jetzt noch einmal richtig reinknien. Wenn ich erst Landrätin bin, wird es Ihr Schaden nicht sein.«

Vermutlich hält sie das für Motivation.

»Ich habe Ihnen alle Informationen zu den heutigen Terminen auf Ihr Smartphone geschickt, alles liegt zusätzlich auch ausgedruckt auf Ihrem Schreibtisch«, sagte sie nur.

»Gut, dann werde ich mal in den Kampf ziehen.«

Sie war schon lange weg, da schüttelte Carola immer noch innerlich den Kopf.

Danke wäre auch nett gewesen.

Die Schlagzeilen waren ein Hammer. Lena kannte Hans-Joachim Söder. Nicht gut genug, um sich ein Urteil darüber bilden zu können, ob an den Vorwürfen etwas dran war. Kaum denkbar war jedoch, dass der amtierende Landrat im Alleingang derartig wichtige und kostenträchtige Entscheidungen an den politischen Gremien vorbei entschieden hatte.

Sie blätterte sich weiter durch die Online-Version zweier lokaler und eines überregionalen Blattes. An diesem Tag gab es keinen Artikel über den toten Jungen aus Dietzenbach und Lena atmete auf. Sie wusste dennoch, dass die Hexenjagd noch nicht vorüber war.

Sie beendete ihre Lektüre, um mit ihrem Frühstück fortzufahren. Doch kaum hatte sie das Gerät abgelegt, klingelte es.

»Buckpesch«, meldete sich eine leicht knarzige Stimme. »Sie haben meine Frau angerufen. Aber die kennt sich mit diesen neumodischen Sachen nicht aus!«

»Danke, dass Sie sich melden. Sie haben doch auch ein Mobiltelefon? Kann ich Ihnen ein Foto schicken? Es handelt sich um einen Mann, der der Freund Ihrer Nachbarin gewesen sein könnte.«

Knurrig erklärte Roger Buckpesch seine Bereitschaft, »aber nur, wenn ich danach keinen Ärger mit den Bullen kriege. Mit denen rede ich grundsätzlich nicht«, brummte er und gab ihr die Nummer seines Smartphones.

Lena scrollte eilig in ihrer Galerie zum Bild des Mannes, das sie von dem Film abfotografiert hatte. Mit einem heftigen Kribbeln im Bauch schickte Lena zuerst die Aufnahme und danach das vergrößerte Foto des Gesichts weg. Der Mann auf dem Bild kam nun zwar ziemlich körnig rüber, war aber frontal aufgenommen und immer noch gut zu erkennen. Sie hörte das Piepsen, das die Ankunft im Gerät ihres Gesprächspartners kundtat. Der nuschelte etwas, bevor eine Pause eintrat.

»Er könnte es sein.«

»Könnte? Wie sicher sind Sie?«

Frau Buckpesch murmelte etwas im Hintergrund.

»Wir haben den Mann nur einmal gesehen«, antwortete Roger Buckpesch.

»Zweimal«, ergänzte seine Frau.

»Einmal im Aufzug. Er trug eine Sonnenbrille«, erklang wieder Roger Buckpeschs Stimme.

»Und eine Mütze«, piepste seine Frau.

»Das zweite Mal nur durch den Spion. Das war am Tag, bevor die beiden in Urlaub fahren wollten. Er hantierte mit einem Koffer herum.«

»Man kann auf dem dunklen Flur nicht viel sehen«, das war wieder seine Frau.

»Die Größe könnte stimmen.«

»Die Statur auch«, ergänzte Frau Buckpesch. »Der Mann sah aus, als würde er Sport treiben.«

»Dabei roch er nach Nikotin. Heftig.«

»Ganz sicher war er Kettenraucher«, meinte sie.

Das war eine neue Information.

»Aber sicher sind sie nicht, dass der Mann auf dem Foto derjenige ist, den sie bei Angelika Kiewitz gesehen haben?«

»Nein.«

»Leider nicht, wir würden gerne helfen.« Frau Buckpesch klang betrübt.

Lena bedankte sich bei den beiden. Benommen legte sie auf. Sie hatte den Mann zwar gefunden, der mit Angelika Kiewitz auf einem Foto zu sehen war. Der bei einer Party neben ihr gesessen hatte. Den sie so gut gekannt hatte, um ihre Hand auf seine Schulter zu legen. Sie hatte aber immer noch keine Ahnung, wie er hieß und wo er sich jetzt aufhielt. Dass er die Insel verlassen hatte, stand für sie außer Frage. Blieb offen, ob er der Freund gewesen war oder nicht. Egal wie, für sie gab es jetzt hier nichts mehr zu tun.

Sie öffnete den Browser, tippte die Adresse eines Reiseportals ein und suchte nach einem Flug. Für den Nachmittag gab es gerade noch einen freien Platz, den sie gleich buchte. Anschließend versuchte sie, Carmen zu erreichen. Als die sich nicht meldete, sandte sie eine SMS. »Es gibt Neuigkeiten«, schrieb Lena, bevor sie sich entschied, eine Runde zu joggen.

Sie hatte zum ersten Mal seit einer scheinbaren Ewigkeit wieder in einem Bett geschlafen. Jetzt saß ihr die Frau gegenüber, die sie bereits am Vortag befragt hatte.

»Kannst du mich verstehen?«

Das Mädchen ließ sich nichts anmerken. Das hatte GOTT ihr beigebracht: Wenn du befragt wirst, tu einfach so, als würdest du ihre Sprache nicht sprechen. Dabei hatte die Frau schon intuitiv richtig gelegen. Neben Deutsch hatte sie auch in ihrer Muttersprache mit ihr geredet. Doch das Mädchen sagte nichts, saß nur mit unbewegter Miene auf dem Stuhl und ließ die Beine baumeln.

Den Jungen mit der Stoffgiraffe hatte sie nicht mehr gesehen, seit zwei Polizisten in die Gartenhütte gekommen waren. Irgendjemand musste sie dort entdeckt und verraten haben. Sie war zu überrascht gewesen, um zu fliehen. Nicht, dass sie es nicht versucht hatte. Doch der jüngere der beiden hatte sie sich geschnappt. Der Junge hatte bloß dagestanden, das blöde Kuscheltier in der Hand. Sie wusste nicht, wohin man ihn gebracht hatte. Es war das Einzige, was sie interessierte. Aber sie konnte nicht fragen, das war der Nachteil dabei, so zu tun, als könne sie niemanden verstehen.

»Du brauchst keine Angst zu haben. Es geht nicht um den Diebstahl in der Turnhalle. Auch nicht darum, dass ihr in die Gartenhütte eingebrochen seid. Wir wollen euch helfen.« Die Frau war hübsch. Blondes, lockiges Haar bis zu den Schultern, freundliche hellblaue Augen. Außerdem roch sie gut. Nicht nach billiger Seife und ungewaschenen Kleidern, wie fast alle Erwachsenen, mit denen das Mädchen während ihrer Zeit mit GOTT zusammen gewesen war. Sie kannte diesen Duft nicht, er erinnerte sie aber an eine längst vergangene Zeit. Eine Zeit, in der sie noch klein gewesen war. Aus ihrer Erinnerung tauchte das Haus ihrer Großeltern auf. Dort hatte es oft so gut gerochen. Nach frisch gebackenem Brot und eingekochter Marmelade. Und nach Aprikosenkuchen. Ja, das war es. Die blonde Frau roch wie eine Aprikose.

Unwillkürlich musste sie gelächelt haben, denn die blonde Frau lächelte jetzt auch. »Ist dir etwas eingefallen?«, fragte sie sie in ihrer Muttersprache. »Vielleicht, wo wir deine Eltern erreichen können?«

Das Mädchen senkte den Kopf. Sie wollte immer noch nicht sprechen. Nicht, weil GOTT es ihr verboten hatte. Er hatte es ihnen allen stets gepredigt: Niemals, unter gar keinen Umständen, spricht man mit der Polizei oder den Behörden. Punkt. Den Punkt hatte er meist mit einer Ohrfeige gesetzt. GOTT konnte so fest zuschlagen, dass sie manchmal schon gedacht hatte, ihr Kopf würde davonfliegen. »Kapiert?« Kapiert. Aber das war vor heute gewesen. Heute war alles anders. GOTT war nicht hier, er hatte keine Macht mehr über sie. Dass sie nicht reden konnte, hatte einen anderen Grund. Sie hob den Kopf und blickte die blonde Frau an.

»Siehst du nicht, dass ich nichts sagen kann? Wo soll ich anfangen, wo aufhören? Ich weiß es nicht. Jedes Wort zieht weitere Fragen nach sich. Fragen, die ich unmöglich beantworten kann. Dinge bleiben ungesagt, weil sie nicht gesagt werden können.« Es war die schiere Angst davor, all das noch einmal erleben zu müssen. Die Angst, mit einem Wort eine gedankliche Lawine auszulösen, die sie selbst verschlingen würde.

Die Frau richtete sich auf. Ihr Blick war nachdenklich geworden.

»Gut, du kannst mich nicht verstehen. Oder du möchtest nicht mit mir sprechen.« Jetzt wieder Deutsch. »Dann musst du nichts sagen.« Sie erhob sich. »Was hältst du davon, wenn wir einen kleinen Spaziergang machen? Hier in der Nähe gibt es einen Wildtierzoo. Würde dir das gefallen?«

Sie blinzelte. Ein Zoo. Das war im Freien. Sie könnte abhauen. Der Junge war hoffentlich versorgt. Ohne ihn würde sie durchkommen. Andere Kinder schafften es auch, in ihrem Heimatland sowieso. Es gab dort regelrechte Gemeinschaften, die an versteckten Orten lebten. An einen solchen Ort zog es sie. Leider wusste sie nicht, wo sie hier einen finden sollte. Sie musste frei sein, sich bewegen können, dann würde sie auf andere treffen, denen es einmal ähnlich gegangen war wie ihr.

Die blonde Frau strich sich eine Strähne aus dem Gesicht. »Zoo?«

Das Mädchen nickte, ganz vorsichtig.

»Na schön, dann komm.«

Sie ergriff die ausgestreckte Hand. Die war warm und weich und hatte so gar nichts Bedrohliches. GOTT würde sagen, da ist ein Opfer.

38

Als Lena von ihrer Joggingrunde in ihre Pension zurückkehrte, hatte sich Carmen immer noch nicht gemeldet. Stirnrunzelnd betrachtete sie ihr Handy und beschloss, nach dem Duschen die paar Schritte zum Appartementhaus zu gehen. Vermutlich hatte die Spanierin die ganze Nacht noch mit den Papierabfällen verbracht, womöglich auf den zweiten Blick etwas gefunden, was sie weiterbrachte, und schlief jetzt noch. Lena konnte durchaus nachempfinden, wie es der Journalistin ging. Sie selbst jedoch würde abreisen und das war auch gut so. Carmens Methoden gefielen ihr nicht. Es war eine Sache, Informationen zu sammeln. Eine andere, dabei einen Einbruch zu verüben. Wenn sie an den vorigen Abend dachte, an die Dunkelheit, dieses unheimliche Gefühl vor dem Tor des verlassenen Hotels, lief ihr noch immer eine Gänsehaut über den Rücken. Es war gut, dass sie abflog und dieses Kapitel hinter sich ließ.

Eine halbe Stunde später klopfte sie an Carmens Appartementtür. Nichts rührte sich. Sollte die Spanierin unterwegs sein? Noch einmal checkte Lena ihr Handy. Keine Nachricht. Sie versuchte, die Spanierin anzurufen, doch niemand hob ab. Die Mobilbox sprang nach dem fünften Klingeln an, doch Lena legte auf, ohne eine Nachricht zu hinterlassen. Wo konnte Carmen stecken? Da fiel ihr ein, dass der Wagen ihrer Bekannten ja noch in der Werkstatt stand. Vielleicht war sie dort, um ihn abzuholen? Lena beschloss, etwas in einem Café in der unmittelbaren Umgebung zu trinken und es danach erneut zu versuchen. Doch je länger sie nichts von der Journalistin hörte, desto nervöser wurde sie. Schließlich ging sie erneut zum Appartement. Sie kam im selben Moment an, wie die Frau, die dort saubermachte.

»Sprechen Sie Deutsch?«, wollte Lena von ihr wissen. Die Frau hob in einer hilflosen Geste die Hände.

»Carmen«, sagte Lena und deutete auf die Tür. »Ésta aquí?«

»No sé«, antwortete die Frau erstaunt.

»Schauen Sie bitte nach«, fuhr Lena fort und unterstrich ihre Worte mit einer auffordernden Geste. Die Spanierin beäugte sie jetzt misstrauisch. Ein Schwall spanischer Worte ergoss sich über Lena. Sie verstand kein einziges.

Damit die Frau sich nicht bedrängt fühlte, wich Lena ein Stück zurück. Am Treppenabsatz blieb sie stehen. Die Putzfrau schloss das Appartement auf. Noch bevor sie einen Schritt hineingetan hatte, blieb sie wie vom Blitz getroffen stehen und gab einen erschrockenen Ton von sich.

Lena war sofort bei ihr. Ein Blick über deren Schulter ins Innere des Raumes sagte alles. Der Couchtisch war umgekippt, sämtliche Schubladen herausgezogen, alle Schranktüren geöffnet. Ein Glas lag zersplittert am Boden. Nur Carmen war nicht hier. Und es war auch keine Spur zu sehen von den ganzen Papieren, die sie aus dem Hotel mitgebracht hatte. Es gab nur eine Erklärung für all das: Jemand hatte Carmen überfallen. Sämtliches Material mitgenommen, das in irgendeiner Form belastend sein könnte für die Gemeinschaft der Pädophilen, die sich auf der Insel getroffen hatte.

»Polizia!«, schrie die Putzfrau.

In diesem Moment klingelte Lenas Handy.

39

»Carmen!« Lena wusste nicht, was überwog. Der Schreck, der sie beim Anblick von Carmens verwüsteter Wohnung erfasst hatte. Oder die Erleichterung, die Stimme ihrer Bekannten zu hören. Der immer noch fassungslos wirkenden Putzfrau gab sie mit einer Handbewegung zu verstehen, wer am Apparat war.

»Wo bist du? Ich stehe hier vor deiner Wohnung. Hier herrscht ein riesen Durcheinander. Ich hatte bereits befürchtet, dir sei etwas passiert!«

Carmen beruhigte sie. »Ich bin nur mal kurz zur Mülltonne rausgegangen, habe die Tür wohl nicht richtig zugezogen. Das muss jemand als Einladung verstanden haben. Aber ich konnte den Kerl vertreiben. Vorsichtshalber habe ich aber unsere Papiere in Sicherheit gebracht. Mach dir keine Sorgen.«

»Sag das bitte auch der Putzfrau. Sie wollte bereits die Polizei einschalten.« Sie reichte der Frau das Handy.

»Sí, sí«, hörte sie sie sagen. Als sie das Mobiltelefon zurückreichte, hob sie vielsagend die Brauen, bevor sie im Appartement verschwand.

»Sollte nicht die Polizei mit der Spurensicherung rein, bevor die Frau saubermacht?«, fragte Lena.

»Ach was. Diese Diebstähle werden sowieso nie aufgeklärt. Und ich habe den Kerl ja vertrieben.« Carmens Stimme klang völlig unbesorgt.

»Ich fliege heute Nachmittag. Sehen wir uns noch vorher?«

Carmen zögerte. »Ich weiß nicht, Lena. Aber falls nicht, wünsche ich dir eine gute Reise.«

Lena warf noch einen Blick ins Appartement, wo die Putzfrau bereits dabei war, die Unordnung zu beseitigen. Sie war mit Feuereifer bei der Sache, vermutlich hatte Carmen ihr einen Bonus versprochen.

Lena verließ das Appartementhaus und schlenderte in Richtung Meer. Am Hafenbecken setzte sie sich auf einen Stein und sah den Booten zu, die im Wasser schaukelten. Eine Möwe setzte über dem Sandstrand zu einem Sturzflug an, fing sich in letzter Sekunde und flog krächzend aufs Meer hinaus.

Sie konnte es kaum erwarten, die Insel zu verlassen. Dass sie erst am Nachmittag fliegen konnte, kam ihr wie eine unendlich lange Strafe vor. Versonnen zog sie ihr Handy heraus, betrachtete das dort abgespeicherte Foto des unbekannten Mannes. Wohin mochte er gegangen sein? Wer war er? Im selben Moment kam ihr eine zweite Möglichkeit in den Sinn. Was, wenn nicht nur Angelika Kiewitz, sondern auch der Unbekannte bei einem der Ämter bekannt war? Natürlich war diese mögliche Spur sehr dünn. Der Mann musste ja nicht aus einer der Kommunen des Landkreises Offenbach stammen. Er konnte in Frankfurt, in der Stadt Offenbach oder in einem der angrenzenden Landkreise wohnen, vielleicht stammte er sogar aus Bayern oder einem anderen Bundesland.

Anfangen kann ich, wenn ich schon hier herumsitzen muss.

»Sie schon wieder.« Roger Buckpesch war nicht erfreut, ihre Stimme zu hören.

»Herr Buckpesch, Sie haben doch den Wagen gesehen, den der Freund von Frau Kiewitz gefahren hat.«

»Diese Angeberkarre? Allerdings.«

»Können Sie mir sagen, was für ein Kennzeichen der Wagen hatte?«

»Nein.«

»Ich meinte, nicht das ganze Kennzeichen. Mir würde es schon reichen ...«

»Frankfurt. Und damit ist es jetzt gut.«

Er legte ohne ein weiteres Wort auf.

Frankfurt!

Das Feld war weit offen. Sie kannte einen der dortigen Kollegen, einen Abteilungsleiter im Job-Center, der mit ihr vor zwei Jahren im Veranstaltungskomitee des CSD, des Christopher-Street-Day, gesessen war. Sie konnte sich noch gut an den Mann erinnern. Nicht nur, weil er fachlich genau auf ihrer Wellenlänge lag, sondern auch, weil er einen so angenehm trockenen Humor besaß. Aber würde er ihr helfen können?

Unschlüssig starrte sie vor sich hin.

Gerd wüsste, was zu tun ist.

Das hatte sie jetzt nicht wirklich gedacht, oder?

Lena stand auf und schnaufte ein-, zweimal heftig durch.

Der Gedanke an Gerhard Rohloff flutete ihren Körper mit Adrenalin, dem ein Schuss Schmerz beigefügt war. Die Sehnsucht nach ihm war so stark, dass sie sich fast wieder setzen musste. Gleichzeitig schaltete sich ihr Kopf ein. Ihr kurzzeitiger Geliebter war nicht nur ein gut vernetzter Geschäftsmann aus dem Frankfurter Rotlichtmilieu, sondern auch ein Alphatier im Privaten. Weil er damit in Konflikt mit Lenas Eigenständigkeit gekommen war, lag ihre Beziehung seit Monaten auf Eis.

Falls sie überhaupt noch existiert.

Doch je länger sie darüber nachdachte, desto verlockender war der Gedanke, ihn anzurufen. Er hatte Zugang zu vielen Informationen. Warum ihn nicht bitten, ihr bei dieser Sache zu helfen?

Sie zögerte und erst, als sie sich erinnerte, was der Auslöser war, wurde ihr klar, dass sie Angst hatte. Was, wenn er gar nichts mehr mit ihr zu tun haben wollte? Rohloff war kein Kuscheltier, keiner der Männer, die sich wegschicken ließen, um sich dann einfach so wieder herbeizitieren zu lassen.

»Ich gehe«, hatte er bei ihrer letzten Begegnung nach einem Streit gesagt. »Das heißt nicht, dass du mich zurückpfeifen kannst, wann immer du willst. Ich komme erst wieder, wenn wir beide es wollen.«

Wollte sie? Ja, die Wut über den Streit von damals war verraucht. Wollte er? Sie hatte keine Ahnung. Trotz all seiner menschlichen Qualitäten, seiner Loyalität und seiner liebevollen Art ihr gegenüber, war er jemand, der getroffene Entscheidungen nicht mal eben so revidierte. Würde sie es aushalten, wenn er sie abblitzen ließe?

Lena wusste es nicht, ihre Unsicherheit wog schwerer als der Wunsch, die Suche nach dem Namen des Unbekannten zu einem Vehikel zu machen, das ihr den Weg zu Rohloff ebnete. Daher stellte sie die Überlegung erst einmal zurück.

Wenn ich zu Hause bin, denke ich darüber nach.

40

Das koreanische Restaurant in der Innenstadt gehörte zu den Lokalen in Frankfurt, die beliebt waren bei all denjenigen, die in Ruhe etwas miteinander zu besprechen hatten. Jetzt, kurz nach der mittäglichen Rush Hour, war es darüber hinaus angenehm leer. Marianne Maibaum saß an einem der hinteren Tische. Vor ihr stand ein Glas Wasser, die Speisekarte lag unberührt daneben.

Es war kein Zufall, dass Gerd Rohloff das Lokal kurz nach der Politikerin betrat. Er war ihr gefolgt, nachdem er in Mühlheim einen ihrer Wahlkampfauftritte besucht hatte. Souverän, wie er anerkennend bemerkte. Sie verstand es hervorragend, die Menschen für sich einzunehmen. Dabei gab sie hauptsächlich Worthülsen von sich. Schlagworte, die sofort Emotionen bei den Zuhörern auslösten. Eine clevere Strategie, wenn man nicht zu tief in ein Thema einsteigen wollte oder konnte, dabei aber anstrebte, die Zuhörerschaft möge diese Worthülsen mit eigener Bedeutung füllen. Gerade so, als tippe jemand einen Dominostein an und brächte viele weitere dahinter zum Umkippen. Allerdings hätte man von ihr erwarten können, etwas intensiver zu beleuchten, was genau *sie* sich vorstellte. Immerhin war die Frau Sozialdezernentin eines Landkreises mit 13 Kommunen. Stattdessen sprach sie allgemein von schlanken Strukturen, Synergieeffekten und den dadurch erhofften Einsparungen im Haushalt der Kreisverwaltung.

Davon, dass sie sich dem Stillstand entgegenstellen wollte, der ihrer Meinung nach mit dem amtierenden Landrat herrschte. Ganz am Ende hatte sie die Frauenkarte gespielt. Es gäbe, so warf sie in die Menge, einfach immer noch zu wenig Themen, die für Frauen wichtig waren. Zu wenig Frauen in Führungspositionen, auch in der Verwaltung. Dafür, dass sich das ändern würde, wollte sie sorgen.

Sie hatte Hände geschüttelt, Nichtigkeiten von sich gegeben, viel versprochen, dabei war sie konkreten Fragen nicht ausgewichen, hatte sie aber bei genauer Betrachtung unverbindlich und vage beantwortet.

Nach dem Ende der Veranstaltung wusste Rohloff, dass der Landrat vermutlich einen härteren Kampf würde ausfechten müssen, als ihm bewusst war. Gleichzeitig hatte er einen Eindruck von der Frau gewonnen, die Lenas politische Vorgesetzte war. Genau darum war es ihm gegangen.

Marianne Maibaum war anschließend von ihrem Fahrer in ihr Haus im Rotkehlchenweg in Langen gebracht worden. Rohloff war ihnen gefolgt. Dafür, dass er mehr über die Frau herausfinden wollte, gab es viele Gründe. Der wichtigste und aktuellste war der Shitstorm, der über Lena hereingebrochen war. Es musste jemanden innerhalb der Kreisverwaltung geben, der persönliche Informationen über sie an die Presse weitergab. Auch wenn sich die Spitze der Verwaltung demonstrativ vor das Jugendamt und damit auch vor Lena stellte, so oblag dort auch die Verantwortung dafür, dass so etwas nicht geschah. Der zweite Grund lag länger zurück. Rohloff wusste sehr genau, wer der Ehemann der Politikerin war. Ihre Wege hatten sich mehrfach gekreuzt. Hartmut Maibaum war Bildhauer, er hatte einmal eine Ausstellung in der Galerie von Rohloffs verstorbener Frau Marie gehabt. Später kam er gelegentlich in einen von Rohloffs Clubs. Auch mit einer Frau, nach der Lena damals gefragt hatte. So hatten sie sich kennengelernt. Ihre erste Begegnung, er konnte sich daran erinnern, als wäre es erst gestern gewesen. Eine große, schlanke Frau mit tiefdunklem Haar und grünen Augen war ihm da eines Abends im Kinky-Club gegenübergestanden. In Jeans und Lederjacke, ungeschminkt, völlig anders als alle anderen Frauen, die es in seinem Leben bis dahin gegeben hatte. Zu einem Zeitpunkt, an dem er nicht mehr daran glaubte, dass jemand jemals wieder sein Innerstes berühren würde. Es war anders gewesen. Sofort, auf den ersten Blick, hatte sie ihn fasziniert. Und umgekehrt war es ihr genauso ergangen, das hatte er gespürt. Doch Lena hatte ihn auf Abstand gehalten. Nicht nur, weil sie Frauen liebte. Sondern weil es ihr ähnlich ging wie ihm: Tiefer gehende Beziehungen machten sie nervös. Sie wollte sich nicht vereinnahmen lassen und so hatte es lange gedauert, bis aus ihnen ein Paar geworden war. Wenn man das überhaupt so nennen konnte. Eine kurze Phase des Glücks, das war es für ihn gewesen. Trotz all ihrer Unterschiede, trotz all den Rätseln, die sie ihm immer wieder aufgab. Dann hatte er sich zu sehr in ihr Leben gemischt. Sie hatte ihn weggeschickt und bislang noch keinerlei Anstalten gemacht, diese Trennung aufzuheben.

Rohloff wusste, dass sie das, was er gerade tat, verurteilen würde. Aber er spürte genau, dass die öffentliche Strömung gegen Lena lief. Ein toter Vierjähriger, eine Sozialarbeiterin, der man in der Presse und den sogenannten sozialen Medien die Schuld dafür gab. Eine Politikerin, die sich nicht in der Lage sah, das Ganze aufzuklären. Er wusste, wie sehr Lena ihre Arbeit liebte, wie wichtig sie für sie war. Er wusste, dass das, was gerade über sie hereinbrach, das Ende ihrer beruflichen Laufbahn bedeuten konnte. So oder so. Dass Lena nicht erreichbar war, beunruhigte ihn darüber hinaus zusätzlich.

Nun hatte er erneut entschieden, ihre Grenzen zu überschreiten. Aus einem ganz einfachen Grund: Lena brauchte Unterstützung. Er sah nicht, woher die kommen sollte. Darum wollte er die Dezernentin ein bisschen unter die Lupe nehmen.

Er hatte das Restaurant nur wenige Minuten nach ihr betreten und einen Tisch gewählt, von dem aus er die Frau sehen konnte. Das Lokal war spärlich besucht, hinter den Trennwänden konnte er gerade noch die Köpfe einer Handvoll weiterer Gäste erkennen. Ein Mann kam herein, den Rohloff kannte. Ein Reporter von einem dieser Schmuddelblätter. Er überlegte, wer es war, kam aber nicht auf den Namen. Diese Sorte Journalisten hatten häufig genug über das Frankfurter Bahnhofsviertel berichtet.

Die beiden begrüßten sich auf eine Art, die zeigte, dass sie sich nicht das erste Mal trafen.

Was gesprochen wurde, konnte er auf die Entfernung nicht verstehen. Aufzusehen und am Tisch vorbeigehen, kam nicht infrage. Der Reporter kannte ihn sicherlich. Es wäre mehr als unglücklich, wenn er dadurch die Anonymität verlieren würde, die es ihm ermöglichte, Marianne Maibaum zu beobachten und mit seinem Handy zwei Fotos von ihr und ihrem Begleiter zu schießen.

Eine Karaffe Wein wurde an den Tisch gebracht, die die beiden sich teilten. Es sah so aus, als diktiere die Politikerin ihrem Begleiter einige Dinge in den Block. Rohloff hätte zu gerne gewusst, worum es ging, aber er musste sich zurückhalten.

Nach einer halben Stunde erhob sich der Journalist und verließ als erster das Lokal. Die Politikerin blieb sitzen, sie bestellte etwas zu essen. Eine Kleinigkeit offensichtlich, denn eine knappe halbe Stunde später war auch sie gegangen. Rohloff blieb sitzen. Er war sich sicher, dass er die interessanteste Beobachtung des Tages bereits gemacht hatte.

41

Sie waren im Zoo gewesen. Keinem richtigen Zoo, das hatte die blonde Frau wohl nur gesagt, damit sie wusste, dass es um Tiere ging. Tatsächlich waren sie, die Frau und noch ein Mann in einem Auto auf einen Bauernhof gefahren. Dort durfte das Mädchen die Kühe streicheln und einen Wurf junger Katzen betrachten. Eigentlich war sie viel zu alt für so einen Kram. Es machte ihr trotzdem Freude, weil es sie an eine Zeit erinnerte, als ihr Leben noch unbeschwert war. Die blonde Frau beobachtete sie lächelnd, wie sie an der Koppel stand und die Nüstern eines Schimmels streichelte. Das Tier betrachtete sie scheinbar aufmerksam und hielt ganz still.

»Du bist so hübsch«, flüsterte sie ihm in ihrer Muttersprache zu. So leise, dass die blonde Frau es nicht hören konnte. Später bekam sie im Hofladen ein Stück Kuchen und ein Glas Apfelsaft. Als sie zur Toilette musste, überlegte sie, anschließend wegzulaufen. Doch der Mann und die blonde Frau blieben immer in ihrer Nähe. Das Mädchen beschloss, es sich noch ein paar Tage gutgehen zu lassen. Wenn sie ein bisschen kräftiger geworden war, hatte sie bessere Chancen.

Ob GOTT noch nach ihnen suchte? Sie glaubte es nicht. Als die Männer weggingen, hatten sie die zwei vorletzten Kinder mitgenommen. Erfahrungsgemäß kamen die Kinder nicht mehr zurück. Außer ihr und dem Jungen war niemand mehr in der Wohnung gewesen. GOTT hatte vermutlich einen Wutanfall bekommen, nach ihnen im Umkreis des Wohnhauses gesucht und war danach weitergezogen. Damit beruhigte sich das Mädchen. Sie wusste sehr genau: Würde sie GOTT noch einmal begegnen, wäre das ihr Todesurteil.

42

Das Flugzeug setzte hart und holprig auf der Landebahn des Rhein-Main-Flughafens auf. Lena freute sich schon den ganzen Flug über auf ihre eigenen vier Wände. Sie hatte Menorca mit gemischten Gefühlen verlassen. Sie hatte Carmen nicht mehr gesehen und auch nicht mehr gesprochen.

Während sie durch die Ankunftshalle eilte, rekapitulierte sie noch einmal die nächsten Schritte. Das Foto hatte sie von Menorca aus an die Kripobeamtin geschickt, die sie im Zusammenhang mit Tobys Tod befragt hatte. Mit dem Vermerk, es handele sich um einen Bekannten der verstorbenen Angelika Kiewitz. Weil sie ahnte, dass die natürlich wissen wollen würde, woher die Information stammte und sie sich selbst nicht in Erklärungsnot für ihre Eigenmächtigkeit bringen wollte, griff sie zu einer Notlüge. Jemand habe ihr die Information anonym zugespielt. Buckpesch ließ sie außen vor. Der würde der Polizei sicher nicht erzählen, dass er das Foto bereits gesehen hatte.

Darüber hinaus musste sie einen Termin bei einem Anwalt vereinbaren. Zwar hatte die Presse sich in den letzten Tagen spürbar zurückgehalten, dennoch war Lenas guter Ruf praktisch nicht mehr vorhanden. Je länger die Sache unwidersprochen im Raum stand, desto schwieriger würde es sein, sie aus dem Gedächtnis zu tilgen. Lena liebte ihren Beruf. Sie konnte und wollte sich keinen Makel leisten. Und sie wollte sich nicht für die nächsten Jahre immer wieder irgendwelchen scheelen Blicken ausgesetzt sehen. Nicht jede ihrer Entscheidungen diskutieren unter der unsichtbaren Überschrift »Sie hat sich schon einmal geirrt«. Denn genau das würde fortan im Raum stehen. Wenn sie nicht umgehend von Seiten ihres Arbeitgebers offiziell exkulpiert wurde, würde etwas an ihr hängenbleiben. Je schneller die Wahrheit ans Licht kam, desto schneller konnte sie öffentlich rehabilitiert werden.

War sie ursprünglich in Richtung Regional-Bahnhof gelaufen, änderte sie jetzt ihre Meinung. Sie würde sich ein Taxi gönnen. Auf halbem Weg zu den Haltebuchten am Ausgang kam ihr jemand aus dieser Richtung entgegen. Lena verlangsamte ihre Schritte. Sie kannte den Mann, wenngleich sie bisher nur ein Foto von ihm gesehen hatte. Dunkles, zurückgegeltes Haar, markantes Gesicht. Doch das hervorstechendste Merkmal dieser Physiognomie waren seine Augen. Ein direkter Blick, ohne das geringste Lächeln. Bestimmend, stark, selbstbewusst. Dominant.

Die Erkenntnis traf sie wie ein Schlag. Hartmut Maibaum war der Mann der Sozialdezernentin. Die beiden lebten seit geraumer Zeit getrennt. Angeblich wusste die Politikerin nicht, wo genau ihr Gatte sich aufhielt. Seitdem er in den mysteriösen Selbstmord einer jungen Frau verwickelt gewesen war, war er abgetaucht. Nicht, dass irgendjemand nach ihm suchte. Es gab keinerlei Grund dafür. Nur Lena hatte stets das Gefühl gehabt, es sei damals nicht alles mit rechten Dingen zugegangen.

Sie schluckte hart, als er direkt an ihr vorbeiging. Der Duft seines teuren After-Shave streifte sie. Sie blieb stehen und blickte ihm nach. Er hatte sie nicht wahrgenommen. Wie auch, er kannte sie nicht. Hatte keine Ahnung davon, dass sich ihre Wege bereits einmal gekreuzt hatten.

Lena atmete heftig aus, bevor sie ihren Weg zum Ausgang fortsetzte. Dort erwartete sie die nächste Überraschung. Marianne Maibaum war nicht mit ihrem Dienstwagen unterwegs, sie hockte in ihrem Privatwagen, einem dunkelblauen BMW und tippte seelenruhig auf ihrem Handy herum.

Sie hat ihn zum Flughafen gebracht. Die beiden sind also wieder zusammen?

Es war ihr unerklärlich, nach allem, was zwischen dem Ehepaar geschehen war. Schließlich hatte Maibaum seine Frau betrogen und verlassen. Eine Sache, die wohldosiert in die Öffentlichkeit gelangt war. Jetzt, wo seine Frau für das Amt der Landrätin kandidierte, schienen die beiden sich wieder näher gekommen zu sein. Oder ging es doch darum, die Scheidung einzuleiten? Mitten im Wahlkampf schien das eher unwahrscheinlich. Aber vielleicht einigte sich das Paar ja auf ein für Marianne Maibaums weitere politische Karriere schonendes Verfahren.

Die Politikerin hatte zu Ende geschrieben. Sie steckte ihr Handy weg, startete den Wagen und fuhr davon, ohne Lena gesehen zu haben.

Als die eine halbe Stunde später ihre Wohnung betrat, sah sie zunächst den Stapel Post durch, den sie aus dem Briefkasten geholt hatte. Dabei setzte fast ihr Herz aus. Zwischen Rechnungen und Werbung lag ein Zettel, zweimal akkurat gefaltet.

Lena, wenn du mich brauchst, bin ich da. Melde dich. Unbedingt. Bitte. Gerd.

Er war hier gewesen! Hatte sie gesucht. Die Kasulke hätte ihm vielleicht sagen können, dass Lena weggefahren war. Die Hausmeisterin mochte Gerd Rohloff. Sie fand ihn sympathisch. Sie hatte ja keine Ahnung, womit er sein Geld verdiente. Aber sie war ihm gegenüber stets aufgeschlossen gewesen.

Als Nächstes schaltete sie ihr altes Handy wieder ein. Viele Anrufe, ohne eine Nachricht zu hinterlassen. Auch hier erkannte sie einige Male Rohloffs Nummer. Eine ganze Reihe von Textnachrichten war ebenfalls eingetrudelt, die meisten davon klickte sie weg, weil es Journalisten waren, die ihr geschrieben hatten. Dann blieb ihr fast das Herz stehen. Karin hatte sich gemeldet. Ihre beste Freundin, die Frau, die sie so lange geliebt hatte.

Liebe Lena, was ich lese, passt nicht zu dir. Ich bin sicher, dass das alles ein großes Missverständnis ist. Falls ich aus der Ferne irgendetwas für dich tun kann, melde dich bitte.

Karin, die sich wegen ihrer schweren Erkrankung in ihre bayerische Heimat zurückgezogen hatte, die so schwach war, dass sie auf absehbare Zeit nicht mehr nach Frankfurt zurückkehren würde, bot Lena ihre Hilfe an. Lena traten vor Rührung Tränen in die Augen. Sie sehnte sich nach Karin, nach ihrer Freundschaft, nach all dem, was so viele Jahre Wärme in ihr Leben gebracht hatte. Nun schien all das verloren. Sie fror innerlich und wusste nicht, was sie dagegen tun konnte. Eine weitere Nachricht war von

Tamae. Sie hatte es auf allen Nummern versucht, aber Lenas neues Handy war fast den ganzen Tag über ausgestellt gewesen.

Ruf mich an. Da ist wieder irgendeine Schweinerei im Gang, hatte sie getextet. Was genau es war, schrieb sie nicht.

Lena wollte zuerst unter die Dusche.

Mit tropfnassem Haar und in ein Badelaken gehüllt, rief sie eine Viertelstunde später zurück.

Tamae war außer sich. »Da stand heute plötzlich ein Reporter vor meiner Tür!«

»Bei dir? Was soll das denn?«

»Sie haben mich gefragt, ob ich dich kenne.«

In Lenas Kopf begann sich ein Karussell zu drehen. Sie lebte offen lesbisch, doch über ihre Beziehung mit Tamae wussten nur wenige Menschen Bescheid. Dass eine von ihren gemeinsamen Freundinnen oder Bekannten den Reportern einen Tipp gegeben hatte, schloss sie aus.

»Jemand wühlt in deinem Leben herum«, stellte Tamae bitter fest. »Aber ich habe dem Kerl gesagt, er soll sich seinen Stift in den Hintern schieben. Mit der Spitze zuerst. Ihm mit einem Anwalt gedroht, sollte er mir noch einmal zu nahe kommen.«

Dann wollte sie wissen, ob die Übersetzung Lena etwas gebracht hatte.

»Sehr viel. Ich habe verstanden, worum es wirklich geht.«

Nach dem Telefonat mit Tamae blickte sie nachdenklich auf den Zettel, den Rohloff in ihrem Briefkasten hinterlassen hatte. Es war an der Zeit, ihm zu antworten.

43

»Die Spuren am Körper des Jungen belegen, dass er innerhalb der letzten« Monate massiv misshandelt wurde.«

Gerd Rohloff zerlegte ein Stück Brot.

»Gestorben ist er an einer Kopfverletzung.«

Sie saßen sich im *Fleischeslust* am Wilhelmsplatz in Offenbach gegenüber. Der große Markt, der dreimal wöchentlich hier statt-fand, war auch über Offenbachs Grenzen hinaus bekannt und beliebt. Ebenso wie die Cafés und Restaurants, die den Platz auf allen Seiten säumten.

Lena betrachtete ihr Gegenüber verstohlen. Er war etwas schmaler geworden, sonst wirkte er völlig unverändert. Glatt rasiert, das leicht grau melierte Haar nach hinten gekämmt und in einem leichten Sommeranzug, wirkte er auf eine legere Art gepflegt. Doch die Besorgnis, die er im Blick trug, als sie sich begrüßt hatten, war bisher nicht gewichen.

»Woher weißt du das alles? Das sind doch keine öffentlich zugänglichen Informationen?«

Er wischte die Frage mit einer leichten Handbewegung zur Seite. »Ich habe jemanden einen Gefallen getan. Jemand hat mir einen Gefallen getan.«

Rohloff und seine Kontakte. Lena öffnete den Mund, um etwas zu entgegnen, ließ es dann jedoch.

»Da du ihn schon seit über einem halben Jahr nicht mehr gesehen hast, trifft dich auch keine Schuld.«

Dass er ihr glaubte, stand für ihn also außer Zweifel. Ein warmes Gefühl breitete sich in Lenas Bauch aus. Seit dem Tod des kleinen Jungen war ihr immer nur kalt gewesen.

»Da aber die Sensationspresse heftige Geschütze gegen dich aufgefahren hat, habe ich deiner Dezernentin ein bisschen auf die Finger geguckt.«

»Der Maibaum?«

»Sie hat sich gestern Mittag mit einem Journalisten getroffen.«

»Dann ist mir klar, woher die Schlagzeilen über Hans-Joachim Söder stammen.«

»Die schießt aus allen Rohren auf ihn«, mutmaßte Rohloff. »Aber was mich viel mehr interessiert hat, war, ob es derselbe Journalist ist, der die Hetzkampagne gegen dich losgetreten hat.«

»Und, ist er's?«

»Nein.« Rohloff seufzte und legte die letzten Krümel des inzwischen zerbröselten Brotstücks auf den kleinen Teller vor sich. »Die Frau scheint keinen anderen Gedanken im Kopf zu haben als den, Landrätin zu werden.«

»Sie hat sich mit ihrem Mann getroffen.«

Rohloffs Kopf zuckte nach oben. »Was?!«

»Als ich ankam, habe ich ihn am Flughafen gesehen ...«

»Hat er dich erkannt?«, fiel er ihr ins Wort.

»Aber nein. Er kennt mich ja nicht. Da bin ich im Vorteil durch die Fotos, die ich von ihm gesehen habe.«

»Gut. Und seine Frau? War sie bei ihm?«

»Sie saß vor dem Flughafengebäude im Wagen, hat mich nicht gesehen.«

»Glaubst du, die haben sich versöhnt?«

Lena zog die Oberlippe zwischen ihre Zähne und schaute angestrengt vor sich hin.

»Das kann ich mir nicht vorstellen. Sie war völlig durch den Wind, als er sie verlassen hatte. Damals konnte ich gar nicht anders, als das direkt mitzubekommen. Ich habe hinter ihre Fassade geschaut. Etwas, was sie mir nie verzeihen wird.«

»Weiß sie, was er getan hat?«

Lena überlief ein kalter Schauder. Wusste die Maibaum Bescheid? Wenn ja, was machte das mit ihr? War es ihr egal, weil sie einfach nur ihre Karriere im Sinn hatte? Lena hob die Schultern. »Damals hatte Maibaum eine Wohnung in Malaga«, sinnierte sie jetzt. »Vielleicht hat er die ja noch und ist dorthin unterwegs.«

»Warte mal.« Rohloff zog sein Smartphone aus der Tasche. »Wann genau bist du angekommen?«

Lena nannte ihm die Uhrzeit und er tackerte ein bisschen auf dem Gerät herum. Dann schüttelte er den Kopf. »Kein Flug nach Malaga. Unmöglich herauszufinden, wohin er geflogen sein könnte.«

»Drehscheibe Frankfurt«, ergänzte sie dumpf. Der Fluglärm machte sie alle kirre, aber Politik und Betreiber wollten trotz der Proteste und Klagen immer mehr aus dem Jobmotor Flughafen rausholen. Lena war selbst bei einigen Demos mitgelaufen. So viele Menschen auf den Straßen, dennoch hatte sie nicht das Gefühl, dass sich viel geändert hatte.

Rohloff steckte das Gerät wieder weg. »Ist mir momentan auch egal, was diese Maibaums miteinander haben, oder auch nicht. Ich bin hier, weil ich nicht zusehen kann, wie man dich fertigmacht. Für etwas, das du nicht getan hast.«

Er legte eine Hand auf ihre und sie ließ ihn gewähren. »Vorausgesetzt, du bist damit einverstanden.«

»Und wenn nicht?«

Er antwortete nicht und sie seufzte leise auf.

»Ich kann jede Hilfe gebrauchen. Ich bin suspendiert. Selbst nach meiner Rückkehr in den Dienst werden alle immer glauben, ich trüge doch einen Teil der Mitschuld. Mein Ruf ist dahin und ich kann mich nicht wehren. Schlimmer aber ist das Schuldgefühl, das ich mit mir herumtrage.«

Sie rutschte ein bisschen nach vorne. »Die Frau hat mich angerufen. Sie hat mich gebeten, ihren Sohn zu holen.«

»Was?« Er schüttelte stirnrunzelnd leicht den Kopf. »Warum hast du es nicht getan?«

»Ich wusste nicht, wer am Apparat ist. Sie hat ihren Namen nicht genannt und mit unterdrückter Nummer angerufen. Dann, plötzlich hat sie gesagt, es hätte sich alles erledigt. Sie hat sich mit jemandem im Hintergrund unterhalten, aber ich habe nur einen Teil des Gesprächs mitbekommen.« Sie erzählte ihm, was danach geschehen war und was sie veranlasst hatte, nach Menorca zu fliegen.

»Aber am Ende standen wir mit leeren Händen da«, schloss sie.

»Dieses Hotel, das war leer?«

»Keiner mehr da. Die müssen innerhalb kürzester Zeit abgereist sein.«

»Ein Pädophilenring?«

Lena nickte. »So, wie es mir Carmen geschildert hat. Und wie es sich mir darstellt. Ja. Aber die Bezeichnung Ring ist vermutlich etwas irreführend. Sie begreifen sich wohl eher als einen sehr exklusiven Club. Familiäre Atmosphäre, obwohl sich diese Gemeinschaft durchaus auch länderübergreifend bewegt.«

»Die Polizei auf der Insel hat keine Ahnung, was sich da abspielt?«

»Das Hotel ist keines mehr. Es gehört einem Privatmann. Und wen der einlädt, bei sich zu wohnen, ist seine Sache. Solange keine Anzeige vorliegt oder sonstige Details an die Öffentlichkeit dringen ...«

»Und diese Carmen?«

»Sie hat mir einige Dinge erzählt und vieles eben auch nicht. Ich weiß nicht, was ich davon halten soll.«

»Was sagt dein Bauchgefühl?«

»Mein Bauch?« Lena lachte leise. »Darauf kann ich mich nur begrenzt verlassen.«

Er sah sie nur an, ein leichtes Lächeln um die Lippen.

Schließlich seufzte sie und antwortete. »Ich halte sie für ehrlich. Zumindest in dem, was sie mir geschildert hat.« Ihre Miene verfinsterte sich. »Außerdem habe ich die Narben auf ihrem Körper gesehen. Das ist schrecklich. Stell dir nur vor, von den eigenen Eltern derartig misshandelt zu werden und dich jeden Tag deines Lebens daran erinnern zu müssen.«

»Sie hätte ihn anzeigen können. Spätestens als Erwachsene.«

»Ach Gerd.« Lena legte ihre Hand auf seine. »Das ist nicht so einfach. Außerdem ...« Sie unterbrach sich, weil in diesem Moment ihr Essen kam. Erst, als der Kellner ihnen guten Appetit gewünscht hatte und gegangen war, nahm sie ihre Rede wieder auf. »Außerdem ist ihr Vater ein ziemlich hohes Tier. Es gab eine Verhandlung, nachdem sie angeblich versucht hat, ihn umzubringen. Danach kam sie eine Weile in die Psychiatrie und es dürfte sich für sie erledigt haben. Meines Erachtens hat sie über ihren Beruf einen anderen Weg gewählt, diese *ehrenwerte* Gesellschaft auffliegen zu lassen.«

»Was machen wir denn jetzt?« Rohloff wirkte unschlüssig.

»Den Mann finden. Selbst wenn es sich nicht um den Freund der Kiewitz handelt, so hat er sie doch gekannt und ist in diesem Netzwerk unterwegs. Ich bin mir ganz sicher – Bauchgefühl –, dass auch der neue Freund von ihr da was mit zu tun hat. Dass die beiden Männer sich kennen.«

»Zeig mir das Foto«, bat er sie.

Er betrachtete es lange und reichte ihr danach ihr Handy zurück. »Nie gesehen. Aber wenn du es mir auf mein Smartphone schickst, frage ich mal rum.«

»Du meinst, in deinen Clubs? Da verkehren doch keine Männer, die es auf Kinder abgesehen haben. Die haben doch anderes im Sinn.« Sie hob die Hände, als seien ihre Handgelenke aneinander gefesselt.

»Ach so. Ja. Also, was die Clubs betrifft, gibt es etwas, das ich dir gerne erzählen möchte.«

44

Lena lag auf dem Rücken und starrte mit weit geöffneten Augen an die Decke. Von der Straße her drang gelegentlich Motorenlärm herein, irgendwo, weit entfernt, lachte eine Frau. Sonst war es ruhig, selbst der sonst fast ununterbrochen über Offenbach donnernde Flugverkehr ruhte ein paar Stunden. Sie hörte lediglich ihre eigenen Atemzüge und die des Mannes, der neben ihr lag.

Es war erst das zweite Mal, dass Gerd ihre Wohnung betreten hatte. Und das erste Mal, dass er hier übernachtete. Sie konnte es immer noch nicht fassen. Er hatte alle seine Clubs verkauft. »Mein Vermögensberater rät mir zu Immobilien im Ausland und spekulativen Aktien. So ein Trottel«, hatte er mit einem leisen Schmunzeln gemeint. »Mir hat es eher die Nordsee angetan. Eine der Inseln. Was hältst du davon?«

Es war wie ein Stromschlag gewesen. »Willst du wegziehen?« Sie konnte kaum reden.

»Nur mit dir«, hatte seine Antwort gelautet. Sie konnte nicht sagen, dass er sich hinter etwas verschanzte. Sie hatten auch nicht weiter darüber gesprochen, weil er gleich darauf sagte, dass sich all die Dinge noch am Anfang befanden, er sich das Objekt sowieso erst einmal ansehen wollte und es für ihn momentan überhaupt keinen Grund gab, sein Haus in Bad Homburg aufzugeben.

Aber sonst hält ihn nichts mehr hier. Sollte er das Haus verkaufen, ist er frei zu gehen, wohin er will.

Das ging ihr durch den Kopf, begleitet von einer diffusen Furcht davor, er würde sie alleine lassen. Jetzt lag er hier neben ihr und schlief, während sie den Gefühlen nachspürte, die die letzten Stunden in ihr hinterlassen hatten.

Sie waren nach dem Essen ohne große Diskussionen zu ihr gefahren. Lena hatte eine Flasche Wein geöffnet. Sie hatten sich geküsst. Richtig, nicht so, wie bei der etwas steifen Begrüßung zu Beginn des Abends. Und dann hatte sie es einfach nicht mehr ausgehalten, diese Distanz zwischen ihnen zu spüren. Wollte seine Haut auf ihrer fühlen. Sich ihm hingeben. Seine Berührungen waren zielstrebig und zärtlich zugleich gewesen und mit einem Mal verschwammen die Grenzen. Sie waren ein einziger Organismus, der tiefer und immer tiefer atmete, sich auf geheimnisvollen

Bahnen bewegte. Ihr war, als kröche er ihr unter die Haut und sie öffnete sich für ihn auf eine Weise, die sie nie gekannt hatte. Welche Art von Liebe war das eigentlich, die sie da so fortriss?

Was macht er mit mir?, fragte sie sich jetzt. Und beantwortete diese Frage sogleich.

Er tut mir gut.

Sie legte sich auf die Seite und sah ihn in der Dunkelheit des Zimmers an. Legte eine Hand auf seine Brust, ließ die Finger durch das dichte Haar dort gleiten. Weil sie glaubte, er schlafe tief und fest, erschrak sie heftig, als er sie plötzlich festhielt. Ohne die Augen zu öffnen, murmelte er »Vergiss nicht, dass ich ein älterer Herr bin.« Sie lachte ganz leise und er zog sie an sich, zog sie auf sich und Sekunden später schon wusste sie, dass die Bemerkung über sein Alter reine Koketterie gewesen war.

45

Die Beamten kamen rund eine halbe Stunde, nachdem Gerd Rohloff Lenas Wohnung verlassen hatte. Es waren nicht dieselben, die sie schon kannte, was daran lag, dass es dieses Mal nicht die Kripo war, die sie besuchte, sondern das BKA. Die Frau war etwas größer als Lena, sie trug einen rasanten Kurzhaarschnitt in Weißblond und einen Anzug in Hellgrau und stellte sich als Bernadette Graf vor. Der Mann sah aus wie der personifizierte Versicherungsvertreter und hatte einen Allerweltsnamen, den Lena sofort wieder vergaß. Nachdem sie ihre Ausweise vorgezeigt hatten, nahmen sie im Wohnzimmer Platz.

»Sie waren auf Menorca?«, begannen sie ihr Gespräch, um sich dann sofort auf den Kernpunkt ihres Besuchs zu konzentrieren. Sie wollten alles über das Foto wissen, das Lena an die Kripobeamtin geschickt hatte.

Noch einmal musste Lena ausführlich schildern, was sie auf Menorca gemacht hatte (»Ein paar Tage Urlaub nach all dem Stress hier«) und was sie über Carmen wusste (»Journalistin«) und wie sie zu dem fraglichen Foto kam.

»Jemand hat mir das Foto anonym zugeschickt«, erklärte Lena.

»Seien Sie nicht kindisch, Frau Borowski«, konterte der Versicherungsvertreter. »Das Foto wurde zu einer Zeit aufgenommen, als Sie auf Menorca waren. Wir wollen von Ihnen nur wissen, warum Sie den Mann fotografiert haben.«

Lena dachte nach. Dem BKA fühlte sie sich nicht gewachsen. Was auch immer der Grund dafür gewesen war, die wahre Herkunft des Fotos zu verschleiern, jetzt musste sie umdenken. Doch zunächst wollte sie wissen, warum das so wichtig war.

»Ich sage nichts, bevor ich nicht weiß, worum es hier geht.«

Die beiden Beamten sahen sich stumm an. Es war die Anzugträgerin, die antwortete.

»Dieses Gespräch ist vertraulich. Kein Wort darüber darf nach außen dringen. Verstehen Sie das?«

Ja, natürlich. Sie war ja nicht auf den Kopf gefallen.

»Wir suchen diesen Mann. Aus einem anderen Grund als Sie. Wir sind sicher, dass er nichts mit dem Tod von Angelika Kiewitz zu tun hat.«

In Lenas Kopf ratterten die Gedanken. Das BKA war zuständig für organisierte Kriminalität, Cyberkriminalität und was noch?

Ging es darum, der Gruppe das Handwerk zu legen? Aber wie sollte das gehen? Die Mitglieder dieser merkwürdigen Vereinigung waren nicht im Internet unterwegs. Sie lebten ihre Neigungen in einem weniger auffälligen Rahmen aus.

»Woher stammt das Foto?«

»Das Foto stammt von einem Ausflug aufs Meer. Der Mann war Gast in einem inzwischen aufgegebenen Hotel, das früher *Naranja Azul* hieß. Er machte dort Urlaub, zusammen mit einer Reihe von anderen Menschen, alles Familien mit kleinen Kindern.«

Die Weißblonde sah sie unbewegt an.

»Wo genau stand das Gebäude?«, wollte der Versicherungsvertreter wissen.

Lena sagte es ihm.

»Wie sind Sie an die Adresse gelangt?« Wieder die Beamtin.

Lena seufzte, schilderte die Puzzleteilchen, die sie zusammengesetzt hatte, ihre Suche im Internet und schließlich die Kooperation mit Carmen. Ihren Ausflug aufs Meer.

»Es gibt einen Film? Den Sie beide von den Gästen des Hotels aufgenommen haben? Warum?« Die beiden wurden unruhig.

»Carmen ist der Meinung, dass ihre Halbschwester Deliah in Gefahr ist. Bevor sie etwas unternahm, wollte sie sichergehen, dass das Mädchen im ehemaligen *Naranja Azul* ist. Wir haben vom Wasser aus heimlich Aufnahmen von den Gästen in der privaten Bucht gemacht, die zu dem Hotel gehört. Wir hatten einen Laptop, auf dem wir uns den Film angesehen haben. Von dort stammt auch das Foto. Wir haben es herauskopiert.«

»Ist Ihnen nicht in den Sinn gekommen, dass Sie beide sich in Gefahr begeben haben?« Bernadette Graf wirkte leicht aufgebracht.

Lena seufzte. »Jetzt, wo ich mehr über die ganzen Hintergründe weiß, beurteile ich alles anders. Mir ging es nur darum, denjenigen zu finden, der bis kurz vor ihrem Tod mit Angelika Kiewitz befreundet war. Ich bin davon ausgegangen, dass er mehr über ihren Tod weiß und mehr darüber, was in den Monaten vor seinem Tod mit Toby geschehen ist.«

Der Mann machte sich Notizen, die Frau sah sie aufmerksam an.

»Sie wollen sich rehabilitieren? Ist das nicht Aufgabe Ihres Arbeitgebers?«

Ja, verdammt. Nur, da tut sich einfach viel zu wenig.

46

»Die Sache hat sich erledigt. Das Foto bitte löschen«, schrieb Lena an Gerd Rohloff, kaum dass die beiden BKA-Leute gegangen waren. Auch wenn es nicht ausgesprochen worden war, so war sie sich sicher, dass der Mann ein Informant des BKA war. Einer, der aus der Szene stammte, denn ein Beamter würde wohl kaum ein Kind mit auf eine solche Mission nehmen. Kinder waren die Eintrittskarte zu diesem Zirkel. Das wusste sie nicht erst seit dem Gespräch mit Carmen. Wer undercover arbeitete, scheiterte daran. Also bediente man sich anderer Methoden, anderer Menschen, um die Dinge von innen zu beleuchten. Natürlich hatten diese freien Mitarbeiter, um es mal so zu nennen, eine wesentlich längere Leine. Es hatte Lena nicht verwundert, dass das BKA offensichtlich keine Ahnung davon gehabt hatte, wo ihr Mann sich gerade herumtrieb. Der Schock, als ein Foto von ihm bei der Kripo auftauchte, musste groß gewesen sein. Dass die Kripo die Information überhaupt weitergegeben hatte, zeigte, dass man dort ebenfalls von einem Verbrechen ausging, das in den Zuständigkeitsbereich des BKA fiel.

Gerd hatte vorgehabt, ein paar seiner Beziehungen anzuzapfen. Nicht auszuschließen, dass der Fremde mit dem Kind in der Szene bekannt war. Jetzt erschien ihr das zu gefährlich. Nicht auszudenken, sollte der Mann ihretwegen auffliegen. Warum entschloss sich jemand, mit den Behörden zusammenzuarbeiten? Sicherlich nicht aus einer Laune heraus. Sicherlich nicht, ohne lange und intensiv darüber nachgedacht zu haben. So jemand war für das BKA wertvoll. Ihr fiel der Fall eines schwer missbrauchten Kindes ein, der bundesweit für Aufsehen gesorgt hatte. Dass die Geschichte aufflog, war einem Insider zu verdanken. Niemand hatte bisher herausgefunden, wer er war und warum er so gehandelt hatte. Aber ohne ihn wäre das Kind vermutlich immer noch in den Händen seiner Peiniger.

Wenig später drosch sie eine halbe Stunde im Fitnessstudio auf der Sprendlinger Landstraße auf einen Sandsack ein, als stecke darin der Feind persönlich. Die ganze Wut, die sie über Tobys Tod und die Verleumdungen, die sie trafen, fühlte, kanalisierte sich in kurzen, schnellen und kraftvollen Schlägen. Erst als sie schweißgebadet und völlig ausgepumpt am Boden hockte, fühlte sie sich besser. Nach einer ausgiebigen Dusche fühlte sie sich darüber hinaus in der Lage, über die vergangene Nacht nachzudenken. Dass sie dabei lächelte, hielt sie selbst für ein gutes Zeichen.

47

Als Lena nach ihrem Besuch im Studio, immer zwei Stufen auf einmal nehmend, im dritten Stock vor ihrer Wohnung ankam, blieb sie wie angewurzelt stehen.

»Was machst du hier?«

Carmen sah sie ernst an. »Würde ich dir gerne drinnen erklären.«

Lena fragte erst gar nicht, woher sie ihre Adresse hatte. Ob sie heimlich in ihre Tasche geschaut hatte, als sie auf Toilette war. Oder ob sie die Pensionswirtin um den Finger gewickelt hatte. Dass die Spanierin so unerwartet vor ihrer Tür auftauchte, hatte vermutlich nichts Gutes zu bedeuten.

Lena bugsierte ihren Überraschungsgast in die Küche, wo sie eine Flasche Wasser und zwei Gläser auf den Tisch stellte und ihnen beiden einschenkte. Carmen räusperte sich, trank ein paar Schlucke und beantwortete anschließend Lenas Fragen danach, was eigentlich genau geschehen war.

»Als du neulich Abend gegangen warst, bin ich die ganzen Papiere noch einmal durchgegangen. Danach war ich zwar müde, konnte aber nicht wirklich gut schlafen. Daher bin ich kurz nach Tagesanbruch zum Strand gegangen. Ich brauchte Bewegung, hab ein paar Yogaübungen gemacht, Sauerstoff getankt. Als ich zurückkam, stellte ich fest, dass jemand in mein Appartement eingebrochen war. Die Schlösser dort sind einfach nichts wert. Der Fremde hat alles durchwühlt. Es war der Mann, dem dein Interesse galt.«

Ein Informant des BKA bricht bei einer Journalistin ein?

»Ich habe ihn überrascht. Er griff mich sofort an, aber ich konnte ihn überwältigen.«

Carmen war kleiner als sie, vielleicht kam sie ohne hohe Absätze auf einen Meter fünfundsechzig. Der Mann, um den es ging, war mindestens einen Kopf größer und wirkte sportlich. Carmen musste ihr die Skepsis im Gesicht abgelesen haben. Ein Lächeln huschte über ihr Gesicht.

»Auch wenn man es mir nicht sofort ansieht, ich bin trainiert. Selbstverteidigung. Krav Manga, falls du davon schon gehört hast. Und noch ein paar konservative Techniken.«

Natürlich. Sie würde alles dafür tun, nie wieder in Gefahr zu geraten, Opfer zu sein.

»Es gelang mir fast, ihn zu überwältigen. Doch leider gelang ihm die Flucht.« Sie seufzte tief.

»Carmen. Das ist jetzt bereits das zweite Mal, dass du in Gefahr gerätst. Erst die Geschichte mit dem dunklen Wagen. Jetzt das.«

Die Spanierin zuckte die Achseln. »Ich denke nicht, dass das eine mit dem anderen zu tun hat. Aber es gibt noch weitere

Neuigkeiten.« Sie schlenderte zum Fenster, schob die Hände in die Hosentaschen und blickte auf die Straße hinunter. »Ich habe noch etwas über das *Naranja Azul* herausbekommen. Das Hotel war unrentabel. Wurde verkauft. Vermutlich war es seine etwas abseitige Lage, die es für den neuen Investor so interessant gemacht hat. Es wurde unter den neuen Besitzern nämlich zum Anlaufpunkt für die pädophile Gemeinschaft, der auch mein Vater angehört. Aber das weißt du ja alles bereits. Was wir nicht wussten, ist, dass es im Keller des Hauses ein paar Räume gibt, die echt gruselig sind«, fuhr sie leise fort. »Es gibt im Darknet Fotos davon.«

»Ich weiß nicht, ob ich das hören will.«

»Ach nein?« Carmen hatte sich blitzschnell zu ihr umgedreht. Ihre dunklen Augen sprühten vor Zorn. »Diese Typen haben dort unten gefilmt! Soll ich dir sagen, was für Kulissen dort aufgebaut waren?«

»Ich kann es mir denken, ich ...«

»Das ist sowas von pervers«, unterbrach Carmen sie rüde. »Ein Kerker. Ein Untersuchungsraum. Das Mädchenzimmer mit den vielen Puppen war der vielleicht schlimmste Raum, weil er eine Normalität vorgespiegelt hat, die es dort nicht gibt!«

»Carmen, wir müssen zur Polizei gehen. Bei mir waren heute früh zwei Beamte vom BKA. Die müssen wissen, was dort vor sich geht.«

Die Spanierin zuckte zusammen. Doch sie wich nicht von ihrem Weg ab.

»Um was zu tun? Nichts! Die Faktenlage ist viel zu dünn. Ganz bestimmt werde ich auf diese Weise nicht meine Schwester da rausbekommen. Nein. Das BKA kann mich mal. Selbst wenn die tätig würden, bis die Schuldigen gefunden sind, vergeht wertvolle Zeit. Dann wird Anklage erhoben und die Damen und Herren kommen mit teuren Anwälten daher. Die sie herauspauken. Wenn mal einer in den Knast geht, ist er viel zu früh wieder draußen. Außerdem – glaubst du wirklich, die internationale Zusammenarbeit funktioniert so reibungslos? Bis die Zuständigkeiten geklärt sind, bis ein Richter gefunden ist, der aufgrund von vagen Hinweisen einen Durchsuchungsbeschluss ausstellt, bis der ganze lähmende Formularkram erledigt ist, sind diese Leute bereits weiter gereist.«

»Du hättest schon auf Menorca mit deinem Verdacht zur Polizei gehen müssen.«

Carmen schnaubte empört. Sie griff nach ihrem Handy. Tippte darauf herum und reichte es Lena.

»Weißt du, wer das ist?«

Ein Foto aus einem Zeitungsartikel. Vier Männer, ganz offensichtlich bei einem offiziellen Anlass. Einen davon hatte sie irgendwo schon einmal gesehen. Es dauerte einen Moment, bis es ihr einfiel. »Ist das dein Vater?«

»Ja. Und der daneben«, sie zeigte auf einen der drei anderen Männer im Bild, »ist der Wirtschaftsminister.« Sie holte ein wieteres Foto auf ihr Display. »Hier siehst du ihn zusammen mit dem Justizminister. Die beiden kennen sich seit Studientagen.«

Sie steckte das Handy weg.

»Was willst du mir damit sagen? Dass die alle mit drin hängen in dieser Kinderpornosache?«

»Nein. Tun sie nicht. Das habe ich so gründlich recherchiert, wie ich nur konnte. Aber sie würden meinen Vater nicht hängen lassen. Wenn ich auf Menorca oder sonst irgendwo in Spanien in eine Polizeistation hinein spaziere, erfährt er das sofort. Weißt du, dass er mich schon einmal in die Psychiatrie hat einweisen lassen? Ich war noch ein Kind. Ein Kind! Hätte mir damals jemand geglaubt, wäre es für mich eine Befreiung gewesen, für ihn eine Katastrophe. Das konnte er nicht zulassen. Das wird er nie zulassen. Glaube mir, mich hat diese Erfahrung geprägt. Ich bin misstrauisch geworden. Alleine kann ich nichts ausrichten, das ist mir sehr wohl bewusst.«

»Was willst du denn mit deinem Wissen anfangen, wenn du nicht die Justiz einschaltest?«

»Das werde ich tun. Nur eben nicht sofort.«

»Verstehe ich nicht.«

»Erst hole ich Deliah von unserem Vater weg. Dann sorge ich dafür, dass andere Journalisten über die Sache schreiben.«

»Du willst dein Material anderen zuspielen?«

»Teilen. Es reicht nicht, dass nur ich an der Sache dran bin. Ich brauche Unterstützung. Darum bin ich hier. Die Anwältin, die ich kenne, sie wird mir helfen. Sie hat sich schon seit langer Zeit auf Fälle wie meinen spezialisiert und versteht es, Deals auszuhandeln. Aber das reicht nicht. Es müssen weitere Journalisten mit ins Boot. Zumal ich nicht mehr in Erscheinung treten darf, sobald der Deal mit Deliah fix ist.«

Sie glaubte also daran, dass ihr Vater darauf eingehen würde. Dass der Druck der Gemeinschaft auf ihn groß genug wäre.

»Deliah ...«

»Hat mich angerufen!« Carmens Gesicht glühte regelrecht bei dieser Aussage. »Schau!« Sie scrollte auf dem Bildschirm herum und hielt Lena ein Foto hin. Es überlief sie kalt beim Anblick des Mädchens. Sie wirkte madonnenhaft mit ihrem schmalen, hellen Gesicht und dem dunklen, in der Mitte gescheitelten Haar. Dass sie lediglich ein sehr dünnes Hemdchen mit Spaghettiträgern anhatte, unter dem schemenhaft die Ansätze kleiner Brüste zu erkennen waren, wirkte in diesem Zusammenhang fast obszön. Das Foto war in einem dunklen Hotelzimmer aufgenommen, das lediglich durch den Blitz des Smartphones erhellt worden war. Deliahs Augen wirkten so tieftraurig, dass Lena sofort verstand, was Carmen meinte.

»Sie hat sich das Handy eines anderen Mädchens ausgeliehen, mein Vater würde nie zulassen, dass sie ein eigenes besitzt.«

»Was wollte sie? Hat sie dich auf Menorca gesehen?«

Carmen legte den Kopf schief, den Blick fest auf das Foto gerichtet. »Ja, sie hat mich gesehen und erkannt. Sie hat geweint. Hat mich gefragt, wo ich bin. Ich habe ihr gesagt, dass ich auf dem Weg nach Frankfurt bin und versuche, sie da rauszuholen. Dass ich eine Anwältin kenne, die mir helfen wird. Dann musste sie schnell auflegen. Mein Vater kam zurück und sollte das Mobiltelefon nicht finden.«

Carmen schloss das Foto und schob das Handy energisch in ihre Handtasche zurück.

»Hilfst du mir?«, fragte sie Lena.

»Helfen werde ich dir nicht können. Aber du hast mich an deiner Seite. Ich habe zwar nicht gesehen, was unten in dem Hotel drin ist, aber ich glaube dir und könnte es bei den Behörden genauso schildern.«

Carmen lächelte schief. »Glaub mir Lena, die werden nichts tun auf eine vage Anschuldigung hin. Und du hast keine Ahnung, mit wem du es da zu tun bekommst.«

»Wenn sie uns gesehen hat, hat uns womöglich auch dein Vater gesehen«, gab Lena zu bedenken.

»Umso besser. Wenn das die Abreise der Gruppe beschleunigt hat, zeigt es mir doch, dass ich ein Druckmittel gegen diese Leute in der Hand halte.«

»Nur, solange das Hotel noch von ihnen genutzt wird. Danach nicht mehr, das ist dir schon klar?«

»Aus diesem Grund muss ich mich beeilen.«

»Wem gehört die Immobilie jetzt?«

Carmen hob die Schultern und ließ sie wieder fallen. »Das habe ich nicht in Erfahrung bringen können.«

»Was, wenn der Mann, der bei dir eingebrochen ist, dich hierher verfolgt hat?«

Carmen kam zurück an den Tisch und setzte sich. Auf einmal wirkte sie unheimlich ruhig.

»Der ist mir nicht gefolgt, da bin ich mir ganz sicher. Außerdem bin ich gleich nach dem Vorfall abgereist und jetzt bin ich hier, wo mich kein Mensch vermutet.«

Eine bleierne Stille trat ein, lediglich unterbrochen vom Tuten einer Auto-Alarmanlage und des unvermeidlichen Geräuschs eines anfliegenden Flugzeugs, das über Offenbach alle paar Minuten zu hören war.

»Durch den überstürzten Aufbruch haben diese Leute gezeigt, dass sie sich auf den Schlips getreten fühlen«, gab Lena zu bedenken.

»Das werde ich ausnutzen«, erklärte Carmen. »Wir haben die Aufnahmen vom Strand, darauf sind auch mein Vater und Deliah zu sehen. Und ich habe die Informationen zu dem Hotel aus dem Darknet. Diese Informationen tausche ich gegen meine Halbschwester.«

Lena schüttelte den Kopf über so viel Sturheit. »Aber das ist doch Unsinn. Selbst wenn dein Vater Deliah zu dir kommen lässt, sie wird nicht bei dir bleiben können. Du bist nicht erziehungsberechtigt.«

»Noch nicht. Wenn mein Vater mir das Sorgerecht überträgt, schon.«

»Wieso sollte er das tun?«

»Weil ich ihn dazu zwinge. Über die Gemeinschaft. Wenn ich mit meinen Informationen an die Öffentlichkeit gehe, sind die kurz davor, aufzufliegen. Das werden sie nicht riskieren. Nicht einem einzelnen Mitglied zuliebe. Sei es auch noch so wichtig.«

»Du knüpfst also das Zurückhalten der Informationen an diese Bedingung?«

»Ja. Ich gebe eine Erklärung dazu ab. Darum brauche ich eine Anwältin. Außerdem wird Deliah gegen ihren Vater aussagen.«

Lena war sich da nicht so sicher. Ihrer Erfahrung nach sagten Kinder selten gegen die eigenen Eltern aus, seien sie auch noch so sehr misshandelt worden. Aber es gab noch einen weiteren Aspekt.

»Du willst sie mit all dem davonkommen lassen?«

»Das nicht.« Carmen drehte den Kopf weg, als könne sie Lena bei den nächsten Worten nicht in die Augen sehen. »Nur, dass nicht ich sie nach dem Deal auffliegen lassen kann. Das muss, wie gesagt, über andere Kanäle laufen.« Sie wippte nervös mit der Fußspitze. »Du wirst nicht mit reingezogen. Ich habe nach meinem Studium lange in Frankfurt gelebt. Daher kenne ich die Anwältin, die mir helfen wird. Sie beschäftigt sich bereits sehr lange mit der ganzen Szene. Ich habe sie noch nicht erreicht, aber ich hoffe, dass ich sie bis spätestens morgen ...«

»Du kannst nicht bei mir bleiben. Ich werde mich da nicht mit hineinziehen lassen«, unterbrach Lena sie.

Carmen stand erneut auf. Ihr Gesicht wirkte gequält. »Wenn du nicht diese ein, zwei Tage stillhältst, habe ich keine Chance. Selbst wenn die Polizei einige von denen findet, die bis vor Kurzem noch im Hotel gewohnt haben, sie wird nicht alle kriegen. Und die halten so dicht, dagegen ist die Russenmafia ein geschwätziger Gesangsverein.«

»Nein!« Lena schlug mit der flachen Hand auf den Tisch. »Das geht mir alles zu weit. Wenn ich gewusst hätte, was du in der Nacht vorhattest, ich wäre niemals mitgekommen. Einbruch! Unterlagen stehlen! Beweismaterial zurückhalten!«

»Du wusstest sehr genau, worauf du dich einlässt. Du bist viel zu klug, um nicht zu durchschauen, worum es geht.«

48

Lena gab es irgendwann auf, Carmen ihr Vorhaben ausreden zu wollen. Es stellte sich aber als schwierig heraus, die Anwältin zu kontaktieren. Sie meldete sich nicht auf ihrem Handy, und auch in der Kanzlei war nur ein Anrufbeantworter zu erreichen, dem sich Carmen nicht anvertrauen mochte.

»Ich brauche ihre Hilfe. Sie soll nicht nur den Deal wegen Deliah aushandeln, sie kennt auch andere Journalisten, denen ich mein Material anvertrauen kann.«

Lena blieb wie angewurzelt stehen. »Ich glaube, ich kenne ebenfalls jemanden, mit dem du dich zusammentun könntest.« Sie machte auf dem Absatz kehrt und lief in die Küche. Dort kramte sie unter einem Berg von Altpapier, das sie dort in einem ausgedienten Einkaufskorb sammelte, eine ältere Ausgabe des *Aktuellen Blitzlicht* hervor.

»Hier. Jens Borgmann heißt der Journalist. Sein Spezialgebiet ist der soziale Sektor.«

»Kennst du ihn? Kann ich ihm vertrauen?«

Lena überlegte kurz. »Fachlich ist er absolut in Ordnung. Menschlich – weiß ich nicht. Ich hatte einmal mit ihm zu tun. Da war er sehr verschwiegen, was seine Quellen anbelangt.«

Carmen überlegte kurz und nickte dann. »Ich rufe ihn an.« Zum Telefonieren verzog sie sich in die Küche.

Borgmann, so entnahm Lena dem Teil des Gesprächs, dem sie folgen konnte, war bereit, sich mit Carmen zu treffen. Doch noch war der Zeitpunkt offen.

»Gib mir noch ein bisschen Zeit«, bat Carmen sie erneut. »Wenn ich jetzt zur Polizei gehe, wird aus dem Deal mit Deliah nichts. Ich muss das Sorgerecht übertragen bekommen, bevor mein Vater in den Knast geht. Sonst wird das nichts, ich gelte ja noch nicht einmal als Verwandte.«

»Zuerst müssen wir für dich ein Hotelzimmer suchen«, erklärte Lena.

»Hotel? Das habe ich schon versucht. In Frankfurt ist irgendeine Messe, kein Zimmer zu kriegen.«

Nicht in Frankfurt oder Offenbach. Aber wie wäre es mit Mühlheim, Langen oder Oberursel? Auch schwierig, behauptete

Carmen. »Die ganze Umgebung ist dicht. Zudem habe ich nicht viel Zeit, die kann ich nicht in Bussen oder U-Bahnen verbringen. Ich muss so nah wie möglich an Frankfurt sein.«

»Hier kannst du nicht bleiben.« So sympathisch ihr die Spanierin anfangs auch gewesen war, bei sich behalten wollte sie sie auf keinen Fall.

Carmen reagierte mit einer leicht beleidigten Miene.

»Was ist, wenn die dich hier suchen?«, gab Lena zu bedenken.

»Warum sollten sie? Kein Mensch weiß doch, wer du bist. Ich bin schon aufgrund meines Berufs bekannt. Von dir kennen sie nicht einmal den Namen.«

»Außerdem drücken sich zurzeit die Kripo und das BKA bei mir die Klinke in die Hand«, fuhr Lena fort. Das war natürlich heftig übertrieben, erfüllte aber seinen Zweck. Jetzt wirkte die Spanierin erschrocken.

»Sobald ich die Anwältin erreicht habe, fahre ich auch schon wieder«, erklärte sie. »Lass mich eine Nacht auf deinem Sofa übernachten, danach bist du mich für immer los.«

»Ich habe eine bessere Idee. Ich kenne jemanden, dem hat bis vor Kurzem ein Hotel in Frankfurt gehört. Das ist zwar mitten im Rotlichtviertel, aber dadurch eben auch zentral. Soll ich nachfragen, ob du dort diese Nacht bleiben kannst?«

Carmen nickte zögerlich. Es war ihr anzumerken, dass sie lieber bei Lena geblieben wäre. Die zückte jetzt ihr Handy und schrieb eine kurze Nachricht an Gerd Rohloff. *Noch ein Zimmer für eine Nacht frei für eine überraschend aufgetauchte Freundin in deinem (ehemaligen?) Stundenhotel am Bahnhof?*

Er antwortete postwendend. *Ja. Gehört mir nicht mehr, aber du kennst ja sicherlich noch Paul? Ich rufe ihn an, er wird für alles sorgen, was du brauchst.*

Unwillkürlich musste sie lächeln. Sie erinnerte sich noch sehr gut an die eine Nacht, die sie nach unachtsamem Umgang mit Beruhigungstabletten und Alkohol dort verbracht hatte. Das war gewesen, als sie von Karins Krankheit erfahren hatte. Ihre beste Freundin und ehemalige Geliebte todkrank zu wissen, hatte Lena buchstäblich umgehauen. Rohloff hatte sie nach ihrem Zusammenbruch auf offener Straße in sein Hotel gebracht, damit sie sich ausschlafen konnte. Paul, das Faktotum dort, war ein schmächtiger alter Mann, verrunzelt wie eine Backpflaume, Rohloff gegenüber loyal ergeben und darüber hinaus jemand mit Manieren. Dass er noch da war ...

»Das geht klar. Ich bringe dich hin.«

»Kann ich vorher noch dein Badezimmer benutzen? Ich fühle mich ein wenig klebrig nach dem Flug.«

Nachdem sie ihrem unerwarteten Gast ein neues Seifenstück und frische Handtücher hingelegt hatte, setzte sich Lena auf die Couch im Wohnzimmer. Während das Wasser rauschte, ließ sie ihren Gedanken freien Lauf. Sobald Carmen in Frankfurt war, würde sie die weißblonde BKA-Beamtin anrufen und ihr mitteilen, was sie gerade über ihren vermissten Informanten erfahren hatte. Danach würde sie sich mit dem Anwalt in Verbindung setzen, dessen Kontaktdaten ihr Gerd gegeben hatte.

»Du musst gegen die Berichterstattung über dich vorgehen. Verlass dich nicht auf deinen Arbeitgeber. Wenn die gewollt hätten, hätten die ihren Hintern schon längst hochbekommen. Was nicht deine Arbeit und deine Klienten, sondern deine Person betrifft, bist du nicht an die Weisungen gebunden.« Er hatte recht, das wusste sie nur zu genau. Ob es etwas brachte, sich an Söder direkt zu wenden? Immerhin unterstand ihm die Personalabteilung. Sie verwarf den Gedanken gleich wieder. Söder würde sich keinen Deut um sie scheren, der hatte mit dem, was die Presse gerade mit ihm selbst veranstaltete, genug zu tun.

Die Anschuldigungen gegen ihn hatten die Berichterstattung um Toby in den Hintergrund gedrängt. Heute, beispielsweise, war nur ein sehr kleiner Artikel erschienen.

Jugendamtsleiter in den vorzeitigen Ruhestand versetzt. Niemand schrieb, dass dieser Umstand etwas mit dem Tod des Jungen zu tun hatte. Aber alle, die es lasen, konnten sicher nicht umhin, einen Zusammenhang herzustellen. Ob der nun stimmte oder nicht.

Lena fragte sich, wer den Job jetzt übernehmen würde. Patrick Mielke vermutlich. Er war kompetent und saß bereits so lange auf dem Stellvertreterposten, dass die Sache für ihn keine große Herausforderung darstellen würde. Sie schätzte ihn, er war klar und pragmatisch, hatte viele Verbesserungen eingeführt. Er wäre der Richtige.

Die Dusche wurde abgedreht, gleich darauf ertönte das Geräusch des laufenden Föhns. Wenig später trat Carmen aus dem Badezimmer. »Wir können los«, sagte sie.

Im selben Moment schrillte die Türklingel. Hektisch blickte Carmen auf, ihre Blicke huschten durch den Raum, als suche sie ein Versteck.

»Pst!« Lena legte den Finger an die Lippen. Sie spähte durch den Spion und atmete erleichtert aus, als sie sah, wer vor der Tür stand.

»Hallo Frau Borowski«, sagte die Enkelin der Cousine von Frau Kasulke. »Meine, nennen wir sie Großtante, bedankt sich herzlich für die Ansichtskarte. Ich habe ihr gesagt, dass Sie wieder da sind.« Noch immer sah die Frau furchtbar erschöpft aus. »Da hat sie mich gebeten, Ihnen den Schlüssel zu geben. Können Sie in der Wohnung nach dem rechten schauen und den Briefkasten leeren? Ich muss nämlich für eine Woche auf Fortbildung und schaffe es nicht mehr.«

Lena nickte wie betäubt. Die junge Frau hob einen Bund mit mehreren Schlüsseln daran. »Haustür, Wohnungstür, Keller, Briefkasten.«

»Wie geht es ihr denn?«, presste Lena hervor.

»Sie vermisst ihre gewohnte Umgebung. Aber die OP ist gut verlaufen und sie wird bald wieder daheim sein.« Ein blasses Lächeln, das gleich wieder verglomm. Dann reichte sie Lena noch ein Blatt Papier. Kariert und aus einem Heft gerissen. »Hier die Adresse und Telefonnummer, unter der sie erreichbar ist. Darunter meine Handynummer. Für alle Fälle. Ich heiße übrigens Birgit.«

»Kein Problem, ich mache das sehr gerne.« Lena zwang sich nun ebenfalls ein Lächeln ins Gesicht. Sie behielt es, bis Birgit verschwunden war.

»Keine Gefahr. Frau Kasulke ist eine Nachbarin. Man hat mich gebeten, bei ihr nach dem Rechten zu sehen und den Briefkasten zu leeren.« Sie ließ Frau Kasulkes Schlüssel auf den Tisch fallen. Carmen atmete sichtlich erleichtert auf.

49

Gerd Rohloff wusste genau, dass es für Lena schwierig werden würde. Eine Berichterstattung, die über Wochen hinweg den Eindruck erweckte, sie trüge in irgendeiner Form Mitschuld an dem, was geschehen war, würde nicht mehr rückgängig zu machen sein. Noch zögerte sie, sich den Anweisungen ihres Arbeitgebers zu widersetzen und die Sache selbst anzugehen. Doch für ihn war die Grenze bereits überschritten.

Aus diesem Grund beschloss er, die Angelegenheit anders anzugehen. Sie hatte ihn zwar inständig gebeten, keinerlei »halbseidene« Aktionen zu unternehmen, wie sie es nannte. Sie wollte stattdessen den Anwalt aufsuchen, den er ihr empfohlen hatte. Doch Rohloff wusste nur zu gut und aus eigener Erfahrung, dass es manchmal angebracht war, mit härteren Bandagen zu kämpfen.

Er hatte schon längst in Erfahrung gebracht, wer der Schmierfink war, der in seinem Blatt am schlimmsten über Lena herzog.

Jetzt stand er vor der Tür eines Mehrfamilienhauses in der Edith-Stein-Straße im Offenbacher Stadtteil Rumpenheim.

»Vierter Stock, links«, sagte der Mann, der immer leicht nach Gewürzen roch. Rohloff kannte ihn seit vielen Jahren, seither hatte sich seine Vorliebe für Zimtkaugummis nicht verändert. »Er ist Single. Verbringt viel Zeit vor seinem Computer.«

»Danke.«

»Ich bleibe hier, bis Sie wieder rauskommen.«

Rohloff nickte, dann drückte er die Haustür auf. Stieg die etwas schwach beleuchtete Treppe nach oben. Es roch nach Abendessen, irgendetwas mit Fleisch, und einem Putzmittel. An der Tür der fraglichen Wohnung angekommen, drückte er auf ein Klingelschild, auf dem der Name *Schneider* stand. Hinter dem Bruchglas flammte Licht auf.

»Ja?« Herr Schneider war eher schmächtig, einen Kopf kleiner als Rohloff, helle Haut, blondes, bereits lichtes Haar, obwohl er wohl noch in seinen Dreißigern war. Fragend sah er den Mann vor seiner Tür an. Rohloff trug, wie fast immer, einen Anzug und darüber einen leichten Trenchcoat.

»Herr Schneider. Ich würde mich gerne mit Ihnen unterhalten. Es geht um Informationen zu einer Story.«

Der Journalist zog die Stirn kraus. »Sie können in der Redaktion anrufen. Das hier ist meine Privatwohnung.«

Rohloff blieb ungerührt stehen. »Selbstverständlich könnte ich in die Redaktion kommen. Dort mit Ihrem Chefredakteur sprechen. Ihn informieren darüber, dass ich ein Strafverfahren gegen das Blatt, gegen ihn und einen seiner Mitarbeiter einleiten werde, weil Sie sich Informationen auf illegalem Weg beschafft haben. Wäre Ihnen das lieber, als hier und jetzt mit mir ein kurzes Gespräch zu führen?«

Herrn Schneiders hohe Stirn rötete sich. Feuchtigkeit drang aus den Poren.

»Wer sind Sie denn?«, blaffte er. Es hörte sich an wie bei einem Hund, der genau weiß, dass er der Kleinere ist.

»Rohloff. Gerhard Rohloff.«

Schneider glotzte ihn an. Dann trat er einen Schritt zurück. »Ist nicht aufgeräumt«, murmelte er.

»Habe ich auch nicht erwartet. Gehen wir ins Wohnzimmer.«

Schneider trottete voran, es war ihm anzumerken, dass es in seinem Kopf ratterte. Spätestens, als Rohloff seinen Namen genannt hatte, war etwas in dem Hohlraum dort in Gang gekommen.

»Bitte!« Schneider deutete auf einen Sessel der blauen Sitzgruppe. Er selbst griff nach der Fernbedienung und schaltete den auf lautlos gestellten Fernseher aus.

»Worum geht es?«, unterbrach er Rohloffs stille Musterung seines Wohnzimmers.

»Es geht um den Tod des kleinen Toby. Sie haben darüber geschrieben.«

Schneider nickte. Er kapierte noch immer nicht, warum Rohloff bei ihm aufgetaucht war.

»In diesem Zusammenhang haben Sie ein paar Dinge geschrieben, über die ich mit Ihnen reden will. Ich zitiere mal.« Rohloff zog ohne Eile zwei gefaltete DIN A4-Blätter aus seiner Manteltasche und begann zu lesen.

»Dieser Zeitung liegen Aussagen vor, dass die zuständige Sozialarbeiterin oft nicht ganz bei der Sache war.« Er hob den Blick über den Rand des Blattes und fixierte den Journalisten, bevor er fortfuhr. »Ferner haben Sie einen Zusammenhang zwischen der Aussage gemacht, die Sozialarbeiterin sei lesbisch und sie habe nicht gut genug hingesehen. Darüber hinaus haben Sie eine Bekannte der Frau aufgesucht und sie mit Fragen bedrängt.«

»Ich war doch nicht der Einzige, der den Todesfall aufgegriffen hat«, giftete Schneider.

»Sie waren derjenige, der bereits am ersten Tag ihren Namen genannt hat, wenngleich sie den Familiennamen abgekürzt haben. Der Erste, der sofort über mangelnde Kompetenz der Frau spekulierte. Der Erste, der Konsequenzen gefordert hat.«

Schneider stierte ihn an. »Und?«, blaffte er. »In meinem Beruf ist es von Vorteil, der Erste zu sein, der etwas Neues über eine Story schreibt.«

»Das verstehe ich«, entgegnete Rohloff sanft. »Doch niemand wird bestätigen, diese Aussagen gemacht zu haben. Dafür gibt es Hinweise darauf, dass Sie am selben Tag, an dem der Tod des Jungen gerade erst bekannt war, in dem Büro aufgetaucht sind, in dem auch die fragliche Sozialarbeiterin ihren Arbeitsplatz hat. Nicht im Jugendamt, wohlgemerkt, was Ihnen bei sorgfältigerer Abwägung der Dinge zumindest eine Nachfrage hätte wert sein sollen. Stattdessen haben Sie sich unter Vorspiegelung falscher Tatsachen dort aufgehalten. Es dürfte nicht schwierig sein, herauszubekommen, mit wem genau Sie gesprochen haben. Falls diese Personen Ihnen tatsächlich die Informationen geliefert haben, dürfte es nicht Ihr Problem sein. Falls Sie aber aufgrund anderer Umstände an Halbwahrheiten gekommen sind, die Sie anschließend aufgebauscht haben, dürfte das für Sie Konsequenzen haben.«

Schneider atmete jetzt etwas schwerer. Die Feuchtigkeit auf seiner Stirn hatte sich intensiviert.

»Also.« Rohloff hatte so unvermittelt die Stimme erhoben, dass sein Gegenüber zusammenzuckte. »Wieso waren Sie so früh im Büro der Sozialarbeiterin?«

»Das geht Sie zwar nichts an, aber ich habe einen Informanten bei der Polizei.«

Natürlich.

»Überhaupt frage ich mich, was das mit Ihnen zu tun hat? Was hat ein Clubbetreiber aus dem Bahnhofsviertel mit diesem Jungen zu tun?«

Rohloff antwortete nicht. Er sah Schneider unverwandt an. Dessen Augen weiteten sich. »Um Himmels willen«, stieß er aus. Rohloff hatte erreicht, was er wollte. Der Schmierfink sollte ruhig glauben, er habe Angelika Kiewitz irgendwann einmal nahegestanden.

»Ich will wissen, wer Sie mit Details aus dem Leben von Frau Kiewitz und dem Leben der Sozialarbeiterin versorgt hat, über die Sie herziehen.«

Schneider schüttelte den Kopf. »Das kann ich Ihnen nicht sagen.« Es klang nun fast schon flehentlich.

Rohloff erhob sich, Schneider stolperte aus seinem Sessel. Sie standen sich gegenüber.

»Herr Schneider. Sie werden sich jetzt an Ihren PC setzen und einen Artikel schreiben. Keine Angst, Sie müssen dazu nichts recherchieren, sich nichts ausdenken und auch nicht selbst formulieren. Stattdessen schreiben Sie einfach ab, was auf diesem Dokument steht.« Er zog aus der anderen Tasche seines Trenchs ein weiteres Blatt hervor. Es war eng beschrieben.

»Danach geben Sie die Berichterstattung in diesem Fall ab.«

Schneider schnaufte und brachte ein verächtliches Lachen zustande. »Sie machen mir keine Angst. Da können Sie ruhig einen Ihrer Schlägertypen auf mich hetzen.«

»Wenn ich das wollte, hätte ich es längst getan«, erwiderte Rohloff ganz ruhig. Schneider trat einen halben Schritt zurück.

»Sie werden trotzdem tun, worum ich Sie bitte. Erstens, weil das, was hier steht, die Wahrheit ist. Und darum geht es doch bei seriösem Journalismus, nicht wahr?«

Schneiders Adamsapfel hüpfte hoch und runter.

»Zweitens wird Ihnen das Ihren Job retten. Weil Sie dieses Mal wirklich der Erste sind, der schreibt, wie es war. Und drittens ...«, Rohloff machte eine kleine Pause, bevor er fortfuhr, »sollte doch niemand erfahren, dass Sie unter dem Tarnnamen *Lupo* in Internetforen kleine Mädchen anbaggern.«

Schneider sprangen nun fast die Augen aus dem Kopf. »Was ... woher ...?«

»Sparen Sie sich Ihre Worte. Sie kommen heil aus all dem raus, wenn Sie tun, was ich sage. Er ließ das Blatt los, es flatterte zu

Boden und Schneider sprang automatisch nach vorn, um es auf-
zufangen.

»Guten Abend.« Rohloff war bereits bei der Tür, er ließ sich
selbst hinaus.

Unten wartete der Mann, der stumm auf seinem Kaugummi
kaute.

»Und Boss, alles gut gelaufen?«

Rohloff legte ihm die Hand auf die Schulter. »Gute Arbeit.
Dieser Kerl ist so armselig. Lupo. Was für ein Schwachmat.«

»Und jetzt, der andere Auftrag?«

»Wie besprochen.«

Sie trennten sich und gingen in unterschiedliche Richtungen davon. Morgen, da war sich Rohloff sicher, würde die Welt für Lena
Borowski schon wieder ganz anders aussehen.

50

Es war Bernadette Graf, die Lena am nächsten Tag erwartete, als
sie von ihrer Joggingrunde am Mainufer zurückkehrte.

»Carmen de Palma ist in Deutschland. Wissen Sie etwas darüber?«

»Aus diesem Grund suchen Sie mich persönlich auf?« Lena
schloss die Tür zu ihrer Wohnung auf, bat die Beamtin herein und
ging ins Badezimmer um sich ein Handtuch zu holen. Während sie
sich den Schweiß von der Stirn tupfte, holte sie in der Küche eine
Flasche Wasser und zwei Gläser. Sie stellte alles auf den Couchtisch ihres Wohnzimmers. Bernadette Graf hatte sich nicht gesetzt.
Sie stand, die Hände in den Hosentaschen mit dem Rücken zum
Fenster und musterte Lena.

»War sie bei Ihnen?«

Lena zögerte. Sie hatte, entgegen ihrer festen Absicht, die BKA-
Frau am Vortag nicht angerufen, weil sie Carmen zumindest die
Chance hatte lassen wollen, ihre Anwältin zu treffen.

»Kurz«, gab sie dann zu. »Sie wollte hierbleiben, aber ich bin der
Meinung, das wäre nicht gut gewesen.«

»Ach ja? Warum das? Auf Menorca sah es doch so aus, als würden sie sich gegenseitig helfen.«

Lena schraubte die Flasche auf und goss die beiden Gläser voll und leerte ihres gleich zur Hälfte, bevor sie antwortete.

»Carmen ist sehr verzweifelt. Das sehe ich. Aber ich will mich in diese Sache nicht hineinziehen lassen.«

»Ich fürchte, Sie sind bereits mittendrin.« Die Graf hatte sich vom Fenster abgestoßen und kam zum Tisch. Sie seufzte und griff nach ihrem Glas.

»Frau de Palma lebt nicht mehr«, fuhr sie leise fort.

»Waaaas?« Lena war es, als habe man ihr einen Schlag versetzt. »Ist sie etwa ...?« Sie fiel mehr auf das Sofa, als sie sich setzte.

»Tot, ja ... Leider. Sie wurde heute Morgen in Offenbach an der Haltestelle Ledermuseum von einem S-Bahn-Zug erfasst. Jede Hilfe kam zu spät.«

Es war, als sacke sämtliches Blut aus dem Kopf, sie konnte nicht mehr denken, ein Schwindel erfasste sie und vermutlich war sie leichenblass geworden, denn die Beamtin sah sie besorgt an.

»Hat sie Selbstmordgedanken geäußert?«

»Carmen?«, stotterte Lena, in deren Kopf das reinste Chaos herrschte. Carmen tot, das war ja schrecklich. »Nein. Nein. Ganz im Gegenteil. Sie war bereit, für Deliah zu kämpfen. Sie wollte eine Anwältin aufsuchen, die ihr dabei helfen sollte. Außerdem war sie fest entschlossen, den Kinderschänderring, in dessen Fängen sich ihre Halbschwester befand, auffliegen zu lassen.«

»Eine merkwürdige Einstellung. Warum hat sie nicht die Polizei eingeschaltet?« Die BKA-Frau stellte ihr Glas härter als nötig auf den Tisch und verzog den Mund.

Lena erklärte es ihr, so gut es ging. »Sie wollte alles Notwendige in die Wege leiten, bevor sie sich mit Ihnen in Verbindung setzte.«

Es war an der Zeit, sämtliche Informationen offenzulegen und Lena erzählte der BKA-Beamtin alles, was sie wusste, und tippte auf ihrem Handy die Datei an, in der sie die Fotos der Papiere gespeichert hatte. Die BKA-Frau machte sich Notizen und je länger sie schwieg, desto unruhiger wurde Lena. Schließlich hob Bernadette Graf den Kopf. Sie wirkte wie jemand, der gerade in Gedanken ein Puzzle zusammenlegt.

»Sie beide haben gemeinsam«, sie ignorierte an diesem Punkt Lenas Kopfschütteln, »Papiere aus dem Müll des Hotels an sich genommen. Wobei lediglich drei Dokumente von Bedeutung schienen.« Sie tippte auf Lenas Handy. »Eines ist eine ausgedruckte E-Mail, die in einem Postfach mit der Bezeichnung *Naranja Azul* lag, das zweite ein zerrissener Zettel mit einer Kombination aus Zahlen und Buchstaben, das dritte eine Mobilfunknummer. Diese haben Sie auf Menorca von Ihrem Handy aus angerufen, konnten aber keine Verbindung herstellen, beziehungsweise landeten auf einer stummen Mailbox.«

»Ja.«

»Wissen Sie, wo sich der Rest des Materials befindet, das Sie beide aus dem Hotel mitgenommen haben?«

Lena schüttelte den Kopf. Schon allein die Auflistung all dessen, was innerhalb der letzten Tage geschehen war, erschöpfte sie. Jetzt, wo sie das alles vor sich sah, fragte sie sich natürlich, warum sie nicht früher die Reißleine gezogen hatte.

Weil du mit deiner eigenen Geschichte beschäftigt warst.

Bernadette Graf ihrerseits war nun damit beschäftigt, sämtliche relevanten Daten von Lenas Handy auf ihr eigenes zu laden. Als sie damit fertig war, wandte sie sich ihr wieder zu.

»Ich stelle Ihnen jetzt ein paar Fragen, die Sie bitte vollständig und wahrheitsgemäß beantworten.«

»In Ordnung.«

»Frau de Palma hat also auf Menorca nach ihrer Halbschwester gesucht, weil sie befürchtet, dem Mädchen drohe der Missbrauch durch den Vater.«

»Ja.«

»Sie wusste, dass Deliah mit ihrem Vater dort Urlaub machte, wurde aber im Hotel nicht zu ihr gelassen?«

»Ja.«

»Daher sind Sie beide am Abend noch einmal zum Hotel gefahren in der Hoffnung, doch noch etwas bewirkten zu können. Haben dann aber gesehen, dass sämtliche Gäste abgereist waren?«

»Ja.«

»Was genau, hat Sie, Frau Borowski, dazu bewogen, Frau de Palma bei der Kontaktaufnahme zu ihrer Schwester behilflich zu sein?«

»Ich war auf der Suche nach dem Mann, mit dem Angelika Kiewitz befreundet war, und hatte gehofft, dass wir gemeinsam mehr erreichen. Mir war die Dimension des Ganzen nicht klar.«

»Frau Borowski, wussten Sie, dass es Frau de Palma gerichtlich untersagt war, in die Nähe ihres Vaters zu kommen?«

Nein, verdammt. Nein.

»Dann wissen Sie auch nicht, dass ihre neue Bekannte bereits einmal einen Mordanschlag auf Senor de Palma verübt hat?«

Natürlich nicht!

»Gut, sie war damals noch minderjährig, es gelangte nicht an die Öffentlichkeit. Auch, weil Senor de Palma seine Tochter in Schutz genommen hat. Sie wurde damals vorübergehend in die Psychiatrie eingewiesen.«

»Ja, aber doch nur, weil er sich selbst schützen wollte. Sie wurde als verrückt betrachtet. Einer Verrückten glaubt man nicht. Das war für den Vater von Vorteil.«

»Nun, ihr wurde damals eine hohe Bereitschaft zu Brutalität nachgesagt.«

Lena wurde schwindelig. Was, um Himmels willen, hatte Carmen ihr noch verheimlicht? Natürlich waren das alles Dinge, die man nicht gerade herumerzählte. Aber im Zusammenhang mit ihren gemeinsamen Recherchen wäre es für Lena wichtig gewesen, es zu wissen.

Hättest du dich dann mit ihr zusammengetan?

»Frau de Palma hatte als Journalistin einen ziemlich durchwachsenen Ruf.«

»Sie hatte es sich zur Aufgabe gemacht, gewisse Dinge an die Öffentlichkeit zu bringen. Das ist doch durchaus mutig.«

»Möglich. Immerhin hat sie ihr angebliches oder tatsächliches Schicksal medienwirksam aufgearbeitet und damit gut verdient.«

»Auf mich hat sie nicht den Eindruck gemacht, als sei der wirtschaftliche Nutzen für sie von Bedeutung.«

»Hier steht Aussage gegen Aussage. Wissen Sie, wer Senor de Palma ist?«

Ein Mann mit viel Einfluss und Macht.

»Er war Direktor der *Cámara de Comercio e Industria* in Andalusien.«

Und gut vernetzt. Den Justizminister und den Wirtschaftsminister kennt er auch.

»Jemand, auf dessen Wort man in einigen Kreisen durchaus hört.«

»Sie glauben Carmen de Palma die Geschichte nicht?«

»Was ich glaube oder nicht, ist nicht von Bedeutung. Wichtig ist nur eines: Was genau hatte Ihre Bekannte vor? Und was wollte sie hier?«

»Sie versuchte eine Anwältin zu erreichen, die ihr bei der Auseinandersetzung mit ihrem Vater helfen sollte.«

Die Augen der BKA-Beamtin weiteten sich leicht.

»Kennen Sie den Namen der Frau?«

Lena schüttelte den Kopf. Carmen hatte ihn nie erwähnt.

»In Frau de Palmas Wohnung in Madrid wurde bereits in der Nacht eingebrochen. Könnte es dort Hinweise auf die Anwältin geben?«

»Ja«, erwiderte Lena gepresst. »Carmen hat ein Buch geschrieben über ihren und den Missbrauch anderer. Womöglich hat ihr die Frau auch bei den Recherchen geholfen, ohne namentlich erwähnt zu werden.«

»Könnte es auch Hinweise auf Sie geben?«

Lena schüttelte zögernd den Kopf. »Wir haben uns auf Menorca kennengelernt. Carmen ist von dort aus direkt hierher geflogen.«

Bernadette Graf erhob sich so abrupt, dass Lena überrumpelt ebenfalls aufstand.

»Ich muss über meine Dienststelle einige Dinge abklären. Gibt es hier vielleicht einen Kaffee?«

Lena ging wie betäubt in die Küche, um einen Kaffee aufzusetzen. Dabei gingen ihr immer wieder Bernadette Grafs Worte durch den Kopf. Verbunden mit einer Frage: Hatte sie sich von Carmen täuschen lassen?

»Glauben Sie, sie wurde ermordet?« Bernadette Graf hatte ihr Telefonat beendet. Sie hob ruckartig den Kopf, als Lena bei ihrer Rückkehr ins Zimmer diese Frage stellte.

»Das können wir nicht ausschließen.« Sie zögerte merklich, bevor sie weitersprach.

»Hatte Frau de Palma Gepäck oder eine Handtasche bei sich?«

»Als sie hier war, trug sie eine pinkfarbene Umhängetasche über der Schulter. Dazu einen dieser Trolleys, die als Handgepäck gelten. Schwarz, glaube ich.«

»Hatte Frau de Palma ein Mobiltelefon bei sich?«

»Ja. Sie hat es bei mir aufgeladen.«

»Wir haben keines bei ihr gefunden.«

Lena ging zu ihrem Schreibtisch, hob das Mobiltelefon hoch, das sie auf Menorca benutzt hatte und scrollte sich durch die überschaubaren Einträge.

»Hier«, sie hielt das Display so, dass Bernadette Graf es sehen konnte. »Das ist ihre Nummer.«

»Hat sie auch Ihre?«

»Ja. Aber ausschließlich die von diesem Prepaid-Handy. Über einen anderen Kanal haben wir nie kommuniziert.«

»Gut. Dann werden wir jetzt sofort Frau de Palmas Provider kontaktieren.« Sie hatte sich bereits erhoben, eine Taste ihres eigenen Mobiltelefons gedrückt und bat nun jemanden am anderen Ende, darüber hinaus das Handy zu orten und sämtliche Daten auszuwerten.

»Hat Sie bei Ihnen telefoniert?«

»Nur ein Mal. Mit einem Journalisten, mit dem sie eine Zusammenarbeit plante.«

Die BKA-Beamtin hielt auch diese Information schriftlich fest.

»Sie wissen nicht zufällig, wo Frau de Palma die Nacht verbracht hat? Vielleicht finden wir dort ja noch mehr Hinweise darauf, was sie vorhatte.«

51

Falls Bernadette Graf sich über die Wahl des Hotelzimmers wunderte, ließ sie sich nichts anmerken. Tatsächlich entsprach das Stundenhotel in der Kaiserstraße nicht unbedingt den Vorstellungen, die man gemeinhin von einem solchen Etablissement hat. Rohloff hatte das ehemalige Hotel Garni in den 1990er Jahren gekauft und komplett renoviert. Einfache Zimmer mit Kingsize-Betten, Waschbecken, Paravent, einem Tisch und zwei Stühlen.

Alles war sauber und zweckmäßig und keinesfalls auf Schmuddel-niveau. Lediglich die dunklen Tapeten, die Nachttischleuchten aus rotem Glas und die erotischen Fotografien an den Wänden gaben einen Hinweis darauf, zu welchem Zweck die Zimmer hier in-zwischen vermietet wurden. Die Preise waren wesentlich höher als in den anderen Etablissements, daher zog es auch ein anderes Publikum an. Eines der Zimmer blieb stets unvermietet. Rohloff schlief gelegentlich hier, wenn es ihm nach der Arbeit in einem seiner Clubs zu spät gewesen war, nach Bad Homburg zu fahren. Auch Lena hatte in diesem Zimmer bereits einmal genächtigt.

Sie hatte Rohloff angerufen, um ihn kurz ins Bild zu setzen. Als sie und die BKA-Beamtin am Stundenhotel ankamen, wartete er bereits auf sie in dem hellen, mit roten Teppichen ausgelegten Foyer. Es roch nach Bohnerwachs, Kaffee und Lufterfrischer mit Sandelholzaroma. Die beiden begrüßten sich und Rohloff bat Paul, mit ihnen in das Zimmer zu gehen, in dem Carmen geschlafen hatte. Er selbst blieb im Foyer sitzen, während die beiden Frauen hinter dem Hausdiener die breite Treppe nach oben stiegen. Im dritten Stock blieben sie stehen. Paul schloss die Tür auf, wurde von der BKA-Beamtin aber gleich danach weggeschickt. Auch Lena durfte das Zimmer nicht betreten. Sie sah von der Tür aus zu, wie Bernadette Graf sich einen Überblick verschaffte. Viel zu sehen gab es nicht. Das Bett war gemacht, Carmens Reisetasche stand fertig gepackt am Boden, persönliche Gegenstände befanden sich weder am Waschbecken noch anderswo. Leider fand sich auch hier kein Hinweis auf den Namen der Anwältin. Ob sie es war, die Carmen verraten hatte? Oder hatte man ihr Handy geortet? Doch je mehr sie sich den Kopf darüber zerbrach, desto verwirrender wurde alles.

Sie versiegelte den Raum und schärfte Paul ein, niemanden hin-einzulassen, bevor das Zimmer gründlich durchgecheckt worden war.

Dann schritten sie über die breite, mit einem dunkelroten Teppich ausgelegte Treppe wieder ins Erdgeschoss hinunter. Rohloff blickte ihnen mit unbewegter Miene entgegen. Doch Lena bemerkte, dass er ganz leicht den Daumen seiner Linken gegen den Zeigefinger rieb. Ein Zeichen von Nervosität. Er erhob sich, als er die beiden Frauen auf sich zukommen sah.

»Es ist unmöglich, dass jemand sie hier ausfindig machen konnte«, sagte er. »Selbst wenn ihre Verfolger sämtliche Hotels in Frankfurt abtelefoniert haben, hierauf kommt niemand.«

Lena nickte, noch immer benommen.

»Sie muss sich durch irgendetwas verraten haben. Haben Sie wirklich keine Idee davon, was es gewesen sein könnte?«, fragte Bernadette Graf.

»Deliah hat sie angerufen«, hörte Lena sich schließlich sagen. »Das hätte ich fast vergessen. Carmen hat ihr wohl gesagt, wo sie ist und was sie in Frankfurt vorhat.«

Bernadette Graf nahm diese neue Information äußerlich ungerührt zur Kenntnis.

Gerds Miene war nachdenklich geworden.

52

Lena hockte in Rohloffs Küche auf einem Stuhl, den Kopf auf ihr angezogenes Knie gelegt und sah ihrem Geliebten bei der Zubereitung des Abendessens zu. Sie trug ein viel zu weites T-Shirt, das ihr über eine Schulter gerutscht war und beobachtete, wie Gerd Paprika, Tomaten, Gurken und Lollo Rosso kleinschnitt. Die Möblierung war ein Traum aus raumhohen, umlaufenden Küchenschränken in Sandfarben, schwarzem Marmor, gebürstetem Stahl und matten, eierschalfarbenen Fliesen. Der Raum war annähernd so groß wie Lenas gesamte Wohnung. Rohloff stand an der geräumigen Arbeitsplatte der Kochinsel und schien ganz in seiner Aufgabe aufzugehen.

Es war Lenas erster Besuch in seinem Haus. Bisher hatte sie lediglich eine vage Vorstellung davon gehabt, wie er lebte. Schon beim Betreten des Grundstücks, das Haus stand frei und war rundum von einem gepflegten Garten umgeben, fand sie ihre Annahme bestätigt, dass ihr Geliebter Wert auf eine unaufdringliche Eleganz legte. Im Gegensatz zu den meisten anderen Rotlichtgrößen, die mit protzigen Autos, dicken Goldketten und teuren Uhren angaben, hatte sie ihn nie anders erlebt als zurückhaltend, was die Zurschaustellung von Reichtum betraf. Den hatte er zweifellos mit seinen Clubs erwirtschaftet. Noch immer konnte sie es kaum glauben, dass er sich von all dem getrennt hatte. Weil er, wie er sagte, über sein Leben nachgedacht und sich für eine Veränderung entschieden hatte.

»Beruflich habe ich schon lange erreicht, was ich wollte. Materiell geht es mir gut. Die Zeit, die mir noch bleibt, will ich anderen Dingen widmen.«

Sie wusste, dass er keine Kinder hatte. Über andere Verwandtschaften hatte er nie gesprochen.

Hier nun erwarteten sie Räume, deren geschmackvolle Einrichtung ganz auf die Kunstwerke ausgerichtet war, die an den Wänden hingen oder die Plastiken, die in einigen der Zimmer standen.

Das war nicht verwunderlich, hatte seine verstorbene Frau doch eine Kunstgalerie in Frankfurt besessen. Auch sonst erinnerte noch vieles an sie. Die Planung des Gartens, die Abstimmung der Farben im Haus, ein Teil der CD-Sammlung. Ohne ihn zu fragen, war sich Lena sicher, dass Gerd niemals Sarah MacLachlan, Adele oder Buddha Bar hörte.

Trotz alledem hatte sie sich keinen Moment lang unbehaglich oder wie ein Eindringling gefühlt. Ganz im Gegenteil. Gerd hatte seine Frau sehr geliebt und es gab keinen Grund, sämtliche Erinnerungen an sie aus seinem Leben zu streichen. Nun liebte er Lena und es gab keinen Grund für ihn, nicht sein gesamtes Leben mit ihr zu teilen.

Denn genau das waren seine Worte gewesen. Dass er sein Leben von nun an mit ihr teilen wolle. »Du musst nicht gleich Panik bekommen, dass ich zusammenziehen möchte oder dir von Stunde an nicht mehr von der Pelle rücke«, hatte er auf der Fahrt von Offenbach nach Bad Homburg beruhigend nachgeschoben. Sie schwieg. Es war momentan schwierig, die Gedanken zu sortieren.

Sie waren nach dem Termin in Frankfurt noch einmal zu ihr nach Hause gefahren, um ein paar Sachen zu packen.

»Niemand weiß, ob diese Carmen nicht doch ausgeplaudert hat, dass sie immer noch mit dir in Verbindung steht. Es ist besser, du kommst mit zu mir«, war Rohloffs Meinung. Sie war sofort überzeugt gewesen. Jetzt kam zu der unsäglichen Geschichte mit dem kleinen Toby noch die Angst vor einer Gruppe unberechenbarer Pädophiler.

Hier nun, in dem Bungalow in einem der besten Viertel des an guten Vierteln nicht armen Bad Homburg fühlte sie sich überraschenderweise geborgen. Durch das Küchenfenster blickte man auf den Vorgarten, in dem auf einem mit blühenden Sommerblumen gesprenkelten Rasen ein Ginkgobaum stand. Sinnbild für ein langes, gesundes Leben. Man sagte, die einzige Pflanze, die nach dem Bombenangriff auf Hiroshima überlebt hatte, war ein solcher Baum.

Gegenüber dem Fenster war eine Wand herausgenommen worden, man blickte auf eine Essgruppe, die locker für ein Dutzend Menschen Platz bot. Dahinter führten zwei Stufen über die gesamte Länge des Hauses in den Wohnbereich. Bodentiefe Fenster ließen den Blick über eine überdachte Terrasse und in den hinteren Garten frei, der von einer hohen Hecke umstanden war. Hier bildete ein kleiner, runder Springbrunnen aus porösem Stein den Mittelpunkt. Überall, wie hingetupft, waren blühende Sträucher und Pflanzeninseln angelegt. Lediglich ein Hochbeet schien vergessen. Sie konnte sich denken, dass Gerd einfach nicht der Mann war, der Radieschen oder Zucchini anpflanzte.

Er hatte sie durchs Haus geführt, ihr alles gezeigt. Sein Arbeitszimmer, dunkles Leder, dunkles Holz, verglaste Bücherschränke. Die Gästetoilette. Das Gästezimmer. Das Badezimmer – hell und luftig, ein Traum von einer Wanne und eine Regenfalldusche. Das Schlafzimmer. Es war das einzige Mal, dass er kurz gezögert hatte. Sie liebte den Raum sofort, nicht nur, weil sie spürte, dass es hier keine Vergangenheit gab. Die Gemälde an der Wand passten zu den apricotfarbenen Wänden und Vorhängen. Darin lediglich ein Doppelbett und zwei Nachttischchen. Alles andere – Einbauschränke, Kommoden, Spiegel – befand sich in einem angrenzenden Zimmer, dessen Schiebetür jetzt weit offen stand.

»Das einzige Zimmer, das ich neu eingerichtet habe«, teilte er ihr mit.

Sie hatten danach im Garten gesessen und geredet, Kaffee getrunken, nun saß Lena mit feuchtem Haar in der Küche und sah ihm zu, wie er das Essen für sie zubereitete. Mit dem Salat war er fertig. Geschickt schnitt er jetzt Gemüse, verquirlte etwas mit Ei für die Vorspeise und schlug mit dem Schneebesen eine Vinaigrette.

»Gemüsemuffins als Vorspeise, Steak und Salat als Hauptgang, einen schönen Rosé dazu und wenn wir danach noch hungrig sein sollten, gibt's eine Mousse au Chocolat, die allerdings nicht selbst gemacht.«

Lena hatte mehr Appetit auf ihn als auf das Essen, aber sie saß ruhig da, sah ihm zu und stellte wieder einmal fest, wie entspannt sie sich in seiner Gegenwart fühlte. War das ein Leben, das sie führen konnte?

Im Moment jedenfalls fühlt es sich nicht schlecht an.

53

Barbara Treutle hob den Kopf. Über die Halbgardinen der Küche hinweg konnte sie direkt in den Garten blicken, wo die Kinder spielten. Ihr wurde warm ums Herz, als sie sah, wie gut die beiden sich verstanden.

Wie Geschwister.

Kein Mensch käme, würde er die beiden sehen, auf die Idee, dass sie beide aus sozial auffälligen Familien stammten. Max, den Jungen, hatten sie bereits vor einigen Jahren adoptiert. Das Mädchen war noch nicht so lange bei ihnen. Doch jetzt schon konnte sich Barbara Treutle ein Leben ohne die Kleine nicht mehr vorstellen. Sie zog den Stöpsel aus dem Abfluss der Spüle und lauschte dem Gluckern des ablaufenden Wassers.

Der Hund bellte, als eines der Kinder seinen Ball warf. Sie wandte sich ab, um das fertig gespülte Frühstücksgeschirr in den Schrank zu räumen. Der Junge kam durch die Hintertür. Er hatte sich die Hand aufgeschürft und hielt sie ihr mit verlegenem Blick hin. Er spürte keinen Schmerz wie andere Kinder, aber sie hatte ihm beigebracht, mit solchen Wunden sofort zu ihr zu kommen.

»Hast du wieder getobt?«, frage sie und wuschelte ihm liebevoll durchs Haar. Er nickte und grinste breit. Sie ging mit ihm ins Badezimmer, wo sie die Wunde säuberte und zwei Pflaster draufklebte.

»Kriege ich ein Eis?«, fragte er, auf dem geschlossenen Klodeckel sitzend und mit den Beinen schlenkernd.

»Nur du?«

Er hob die Finger und deutete eine Zwei an.

»Gehen wir mal in den Keller und schauen nach, was in der Tiefkühltruhe so ist?«, meinte sie fröhlich. Sofort versteifte sich das Kind vor ihr und sie hätte sich am liebsten auf die Lippen gebissen. Sie fing sich schnell. »Oder besser noch, du sagst mir, was ihr beide haben möchtet, und ich hole es.«

Wenig später lief der Junge mit zwei Eis am Stiel wieder in den Garten hinaus. Barbara Treutle hatte derweil begonnen, im Raum neben der Küche die Waschmaschine auszuräumen. Aus diesem Grund hörte sie zunächst nur mit halbem Ohr, wie der Junge nach seiner Schwester rief. Als sie das Klappen der Tür hörte, erhob sie sich.

»Samantha ist nicht da«, informierte er sie. Das Eis tropfte bereits und sie beeilte sich, es ihm aus der Hand zu nehmen und auf einen Teller zu legen.

»Vielleicht ist sie reingekommen, als ich die Wäsche gemacht habe.«

Sie rief nach Samantha. Aus dem Haus kam keine Antwort. Noch nicht beunruhigt, stieg die Adoptivmutter der beiden die Treppe ins Obergeschoss des Hauses. Im Bad war niemand. Samanthas Zimmer war leer, das des Jungen ebenso. Verdutzt ging sie weiter ins Elternschlafzimmer, doch auch dort war das Mädchen nicht.

Schnell lief sie wieder hinunter und schaute in jedem der Räume nach. Doch Wohnzimmer, Esszimmer, Küche und die Toilette waren leer. Am Schluss ging sie noch einmal in den Keller. Keine Samantha. Max hatte sich nicht vom Fleck gerührt. Wäre das Mädchen in der Zwischenzeit wieder nach draußen gelaufen, hätte er es gesehen. Jetzt gingen sie zu zweit in den Garten.

»Wo ist der Hund?«, fragte sie tonlos. War er weggelaufen und Samantha ihm hinterher? Das Haus stand in einer reinen Wohngegend, es gab wenig Durchgangsverkehr. Dennoch – die Kinder wussten, dass sie das Grundstück nicht verlassen durften.

Ein leises Jaulen ließ Mutter und Sohn zusammenzucken.

Beide erreichten gleichzeitig die Stelle, von der es kam. Links und rechts neben dem niedrigen, grün gestrichenen Gartentor stand je ein dichter Strauch, hinter dem die akkurat geschnittene

Hecke lief, die das Grundstück umrandete. Das Winseln kam von dort. Doch der Hund lag nicht unter einem Strauch, sondern außerhalb des Grundstücks, auf dem Bürgersteig. Jemand musste das Gartentor geöffnet haben, sonst wäre er nicht hinausgelangt. Das Tier versuchte, auf die Beine zu kommen, doch die schienen kraftlos zu sein. Es wirkte, als sei es betäubt worden.

In diesem Moment wurde es der Frau kalt ums Herz.

»Samantha«, rief sie. Dann, mit immer lauter werdender Stimme »Samantha! Samantha!«

Sie lief den Bürgersteig auf und ab, fragte die Nachbarin, die aufgeschreckt aus dem Haus kam. Nein, auch sie hatte das Mädchen nicht gesehen. War sie weggelaufen? Unmöglich. Oder undenkbar?

Nein, etwas sagte der inzwischen sehr beunruhigten Frau, dass Samantha das Grundstück nicht aus freien Stücken verlassen hatte. Sie lief zurück ins Haus, um die 110 zu wählen. Doch noch bevor sie eine Verbindung hatte, klingelte es an der Tür. Sie legte auf und rannte hin, in der irrigen Annahme, Samantha käme zurück. Draußen stand ein Bote, der ihr einen DIN A4-Umschlag überreichte. »Bitte sofort öffnen«, stand in großen, roten Buchstaben darauf. Doch erst, als sie den Absender sah, *Samantha Treutle,* schienen Frau Treutles Beine unter ihr nachzugeben.

»Hallo Sie«, krächzte sie noch. »Wer hat Ihnen das gegeben?« Doch der Mann war bereits verschwunden, das sich entfernende Geräusch eines Lieferwagens war alles, was ihr antwortete.

»Kommt Samantha zurück?« Der Junge stand auf einmal direkt hinter ihr. Er sah ängstlich drein.

»Ja, mein Schatz. Sie kommt bald wieder. Aber jetzt muss ich erst einmal den Brief lesen.« Sie schickte ihn hinauf in sein Zimmer. Erst, als sie das Schließen der Tür vernahm, ging sie in die Küche und riss mit zitternden Fingern den Umschlag auf.

Im Dezernat der Ersten Kreisbeigeordneten wurde seit Dienstbeginn fast nur noch geflüstert. Jeder, der die Tageszeitung gelesen hatte, wusste, dass die Chefin an diesem Tag nicht gut gelaunt sein würde.

»Anschuldigungen gegen Lena B. nicht haltbar?«, fragte man da in der aktuellen Ausgabe von *Brandheiß* scheinheilig. Als hätte irgendjemand anderes diese kaum verschleierten Anschuldigungen erhoben, und nicht das Blatt selbst.

»Was lief im Jugendamt schief?«, wurde gleich darauf gefragt. Gefolgt von einem ausführlichen Bericht darüber, dass es vor einem knappen Jahr Umstrukturierungen gegeben hatte. In deren Folge wiederum einige Mitarbeiter versetzt wurden. Ganz offen wurde danach darüber spekuliert, ob es dabei Versäumnisse bei der Neuverteilung der Fälle gegeben hatte. Verständlich, dass Marianne Maibaum nach der Lektüre dieses Artikels der Tag verdorben war.

»Hat sie das gemacht? Hat diese Borowski mit der Presse gesprochen?«, schnaubte sie, kaum dass sie an diesem Morgen durch die Tür gekommen war.

Ihre Referentin hatte so etwas bereits erwartet. »Auszuschließen ist es nicht. Immerhin hat man ganz schön auf ihr rumgetrampelt.«

»Oder hat mir das der Söder eingebrockt?« Die Dezernentin knurrte regelrecht vor Ärger.

Carola Bergmann hätte etwas darum gegeben, diese Frage beantworten zu können. Wenn sich Presse und Öffentlichkeit jetzt auf das Jugendamt einschossen, käme das für ihren Partner Patrick Mielke ungelegen.

»Na ja, nachdem wir diesen Märkle endlich los sind, werden wir frischen Wind in dieses Amt bringen.« Die Maibaum lief an ihrer Sekretärin und Carola Bergmann vorbei in ihr Büro. Hanna Stern zog die Brauen nach oben und blickte unschlüssig hinter ihrer Chefin her. Dann beugte sie sich zu Carola. »Sie will die Amtsleiterposition noch vor der Wahl neu besetzen. Nichts aufschieben in diesem sensiblen Bereich, hat sie gesagt.«

Carola schaute erstaunt. Patrick hatte ihr nichts davon gesagt, dass er den Job schon viel früher übernehmen würde, als geplant.

»Ach ja? Hat sie mir noch gar nicht mitgeteilt«, murmelte sie. Aber umso besser.

Doch Hanna Stern wusste noch mehr. »Sie will eine Frau.«

Carola war es, als habe man sie mit Eiswasser übergossen. »Doch nicht diese Sieglinde Brohm?«

Diese Opportunistin.

»Jemand von außerhalb. Sie sagt, dem Filz hier sei nicht zu trauen.«

Gleich darauf verschwand sie im Büro ihrer Chefin, die sie mit lauter Stimme herbeizitiert hatte.

Carola Bergmann indessen ging mit versteinerter Miene in ihr eigenes Büro auf der gegenüberliegenden Seite des Ganges hinüber. Sie schloss die Tür und ließ sich auf ihren Stuhl fallen.

Patrick war draußen. Wenn er jetzt eine neue Chefin vor die Nase gesetzt bekam, jemanden, der sich einzig und alleine dadurch auszeichnete, dass es eine Person war, die die Maibaum persönlich ausgewählt hatte, wäre es vorbei mit seinen eigenen Ambitionen.

Warum hatte die Dezernentin ihr, der engsten Mitarbeiterin, nichts davon gesagt? Sie wusste doch, dass sie mit Patrick befreundet war.

Vielleicht war aber gerade das das Problem. Die Maibaum wollte jemanden von außerhalb, weil es ihr nicht gefiel, wenn sich Mitarbeiter auch privat nahe standen. Gleichzeitig nach außen hin dastehen wie die personifizierte Verfechterin der Frauenquote, mit der sie so vehement in den Wahlkampf gezogen war, und somit als Erneuerin gelten. Egal, ob das jetzt alles sinnvoll war oder nicht.

Es war nicht das erste Mal, dass sie sich von ihrer Vorgesetzten vor den Kopf gestoßen fühlte. Auch nicht das erste Mal, dass sich in ihr Widerstand regte. Aber das erste Mal, dass Carola Bergmann sich vornahm, diese Behandlung nicht kommentarlos zu schlucken.

Sie hatte angenehm ruhig geschlafen. Im Gegensatz zu Offenbach, das nicht nur durch den permanenten Fluglärm ein wesentlich höheres Grundrauschen besaß, war Bad Homburg ein fast zu ruhiges Pflaster. Es schien, als atme man hier eine andere Luft. Champagnerluft, hieß es manchmal. Kein Wunder, bei der Dichte an Millionären, dachte Lena. Amüsiert nahm sie zur Kenntnis, dass sie gerade mit einem davon die Nacht verbracht hatte. Gerd, der sehr früh und von ihr unbemerkt aufgestanden war, hatte ihr einen Kaffee und die Tageszeitung ans Bett gebracht.

»Ich dachte, du freust dich über die aktuellen Schlagzeilen.«

Erstaunt stellte sie fest, dass ausgerechnet der Journalist, der sie die ganze Zeit mit Schmutz beworfen hatte, einen Artikel geschrieben hatte, der sie beinahe schon in Schutz nahm. Die Überschrift lautete: »Sozialarbeiterin rehabilitiert?« Im anschließenden Artikel stand dann haargenau, was geschehen war. Angefangen von Lenas Versetzung und dem Umstand, dass zu diesem Zeitpunkt für die betreuende Sozialarbeiterin kein Hinweis vorlag, dem Jungen könne es schlecht gehen. Lena B. habe, so der Tenor, Familie K. in einigermaßen geordneten Verhältnissen zurückgelassen.

»Der Schreiber geht sogar noch einen Schritt weiter und stellt die Abläufe im Jugendamt nach deiner Versetzung infrage.«

»Die Maibaum wird toben«, murmelte sie, während sie ihren Kaffee trank. Sie grinste.

»Wir nehmen den Termin beim Anwalt trotzdem wahr«, beschied ihr Gerd. Er war bereits angezogen, wie üblich trug er eine Anzughose und ein Hemd, das Jackett hing noch über dem Butler hinter ihr. Er hatte sich ans Fußende des Bettes gesetzt, um ihre nackten Waden zu streicheln.

»*Wir?*« Lena hob die Brauen.

»Ich fahre dich. Solange dieser Vater von Carmen nicht hinter Gittern ist, lasse ich dich nicht aus den Augen.«

Sie brummte etwas. Natürlich war es besser, wenn er fuhr. Ihr Golf stand vor dem Haus in Offenbach und der Termin war bereits für etwas über eine Stunde später angesetzt.

»Okay«, sagte sie und ließ sich die leere Kaffeetasse abnehmen, um ins Bad zu gehen.

Eine halbe Stunde später war sie abfahrtbereit. Doch genau in dem Moment, in dem sie nach ihrer Tasche griff, klingelte Lenas Telefon.

Hoffentlich nicht schon wieder Journalisten.

Doch die Nummer, die auf dem Sichtfeld erschien, sagte ihr zunächst nichts. Sie meldete sich zurückhaltend. »Hallo?«

»Frau Borowski?« Eine Frauenstimme, leicht angehoben. Ängstlich.

»Es ist wegen der Samantha«, fuhr die Anruferin mit schwäbischem Dialekt fort und sofort wusste Lena, mit wem sie sprach. Frau Treutle. Die Familie im Kraichgau hatte Samantha adoptiert. Warum war die Frau so nervös?

»Was ist mit Samantha? Geht es ihr gut?«

Jetzt sprudelte die Frau am anderen Ende regelrecht über. Und mit jedem Wort, das sie sagte, wurde es Lena kälter und kälter.

»Ich brauche einen Moment.« Sie flüsterte fast. »Ich melde mich gleich wieder.« Die Hand mit dem Hörer sank nach unten. Sie stand da, wie eingefroren.

»Was ist los?« Gerd stand hinter ihr, eine Hand auf ihre Schulter gelegt.

Lena blieb stumm. In ihrem Kopf überschlugen sich die Gedanken. Dann wurde ihr übel. Sie rannte ins Badezimmer und übergab sich. So lange, bis ihr Magen nichts mehr hergab als nur grüne, bittere Galle. Sie erhob sich, zog die Spülung, spritzte sich kaltes Wasser ins Gesicht und spülte sich den Mund. Dann fing sie an zu weinen.

56

»Ein Ohr?«

»Ein Stück von einem Ohr. Eindeutig von einem Kind.«

Sie sprach wie ein Automat. Sie hatte in einen Modus geschaltet, der keine Emotionen zuließ. Sonst hätte sie das, was sie fühlte, einfach fortgespült. Ein Kurier hatte kurz nach Samanthas Verschwinden auch noch ein anonym aufgegebenes Päckchen abgegeben, dessen Inhalt bei Frau Treutle zu einem Nervenzusammenbruch geführt hatte. Nach einem Telefonat mit ihrem Mann konnte Lena das Gefühl nicht abschütteln, dass ihr die Familie in irgendeiner Form die Mitschuld an dem gab, was geschehen war. Keine Polizei. Unter keinen Umständen. Das Mädchen würde sterben, wenn die Familie oder Lena auch nur daran dachten. Die beiden Nachrichten, die die Treutles kurz hintereinander erhalten hatten, sprach eine eindeutige Sprache. Das Kind war sicher, solange die Erwachsenen keine Dummheiten machten.

Sie wäre am liebsten hingefahren. Hätte jeden Zentimeter des Gartens selbst noch einmal abgesucht. Die Umgebung, die ganze Kleinstadt. Die Vorstellung, dass Samantha aus der Ruhe und Sicherheit ihrer neuen Familie gerissen worden war, brachte sie schier um den Verstand. Noch dazu, da sie wusste, was diese Entführer für Menschen waren.

»Die vergreifen sich nicht an fremden Kindern. Die haben ihre eigenen«, hatte Carmen ihr einmal erklärt. In der Gemeinschaft sei ein fremdes Kind vor Übergriffen sicher. Aus diesem Grund gerieten sie nicht in den Fokus von Strafverfolgungsbehörden. Doch traf das auch im Fall von Samantha zu? Nichts davon nützte Lena. Sie fühlte sich, als habe man ihr das Herz herausgerissen.

Der Umstand, dass die Unbekannten angekündigt hatten, sich bei ihr melden zu wollen, trieb sie zurück nach Offenbach. Obwohl Gerd in hohem Tempo über die A661 fuhr, hätte sie ihn am liebsten noch angetrieben.

Zu Hause angekommen sprang sie aus dem Jaguar, noch bevor er zum Stehen gekommen war und rannte ins Haus. Mit fliegenden Fingern öffnete sie den Briefkasten, ein paar Umschläge flatterten ihr entgegen. Alles Werbung, eine Rechnung, eine Postkarte von einer entfernten Bekannten. Nichts von den Entführern.

Gerd war hinter ihr in den Flur getreten und begleitete sie schweigend in den dritten Stock hinauf.

»Warum haben sie Samantha entführt?«, stellte er, dort angekommen, die einzig richtige Frage. »Warum haben sie nicht dich direkt kontaktiert?«

Lena hatte Mühe, nachzudenken. Sie schüttelte den Kopf. »Sag du es mir«, bat sie. »Ich verstehe das alles nicht mehr.«

Auf der Herfahrt hatte sie Gerd die ganze Geschichte noch einmal erzählt.

»Samantha ist sechs Jahre alt. Ich habe vor einiger Zeit dafür gesorgt, dass sie in eine liebevolle Familie adoptiert wird.« Sie schluckte schwer, auf einmal schien sich ihre Zunge so verdickt zu haben, dass sie kaum noch sprechen konnte. »Die Mutter hatte sich nie um ihre Tochter gekümmert, sie hatte keinerlei Bindung an das Kind. Es war ein Deal, den sie nur zu gerne angenommen hat. Ihre Tochter zur Adoption freigeben, dafür von Seiten der Sozialverwaltung keine Schwierigkeiten für einen von ihr begangenen Betrug. Abgestimmt von mir mit der Politik in Person der Ersten Kreisbeigeordneten und Sozialdezernentin.« Dass die Politikerin dem Handel so schnell zugestimmt hatte, war allerdings noch der Tatsache zu verdanken, dass Lena ein Druckmittel gegen die ehrgeizige Politikerin in der Hand hatte. Weil sie etwas über deren Ehemann, Hartmut Maibaum, und seine sexuellen Präferenzen wusste. Ein Thema, das ganz sicher nicht geeignet war, in der Öffentlichkeit breitgetreten zu werden. Diese Informationen hatte Gerd ihr besorgt, so hatten sie sich kennengelernt.

»Die Adoptiveltern haben angerufen. Samantha ist aus dem Garten – AUS DEM GARTEN! – der Familie heraus gekidnappt worden. Sie haben einen Brief bekommen, in dem steht ...« In diesem Moment piepste Lenas Handy, und sie ging sofort ran. Jetzt konnte sie selbst lesen, was die Entführer geschrieben hatten. Frau Treutle hatte das Dokument abfotografiert und ihr geschickt.

»Keine Polizei, sonst ist das Kind tot. Lena Borowski wird Anweisungen erhalten, was zu tun ist. Kooperieren Sie, wird dem Mädchen nichts geschehen. Schalten Sie oder Frau Borowski die Polizei ein, werden wir Ihnen das Kind scheibchenweise zurückschicken. Halten Sie die Füße still, dann ist sie bald wieder bei Ihnen. Schicken Sie diese Nachricht sofort an Frau Borowski. Sie soll empfangsbereit bleiben. Wir melden uns bei ihr. Kein Wort zu niemandem, sonst stirbt Ihre Kleine.«

»Haben sie die Polizei eingeschaltet?«

»Sie« sagen, nein. Sie haben keine Ahnung, worum es geht. Es gibt ja keine Lösegeldforderung. Lediglich die Anweisung, mit mir Kontakt aufzunehmen.«

In ihrer Wohnung angekommen, rannte sie sofort zum Festnetzanschluss. Kein Anruf von den Entführern. Ihr eigenes Handy blieb stumm. Blieb nur noch das Prepaid-Handy. Kein Anruf. Sie atmete auf. Auf keinen Fall sollte bei den Entführern der Eindruck entstehen, sie würde Zeit schinden wollen.

Eine Stunde später traf die angekündigte Nachricht ein. Eine SMS, Absender unbekannt.

»Sie und diese Schlampe de Palma hätten ihre Nasen nicht in fremde Angelegenheiten stecken sollen. Halten Sie den Mund, dann kommt das Mädchen ungeschoren davon. Vorausgesetzt, Sie vergessen die ganze Sache für immer, sonst kommen wir wieder. Antworten Sie innerhalb von zehn Minuten.« Es folgten eine Mobilfunknummer und ein Code. Lenas Hände zitterten so sehr, dass ihr das Handy fast aus der Hand fiel.

»Wie kommen die darauf, dass ich etwas weiß?« In Lenas Kopf ratterten die Gedanken. »Sie können unmöglich wissen, dass wir den Müll aus dem Hotel mitgenommen haben.«

»Sie haben dich auf dem Handy kontaktiert, das du auf Menorca dabei hattest. Damit hast du doch diese Nummer angerufen.«

»Na und? Ich könnte mich verwählt haben. Ich könnte ein Interessent sein, der es sich im letzten Moment anders überlegt hat. Es gibt keinen direkten Zusammenhang zwischen meinem Anruf bei dieser stillen Mailbox und den Informationen, an die Carmen gelangt ist. Von der sie glauben, dass auch ich sie kenne.« Lena war aufgesprungen und lief wie ein Tiger im Käfig hin und her.

»Was weißt du darüber?«

Lena schüttelte sich. »Es geht um Kindemissbrauch innerhalb eines geschlossenen Zirkels. Dennoch glaube ich, dass das BKA gute Chancen hätte, den einen oder anderen Täter zu erwischen.«

»Sie wissen, dass sie dir gegenüber mit Samantha einen starken Hebel ansetzen können. Sie kennen die Nummer des Mobiltelefons, das du auf Menorca genutzt hast. Aber sie wissen offenbar nicht, wo du wohnst«, führte Gerd seine Überlegungen fort. »Hast du dafür eine Erklärung?«

Lena zwang sich dazu, sich auf das zu konzentrieren, was er sagte.

»Ich stehe nicht im Telefonbuch. Mein Name kann über eine Suche im Netz nur mit meinem Arbeitgeber in Verbindung gebracht werden, aber nicht mit einer privaten Adresse oder Telefonnummer.«

»Wer hatte diese Mobilfunknummer, die die Entführer anrufen?«

»Carmen«, antwortete sie. »Und diejenigen, die ich auf der stillen Mobilbox angerufen habe natürlich auch.«

Seine Miene verfinsterte sich, aber er sagte nichts.

»Wer außer uns beiden weiß von deiner engen Bindung zu Samantha?«

Lena zählte an den Fingern auf. »Nur diejenigen, über die alles lief. Sieglinde Brohm, die Abteilungsleiterin im Jugendamt. Carola Bergmann, die Referentin der Maibaum. Die Maibaum selbst. Samanthas Mutter. Vermutlich auch noch mein jetziger Teamleiter, Norbert Müller. Die Adresse der Adoptiveltern kennen nur die Bergmann, die Maibaum und ich. Aber egal, keinem von denen traue ich zu, mit einer Gruppe Pädophiler gemeinsame Sache zu machen.«

»Vielleicht ging es in erster Linie gar nicht darum.«

»Was meinst du?«, wollte Lena von Rohloff wissen.

»Es könnte doch sein, dass es eher darum geht, dir zu schaden.«

Perplex schwieg sie. »Du meinst ... jemand nimmt in Kauf, mit diesen Schweinen gemeinsame Sache zu machen, um mir an den Karren zu fahren?«

»Denk mal in diese Richtung«, forderte Rohloff sie auf. »Hat man den Freund der toten Frau schon ausfindig gemacht?«

Lena schüttelte den Kopf.

»Was, wenn dieser Freund jemand ist, der dich kennt? Die Sache damals mitbekommen hat?«

Daran hatte Lena überhaupt noch nicht nachgedacht. Doch auch jetzt fiel ihr beim besten Willen niemand ein.

»Überleg mal. Wer von denen würde dir schaden wollen, egal aus welchem Grund.«

»Sieglinde und die Maibaum.«

Es war absurd. Die beiden hatten sich über sie geärgert. Aber keine der beiden Frauen würde auch nur im Traum daran denken, ein Kind zu entführen, um Lena eins auszuwischen.

»Immerhin, die Presse hat sich jetzt in der Angelegenheit des toten Jungen neu positioniert«, gab Rohloff zu bedenken.

Lena schüttelte den Kopf. Absolut undenkbar. Doch das, was Gerd gesagt hatte, ließ ihr trotzdem keine Ruhe.

»Was willst du tun?«

»Natürlich anrufen und ihnen versichern, dass ich praktisch nichts weiß und das Wenige nicht weitergeben werde.«

Jetzt wählte Lena die Nummer mit fliegenden Händen. Am anderen Ende hörte man wieder – nichts. Lena nannte den in der Nachricht angegebenen Code.

Kaum hatte sie aufgelegt, kam auch schon der Rückruf. Eine unpersönliche Stimme, durch einen Verzerrer gejagt.

»Kein Wort zu niemandem, wenn Sie das Kind zurückhaben wollen. Sie vergessen alles. Sonst wird die Kleine niemals sicher sein.«

Ein leises Pling kündigte den Eingang einer Fotonachricht an. Im Glauben, es handele sich um ein Foto von Samantha klickte Lena es sofort an. Das Entsetzen darüber, was sie sah, drückte sie fast zu Boden. Ihre Beine gaben nach und sie fiel auf die Knie.

»Einverstanden!«, schrie sie voller Panik ins Telefon.

»Wann, wo kann ich sie sprechen? Ich brauche ein Lebenszeichen!«

Einen Moment herrschte Stille.

»Wir melden uns«, sagte die Stimme.

Danach wurde aufgelegt.

57

Den Jungen hatte sie seit Tagen nicht mehr gesehen und fragte sich gelegentlich, wie es ihm wohl erging. Sie konnte nicht nach ihm fragen, ohne ihr Schweigen zu brechen. Weil das Schweigen ihre stärkste Waffe war, blieb sie dabei. Die blonde Frau war noch nicht da, sie hatte sich an diesem Tag etwas verspätet. Sie war eine Psychologin, so viel wusste das Mädchen inzwischen aus den

Gesprächen, die es belauscht hatte. Dass sie mit der Polizei zusammenarbeitete. Dass sie sie in Kürze dem Jugendamt übergeben wollte. Noch saß das Mädchen in einem kleinen, sauberen Zimmer auf einer Krankenstation. Sie durfte fernsehen, bekam regelmäßig etwas zu essen und konnte sich endlich einmal ausschlafen.

Jetzt öffnete sich die Tür, die Psychologin trat ein.

»Hallo«, sagte sie und beobachtete das Mädchen, das mit einem Nicken den Gruß erwiderte. »Schade, dass wir nicht herausgefunden haben, wo du herkommst. Der Junge, mit dem du zusammen warst, hat es da besser.«

Das Mädchen spitzte die Ohren. Was meinte die Frau? Doch die ließ sich Zeit mit ihren weiteren Worten. Holte erst einmal ein Notizbuch aus ihrer Tasche. Sie schrieb immer etwas hinein, selbst wenn das Mädchen überhaupt nicht reagierte.

»Sein Vater hat ihn abgeholt.«

Das Mädchen hob ganz langsam den Kopf.

»Er kam extra aus Rumänien. Wusstest du, dass der Kleine von dort war?«

Das Mädchen sagte nichts. Ihr Herz schlug jetzt ganz heftig gegen die Rippen.

»Du müsstest es wissen, denn er sagte uns, dass ihr euch in seiner Muttersprache unterhalten habt.«

Die blonde Frau hatte unvermittelt ebenfalls in diese Sprache gewechselt. Nicht zum ersten Mal, aber noch nie war das Mädchen dabei so erschrocken wie heute.

»Es war gut, dass der Junge uns gesagt hat, in welchem Ort seine Familie lebt.«

Das Mädchen fing unvermittelt an zu zittern. Die blonde Frau ließ das Notizbuch sinken.

»Was ist los mit dir? Ist dir kalt?«

Tatsächlich klapperten ihr die Zähne aufeinander. Der Vater! Unmöglich. Der hatte den Kleinen doch verkauft. Wenn jemand gekommen war, um ihn zu holen, dann im Auftrag von GOTT. Und wenn sie wussten, wo der Kleine war, dann wussten sie auch, wo sie war.

Sie zog die Bettdecke bis zu ihren Schultern. Ihr Blick verfing sich mit dem der blonden Frau. Die wirkte sichtlich irritiert. Noch viel mehr, als das Mädchen plötzlich anfing, zu schreien.

58

Die folgenden Stunden waren die reinste Tortur. Weil Lena Angst hatte, die Entführer könnten die Wohnung beobachten, schlüpfte sie durch die Kellertür in den Hinterhof, wo Gerd in seinem Wagen auf sie wartete. Die ganze Fahrt über bis zu seinem Haus in Bad Homburg blieb sie auf der Hinterbank liegen, eine Decke über sich gezogen, ständig in Sorge, dass das Telefon gerade jetzt läuten könnte. Kaum in Rohloffs Haus angekommen, traf auch das BKA ein. Die Graf brachte einen schweigsamen Techniker mit, der an seinem Laptop klapperte. Als Nächstes setzte er die SIM-Karte von Lenas Menorca-Handy in ein sehr klobig aussehendes Mobiltelefon ein.

»Vorsichtshalber. Da die Entführer aber ausschließlich auf dieser Nummer angerufen haben, werden sie es das nächste Mal auch wieder tun. Wir wollen sie orten. Dazu schicken wir über dieses spezielle Gerät eine Information an das Telefon, das sie benutzen. Es funktioniert ähnlich wie ein Trojaner. Sobald wir die GPS-Daten haben, können unsere Einsatzkräfte vor Ort loslegen.« Anschließend informierte er sie darüber, dass auch alle anderen ihrer Telefonanschlüsse jetzt überwacht würden. Nun warteten sie alle auf den nächsten Anruf der Entführer.

Lena biss nervös auf ihrem Daumen, bis sie Blut schmeckte. Rohloff schien ruhig, aber sie sah seinen angespannten Kiefer und wusste, dass es in ihm brodelte.

Das Foto hatte ein blondes Mädchen gezeigt, vielleicht fünf Jahre alt. Es waren ganz besonders die Augen, die den Betrachter in das hübsche Gesicht hineinzogen: groß und hell mit dunklem Rand. So traurig, dass man es gar nicht begriff. Bis man den Rest des Fotos betrachtete. Das Mädchen hatte keine Arme mehr. Sie waren ihr direkt unter den Achseln amputiert worden.

Lenas Verstand hatte sich geweigert zu begreifen, was ihre Augen sahen. Nie mehr würde sie diesen Anblick vergessen. Sie verstand, was die Anrufer ihr sagen wollten. Das Grauen saß so tief in ihr, dass Gerd ihr nun ohne weiteren Kommentar eine Beruhigungstablette hinhielt. Sie spülte sie mit dem Glas Wasser hinunter, das er in der anderen Hand gehalten hatte.

»Warum machen die sowas?« Sie konnte kaum sprechen.

Gerd antwortete nicht. Was hätte er auch sagen sollen? Dass es in dieser Welt sehr viele Perverse gab und gleichzeitig, wenn die Kasse stimmte, immer jemanden, der bereit war, diese Perversionen zu bedienen?

Bernadette Grafs Stimme war nicht mehr als ein Murmeln. Sie war zum Telefonieren ohne große Umstände in Rohloffs Arbeitszimmer gegangen, hatte nachdrücklich die Tür hinter sich geschlossen und sprach nun schon seit einer geschlagenen Viertelstunde mit ihrem Kollegen in Wiesbaden. Gerd hatte es hingenommen, sie konnte ihn durch die Verglasung im Garten stehen sehen, wo er bedächtig eine Zigarette rauchte. Sie war in dem sinnlosen Unterfangen, sich irgendwie abzulenken in die Küche gegangen, wo sie in den Küchenschränken eine Glaskanne, einen Porzellanfilter, Filtertüten und gemahlenen Kaffee gefunden hatte. Jetzt gluckerte das heiße Wasser durch das dunkle Kaffeemehl. Währenddessen stellte sie Untertassen, Tassen, Löffel, Zucker und ein paar Döschen Kondensmilch auf den großen Esstisch. Sie versuchte zu lauschen, aber die Graf sprach zu leise. Dann, der Kaffee war schon längst durchgelaufen und Lena hatte eine der Herdplatten eingeschaltet und die Kanne darauf gestellt, damit er nicht kalt wurde, kam die Beamtin zurück. Sie fuhr sich kurz mit der flachen Hand über das kurz geschnittene Haar, bevor sie neben Lena Platz nahm. An ihrer gerunzelten Stirn war zu erkennen, dass ihr ein paar Dinge im Kopf herumgingen. Stumm goss Lena ihnen beiden Kaffee ein. Stumm rührte die BKA-Frau zwei Löffel Zucker hinein, trank und stellte die Tasse wieder ab.

»Folgendes. Wir haben jemanden, der bei Familie Treutle bleibt. Allerdings ist die Familie nicht glücklich darüber. Sie sind der Meinung, dass es ein Fehler von Ihnen war, uns einzuschalten.«

Lena sagte nichts dazu, sie hatte befürchtet, dass die Familie sich an die Vorgaben der Entführer halten wollte und sie daher vorab nicht über ihre Schritte informiert.

»Ich habe darüber hinaus sämtliche Unterlagen, die Sie mir zur Verfügung gestellt haben, an meine Kollegen geschickt«, fuhr Bernadette Graf fort. »Dabei gab es eine seltsame Übereinstimmung mit einem anderen Fall. Die Mobilfunknummer, die Sie angerufen haben, wurde von dort ebenfalls erfasst.«

Lena beugte sich leicht nach vorne. »Worum geht es da?«

Bernadette Graf zögerte, bevor sie weitersprach. »Man hat in Süddeutschland zwei Kinder aus Osteuropa aufgegriffen. Eines der Kinder, ein Mädchen, trug eine Telefonnummer bei sich. Wir ordnen sie einem Netz von ... Kinderschändern zu. Leider spricht das Mädchen nicht mit uns und die Nummer wurde inzwischen abgeschaltet.«

Lena war das kurze Zögern der BKA-Frau vor dem Wort *Kinderschänder* aufgefallen. Es war, als habe sich dabei ein dunkler Schatten über ihre Züge gelegt. Plötzlich erfasste sie eine kalte Angst. Als stünde hinter all dem, was sie bereits wusste, noch etwas Unbekanntes. Etwas Grausameres, Schlimmeres.

»Ferner haben meine Kollegen die E-Mail-Adresse der Mail geprüft, die aus dem Müll des Hotels stammt. Offensichtlich hielten Sie beide den Schlüssel schon in der Hand.«

»Sie meinen, den zerrissenen Zettel? Wir haben natürlich versucht, mit der Kombination in das E-Mail-Fach zu gelangen. Leider vergeblich.«

»Weil durch den Riss im Papier ein Buchstabe oder eine Ziffer fehlt. Unsere Experten haben das Problem gelöst und sind in den Account eingedrungen. Da die Gemeinschaft keine Ahnung davon hat, dass diese sensiblen Daten sich in unseren Händen befinden, tauschen sie sich dort immer noch rege aus. Wie es aussieht, wissen die nichts über unseren Informanten und haben keine Ahnung, dass Sie und Frau de Palma im Hotel eingebrochen sind. Momentan wird ein neuer Treffpunkt gesucht. Das Gute daran ist, dass wir mitlesen können.«

»Wissen die von Samantha? Wissen Sie, wo sie ist?«

»Das weiß ich noch nicht. Das müssen sich unsere Leute erst einmal in Ruhe ansehen. Mit Ihnen darüber sprechen darf ich natürlich nicht. Es sei denn, ich habe zu etwas, das wir in diesem Zusammenhang herausfinden, eine Frage an Sie.«

»Werden Sie Samantha befreien?«

»Wir werden unser Möglichstes tun. Aber wir beide sind noch nicht fertig.«

»Okay. Was noch?«

Die Beamtin überlegte kurz, bevor sie weitersprach. »Wie oft haben Sie mit ihnen gesprochen? Genauer: Wie gut kennen die Ihre Stimme?«

»Es war nur dieser eine Anruf.«

»Könnte es sein, dass Sie beide auf Menorca beschattet wurden? Haben Sie etwas bemerkt?« Nach kurzem Nachdenken verneinte Lena.

»Abgesehen davon, dass man Sie beide zusammen bei Ihrer Bootsfahrt vor dem Privatstrand des Hotels gesehen hat, gibt es eine Möglichkeit, Sie beide in Verbindung zu bringen?«

Lena dachte an den Autofahrer.

»Jemand fuhr an uns vorbei an dem Abend, als wir aus dem verlassenen Hotel kamen.«

Bernadette Graf dachte kurz nach. »Vermutlich haben diese Leute Sie über den Anruf, den Sie auf der stillen Mobilbox getätigt haben, aus Frau de Palmas Kontakten herausgefiltert. Wir vermuten, dass die Ihre Adresse jedoch nicht kennen, erstaunlicherweise jedoch Ihre Verbindung zu Samantha. Haben Sie dafür eine Erklärung?«

Nein, die hatte sie nicht.

»Frau de Palma hatte keinen direkten Kontakt zu jemandem von der Gemeinschaft?«

»Nur zu diesem Mann, der ihr Appartement durchsucht hat. Er muss gewusst haben, dass sie ebenfalls hinter der Gemeinschaft her ist.«

»Ich kann mir nicht vorstellen, dass er in irgendeiner Form Informationen weitergegeben hat, die Sie oder Frau de Palma gefährden. Er hatte sich bereits vor einiger Zeit bereit erklärt, uns als Informant zur Verfügung zu stehen. Damit hatte er die Seiten gewechselt.«

»Warum dann der Einbruch?«

»Im Moment kommt dafür nur ein Grund in Frage: Er hatte Angst, dass die Recherchen von Frau de Palma ihn selbst auffliegen lassen. Wollte wissen, was sie in der Hand hat. Daher vermute ich, dass sein Einbruch bei Frau de Palma nicht von der Gemeinschaft initiiert oder in Auftrag gegeben wurde. Sondern lediglich seiner eigenen Absicherung gedient hat. Leider können wir ihn nicht fragen, er ist abgetaucht.«

»Das scheint Sie nicht sonderlich zu beeindrucken.«

Die Graf zuckte die Schultern. »Sein Verbindungsmann versucht, das zu klären. Manchmal müssen Informanten sich kurzfristig von der Bildfläche zurückziehen. Er ist kein Beamter.«

Sie schwiegen beide einen Moment.

»Warum diese Entführung?«

»Diese Gemeinschaft um de Palma, das sind Pädophile, die ihre Neigungen in ein gesellschaftliches Korsett gesteckt haben, mit dem es sich prächtig leben lässt. Mit der Annahme, dass Kinder der Besitz ihrer Eltern sind und man mit ihnen machen kann, was man will. Eben auch, ihnen körperliche und seelische Misshandlungen bis zum heftigsten Missbrauch angedeihen zu lassen. Ob diese Leute aber auch in der Lage wären, jemanden zu töten oder ein Kind zu entführen, da bin ich mir nicht sicher. Sie heben sich von Internetforen oder ähnlichen Kreisen ab und sind da auch noch stolz drauf. Halten sich für etwas Besseres. Haben ihre eigenen Regeln. Klingt pervers, beinhaltet aber eine ganz eigene Logik.« Sie spielte gedankenverloren mit ihrem Handy herum. »Das ist es, was mich schon die ganze Zeit an der Sache stört«, fuhr sie leiser fort. »Seit wir Kenntnis von dieser Gemeinschaft erhalten haben, drehen unsere Leute jeden Stein um. Doch weder die Entführung der kleinen Samantha noch Carmen de Palmas Tod passen ins Bild.«

»Was ist mit der Telefonnummer? Die, die ich auf Menorca angerufen habe. Können Sie die nicht zuordnen, auch wenn sie abgeschaltet ist?«

Bernadette Graf setzte sich mit einem Ruck auf.

»Leider nicht. Wir haben keinen Anhaltspunkt, wem sie gehört hat. Dieses Mädchen, bei dem wir sie gefunden haben, redete die ersten Tage nicht. Eine Polizeipsychologin hat sie vergeblich befragt. Erst, als sie gehört hat, dass der Junge, der sie begleitete, von einem Erwachsenen abgeholt wurde, brach sie ihr Schweigen. Genauer gesagt, sie schrie wie am Spieß.«

»Was sagte sie?«

»Immer noch nicht sehr viel. Aus dem, was sie uns inzwischen erzählt hat, ergibt sich ein völlig anderes Bild.«

»Sie meinen, das schweigsame Kind hatte keinen Kontakt zur Gemeinschaft, die wir kennen. Sondern zu anderen Personen?«

»Dahin geht unsere Vermutung, ja.«

»Hängt es mit dem Foto zusammen, das man mir geschickt hat?«

»Können wir nicht ausschließen. Wir gehen davon aus, dass die Entführer Sie und die Treutles damit derartig in Angst und Schrecken versetzen wollten, dass Sie nicht nach außen gehen mit Samanthas Verschwinden.«

»Das Kind auf dem Foto …«

»Das Mädchen lebt nicht mehr«, unterbrach die BKA-Frau sie harsch. »Wir kennen dieses Foto. Es kursierte längere Zeit im Darknet. Vor über einem Jahr wurde der Torso der Kleinen in Marokko auf einer Müllhalde gefunden. Man hatte ihr vorher auch die Beine amputiert.«

Lena spürte ein Zittern, das tief in ihrem Inneren begann und sich bis zu ihren Fingerspitzen ausbreitete.

»Ich erzähle Ihnen das nur, damit Sie wissen, mit welcher Skrupellosigkeit diese Leute vorgehen«, fuhr Bernadette Graf etwas milder fort. »Das hat nichts mehr mit dem zu tun, was Sie über die Gruppe um de Palma herausgefunden haben. Diese Menschen, mit denen wir es jetzt zu tun haben, sind schlimmer. Viel schlimmer. Heißt, wir dürfen uns keinen Fehler erlauben. Sie auch nicht.«

Lena nickte, heftig schluckend. Bitter stieg etwas von ihrem Magen auf und sie schob den Kaffee beiseite. Sie hatte so vieles gesehen und erlebt in ihrem Beruf. Aber das hier sprengte alle bekannten Dimensionen. Ihr Gegenüber schien routinierter zu sein. Sie redete weiter. »Wir wissen noch nicht, ob und wenn ja wie eng die einzelnen Gruppen zusammenhängen. Die um de Palma, die, vor der unser schweigsames Mädchen geflüchtet ist und die, die Samantha entführt haben. Diejenige Person, die die Telefonnummer im *Naranja Azul* notiert hat, muss ja auch nicht zwingend jemand aus der Gemeinschaft um de Palma sein.«

»Das Hotel wird nicht nur von pädophilen Gruppen gebucht.« Beide fuhren sie herum, als Gerd Rohloff plötzlich in den Raum trat. »Es wird darüber hinaus für SM-Partys gemietet. Oder für Swinger-Urlaube. Oder für Gangbang-Partys.«

»Woher wissen Sie das?« Die Graf hatte sich erhoben, um ihm die Hand zu reichen.

Die beiden maßen sich dabei kurz mit Blicken.

»Bis vor Kurzem gehörten mir mehrere Clubs im Frankfurter Bahnhofsviertel. Nachdem Lena mir von dem Haus auf Menorca erzählt hat, habe ich ein bisschen in meiner alten Community herumgefragt.«

»Gehörten? Sind Sie ausgestiegen?« In Bernadette Grafs Stimme schwang leichtes Amüsement mit. So, als könne sie das kaum glauben.

»Es ist alles verkauft.« Sein Blick wanderte zu Lena, die ihn unverwandt ansah. »Ich stehe an einem Punkt, an dem ich einige Dinge in meinem Leben ändern will.«

Lena spürte ein leises Flattern in der Magengegend. Bernadette Graf blickte zu Rohloff, vermutlich konstatierte sie gerade, dass er einen Maßanzug und handgefertigte Schuhe trug. Sie grinste kurz.

»Sie beide sind ein ungewöhnliches Paar«, stellte sie fest, um gleich darauf auf das Summen ihres Handys zu reagieren. Ihre Miene verfinsterte sich.

»Das Mädchen hat endlich angefangen, mit unserer Psychologin zu sprechen. Sie will, dass der Junge, mit dem sie zusammen unterwegs war, zurückgeholt wird.« Seufzend legte sie den Apparat zur Seite und verschränkte die Arme vor der Brust. »Sie hat Angst um ihn.«

Lena beugte sich nach vorn. »Was sind das für Leute? Und was werden sie mit Samantha machen?« Ihre Stimme war lauter als beabsichtigt.

»Das wissen wir noch nicht.« Sie blickte auf die Uhr. »Wir müssen warten. Erst dann, wenn wir sie geortet haben und Samantha befreit wurde, sehen wir klarer.«

59

Quälend langsam kroch der Sekundenzeiger voran. Jede Minute schien Lena eine ganze Stunde zu dauern. Sie spürte nichts, weder Hunger noch Durst noch Müdigkeit, lediglich ihre bis zum Zerreißen gespannten Nerven. Immer wieder schielte sie zu ihrem Mobiltelefon. Sie war unfassbar nervös. Einerseits wünschte sie sich, dass es möglichst bald klingelte, andererseits hätte sie die erneute Konfrontation mit den Entführern gern hinausgeschoben. Als es dann soweit war, zuckte sie heftig zusammen. Schlagartig verstummten sämtliche Gespräche im Raum.

»Kein Wort mehr«, verlangte Bernadette Graf. Der Techniker klackerte auf seiner Tastatur herum, dann gab er ihr ein Zeichen und sie meldete sich mit hörbar zitternder Stimme. Am anderen Ende war nichts als ein Rauschen. Dann sagte jemand knapp ihren Namen.

»Ich erfülle alle Ihre Bedingungen. Aber vorher möchte ich ein Lebenszeichen von Samantha haben.« Sie redete zu hastig.

Einen Moment lang blieb es still in der Leitung. Lenas Herz setzte fast aus, weil sie fürchtete, die Entführer hätten aufgelegt. Hätte Rohloff ihr nicht die Hand auf die Schulter gelegt, sie wäre aufgesprungen.

»Moment«, sagte der Mann am anderen Ende. Es knackste, dann hörten sie ihn erneut.

»Sie können eine Frage stellen und ich gebe die Antwort weiter.«

Sie würden sie nicht direkt mit Samantha sprechen lassen!

»Bitte«, hörte sie sich sagen. »Lassen Sie mich mit ihr reden. Sie soll keine Angst haben.«

»Stellen Sie Ihre Frage, oder das Gespräch ist beendet.«

Lenas Gehirn ratterte, doch scheinbar im Leerlauf. Sollte ihr partout nichts einfallen?

Der Techniker gab ihr mit einer Handbewegung zu verstehen, sie solle ruhig fortfahren.

»Los jetzt, sonst lege ich auf.«

In Lenas Kopf tobte ein Sturm, der sämtliche Gedanken durcheinanderwarf.

»Fragen Sie sie, wie der dreibeinige Hund hieß, mit dem sie damals gespielt hat, als wir uns kennenlernten«, stieß sie schließlich hervor.

Es dauerte einen kurzen Moment, dann kam die richtige Antwort: »Struppi hieß der Köter. Und das reicht jetzt. Wir rufen Sie an, sobald das Mädchen frei ist. Dann können Sie sie abholen.«

Lena nickte Bernadette Graf zu. Samantha lebte. Der Anrufer hatte sie.

Und sie hatten, der stummen Geste des Technikers zufolge, den Standort des Anrufers.

Dass sie vorläufig bei Rohloff blieb, fanden alle gut. Vorher kehrte sie noch einmal in ihre Wohnung zurück, um ein paar Sachen zu holen. In Offenbach erwartete sie eine Überraschung. Der Umschlag trug Lenas Namen, er steckte in Frau Kasulkes Briefkasten. Carmen musste ihn irgendwann zwischen ihrem Weggang von Lena und ihrem Tod dort eingeworfen haben, vielleicht aus Angst davor, er würde in Lenas Wohnung von Dritten gefunden werden.

Lena trug den Umschlag nach oben. Eine Kunststoffkarte und ein USB-Stick fielen heraus und ein Blatt Papier, darauf gekritzelt eine E-Mail-Adresse und eine Kombination aus Buchstaben und Zahlen. Sie verstand sofort, was es damit auf sich hatte. Umgehend loggte sie sich in den E-Mail-Account namens »Spanish-Rose« ein. Wie erwartet, war dort bereits ein Dokument hinterlegt, dessen Empfänger derselbe wie der Absender war. Es war das Prinzip, das sie bereits aus den Papieren kannte, die sie auf Menorca gefunden hatten. Dieses Mal hatte Carmen es benutzt.

Liebe Lena, schrieb Carmen. *Ich wähle diesen Weg für meine Nachricht an dich, weil ich Grund zu der Annahme habe, dass du Besuch von Kripo oder BKA hattest und ich nicht möchte, dass diese Informationen in falsche Hände geraten. Es tut mir furchtbar leid, dich in diese Sache mit hineingezogen zu haben. Es war keine Absicht, aber man hat die Dinge nicht immer selbst in der Hand.*

Es stimmt, dass in mein Appartement eingebrochen wurde. Der Mann, den ich überraschte, heißt Frank. Zunächst hielt ich ihn für ein Mitglied der Gemeinschaft, und das war er wohl über ein Jahr lang auch gewesen. Doch zu dem Zeitpunkt hatte er sich innerlich bereits von den anderen abgewandt und arbeitete dem BKA als Informant zu. Als du und ich erst im Hotel aufgetaucht sind und auch noch mit dem Motorboot in die Bucht gekommen waren, hat das nicht nur die Reisegruppe im Naranja Azul aufgeschreckt. Auch Frank bekam Panik. Er wusste zu diesem Zeitpunkt schon wesentlich mehr als wir. Dass nämlich in dem ehemaligen Hotel noch andere, wesentlich schlimmere Dinge vor sich gehen, als das fast schon familiär anmutende Treffen pädophiler Familien. Dazu später mehr. Um sich und seinen Sohn zu schützen, hat er den Jungen mit einer Ausrede von der Insel bringen lassen und mich nach unserem Bootsausflug ausfindig gemacht und beobachtet. Als ich mein Appartement verließ, drang er dort ein, um nachzusehen, ob ich belastendes Material über ihn hatte. Ich überraschte ihn, doch statt zu fliehen oder mich niederzuschlagen hat er mich, ihm zu helfen. Er hatte mittlerweile erkannt, worum es mir ging.

Das Naranja Azul war als Hotel nicht mehr rentabel. Es wurde verkauft. Die neuen Besitzer vermieten es als Pop-Up Hotel mitsamt handverlesenem und sehr gut bezahltem Personal für sogenannte Gesellschaften. Die Gemeinschaft, die du kennst, ist nur einer von mehreren Mietern, die sich in der Abgeschiedenheit dort wohlfühlen. Hauptsächlich geht es um Treffen von Swinger-Clubs und um SM-Feste. Aber das ist alles harmlos gegen das, was Frank herausgefunden hat. Noch kann ich nicht darüber sprechen, aber es ist einfach entsetzlich.

Durch unser Auftauchen haben wir die frühzeitige Schließung des aktuellen Treffens ausgelöst. Ich vermute, dass mein Vater mich erkannt hat und einen entsprechenden Medienbericht befürchten musste. Jedenfalls scheint er die treibende Kraft bei der Abreise gewesen zu sein. Ob er den Betreibern des Hotels über den Grund reinen Wein eingeschenkt hat, ist nicht bekannt. So, wie ich ihn kenne, hat er das aber nicht getan. Frank kennt die Besitzer auch nicht, aber er hat mir etwas über die Verliese erzählt. Fotos davon existieren im Darknet. Die neuen Betreiber werben dort regelrecht für ihr Etablissement. Frank war extrem nervös, er machte sich Sorgen um seinen Sohn und stand kurz vor der Abreise. Er hat mir eine Schlüsselkarte gegeben, eine Art General, wie sie Zimmermädchen benutzen. Man kommt damit zwar in Gästezimmer, aber leider nicht in die Verwaltungsräume. Mich hat er zusätzlich davor gewarnt, noch einmal ins Hotel zurückzugehen. Denn inzwischen wurde eine Videokamera an der Einfahrt installiert und es sind scharfe Hunde auf dem Grundstück. Nun ja, ich werde den Zugang zum Hotel nicht mehr benötigen und lasse dir die Karte da. Vielleicht findest du ja doch noch Hinweise auf den Mann, den du suchst. Frank musste verschwinden, aber wir haben vereinbart, dass wir uns in Deutschland treffen und ich von ihm Informationen aus erster Hand bekomme. Stell dir vor: Ein Insider, der auspackt! Etwas Besseres konnte der Journalistin in mir nicht passieren.

Was für dich in diesem Zusammenhang wichtig ist: Frank ist nicht derjenige, der mit Frau Kiewitz befreundet war. Er war zu dem Zeitpunkt, zu dem sie starb, bereits seit einem Tag auf Menorca. Er kannte sie wohl von einer Party. Und er kennt auch den Mann, mit dem sie zuletzt zusammen war. Er heißt Rolf und – er hat kein Kind. Was bedeuten könnte, dass er die Frau und insbesondere deren kleinen Sohn unbedingt gebraucht hat, um in die

Gemeinschaft aufgenommen zu werden. Du weißt ja, die Kinder, die man mitbringt, sind die Eintrittskarte.

Alles, was er mir an Informationen gegeben hat, habe ich überprüft und dokumentiert. Alles befindet sich in einem Cloudspeicher. Auf dem Stick sind die Zugangsdaten. Das Passwort solltest du erraten können. Bitte verwahre das gut. Es ist eine Sicherheitskopie, eine weitere erhält meine Anwältin und sobald der Deal mit meinem Vater steht, schicke ich alles an den Journalisten, über den wir gesprochen haben.

Behandle diese Informationen vorläufig noch vertraulich. Frank soll keine Schwierigkeiten bekommen; möglich, dass die Polizei nicht erfreut wäre zu hören, dass er mit der Presse, also mit mir, kooperiert.

Bitte verurteile mich nicht für das, was ich vorhabe. Ich mag dich sehr und vertraue dir und ich hoffe, dass du keinerlei Schwierigkeiten bekommst. Ich melde mich wieder, sobald ich kann.

Carmen.

61

Rohloffs Safe befand sich in einem Kellerraum, der selbst durch eine zentimeterdicke Stahltür gesichert war. Die ausgeklügelte Alarmanlage des Hauses hatte er ihr bereits erklärt. Nun folgte eine weitere Sicherheitsmaßnahme, die klar machte, dass sie sich im Haus eines reichen und sehr vorsichtigen Mannes befand.

»Lena, alles, was sich hier drin befindet, kann lebensgefährlich sein, sollte es in falsche Hände fallen. Es kann aber auch lebensversichernd sein, solange man es nicht benötigt und einfach liegenlässt.«

Ihr lief ein heftiger Schauder über den Rücken. Wieder einmal erblickte sie unter Gerds fürsorglicher Hülle den Teil seines Charakters, der gefährlich sein konnte.

Niemand arbeitet jahrzehntelang im Frankfurter Bahnhofsviertel so erfolgreich, wenn er nicht auch einigen Regeln der Unterwelt folgt.

»Es gibt zwei Zugangscodes, die ich dir momentan nicht nenne. Nur so viel: Einer öffnet die Tür. Einer öffnet die Tür zeitverzögert und löst dabei einen stillen Alarm auf. Die Security ist innerhalb von 5 Minuten da, die Polizei hoffentlich auch.« Er schwieg, um seine Worte wirken zu lassen.

Sie verstand. Sollte jemand gezwungen werden, den Safe zu öffnen, würde er diesen zweiten Code eintippen, der dafür sorgte, dass ungebetene Gäste entsprechend empfangen wurden, bevor sie mit ihrer Beute das Weite suchten.

»Zurzeit kenne nur ich die Codes. Eine Kopie hat mein Anwalt in einem versiegelten Umschlag in seinem Büro. Jetzt, wo auch du hier wohnst, solltest du zumindest darüber Bescheid wissen.«

Er wandte ihr den Rücken zu und tippte eine Kombination in das Metallfeld ein. Ein grünes Licht leuchtete mit einem lauten Piepsen auf. Er drückte den Stahlhebel nach unten und öffnete die Tür. Innen flammten Halogenleuchten auf. Er drehte sich zu ihr um und sie legte den Umschlag mit Carmens ausgedruckter E-Mail und dem USB-Stick in seine ausgestreckte Hand. Gerd betrat den Raum, er mochte um die 5 Quadratmeter messen und war an den Wänden mit offenen Regalen ausgestattet, auf denen Metallkästen standen. Lena verspürte eine Mischung aus Angst und Faszination, als ihr klar wurde, dass ihr Geliebter mit Sicherheit auch Waffen im Haus hatte.

Und das womöglich nicht nur hier unten.

Was lagerte hier noch? Schwarzgeld? Schmuck? Dokumente?

Er öffnete den kleinen Tresor, der in die Wand gegenüber der Tür eingelassen war, legte Lenas Umschlag hinein, verschloss die Tür und kam zu ihr heraus. »Hier sind die Sachen erst einmal sicher.«

Sie war ihm dankbar für seine Hilfe. Gleichzeitig fragte sie sich, für wie gefährlich er diejenigen hielt, die hinter diesen Sachen her waren.

Für sehr gefährlich, sonst hätte er das hier anders regeln können.

»Hast du dir überlegt, wie du vorgehen willst?«

Hatte sie. Sie selbst hatte den Stick bereits mit dem Passwort (Deliah, wie sie nicht unschwer erraten konnte) geöffnet und alles, was sich in der Cloud befand, mit Tamaes Hilfe kopiert, um es danach in einen weiteren Cloudspeicher zu verschieben. Jens Borgmann würde alles erhalten, sobald Samantha in Sicherheit war. Den Originalstick würde sie dann zeitgleich dem BKA übergeben. Die einzige Information, die Lena bereits weitergegeben hatte, war der Name des letzten Freundes von Angelika Kiewitz, Rolf.

»Ich muss noch einmal kurz weg«, erklärte Gerd überraschend. »Wird nicht lange dauern. Wenn die Graf kommt, lass sie überall hin, nur nicht in den Keller.« Er blinzelte ihr kurz zu, küsste sie und verließ das Haus hinter einem Wirtschaftsraum durch die Verbindungstür zur Garage. Ein paar Minuten später beobachtete Lena vom Küchenfenster aus, wie sich das große Tor langsam wieder hinter dem Jaguar schloss. Warum nur hatte sie sich auf die ganze Geschichte mit Carmen eingelassen?

Weil du dich rehabilitieren wolltest.

Nur dass Tobys Tod und die ganzen Umstände, die dazu geführt hatten, inzwischen zweitrangig waren. Samantha musste gefunden werden, darum ging es. An diesem Punkt angelangt spürte Lena, dass ihr ihr eigenes Schicksal völlig egal war. Viel mehr noch als das, reifte in ihr ein Gedanke, den sie erst einmal wegschob, als Bernadette Grafs weißblonder Schopf hinter dem schmiedeeisernen Tor auftauchte. Gleichzeitig ahnte sie, dass dieser Gedanke wiederkommen und sie zwingen würde, sich mit ihm zu beschäftigen.

62

Lena lag auf der Seite, die Beine bis zur Brust angezogen. Sie war todmüde und konnte doch nicht schlafen. Seit Stunden schossen ihr viel zu viele Gedanken durch den Kopf. Ihr Herz schlug schnell und hart. Seufzend drehte Rohloff sich um. Seine Hand, die auf ihrer Hüfte geruht hatte, glitt von ihrem Körper.

»Ich nehme Sie an dieser Stelle aus dem Spiel. Sicherheitshalber«, hatte Bernadette Graf gesagt. Lena wusste, was das hieß: Dass es nicht auszuschließen war, dass die Entführer Samantha lediglich als Köder einsetzten, um an Lena zu kommen. Die BKA-Leute hatten das Telefon mitgenommen, eine Beamtin, deren Stimme und Statur Lenas ähnlich war, würde den nächsten Anruf entgegennehmen. Allerdings rechnete niemand wirklich damit, dass die Entführer sich noch einmal persönlich melden würden. Eine

SMS vermutlich, mit dem Ort, an dem sie Samantha finden würden. Die GPS-Ortung hatte ergeben, dass sie sich immer noch in der Nähe des Ortes befand, an dem sie verschwand. Eine kleine Gruppe war nun auf dem Weg dorthin. Man wollte schnell reagieren, sobald die Mitteilung kam.

Das Schrillen des Telefons durchbrach die Stille in der Wohnung. Lena richtete sich blitzschnell auf, griff nach ihrem Handy und nahm den Anruf an.

»Wir haben sie.« Bernadette Grafs Stimme. Müde, ausgelaugt, dennoch wie mit Eisen unterlegt. »Sie ist in Sicherheit, aber sie will Sie sehen. Ich dachte, das möchten Sie gleich wissen.«

»Samantha? Sie haben Samantha? Wie geht es ihr? Was hat man ihr angetan? Kann ich sie sprechen?«

»Ich gebe Ihnen eine Adresse in Karlsruhe. Wir sind hier in einem sicheren Haus. Unsere Psychologin ist bei dem Mädchen. Kommen Sie her, dann können Sie mit ihr reden.«

Lena stieß vor Erleichterung einen tiefen Seufzer aus. Gleich darauf liefen Tränen über ihr Gesicht und sie konnte nur noch stockend reden. Gerd nahm ihr sanft das Handy aus der Hand. »Rohloff hier.« Er hörte schweigend zu. »Wir sind in zwei Stunden da«, sagte er schließlich und legte auf.

»Ich fahr dich. Frau Graf ist einverstanden.« Er hatte eine Hand auf Lenas Rücken gelegt. »Sie konnten das Handy des Mannes orten. Samantha wurde an einer Autobahnraststätte ausgesetzt, es geht ihr den Umständen entsprechend.«

Lena konnte nicht aufhören, zu weinen. Sie wurde regelrecht von Krämpfen geschüttelt.

Rohloff zog sie sanft nach oben und hielt sie im Arm, bis die Tränen versiegt waren.

»Wir können losfahren, sobald du soweit bist. So früh am Tag wird die Autobahn frei sein. Schätze, wir brauchen höchstens eine bis eineinhalb Stunden.«

Eine dreiviertel Stunde später schnurrte Rohloffs Jaguar über die A5 in Richtung Karlsruhe. Er hatte recht gehabt. Um diese Uhrzeit, es war kurz nach sechs, als sie Heidelberg passierten, war wenig los auf der Strecke. Lena betrachtete seine Hände, die ruhig das Lenkrad hielten. Starke, schöne Hände. Sie blickte weg, weil sie gerade gar nicht daran denken wollte, was sie mit Rohloff verband.

Angesichts der Situation kam es ihr unangemessen vor, an Liebe und erotische Anziehungskraft zu denken.

Er hatte ihren Blick gespürt und kurz zu ihr herübergesehen. Kurz nahm er seine Rechte vom Lenkrad, legte sie auf ihren Arm. Eine Geste, die beruhigend wirken sollte und genau das auch war.

Das Haus lag im Stadtteil Durlach in einer ruhigen, etwas verschlafen wirkenden Wohngegend. Rohloff stellte den Wagen vor der hohen Hecke ab, die den Vorgarten umgab. Sie stiegen aus und Lena zog fröstelnd die Jacke enger um ihren Oberkörper. Die frische Morgenluft roch nach feuchter Erde und Gras. Im oberen Stockwerk des Hauses waren sämtliche Rollläden noch geschlossen, im Erdgeschoss brannte Licht. Auf ihr Klingeln wurde sofort reagiert. Lena sah sich einer Frau gegenüber, die sie nicht kannte. Eine Polizeibeamtin vermutlich, sie trug ein Schulterhalfter.

»Lena Borowski«, stellte sie sich vor. Die andere nickte, als habe sie sie erkannt.

»Warten Sie hier«, bat sie dennoch. »Die Kinder schlafen. Bernadette ebenfalls, aber sie sagte mir, ich solle sie wecken, sobald sie da sind.« Damit wandte sie sich um und ließ die beiden Besucher im Windfang zurück. Kurze Zeit später tauchte Bernadette Graf im Hintergrund auf. Sie sah völlig zerstrubbelt und verschlafen aus. Sie sagte etwas zu der Beamtin, die ihnen daraufhin die verglaste Tür öffnete, während Bernadette Graf wieder ins obere Stockwerk verschwand. Lena und Rohloff traten ein in eine geräumige Diele. Die Polizistin ging voraus in die Küche. Auf dem Tisch stand ein Teller mit Müsli, daneben eine Tasse Tee.

»Möchten Sie auch?« Die Beamtin hob fragend den Teekessel. Lena und Rohloff lehnten beide ab.

Von der Küche aus konnte man in einen Garten blicken. Eine Rasenfläche, umgeben von derselben Eibenhecke wie der Vorgarten. Ein sicheres Haus, hatte Bernadette Graf gesagt. Da war es wohl von Vorteil, wenn einem nicht jeder Nachbar reinschauen konnte.

»Morgen. Gut, dass Sie da sind.« Bernadette Graf kam durch die Tür, Gesicht und Haare feucht, als habe sie sich eben noch etwas Wasser ins Gesicht gespritzte. Noch im Gehen zog sie sich ein

Sweatshirt über. Auf der linken Seite ihres Gesichts zeichneten sich die Eindrücke eines Kissens ab.

»Haben Sie Ihre Handys ausgeschaltet?«

»Alles wie besprochen.« Sowohl Lena als auch Rohloff legten ihre Geräte vor der BKA-Beamtin ab. Die griff in eine Schublade, holte zwei schwarze, gepolsterte Hüllen heraus und legte jedes Handy in eine davon.

»Solange wir hier im Haus sind, dürfen Sie sie nicht benutzen. Herr Rohloff, falls Sie hier im Haus telefonieren müssen, stelle ich Ihnen ein sicheres Gerät zur Verfügung. Frau Borowski sollte im Moment gar nicht nach außen kommunizieren.« Sie nickten bestätigend und nahmen am Küchentisch Platz.

»Samantha schläft. Sie war verständlicherweise komplett durcheinander.«

Hinter der BKA-Beamtin trat eine hübsche blonde Frau in die Küche.

»Astrid, unsere Psychologin«, stellte Bernadette Graf sie vor. Lena schüttelte der Blonden die Hand, Rohloff ebenfalls. Die Polizeibeamtin aß, mit dem Rücken an die Spüle gelehnt, im Stehen ihr Müsli, stellte dann den Teller ins Wasserbecken und ging, den Teebecher in der Hand, hinaus.

»Samantha wurde gut behandelt. Natürlich hatte sie Angst, aber die Männer waren weder roh zu ihr noch haben sie sich ihr gegenüber gewalttätig präsentiert.«

»Haben Sie sie? Die Männer?«

»Wir haben sie anhand des georteten Handys inzwischen ausfindig gemacht. Sie werden überwacht. Wir sind der Meinung, dass sie lediglich Befehlsempfänger sind, die wahren Drahtzieher sitzen woanders. Solange wir die nicht kennen, können wir die beiden Entführer nicht verhaften. Auch aus Sicherheitsgründen.« Ihr Blick ruhte ein wenig zu lange auf Lena. Doch die interessierte sich nur für Samantha.

»Und das Ohr?«

»Es stammt nicht von ihr, sondern von einem anderen Kind.« Bernadette Graf verstummte und wechselte einen schnellen Blick mit der Psychologin, bevor sie fortfuhr. »Inzwischen wissen wir, dass es keinem lebenden Menschen abgeschnitten wurde.«

»Diese Leute haben einem toten Kind das Ohrläppchen abgeschnitten?«, vergewisserte sich Rohloff, richtig gehört zu haben. »Haben Sie denn eine dazu gehörige Leiche?«

»Nein.«

»Eine Ahnung, woher es stammt? Leichenschauhaus, Krankenhaus ...?«

»Noch nicht. Anhand einiger erster Analysen gehen unsere Experten davon aus, dass das Kind aus einem osteuropäischen Land stammt und nicht von hier kommt.«

Lena blickte die BKA-Beamtin entsetzt an. »Leichenschändung?«

Astrid gab im Hintergrund einen leisen, klagenden Ton von sich. Bernadette Graf blickte auf den Tisch und schob dort eine Tasse hin und her. Sie antwortete nicht.

»Samantha hat nach Ihnen gefragt«, unterbrach die Psychologin das Schweigen.

»Dann geht es ihr jetzt gut?« Lena hatte kaum ausgesprochen, als man das Geräusch von nackten Kinderfüßen auf dem Boden hörte. Samantha kam in die Küche gerannt, rief Lenas Namen und warf sich in ihre Arme.

Lena beugte ein Knie und umarmte das Mädchen. Als sie beide sich das erste Mal begegnet waren, war Samantha nicht nur vernachlässigt, sondern auch unterernährt und sehr dünn gewesen. Inzwischen hatte sie ein bisschen zugelegt, doch noch immer kam sie ihr vor wie ein zartes, aus dem Nest gefallenes Vögelchen.

»Die Männer haben gesagt, du musst etwas tun. Dann darf ich wieder nach Hause.«

Lena vergrub ihre Nase in Samanthas Haar. Es strömte den Geruch nach Shampoo und Bettwärme aus.

»Diese Frau hier hat dich befreit«, stellte sie klar und zeigte auf Bernadette Graf. Die trug ein minimales Lächeln in den Mundwinkeln.

»Aber du, was musstest du tun?«

Wie sollte sie das der Kleinen erklären? Alles, was sie sagte, würde Samantha verwirren. »Die Leute haben etwas gesucht und geglaubt, dass ich ihnen dabei helfen kann, es zu finden«, sagte sie schließlich.

Eine Weile blieben alle still, dann löste sich Samantha sanft aus Lenas Umarmung. Sie rieb sich mit dem Handrücken über die Lider und gähnte.

»Du solltest noch ein bisschen schlafen«, schlug Lena vor.

»Bleibst du hier?«

»Ja. Ich werde da sein, wenn du aufwachst.«

Astrid trat zu Samantha und legte ihr die Hände auf die Schultern. »Gehen wir nach oben?«, fragte sie. Samantha nickte. An der Tür drehte sie sich noch einmal zu Lena um, dann ergriff sie die Hand der Psychologin und verschwand mit ihr über die Treppe im oberen Stockwerk.

»Sie hat sehr wenig gesprochen seit ihrer Befreiung.« Bernadette Graf redete leise.

Sie fuhr sich mit einer müden Geste durchs Haar. »Wir müssen noch ein paar Gespräche mit ihr führen, sobald sie dazu in der Lage ist.«

»Es sind noch weitere Kinder hier untergebracht?«, wollte Rohloff wissen.

»Ein osteuropäisches Mädchen. Nachdem der Junge, mit dem sie ursprünglich unterwegs war, unter Vorspiegelung falscher Tatsachen von einem angeblichen Verwandten aus unserer Obhut genommen wurde, haben wir sie hierher gebracht.«

Astrid kam zurück in die Küche. Die blonde Psychologin blickte ernst, sie hatte die letzten Worte mitgehört. »Über die Tatsache hinaus, dass wir unbedingt den Jungen zurückholen sollen, redet sie nicht mit uns.«

»Aus Angst?«

»Möglich. Momentan wissen wir nur, dass sie und der Junge zusammen mit anderen Kindern von mehreren Männern festgehalten wurden. Einer davon nannte sich GOTT. Die Kinder mussten ihn so ansprechen.«

»Was für ein krankes Arschloch!«

Lena entging nicht der kurze Blick, den sich Astrid und Bernadette Graf zuwarfen. Beide blickten danach unwillkürlich zu Boden. Wieder ergriff sie ein diffuses Gefühl von Gefahr. Es war, als schwebe etwas Dunkles durch den Raum.

»Wir kennen ihren Namen nicht. Hoffen aber, dass es Astrid gelingt, näher an sie heranzukommen.« Die BKA-Beamtin erhob sich.

»Aber es gibt noch eine Neuigkeit. Unser Informant hat seinen Kontaktmann angerufen.«

»Frank lebt also noch?« Lena hob den Kopf. Zu spät erkannte sie ihren Fehler.

63

Es war wie die Stille nach einem Schuss. Bernadette Grafs Miene hatte sich verfinstert. »Woher wissen Sie, wie er heißt?«

»Carmen de Palma hat mir die Information über einen toten Briefkasten zukommen lassen. Frank hat sie um Hilfe gebeten, als er erfuhr, dass sie Journalistin ist und vor Ort recherchiert hat.«

»Frau Borowski! Sie müssen uns solche Dinge mitteilen!«

Ja, nur wenn ihr wüsstet, dass er bereit war, einer Journalistin gegenüber auszupacken, hättet ihr wohl was dagegen gehabt.

»Sie müssen mit uns kooperieren!«

Bevor Lena etwas auf diese letzte Aussage erwidern konnte, mischte Rohloff sich ein.

»Wenn Sie einen Informanten bei der Gemeinschaft haben, müssten Sie doch eigentlich wissen, was dort vor sich geht. Namen und eventuell Adressen herauszufinden, um die Erpresser einzukreisen, dürfte doch über diese Quelle möglich sein.«

Nein, erklärte die BKA-Frau ihnen daraufhin. »Frank hat erst seit Kurzem für uns gearbeitet. Er hatte eine Art – Erlebnis, das es ihm unmöglich machte, weiterhin in dieser Gemeinschaft zu bleiben. Da diese Leute aber wie eine Sekte agieren und Aussteiger so gar nicht tolerieren, wollte er sie auffliegen lassen. Noch hat er uns keinerlei Informationen geliefert, die wir nicht sowieso schon hatten. Sie dürfen nicht vergessen, diese Leute um de Palma bilden keinen Kinderpornoring im herkömmlichen Sinn, sie agieren nicht im Internet, auch nicht im Darknet. Es ist eine verschworene Gemeinschaft, die auf persönlichen ... Austausch setzt. Im wahrsten Sinne des Wortes. Doch einzelne Mitglieder müssen Verbindungen zu einer weiteren, wesentlich brutaleren Gruppe haben. Was dort vor sich geht, das hat Frank derartig schockiert, dass er auf keinen Fall mehr Teil davon sein wollte.«

Nachdem Lena erzählt hatte, was genau in Carmens Mail stand, und die Graf daraufhin mit ihrer Dienststelle telefonierte, erhob sie sich, um ein bisschen frische Luft zu schöpfen und ein paar Schritte durch den Garten zu gehen. Es war inzwischen zehn Uhr morgens, über ihnen spannte sich ein wolkenloser Himmel, vermutlich würde es angenehm warm werden. Der Rasen, über den sie jetzt schritt, wirkte nur auf den ersten Blick gepflegt. Jetzt sah sie, dass er zwar gemäht, aber von Unkraut durchzogen war. Rundherum nur hohe Hecken, keine Blumen, und bis auf die Ecken, in denen vor der Hecke links ein Holunder und rechts ein Sommerflieder standen, keine Sträucher. Das wäre auch nicht sinnvoll gewesen bei einem Haus, das nur sporadisch bewohnt wurde. Sie wandte sich um und blickte nach oben. Hinter dem Fenster eines der Zimmer tauchte Samanthas winziges Gesicht auf. Sie winkte zu Lena herunter, die winkte zurück. Ein leises Miauen veranlasste sie, sich umzudrehen. Eine kleine Katze schlich sich unter der Hecke entlang. Als Lena sich niedersetzte und ein paar lockende Laute ausstieß, kam das Kätzchen näher. Es war fast weiß, mit ein paar grauen Flecken im Fell. Die neugierigen Augen waren groß und blau.

»Hey du.« Lena streckte einen Finger aus und kraulte das Tier unter dem Kinn. Die Katze schloss die Augen und hob den Kopf an. Ihr Schnurren war sekundenlang das Einzige, was zu hören war. Dann kam jemand durch die Küche gelaufen. Samantha stürmte auf Lena zu und die Katze sprang mit einem missmutigen Laut zur Seite.

»Oh, ist die süß!« Samanthas Augen leuchteten. Sie liebte Tiere. Hunde am meisten, aber auch flauschige Fellkugeln wie die, die jetzt ein paar Schritte entfernt sich niedersetzte, um in aller Seelenruhe ihr Fell zu putzen.

Lena betrachtete das Mädchen neben sich. Es wirkte, als habe es die Entführung bereits abgeschüttelt.

»Sag mal, wie war das eigentlich, als dieser Mann dich aus dem Garten mitgenommen hatte?«, wollte Lena wissen.

Samantha blickte weiter auf die Katze, während sie antwortete. »Es war ein höflicher Mann. Er sagte, er habe versehentlich einen Hund angefahren. Ob das meiner sei. Das Tor stand offen, obwohl ich es nicht geöffnet hatte. Da bin ich rausgelaufen. Dann weiß ich nichts mehr.«

Weil man dich mit Chloroform betäubt hat.

»Als ich aufgewacht bin, hat der Mann gesagt, ich muss keine Angst haben. Und dass wir ein Spiel spielen.«

»Hast du dich nicht gefürchtet?«

»Doch.« Samantha blickte auf und nickte heftig. »Aber der Mann war nicht böse zu mir. Er war ernst. Aber getan hat er mir nichts.«

Lena nickte langsam. Der Umstand, dass die Entführer nicht bereit gewesen wären, Samantha zu verletzten, war unter der gegebenen Situation zwar beruhigend. Doch da draußen lief jemand herum, der nicht davor zurückschreckte, einem Kind ein Ohrläppchen abzuschneiden, um andere Menschen unter Druck zu setzen.

Hinter ihnen rührte sich etwas. Sie drehten sich gleichzeitig um. Ein Mädchen stand dort. Sie war einige Jahre älter als Samantha, klapperdürr und wirkte auf eine angespannte Weise wachsam. Ihre steingrauen Augen huschten zwischen Samantha und Lena hin und her, bevor sie sich auf die kleine Katze richteten.

»Miu-Miu«, lockte sie sie und die Ohren des Tieres spitzten sich.

»Miu-Miu«, raunzte das Mädchen wieder und ließ sich nieder, wie vorher schon Lena. Erst jetzt war das Stückchen Wurst zu erkennen, das sie in den Fingern hielt. Das Kätzchen kam neugierig näher, der kleine spitze Schwanz ragte senkrecht in die Höhe wie eine Antenne. Dann hatte die Kleine das Mädchen erreicht, packte die Wurst mit den Zähnen und verschlang sie. Von drinnen klopfte jemand an die Scheibe. Die Polizeibeamtin bedeutete Lena, ins Haus zu kommen.

Dort saß Bernadette Graf in der Küche einem grauhaarigen, durchtrainierten Mann in den Fünfzigern gegenüber.

»Ah, da sind Sie ja«, begrüßte sie Lena, als die hereinkam.

»Das ist Martin Römhild, ein Kollege aus Wiesbaden.« Der Mann nickte ihr knapp zu und musterte sie mit konzentriertem Gesichtsausdruck.

»Er glaubt, dass Sie sich in Gefahr befinden.«

»Ich? Wieso das denn?«

Der Mann kniff leicht die Augen zusammen.

»Frau de Palma wurde ermordet, das können wir inzwischen sicher annehmen. Wir haben auf einem der Überwachungsbänder am Ledermuseum jemanden mit ihrer pinkfarbenen Handtasche weglaufen sehen. Es ist nicht auszuschließen, dass Samanthas Entführung lediglich dem Zweck gedient hat, an Sie heranzukommen, um auch die zweite Person zu erledigen, die in das ehemalige Hotel eingedrungen ist.«

64

Eine leise Berührung am Arm veranlasste Lena, von ihrem Kaffee aufzublicken. Martin Römhild war gegangen, nachdem er ihr ein paar Verhaltensmaßregeln gegeben hatte. Lena hätte beunruhigt sein müssen über das, was er sagte. Aber noch immer war ihr ganzes Denken auf Samantha ausgerichtet.

Sie stellte sich neben Astrid und folgte deren Blick. Im Garten spielten Samantha und das unbekannte Mädchen noch immer mit dem weißen Kätzchen.

»Die beiden scheinen sich zu verstehen.«

»Mehr als das. Samantha ist die erste Person, mit der das Mädchen spricht.« Tatsächlich kicherten die beiden nun sogar, sichtlich amüsiert über die tapsigen Versuche der kleinen Katze, einen Grashalm zu fangen, den Samantha in der Luft herumschwenkte. Im Hintergrund schlängelte sich gerade ein größeres Tier unter der Hecke durch. Die Katzenmutter blickte nachsichtig auf die drei Gestalten. Sie setzte sich hin und leckte über ihre Schnauze.

»Wem gehören die Katzen?«

Astrid zeigte nach rechts. »Die Nachbarn dort drüben. Sie haben einen ganzen Zoo. Hunde, Katzen, Meerschweinchen und hin und wieder Igel.«

»Sind die Leute vertrauenswürdig?«

Astrid zuckte mit den Schultern. »Ich nehme mal an. Ein Rentnerehepaar. Mir kommt es ja vor, als würden sie sich mit den vielen Tieren übernehmen. Aber verständlicherweise reden wir nicht viel miteinander.«

Nein, das wäre sicher nicht angebracht, angesichts dessen, wozu das Haus diente.

»Fällt es nicht auf, dass hier immer wieder unterschiedliche Leute leben?«

»Ist offiziell die Besucherwohnung einer Firma. Die Nachbarn haben sich daran gewöhnt. Grundsätzlich ist man hier nicht so neugierig, weil jeder auch gerne für sich bleibt. So gesehen, gute Nachbarschaft für uns.«

Die beiden Mädchen hatten sich auf eine Holzbank gesetzt, die zusammen mit einem runden Tisch und zwei Klappstühlen eine Art Sitzgruppe unter dem Sommerflieder bildete. Samanthas Beine baumelten von der Bank. Sie sprach lebhaft und das Mädchen hörte ernst zu. Das Kätzchen hatte sich zu seiner Mutter gesellt und sprang spielerisch um sie herum.

»Was macht das mit einem Kind, wenn es entführt und längere Zeit festgehalten wird? Was richtet Missbrauch mit einer kleinen Seele an?« Lena hatte mehr zu sich selbst gesprochen. Es war ja nicht so, dass dieses Thema für sie unbekannt war.

Astrid seufzte tief. »Die menschliche Seele verfügt über eine ganze Reihe von Schutzmechanismen. Manchmal wundere ich mich selbst, mit welcher stoischen Ruhe Kinder so etwas ertragen und dann auch wieder abschütteln. Andere zerbrechen oder leiden ein Leben lang.«

Lena dachte an Carmen. »Glauben Sie, dass es gut ist, sich immer wieder damit auseinanderzusetzen. Beruflich.«

Astrid drehte den Kopf. Anhand ihres Blickes erkannte Lena, dass sie sie missverstanden hatte.

»Nicht ich. Ich bin nicht Sozialarbeiterin geworden, um mich quasi selbst zu therapieren. Ich denke an Carmen. Sie hat so viel mitgemacht als Kind. Als Erwachsene holte sie doch diese Erlebnisse immer wieder zurück, wenn sie über Kindesmissbrauch recherchiert und geschrieben hat. Ich frage mich, ob sie irgendwann glücklich geworden wäre.«

»Es ist wohl ihre Art gewesen, damit umzugehen. Entgegen der landläufigen Meinung, es gäbe einen Königsweg, eine bestimmte Therapie, um die Traumata der Kindheit hinter sich zu lassen, glaube ich an individuelle Lösungen. Wir Therapeuten zeigen unseren Klienten mögliche Wege auf. Mehr nicht. Jeder muss dann für sich entscheiden. Wichtig dabei ist, dass die Klienten sich kritisch hinterfragen, warum sie einen bestimmten Weg für sich wählen. Rache, würde ich meinen, hilft den wenigsten.«

Da hatte sie vermutlich recht. Aber war es Carmen ausschließlich um Rache gegangen? Lena wusste zu wenig über der Spanierin. Was würde nun, da sie tot war, aus Deliah werden?

»Schauen Sie mal«, holte Astrid sie aus ihren Überlegungen zurück. Das Mädchen hatte nun die kleine Katze angelockt, sie mit einer schnellen Bewegung gegriffen und hielt sie fest auf ihrem Schoß. Das Tier ließ sich augenscheinlich gerne kraulen, während die Mutter mit zusammengezogenen Augen das Treiben beobachtete.

»Sie liebt Tiere. Ich vermute, sie stammt aus einer dörflichen Umgebung.«

»Osteuropa, oder?«

»Ja. Ich spreche selbst Rumänisch. Aber sie hat mir anfangs nicht geantwortet.«

»Samantha spricht nur Deutsch. Also muss das andere Mädchen diese Sprache auch beherrschen.«

Die ließ nun die Katze wieder zu Boden gleiten, das Tier hüpfte davon.

Samantha stieß ihre neue Freundin mit dem Ellbogen an und zeigte auf etwas oben in der Luft. Dann lachten beide.

»Das ist ... unglaublich.« Astrid fuhr sich durch die blonden Locken. »Ich glaube, wir sollten Samantha noch ein bisschen bei uns behalten. Sowieso brauchen wir noch Phantomzeichnungen der Entführer. Was glauben Sie, werden die Treutles damit einverstanden sein?«

65

»Sie hat mir von ihrer Großmutter erzählt. Die hat einen Hof, auf dem es Tiere gibt. Eine Ziege, Hühner, Katzen und einen Hund.« Samantha war ganz aufgekratzt. Nachdem auch sie zugestimmt hatte, noch ein, zwei Tage im Haus zu bleiben, selbstverständlich mit Lena zusammen, war es nun deren Aufgabe herauszufinden, was die beiden Mädchen miteinander gesprochen hatten.

»Mir wird Samantha nicht so viel anvertrauen, wie Ihnen«, hatte Astrid gesagt. »Und wenn Samantha weg ist, kommt niemand mehr an das Mädchen heran.«

Jetzt schlief das Mädchen und Lena saß mit Samantha im Wintergarten, der sich an das Wohnzimmer anschloss und bis auf eine Sitzgruppe und zwei künstliche Gummibäume leer war. Sie hatte die Türen zum Haus zugezogen. Niemand konnte sie hören, aber sobald sich jemand näherte, konnten sie ihn durch die verglasten Wände ausmachen.

»Wie heißt denn das Dorf?«

Samantha schüttelte den Kopf, dass die glatten Haare nur so um ihr Gesicht flogen.

»Sie hat's gesagt, aber ich konnte es mir nicht merken. So ein ausländischer Name.«

Mist.

»Und ihre Eltern, wo leben die? Auch bei der Oma?«

Samantha dachte angestrengt nach. »Ihre Mama ist tot. Und der Papa ...« Sie stockte und verstummte.

»Was ist mit ihrem Papa?«

Samantha faltete die Hände im Schoß und blickte zu Boden. »Das darf ich nicht sagen.«

»Warum denn nicht?«

»Weil es ein Geheimnis ist. Sie hat's mir anvertraut. Unter Freundinnen. Ich musste ihr versprechen, es niemandem zu erzählen.«

Versprochen ist versprochen und wird auch nicht gebrochen.

»Das ist toll von dir, dass du dich an dieses Versprechen hältst.« Lena wusste nur zu gut, dass Samantha, obwohl noch so jung, eine starke loyale Seite besaß. Sie wollte und durfte ihr nicht das Gefühl geben, ihre Freundschaft gegen die neue Bekanntschaft auszuspielen. Trotzdem brauchte sie die Informationen aus dem Gespräch der beiden Mädchen.

»Aber manchmal muss man abwägen. Wenn jemand in Gefahr ist, beispielsweise. Dann kann es besser sein, sich über ein Versprechen hinwegzusetzen, um der anderen Person zu helfen.«

Samantha guckte misstrauisch auf. »Ist Dumitra in Gefahr?«

Dumitra heißt sie also!

»Sie ist weggelaufen. Diese Leute suchen sie jetzt.«

»Du meinst *GOTT*?« Samantha sprach das letzte Wort in einer Art ungläubigem Staunen aus. Als könne sie gar nicht fassen, dass sich ein Mensch so anreden ließ.

»Genau. Der und ein paar andere. Das sind keine netten Menschen.« Sollte sie ihr jetzt sagen, dass es höchstwahrscheinlich irgendwo eine Verbindung zwischen Dumitra und ihrer eigenen Entführung gab?

»Der wird sie nicht finden. Sie weiß, wie man sich versteckt.«

»Sie ist ein kleines Mädchen. Sie braucht Hilfe.«

Samantha spitzte skeptisch die Lippen, sagte aber nichts.

»Wir müssen ihre Eltern finden.«

Samanthas Blick huschte weg. Sie fixierte irgendetwas im Garten.

»Sie will nicht zurück«, sagte sie schließlich ganz leise. »Ihr Papa hat sie weggegeben.«

Lena war es, als würde ein kalter Windhauch sie streifen.

Auch Samanthas Mutter hatte ihre kleine Tochter weggegeben. Ohne das geringste Bedauern. Selten in ihrem Leben war Lena einem derartig kalten Menschen begegnet. Trotzdem hatte das Kind anfangs immer mal wieder nach der Mutter gefragt. Die herzliche Wärme der Treutles, der neue Bruder und die schöne Umgebung, ein Einfamilienhaus mit Garten in einer ruhigen Kleinstadt im Kraichgau, hatten geholfen. Alles dort war so ganz anders als die lieblose Umgebung eines Hochhauses in einem Brennpunktviertel. Die Tatsache, dass Samantha bereits früher einmal bei Pflegeeltern untergebracht gewesen war, hatten es für sie leichter gemacht. Nun fragte sie nur noch selten nach ihrer leiblichen Mutter. Ganz sicher aber war sie für das Thema, ein Kind wegzugeben, sensibel. Fragte sich nur, was Dumitra damit meinte.

»Was heißt das, weggegeben?«

Samanthas Blick bekam etwas Verzweifeltes. »Ich soll doch nicht darüber sprechen.«

Lena legte ihr die Hand auf den Arm. Sie wusste, in welchem Zwiespalt sich das Kind befand. Dennoch. Sie war die einzige Person, mit der Dumitra zurzeit redete.

»Was heißt, weggegeben?« Sie wiederholte ihre Worte und beugte sich leicht nach vorn.

Samantha sah sie an. »Du darfst es niemandem sagen. Versprochen?«

Himmel, sie würde dieses Versprechen brechen, das war so sicher wie das Amen in der Kirche.

»Ich sag's niemandem.«

Samantha nickte, dann begann sie zu erzählen.

66

Bis auf den Moment, als der Fremde kam, hatte sich der Tag in nichts von den anderen unterschieden. Dumitra hatte ein bisschen warme Milch und ein Stück von dem selbst gebackenen Brot ihrer Großmutter gefrühstückt. Darauf ihre Lieblingsmarmelade. Die Brombeeren hatten winzig kleine Körnchen zwischen ihren Zähnen hinterlassen, die sie im Garten mit Wasser ausspülte. Großmutter war im Stall, bei den Hühnern, als ein Wagen über die staubige Straße gefahren kam und vor dem geduckten, ockergelben Haus anhielt. Es war relativ ruhig an diesem Morgen. Ein paar Meter weiter spielten ein paar Jungs in verschlissenen Hosen und mit halbnacktem Oberkörper Fußball auf einem Brachgrundstück zwischen einem verfallenden Backsteinhaus und einem halb fertiggestellten Neubau, der mit seinen schneeweißen Mauern und den leeren Fenstern wirkte wie ein Fremdkörper. Abgestellt von Außerirdischen, die keine Ahnung hatten, wo sie hier gelandet waren. Als das Motorengeräusch verklungen war, lief Dumitra nach vorne zum Gartenzaun und schaute zwischen Streben des Holztors auf die Straße hinaus. Ein großer Wagen stand dort, nicht mehr neu, aber größer als die klapprigen Autos, mit denen die Leute im Dorf herumfuhren. Die blaugraue Karosserie war über und über staubbedeckt. Die Fahrertür wurde geöffnet, ein großer Mann stieg aus. Er blickte stumm die Straße hinauf und hinab. Die Jungen waren neugierig geworden und kamen näher, er verjagte sie mit ein paar harschen Worten. Schließlich drehte er sich um, sah sie hinter dem Tor stehen. Er verzog den Mund zu einem Lächeln. »Da ist ja mein Mädchen«, sagte er. Dumitra trat ein paar Schritte zurück. Sie kannte den Mann nicht. Wieso nannte er sie »mein Mädchen«?

Von hinten hörte sie Schritte, begleitet von leicht pfeifendem Atem. Das Mädchen drehte sich um und sah, wie die Großmutter beim Anblick des Fremden wie angewurzelt stehen blieb. Sie schlug sich die Hand vor den Mund, gleich darauf bekreuzigte sie sich mit ein paar gemurmelten Worten.

»Iosefina«, rief der Mann ihr zu.

»Verschwinde!«, rief die alte Frau zurück und bedeutete Dumitra, zu ihr zu kommen. Sie schob das Mädchen hinter sich, als wolle sie sie vor den Augen des Mannes schützen.

Der Mann lachte und machte mit der Hand eine obszöne Geste. Im gleichen Moment erscholl Hufeklappern. Ein Pferdewagen kam die Straße entlang. Er verlangsamte seine Fahrt beim Anblick des Wagens und des Mannes vor dem Tor, blieb schließlich ganz stehen. Es war der alte Bogdan mit seinem Sohn, einem tumben, aber kräftig gebauten Klotz.

»Was willst du hier?«, fragte der alte Mann.

Der Fremde spuckte in Richtung des Pferdekarrens aus. »Ich komme wieder«, knurrte er in Richtung Dumitras Großmutter. »Sie ist meine Tochter. Ich hole sie mir.«

»Nur über meine Leiche.« Iosefina sagte die Worte ganz leise, aber der Mann hatte es gehört. »Kannst du haben, alte Hexe.« Ohne ein weiteres Wort stieg er in seinen Wagen und fuhr mit quietschenden Reifen los.

Erst jetzt bemerkte Dumitra das Zittern in den Händen ihrer Großmutter.

»Wer war das?«, wollte sie wissen.

»Niemand, den du kennen musst.« Iosefinas Stimme klang auf einmal brüchig. »Nur der Teufel, der deine Mutter zugrunde gerichtet hatte.«

Sie dankte Bogdan mit einer matten Handbewegung. Der nickte ihr zu. Sein grimmiger Gesichtsausdruck stellte klar, dass er ihr jederzeit zur Seite stehen würde. Dann schnalzte er mit der Zunge, hob die Zügel und die beiden Pferde setzten sich wieder in Gang.

»Wenn der Mann noch einmal kommt, versteckst du dich«, verlangte ihre Großmutter von Dumitra. Die verstand nicht so richtig, was das Ganze sollte, was sich wohl in ihrem Gesichtsausdruck spiegelte.

»Verstanden!« Noch nie hatte Großmutter sie angeschrien, auch nicht an den Schultern gepackt und geschüttelt. Dass sie es jetzt tat, erschreckte das Mädchen, sie fing fast an zu weinen.

»Schon gut, meine Kleine«, murmelte die Ältere, nahm sie in den Arm und streichelte ihr mit einer trockenen, schwieligen Hand über die Wangen. »Aber es ist wichtig, dass du tust, was ich sage.«

Dumitra nickte. Sie sollte erst spät, viel zu spät, wirklich verstehen, was ihre Großmutter gemeint hatte.

67

Die gute Nachricht des Tages war, dass die Polizei nun wusste, wer der Mann war, der Angelika Kiewitz besucht hatte. Mit den Informationen, die Lena über den Wagen, das Frankfurter Kennzeichen und schließlich den Vornamen geliefert hatte, hatten sie ihn ausfindig machen können. Ein Fernmeldetechniker aus Frankfurt. Geschieden, kinderlos. Gefunden hatten sie ihn noch nicht.

Einen weiteren Lichtblick gab es für Lena persönlich. *Brandheiß* hatte die gegen sie gerichteten Anschuldigungen zurückgefahren. Inzwischen beschäftigte sich die Presse mit der Frage, warum die Spitze der Kreisverwaltung dazu nicht bereits früher in der Lage gewesen war. Darüber hinaus waren neue Beschuldigungen gegen Landrat Söder aufgetaucht. Eine Zeitung hatte einen Aufmacher gebracht, der es in sich hatte. Söder habe, so stand es da, reichlich Rücklagen der Landkreisverwaltung in dubiose Anlagegeschäfte stecken lassen. »Verzockt – Geld futsch! Landkreis pleite?«, lautete die plakative Überschrift. Lena schüttelte sich bei dem Gedanken, dass es sicherlich jemand aus der Verwaltung selbst war, der den Dreck kübelweise ausschüttete.

Samantha und Dumitra hockten schon wieder zusammen, dieses Mal auf dem weiß gestrichenen Parkettboden des Wintergartens. Astrid hatte ihnen ein Puzzle besorgt, das sie gemeinsam konzentriert und mit ernsthafter Miene legten. Die Aufgabe sah sehr umfangreich aus, die beiden würden noch eine Weile beschäftigt bleiben.

»Kann ich joggen gehen?«

Bernadette Graf blickte stirnrunzelnd auf. »Alleine kann ich Sie da nicht rauslassen. Aber wenn Sie mögen, komme ich mit. Sagen wir, in einer Viertelstunde?«

Lena nickte, wobei ihr einfiel, dass sie gar keine Sportklamotten bei sich hatte.

Als habe die BKA-Frau ihre Gedanken gelesen, machte die eine Kopfbewegung zur Tür.

»Im Wandschrank unter der Treppe liegen immer ein paar Notfallklamotten. Da ist sicherlich auch was für Sie dabei.« Anschließend beugte sie sich wieder über ihren Laptop, auf dem sie ihre Akten und auch die Vernehmungsprotokolle las. Lena hätte etwas dafür gegeben, einen Blick hineinwerfen zu können. Doch die BKA-Frau ließ ihr Gerät niemals unbeaufsichtigt, noch nicht einmal, wenn es zugeklappt und elektronisch verriegelt war.

Lena ging seufzend hinaus, um in dem Wandschrank nach etwas Passendem zu suchen. Sie fand mehrere lange Trainingshosen, darunter auch eine in ihrer Größe, sowie ein normales T-Shirt, das aber seinen Zweck erfüllen konnte. Nur passende Schuhe fand sie nicht, umso besser, dass sie beim Verlassen der Wohnung heute früh Sneakers getragen hatte. Das musste reichen. Es ging ihr ja hauptsächlich um Bewegung und frische Luft.

Sie war noch dabei, sich umzuziehen, als Bernadette Grafs Stimme durch den Treppenaufgang nach oben hallte. »Frau Borowski! Kommen Sie mal schnell runter!«

68

Obwohl ihre Großmutter anfangs so tat, als habe es die Begegnung am Gartenzaun nie gegeben, ging das Ganze Dumitra nicht aus dem Kopf. Seit sie zwei Jahre zuvor zur Großmutter gekommen war, wartete sie. Sie wartete auf ihre Mutter, die ihr damals übers Haar gestrichen und ihr versichert hatte, sie käme bald zurück.

»Mit genügend Geld, damit wir beide weggehen können von hier.«

Weggegangen, das waren sie schon einmal. Dumitra konnte sich an eine Zeit erinnern, in der sie in einem anderen Land gelebt hatten. Deutschland. »Deutschland ist besser für den Geldbeutel«, hatte ihre Mutter ihr mal gesagt. »Aber Rumänien ist besser fürs Herz.«

Warum sie dort blieben, wo doch ihre Mutter immer Heimweh hatte, wusste Dumitra nicht. Nur, dass sie sie irgendwann zurückgeschickt hatte. Das war, nachdem sie ihre Arbeit in einem Supermarkt verloren hatte. »Ich habe jetzt andere Arbeitszeiten. Du gehst zurück zu Oma.« Seither war sie hier. Die

Karten, die ihr ihre Mutter anfangs geschrieben hatte, wurden immer seltener, inzwischen war schon lange keine mehr gekommen. Großmutter machte sich ebenfalls Sorgen, das merkte das Mädchen. Doch sie sprachen nicht mehr über ihre Mutter. Nicht darüber, dass sie es ihr versprochen hatte, sie zu holen.

Stattdessen war nun dieser Mann aufgetaucht. Er hatte sie »mein Mädchen« genannt, hatte gesagt, sie sei seine Tochter. Großmutter schwieg mit zusammengepressten Lippen.

Ungefähr zwei Wochen nach dem seltsamen Besuch kam ein amtlich aussehender Brief. Iosefina wurde blass, als sie ihn sah. Auch Dumitra begriff, dass es damit etwas Wichtiges auf sich hatte, denn der Brief kam aus Deutschland.

Der Inhalt brachte die Großmutter zum Weinen.

»Sie sollte zurückkommen. Stattdessen schicken sie uns ihren Totenschein.« Iosefina war nicht mehr zu trösten an diesem Tag. Dazu kam noch etwas. Dumitra begriff es erst später. Der Mann, der angab ihr Vater zu sein, hatte nun Rechte. Ob ihr das gefiel, ob Iosefina das gefiel, danach fragte keiner.

»Sag mir etwas über den Mann, der mein Vater ist«, bat Dumitra, denn sie verstand, dass sie es jetzt wissen musste.

Das, was Iosefina ihr erzählte, trug allerdings nicht zu ihrer Beruhigung bei. Im Gegenteil. Kälte überkam sie und sie wünschte sich innigst, der Mann würde ebenfalls sterben und niemals zurückkommen. Doch schon bald stellte sich heraus, dass ihre Wünsche unerfüllt bleiben sollten.

69

»Dumitra Popescu. Sie ist neun Jahre alt. Lebte mit der Mutter einige Jahre in Ingolstadt. Die Mutter arbeitete als Putzfrau und Kassiererin. Sie wurde arbeitslos und kurz darauf tauchte sie im Rotlichtmilieu auf. Das Mädchen kam um den selben Zeitraum herum zur Großmutter in ...« Bernadette Graf beugte sich ein bisschen nach vorne, um den Text auf ihrem Laptop besser lesen zu können. »Livada Mica, heißt der Ort. Liegt im Norden des Landes, nahe der ungarischen Grenze. Der Vater, Nicolo Popescu, hat seine Frau kurz nach Dumitras Geburt verlassen. Die Familie hörte nichts mehr von ihm, was ihr nicht unrecht war. Nicolo behandelte seine Frau schlecht. Er betrog sie, schlug sie, trank zu viel und arbeitete nicht. Vermutlich meldete er sich jedoch irgendwann in Ingolstadt bei ihr und schickte sie dort auf den Strich. Erst, als seine Frau gestorben war, tauchte er bei der Großmutter Iosefina auf, um seine Tochter zu sich zu nehmen. Die alte Frau wusste, dass der Mann ein Spieler, Trinker und Kleinkrimineller war. Sie wehrte sich dagegen, dass er das Mädchen mit sich nahm. Dumitra kenne ihren Vater überhaupt nicht. Sie wolle bei der Großmutter bleiben. Genau so sagte es die Kleine auch aus. Es gab da nämlich einen Vorfall. Nicolo kam und verlangte, dass Dumitra sofort mit ihm zu kommen habe. Es gab ein Handgemenge, in dessen Verlauf ein Nachbar und dessen Sohn der alten Iosefina zu Hilfe kamen. Auch Dumitra wollte nicht mit ihrem leiblichen Vater gehen und biss ihn in die Hand. Alle Beteiligten landeten auf der Polizeistation, wo sie befragt wurden. Iosefina und Dumitra erklärten übereinstimmend, das Mädchen wolle am Ort bleiben. Nicolo schien das zu akzeptieren und verschwand. Nur wenige Tage später war Dumitra weg. Sie kam von der Schule nicht nach Hause. Daraufhin gab ihre Großmutter eine Vermisstenanzeige auf. Die allerdings nur zwei Tage später zurückgezogen wurde. Der Vater hatte von Bukarest aus erklärt, seine Tochter lebe nun bei ihm.«

»Was geschah dann?«

Lena, Astrid und die Polizeibeamtin saßen mit Bernadette Graf am Küchentisch. Die BKA-Frau hatte kurz zuvor einen Bericht über Interpol erhalten, den sie nun vorlas.

»Die Großmutter ließ nicht locker. Sie versuchte, das Sorgerecht für Dumitra zu erhalten. Aber das war ein hoffnungsloses Unterfangen. Nicht nur, weil Nicolo Popescu mit seiner Tochter inzwischen nach Deutschland gezogen war. Hier verlor sich seine Spur. Dumitra wurde hier weder angemeldet noch ging sie jemals zur Schule.«

»Sicher, dass sie es ist?«, wollte Astrid wissen.

Bernadette drehte ihren Laptop so, dass sie alle das Foto sehen konnten. »Das hat die Großmutter damals mit zur Polizei gebracht, als sie ihre Enkelin als vermisst meldete.«

Das Mädchen auf dem Foto wirkte wesentlich jünger, als die Dumitra, die sie kannten. Aber sie war es, keine Frage.

»Tja, nachdem wir ihren Namen kannten, das Alter und das Herkunftsland, haben wir noch einmal gezielt nachgefragt. Es ist für uns ein Glück, dass die Unterlagen der Vermisstenanzeige noch gespeichert waren.«

»Sie könnte also zur Großmutter zurück?«, fragte Astrid.

Bernadette Graf schüttelte den Kopf. »Iosefina lebt nicht mehr. Sie wurde kurz nach Dumitras Verschwinden von einem Auto erfasst und starb noch am Unfallort. Der Fahrer beging Unfallflucht.«

Sie blickten sich entsetzt an.

»Und Dumitra?«, fragte Lena schließlich. »Was genau ist mit ihr geschehen?«

Bernadette hob die Achseln. »Vermuten können wir einiges. Was wirklich geschehen ist, muss sie uns sagen. Denn keiner der Männer, von denen sie redete, war ihr leiblicher Vater.«

»Also auch nicht dieser Mann, der sich mit GOTT anreden ließ.«

»Nein. Für uns sieht es ganz danach aus, als sei Nicolo Popescu aus dem Leben seiner Tochter verschwunden. Und zwar schon kurz nachdem er sie von der Großmutter weg holte. Wenn Sie mich fragen, hat er Dumitra einfach verkauft.«

70

Dumitra lag im Bett und dachte nach. Sollte sie der blonden Frau, Astrid, alles erzählen? So wie sie schon einige Dinge Samantha erzählt hatte? Würde eine Erwachsene überhaupt verstehen können, welche Angst sie hatte? Samantha verstand sie, denn sie hatte auch schon einiges mitgemacht. Dabei war sie jünger. Ihre Mutter hatte sich nicht um sie gekümmert, jetzt lebte sie bei einer anderen Familie.

»Vermisst du sie nicht?«, hatte Dumitra staunend gefragt. Und Samantha hatte ihr anvertraut, dass sie immer noch jeden Tag an ihre Mutter dachte. »Frau Treutle sagt, dass das in Ordnung ist. Sie betet jeden Abend mit mir, dann schicken wir einen Wunsch ins Universum, dass es meiner Mutter gut gehen soll.«

Beten, das hatte ihre Großmutter auch mit ihr getan. Jeden Abend hatten sie gebetet. Und was hatte es gebracht? Nichts!

Sie warf sich auf die Seite und begann, an ihrem Daumennagel zu kauen. Großmutter war tot. Das war der Gedanke, der ihr zuverlässig die Tränen in die Augen trieb. Nie in ihrem Leben war jemand so gut gewesen zu ihr wie Iosefina. Sie hatte ihr stets das Gefühl gegeben, behütet zu sein. Sie war arm, so arm wie alle Leute im Dorf. Bis auf die natürlich, die im Ausland arbeiteten und genügend Geld hatten, neue, strahlend weiße Häuser zu bauen, vor denen manchmal dicke Autos standen. Aber Geld, das hatte sie von ihrer Großmutter gelernt, war nicht alles. Denn das, was sie ihr gegeben hatte, Wärme, Nähe und das Gefühl von Geborgenheit, das hatte sie niemals vorher und schon gleich gar nicht danach kennengelernt.

»Die Alte ist tot. Tot! Verstehst du!? Die wird uns keinen Ärger mehr machen«, hatte der Mann, der ihr Erzeuger war, gebrüllt. Seither wusste Dumitra, dass es keinen Ort mehr gab, keinen Menschen, zu dem sie zurückkonnte. Sie war neun Jahre alt und fühlte sich wie hundert. Nur, dass sie mit hundert alt genug gewesen wäre, über ihr Leben selbst zu bestimmen. Nun taten das andere. Sie setzte sich mit einem Ruck auf. Sie musste hier weg. Sie war schon viel zu lange hier. Wenn sie blieb, würde es ihr gehen wie dem kleinen Jungen? Sie dachte an ihn und auf einmal erfasste sie eine heiße, tiefe Zuneigung. Er war hübsch gewesen mit seinem hellblonden, stets ein wenig verwuschelten Haar und den großen, immer unsicher blickenden Augen. An seine Giraffe hatte er sich geklammert wie ein Ertrinkender. Sie war alles, was ihm von seinem früheren Leben geblieben war. Ob auch er von seinen Eltern weggegeben wurde? Für ein Auto, eine Urlaubsreise, einen vermeintlichen Anfang in ein besseres Leben? Dort, wo sie herkamen, gab es viele Phantomkinder. Heute da, morgen weg.

»Die Deutschen zahlen Geld für euch«, hatte mal jemand zu ihr gesagt. »Man braucht bloß eine Geburtsurkunde vorzeigen und schwupps gibt es Kohle. Kindergeld, sagen sie dazu. Und wenn wir euch verkaufen, läuft die Sache weiter, aber für euch kriegen wir viel mehr.« Er hatte böse gelacht dabei.

Ob der Junge mit der Giraffe wieder bei GOTT war? Was für eine schreckliche Vorstellung. Sie konnte nichts tun. Sie drückte die Fäuste auf die Augen. Sie wollte sich nicht vorstellen, was ihm geschah. Wo sie doch bei ihm gewesen war. Wo sie ihn doch hätte beschützen können vor ... Der Schrei bahnte sich seinen Weg von ihrem Herzen durch ihre Kehle und erfüllte den ganzen Raum.

71

»Schläft sie wieder?«

Astrid nickte. Sie alle waren durch Dumitras Schreie wach geworden. Samantha saß auf Lenas Schoß, hatte die Arme um sie gelegt und atmete unruhig. Astrid und Bernadette kümmerten sich beide um Dumitra. Sie weinte, gab aber nicht preis, was sie so beunruhigt hatte.

»Es ist nicht das erste Mal. Aber inzwischen denke ich, dass sie immer wieder von denselben Bildern heimgesucht wird. Sie redet von dem Jungen, mit dem sie zusammen in dieser Gartenhütte war. Sie hat schreckliche Fantasien.« Nach einem Seitenblick auf Samantha schwieg Bernadette.

»Der Junge mit der Giraffe?« Samantha löste sich ein wenig von Lena und rieb sich die Augen. »Ist er tot?«

Erschrocken blickten die Erwachsenen zu ihr hinüber.

»Wie kommst du darauf?« Lena hatte sich als Erste gefangen.

»Dumitra sagt, dass die Männer und GOTT ihn töten werden. So wie die anderen.«

Lena zuckte zusammen. Bernadette Graf nagte an ihrer Unterlippe, sie schien nicht schockiert. »Sein Vater hat ihn abgeholt«, sagte sie schließlich.

Rohloff stieß hörbar die Luft aus und verließ die Küche.

»Ich bring dich ins Bett«, sagte Lena zu Samantha. Sie wollte nicht, dass das Kind womöglich mitbekam, dass genau dieser Vater das Problem zu sein schien.

Ers als beide Mädchen wieder schliefen und Lena in die Küche zurückkam, redeten sie weiter.

»Der Mann, der den Jungen abholte, hatte also falsche Papiere?«

»Er hatte richtige Papiere, nur eben, dass es nicht seine waren. Nachdem Dumitra uns alarmiert hat, haben wir natürlich sofort Kontakt zu der vermeintlichen Familie des Jungen in Rumänien aufgenommen. Doch deren Vater und Sohn saßen friedlich mit dem Rest der Familie am Abendbrottisch. Keiner war in Deutschland, das Kind war nicht identisch mit dem, das wir aufgegriffen hatten. Jedoch war dem Vater erst wenige Tage zuvor die Brieftasche gestohlen worden, darin auch sein Ausweis.«

»Mit dem wiederum ein anderer Mann, der ihm zumindest ähnlich sah, den kleinen Jungen abholte?«

»So muss es gewesen sein.«

»Was hatte er für eine Erklärung, dass sein Kind in Deutschland herumstreunte?«

»Eine, die wir akzeptieren mussten. Das Kind sei bei Verwandten gewesen und ausgebüxt. Da Dumitra bis zu diesem Zeitpunkt nichts gesagt hatte, was dem entgegenstand, wurde die Erklärung akzeptiert.«

»Sie wissen nicht, wo der Junge jetzt ist?«

Bernadette Graf schüttelte unglücklich den Kopf.

Rohloff kam zurück in den Raum, er zog einen leichten Nikotinduft hinter sich her. Lena betrachtete ihn nachdenklich. Er wirkte nervöser als sonst, als würde ihn etwas beschäftigen.

»Vielleicht sollten wir schlafengehen«, murmelte sie.

72

»Lena!« Samantha flüsterte ihr direkt ins Ohr, sodass Lena sofort erwachte. Das Mädchen stand neben ihrem Bett, sie konnte es in der Dunkelheit lediglich schemenhaft erkennen. Mit einer reflexartigen Handbewegung zog sie die Decke über sich, bevor sie sich aufsetzte.

»Was ist los, Sami? Kannst du nicht schlafen?«

»Es ist ... wegen Dumitra. Sie will aus dem Fenster klettern.«

»Waaas?!« Lena war sofort aus dem Bett.

»Wo will sie hin?« Sie wartete die Antwort nicht ab, sondern rannte bereits mit bloßen Füßen über den Flur zum Zimmer der Mädchen, wo Dumitra sich im Halbdunkel gerade die Schuhe anzog. Anklagend blickte sie zu Samantha, um gleich danach den Kopf abzuwenden. Stumm starrte sie auf den Boden. Langsam ging Lena zu dem leeren Bett ihr gegenüber und setzte sich auf die Matratze. Samatha kam neben sie und kuschelte sich in ihren Arm. Sie zitterte leicht und Lena dachte, dass das Leben es dem Mädchen zurzeit nicht gerade leichtmachte.

»Dumitra«, begann sie leise. »Hier bist du sicher. Warum wolltest du fort?«

Die einzige Reaktion war ein böser Blick auf Samantha.

Die legte jetzt einen Arm um Lenas Taille, als wolle sie sich an ihr festhalten.

»Geht es um den Jungen, mit dem du unterwegs warst?«

Dumitra blickte kurz auf und Lena dachte schon, sie würde nicht antworten, doch dann nickte sie.

»Du hast Angst um ihn. Weil du weißt, was das für Männer sind, die ihn zurückgeholt haben.« Sie formulierte eine Feststellung, keine Frage. »Das kann ich verstehen. Aber wenn du jetzt alleine da hinausgehst, wird man dir ebenfalls wehtun. Damit hilfst du ihm nicht.« Der Kopf des Mädchens hob sich ganz langsam.

»Weißt du, wo er ist?«

Sie starrte Lena scheinbar unbewegt an, nur das Zucken ihrer Nasenflügel verriet ihre innere Unruhe.

»Lena ist meine Freundin.« Samantha sprach leise und gleichzeitig bestimmt. »Du kannst ihr alles sagen.«

Die Lider des anderen Mädchens flatterten. Sie senkte den Kopf und plötzlich liefen Tränen über ihr Gesicht.

»Ich weiß, wer er ist.« Sie sagte es so leise, dass man sie kaum verstand.

Lena wäre am liebsten aufgesprungen, hätte die Polizistin oder Bernadette Graf geweckt, doch ihr Instinkt riet ihr, noch sitzenzubleiben.

»Willst du es uns sagen?«, fragte sie behutsam nach.

Die Kleine hob den Kopf, jetzt waren ihre Augen wieder hart wie schwarzes Glas.

»Er wird euch töten! Und mich auch, weil ich ihn verraten habe«, stieß sie hervor.

»Das lassen wir nicht zu«, entgegnete Lena ruhig. »Wir nehmen ihn fest und bringen ihn ins Gefängnis. Damit er dir und anderen Kindern nichts mehr tun kann.«

Dumitra war noch immer nicht überzeugt. Ihr Blick wanderte zwischen Samantha und Lena hin und her. Scheinbar beruhigte sie dieser Anblick, denn sie nickte knapp. Dann beugte sie sich vor und nannte einen Namen.

73

Als sie erwachte, summte es im ganzen Haus wie in einem Bienenstock. Nach den Aufregungen der letzten Nacht war das auch kein Wunder. Lena räkelte sich, die Seite neben ihr war leer, Rohloff war also schon aufgestanden. Sie hob die Beine aus dem Bett und angelte nach ihren Socken. Gähnend saß sie noch eine Weile am Bettrand. Was würde heute geschehen? Würde es endlich einen Durchbruch geben? Der kleine Junge mit der Giraffe blieb verschwunden. Niemand wusste, was mit Toby und seiner Mutter geschehen war. Unbekannt blieb, von welchem Kind das abgeschnittene Ohr stammte. Und Dumitra hatte in der Nacht geschrien und hätte beinahe einen Fluchtversuch unternommen. Samantha hatte nach der ganzen Unruhe am Vorabend anklingen lassen, sie würde doch ganz gerne wieder in ihre Familie zurückkehren. Sie vermisste die Treutles, ihren kleinen Adoptivbruder und Otto, den Familienhund.

Lena seufzte und zog ihr T-Shirt zurecht. Aus der Küche drang das Geklapper von Geschirr, begleitet von leichtem Kaffeeduft. Sie griff nach ihrem Kulturbeutel. Es gab im oberen Teil des Hauses, wo die beiden Mädchen, Bernadette Graf, Astrid, sowie sie und Rohloff schliefen, zwei Bäder und eine Toilette. Unten, wo sich neben Küche, Wohnzimmer mit Wintergarten und einem Esszimmer noch ein Gästezimmer befand, in dem immer eine der beiden Polizeibeamtinnen schlief, die sich täglich abwechselten, hatte man ebenfalls ein kleines Badezimmer eingebaut. So, wie es sich anhörte, waren fast alle schon wach, sodass sie in Ruhe würde duschen können. Doch beide Badezimmer oben waren besetzt. Sie stieg die Treppen hinunter. Vom Flur aus konnte sie durch die offenstehende Tür in die Küche sehen. Die Polizeibeamtin stand mit dem Rücken zu ihr in der Küche und goss Tee in einer Kanne auf. Bernadette Graf saß, wie üblich, am Küchentisch, den aufgeklappten Laptop vor sich. Aus dem Esszimmer hörte man das Plappern von Samantha und Dumitra. Astrid und Rohloff mussten noch oben sein. Lena wollte gerade in Richtung Badezimmer gehen, als Bernadette Graf etwas sagte, das sie innehalten ließ.

»Der Mann hätte niemals mit Angelika Kiewitz in Verbindung kommen dürfen. Der hat eine eindeutige Vorstrafe. Wenn das

Jugendamt wusste, dass er dort Zugang zur Wohnung hat, auch wenn die Frau nicht zu Hause war, also er mit dem Jungen alleine sein konnte, hätten sie sofort Alarm schlagen müssen.«

»Was sagt Frau Borowski dazu?«

»Sie darf eigentlich gar nichts über diesen Fall erfahren. Immerhin ist nach wie vor nicht klar, welche Rolle sie spielt.«

»Sie war nicht mehr im Jugendamt, als das alles passierte.«

»Stimmt. Ich persönlich glaube ihr auch. Aber dummerweise sind jetzt Beweise aufgetaucht, die eindeutig belegen, dass sie auch danach noch Kontakt zu der Familie hatte.«

Lena zuckte bei diesen Worten zusammen. Was war das denn wieder? Das konnte doch gar nicht sein.

»Ehrlich? Ach du Scheiße! Was machen wir denn jetzt?«, drang die Stimme der Polizistin auf den Flur hinaus.

»Samantha kann wieder nach Hause. Wir werden noch jemanden zu ihrem diskreten Schutz abstellen, bis wir die Hintermänner der Entführung ausfindig gemacht haben. Sie hat uns den Zugang zu Dumitra verschafft. Es wäre nicht gerechtfertigt, sie länger hierzubehalten. Zumal ich nicht glaube, dass das, was Dumitra erzählen würde, für Samanthas Ohren geeignet ist. Wenn sie nicht mehr hier ist, kann auch Frau Borowski gehen.«

»Ich dachte, sie ist gefährdet? Sagte das nicht Ihr Kollege?«

Bernadette Graf seufzte tief. »Ist sie, solange wir nicht wissen, wer hinter ihr her ist, werden wir noch Personenschutz leisten. Irgendjemand kennt sie und ihren Bezug zu Samantha und weiß daher auch, wer sie ist. Vielleicht inzwischen auch, wo sie wohnt. Wir haben aber keine Ahnung, was diese Leute jetzt noch von ihr wollen könnten. Wir suchen fieberhaft nach den jetzigen Besitzern des ehemaligen Hotels. Alles, was wir haben, ist eine Postfachadresse auf Malta.«

Oben klappte eine Tür. Schritte erklangen auf dem Flur. Lena hielt die Luft an, als könne sie die Konversation in der Küche damit beschleunigen.

»Ich frage mich, ob Frau Borowski uns etwas verschweigt.« Die Stimme der Polizistin klang zweifelnd.

»Immerhin hat sie uns den Namen des Mannes genannt, den Dumitra GOTT nennt. Nach dem wird seit der Nacht gesucht.

Was sich schwierig gestaltet. Unter seiner Meldeadresse in Rumänien ist er jedenfalls nicht mehr anzutreffen.«

Lena nagte an ihrer Unterlippe. Es hatte so vielversprechend begonnen. Dumitra hatte wohl ein- oder zweimal den Führerschein des Mannes in der Hand gehabt, Name und Geburtsdatum auswendig gelernt. Bernadette Graf hatte noch in der Nacht eine Suchaktion eingeleitet. Ob es seine richtigen Papiere waren, wusste man dabei nicht einmal.

»Was ist mit Lena Borowskis Freund?«

»Rohloff? Ist nicht in diesen Fall verwickelt. Außerdem hat er einen Persilschein.«

Jemand, vermutlich die Polizistin klapperte in diesem Moment laut mit Geschirr, sodass Lena den sich daran anschließenden Teil der Unterhaltung nicht mehr gänzlich verstehen konnte.

»... doch sein, dass jetzt sowieso alles vorbei ist, wo doch die Sache mit dem Hotel für die Betreiber gelaufen ist«, war das Nächste, was sie hörte.

»Ja. Vielleicht. Aber irgendwie habe ich das Gefühl, dass ...«

Jetzt näherten sich die Schritte von der Treppe. Leichte Schritte, also war es Astrid. Mist. Lena wollte unbedingt hören, was Bernadette Graf sagte, doch die senkte nun die Stimme derartig ab, dass kaum noch etwas zu verstehen war.

»... auf jeden Fall weiter beobachten«, war das Letzte, was sie hören konnte, bevor sie ihren Lauschposten verlassen musste.

Schnell hastete sie zum Badezimmer und schloss die Tür leise hinter sich. Dann stand sie mit hämmerndem Herzen dort. Ihr Gesicht im Spiegel war käseweiß. Was hatte Bernadette Graf gesagt? Beweise? Dass sie bei der Familie Kiewitz war? So ein Blödsinn! Sie wusste ganz genau, dass das nicht stimmte. Gut, dass sie heute hier herauskommen würde. Dann könnte sie nachfassen. Sie hatte so die Nase voll davon, mit Dreck beworfen zu werden!

74

Die Frankfurter Innenstadt war an diesem Samstag dicht bevölkert. Auf der Haupteinkaufsstraße, der Zeil, bewegten sich die Menschenmassen gut gelaunt von einem Geschäft zum nächsten. Carola Bergmann trug drei gut gefüllte Einkaufstüten in der Hand, als sie am späten Vormittag ins *Café am Liebfrauenberg* kam. An einem der hinteren Tische wartete ihr Freund Patrick. Er las stirnrunzelnd eine Zeitung und blickte erst auf, als sie direkt neben ihm stand.

»Hallo mein Schatz«, begrüßte sie ihn gut gelaunt. Patrick machte sich nicht viel aus Shopping, er kaufte schnell und zielorientiert das, was er brauchte, während Carola sich gerne mal treiben und inspirieren ließ. Meistens waren sie getrennt unterwegs und trafen sich anschließend in einem Café oder Bistro.

»Hab ich vielleicht einen Kaffeedurst«, verkündete sie sogleich. Während sie die Tüten abstellte und sich mit seiner Hilfe aus ihrer Jacke schälte, warf sie einen Blick auf die Zeitung.

»Schon wieder der Söder?«, murmelte sie. Patrick winkte der Kellnerin, die ihm mit einer Geste zu verstehen gab, sie käme gleich.

»Das ist unfassbar«, murmelte er und klopfte auf die Schlagzeilen, die wie bei *Brandheiß* üblich sehr fett gedruckt waren. Die Kellnerin kam, Carola gab ihre Bestellung auf und erst danach redeten sie weiter.

»Landrat schanzt Verwandtem lukrative Geschäfte mit Flüchtlingen zu? Was soll das denn heißen?« Carola schüttelte verständnislos den Kopf.

»Das kann ich dir erklären.« Patrick beugte sich zu ihr vor. »Angeblich hat Söder einem Cousin dritten Grades seiner Ehefrau auf dem Höhepunkt der Flüchtlingskrise lukrative Verträge zugeschanzt. Der Mann besitzt ein ziemlich heruntergekommenes Hotel, den Rest kannst du dir ja denken.«

Mehr brauchte er nicht zu erwähnen. Damals waren die Kommunen von der Bundespolitik überrollt worden. Gezwungen, eine Vielzahl von Menschen unterzubringen, hatte man jede sich bietende Gelegenheit ergriffen. Dass darunter auch Geschäftemacher waren, die sich nur auf langfristige Verträge einließen, war hinreichend bekannt. So mussten selbst jetzt noch Verträge bedient werden, obwohl diese Unterkünfte nicht mehr gebraucht wurden. Verbranntes Geld der öffentlichen Hand und somit der Steuerzahler. Nur, dass da öffentlich keiner mehr drüber sprach.

»Ein Cousin dritten Grades von Frau Söder? Woher hätte er das denn wissen sollen? Sowieso ist er überhaupt nicht zuständig für diesen Bereich. Das ist doch unser Dezernat«, murmelte Carola und nippte an ihrem Kaffee.

»Eben. Selbst wenn er gewollt hätte, die Vergabe läuft nicht über ihn. Außerdem – kennst du deine Cousins dritten Grades?«

Carola legte die Zeitung weg und schüttelte sich leicht. Ihr war es definitiv lieber, den größten Teil ihrer Verwandtschaft nicht zu kennen. Sie war in einem Brennpunktviertel in Frankfurt auf- gewachsen und heilfroh, dem allem entronnen zu sein. Was Frau Söder anging, wusste sie natürlich nicht, wie eng seine Familien- bande waren. Aber sie ahnte, aus welcher Ecke diese Anschul- digungen kamen.

»Jedem, der das liest, geht doch der Hut hoch«, schnaubte Patrick. »Dass das der Maibaum nützt, ist doch klar.« Mit der war er über Kreuz, seit er wusste, dass sie ihn nicht zum Amtsleiter befördern würde. Er dachte inzwischen sogar laut darüber nach, den Job zu wechseln. Nur wohin? Jugendamtsleiter wurden nicht gerade händeringend gesucht.

»Die Maibaum gräbt ganz schön tief«, entgegnete Carola nach- denklich. »Das geht nicht, ohne sich selbst die Finger schmutzig zu machen.«

»Was meinst du damit?«

»Du kennst Söder doch genauso gut wie ich. Das Bild, das die Presse zurzeit von ihm zeichnet, wird ihm nicht gerecht. Es gibt für mein Dafürhalten nur eine Person, die davon profitiert. Meine Chefin. Sie muss aber sowohl intern jemanden haben, der ihr bestimmte Sachverhalte steckt. Dazu einen oder mehrere Jour- nalisten, die das Zeug auch noch schreiben.«

»Jemand aus Söders Umfeld, der oder die der Maibaum hilft, ihn zu kippen?"

Carola fiel niemand ein. Über die persönliche Loyalität hinaus waren enge Mitarbeiter idealerweise auch immer über ihr Partei- buch an die politischen Führungskräfte gebunden. Ohne das machte kaum jemand wirklich Karriere in der öffentlichen Verwaltung. Sie war eine Ausnahme, das war ihr wohl bewusst. Aus genau diesem Grund hatte sie immer besser sein müssen als manch andere. Als manch anderer sowieso. Auf einer Stelle mit Frauenquote hätte sie sich sowieso nicht ausruhen wollen. Jetzt aber regte sich in ihr erneut Widerstand gegen ihre Chefin.

»Sag mal, weißt du etwas über diese Sache mit dem kleinen Toby?«

»Nicht mehr, als du«, entgegnete Patrick. Er war zwar stellvertretender Jugendamtsleiter, hatte die betreffende Akte aber nie in der Hand gehabt. »Natürlich habe ich versucht, mir die Unterlagen im System anzusehen. Aber auch dort ist der Vorgang gesperrt. Ich habe keine Zugriffsberechtigung mehr. Da ich nicht der designierte künftige Amtsleiter bin, wird man mir auch keinen Einblick mehr gewähren.«

»Die neu aufgetauchten Beweise, die gegen Frau Borowski sprechen ...«

»... die dürften erst aufgetaucht sein, nachdem unsere Dezernentin höchstselbst die Akten gesichtet hat.«

Sie blickten sich schweigend an.

»Ach so ist das«, entgegnete Carola nach einer ganzen Weile.

»Genau so!« Auch er sprach nicht aus, was beide dachten. Weil es so ungeheuerlich war.

75

»Persilschein. Wer sagt denn so etwas?« Rohloff fuhr, Lena hatte bisher die meiste Zeit geschwiegen. Der Tag hatte merkwürdig begonnen und war bisher nicht viel anders verlaufen. Jetzt zeigte sich am Himmel bereits das dunkle Blau der Dämmerung. Die A5 in Richtung Frankfurt war stark befahren, zudem kam der Verkehr durch Baustellen immer wieder kurzzeitig zum Erliegen. Lena war unruhig, sie wäre am liebsten schon wieder daheim gewesen, fühlte sich seltsam unwohl.

Der Abschied von Samantha am Nachmittag war ihr schwergefallen. Das Mädchen hatte sie fest an sich gedrückt und hoffte, sie würde es bald einmal besuchen kommen. Lena war sich nicht ganz sicher, ob auch die Familie Treutle das wünschte. Noch hatte niemand dort das Trauma verarbeitet, das die Entführung des jüngsten Mitglieds ausgelöst hatte. Keiner aus der Familie hatte den Wunsch geäußert, mit Lena zu sprechen. Es war offensichtlich, dass sie sie indirekt für Samanthas Entführung verantwortlich machten. All das konnte sie Samantha nicht sagen, daher hatte sie tapfer gelogen und versichert, sie käme bald einmal nach Oberderdingen. Auch von Dumitra hatte Samantha sich herzlich verabschiedet. Es war unübersehbar, dass die beiden Mädchen einen Draht zueinander hatten. Ein großer Glücksfall für das BKA und die Polizeipsychologin. Doch spürbar war auch eine gewisse abwartende Haltung, die die junge Rumänin eingenommen hatte. Würde man GOTT fassen? Ihre Skepsis hatte sich augenscheinlich noch immer nicht gelegt.

»Was geschieht jetzt mit ihr?«, hatte Samantha wissen wollen. Noch konnte ihr niemand diese Frage mit Gewissheit beantworten. Sollte der Vater auftauchen, würde er seine Tochter mitnehmen können.

»Er hat sie an Kriminelle verschachert!«, schnaubte Lena. »Kein Wunder, dass sie nicht sagen wollte, wie sie heißt.«

»Wir können ihm das nicht beweisen. Es sei denn, Dumitra sagt gegen ihn aus. Dann steht Wort gegen Wort. Er könnte angeben, das Mädchen sei davongelaufen.«

»Ich habe ihr versprochen, dass ihr nichts geschieht. Dass Sie auf sie aufpassen.«

Bernadette Grafs Augen spiegelten Mitgefühl, mehr war von ihr jedoch nicht zu erwarten. Falls Nicolo Popescu nicht aufzutreiben wäre, käme Dumitra wohl in Rumänien in ein Waisenhaus. Lena hatte den Eindruck, dass das Mädchen das wusste. Sie mochte erst neun Jahre alt sein, besaß aber eine innere Reife, die eher an einen abgeklärten Teenager erinnerte.

Samanthas Entführer waren just an diesem Tag festgenommen worden.

»Kleinkriminelle, die den Auftrag im Darknet angenommen haben, mit Kryptowährung bezahlt, sie kennen ihre Auftraggeber nicht einmal«, hatte Bernadette Graf gesagt.

»Die haben durchaus Erfahrung mit Kindesentführungen, haben das wohl schon mehrfach für Elternteile gemacht, die ihre Kinder nach einer Trennung entführen ließen. Das Kind verletzt hätten sie auf keinen Fall. Sie hatten keine Ahnung, dass in dem Karton, den sie aufgegeben haben, ein Stück von einem Ohr lag.«

Trotzdem blieb eine gewisse Unruhe. Was, wenn die Polizei die Hintermänner nicht fand? Lena mochte gar nicht darüber nachdenken. Dass auch sie immer noch gefährdet war, wusste sie. Römhild wollte ihr Personenschutz gewähren, doch Rohloff hatte das abgelehnt mit der Begründung, er selbst wolle für ihren Schutz sorgen. Doch nun musste er ihr erst einmal erklären, was es mit dem Wort auf sich hatte, das sie am Morgen aufgeschnappt hatte.

»Persilschein. Genau.«

Rohloff schwieg so lange, dass sie ihn beunruhigt ansah.

»Lass uns einen Kaffee trinken gehen.« Er lenkte den Wagen bereits auf einen Rastplatz. Lena, die am liebsten schon zu Hause gewesen wäre, unterdrückte einen ungeduldigen Ausruf. Etwas an Gerds Mimik, die nun eine gewisse Spannung aufwies, veranlasste sie, zu schweigen. Erst als sie saßen, Gerd hatte einen Platz ausgesucht, an dem sie ungestört reden konnten, danach hatte er zwei Tassen Kaffee und für jeden noch ein Glas Wasser besorgt, nahm er das Gespräch wieder auf.

»Es gibt etwas, das kaum jemand über mich weiß«, begann er. »Dass ich es dir jetzt erzähle, hat etwas mit dem Vertrauen zu tun, das ich dir entgegenbringe. Andernfalls hätte ich dir eine Lüge auftischen können. Aber das möchte ich nicht.« Er trank konzentriert von seinem Kaffee, stellte die Tasse behutsam ab und beugte sich leicht nach vorn, näher zu ihr.

»Wie du schon weißt, habe ich einen Bruder. Schon von Kindheit an standen wir uns besonders nahe, waren unzertrennlich. Als Teenager dann kamen wir beide auf die schiefe Bahn, wie man so schön sagt.« Er lachte dumpf auf. »Das Geld war immer knapp zu Hause. Unsere Mutter strampelte sich mit allen Jobs, die sie bekommen konnte ab. Das war uns zwei irgendwann nicht mehr genug. Er und ich fingen an, diverse Dinger zu drehen. Nichts Großes. Zigarettenschmuggel, kleinere Diebstähle. Mein Bruder verzockte seine Kohle jedes Mal schnell wieder. Eines Tages kam er nicht nach Hause. Ich fand ihn in der Nähe einer illegalen

Pokerstätte. Man hatte ihn so zusammengeschlagen, dass er nicht mehr laufen konnte. Spielschulden. Meine Mutter brach fast zusammen, als sie ihn sah. Es war furchtbar, denn die Schläger drohten, auch ihr etwas anzutun. Um das Geld zu beschaffen, ließ ich mich auf einen Raubüberfall auf einen Geldtransporter ein. Die Details erspare ich dir. Es ging gründlich schief, am Ende lag ein toter Wachmann auf dem Boden und wir erbeuteten nicht annähernd so viel, wie wir erhofft hatten.«

»Hast du ...?«

»Nein. Er war's. Sinnlos, der Mann hatte die Hände oben, ist aber gestolpert. Mein Bruder hat die Nerven verloren. Danach war alles einfach nur schrecklich.«

Er schwieg einen Moment, seine Augen wirkten auf einmal sehr hart und fremd auf Lena.

»Ab dem Moment war Schluss mit unserer gemeinsamen kriminellen Energie. Wir bezahlten seine Schulden, ich zog mich von ihm zurück und er verschwand nach Hamburg.«

Zwei jüngere Paare drängelten sich an ihnen vorbei zu einem freien Tisch. Rohloff senkte die Stimme so sehr, dass Lena kaum noch verstand, was er sagte.

»Ein paar Jahre später kam er zurück. Ich hatte damals gerade ein Haus im Frankfurter Bahnhofsviertel gekauft. Mit legal verdientem Geld. Und ich hatte meine Frau kennengelernt.«

Marie. Die große Liebe seines Lebens. Viel wusste Lena nicht über sie. Nur, dass sie nichts mit dem Rotlichtmilieu zu tun, sondern eine Kunstgalerie geführt hatte.

»Mein Bruder hatte nie von sich hören lassen, nun kam er zur Beerdigung unserer Mutter. Und schien wie ausgewechselt. Er spielte nicht mehr, trank mäßig und vermittelte den Eindruck, sein Leben komplett umgekrempelt zu haben. Trotzdem hielt ich instinktiv Abstand. Der Tod des Wachmanns war nie aufgeklärt worden und mir war es, als ob ich eine riesige Bürde mit mir herumschleppte. Die leider ab dem Moment noch größer wurde. Denn mein Bruder hatte sich überhaupt nicht geändert, er konnte sein wahres Ich einfach besser verbergen. Kaum in Frankfurt, nistete er sich bei uns ein und geriet schon nach kurzer Zeit in heftigen Streit mit einer ausländischen Gang.«

Er hob den Kopf und Lena sah, dass nun der schwerste Teil von Rohloffs Erinnerung kam.

»Das Ganze ging so weit, dass Marie eines Tages von einem dieser Typen abgefangen und bedroht wurde. Sie konnte danach eine Zeit lang das Haus nicht verlassen, so sehr ängstigte sie das. Ich wusste, dass es so nicht weitergehen konnte. Doch mein Bruder schien immer noch zu glauben, dass er mich auf seine Seite ziehen könnte. Vielleicht dachte er, dass jemand, der sein Geld nun im Amüsierviertel verdient, kriminellen Taten nicht abgeneigt sein kann.«

Er schenkte sich Wasser ein, trank mit zurückgeneigtem Kopf das ganze Glas leer und sprach weiter.

»Es ging um einen Waffendeal. Etwas richtig Großes. Ich sah sofort meine Chance. Auch wenn es verwerflich klingt, aber ich glaube, es war die einzige Möglichkeit, ihn loszuwerden.«

»Du hast ihn verraten.«

»Ja. Ich wusste, dass das BKA an der Sache dran war und sorgte dafür, dass sie zuschlagen konnten. Niemand hat je erfahren, dass ich der Tippgeber war.«

»Das ist lange her.«

»Ja. Sehr lange. Doch die beiden Beamten sind in meinem Alter. Also sitzen sie inzwischen in guten Positionen bei ihrem Verein. Der Kontakt ist sehr lose, aber immer noch vorhanden. Beide Seiten haben das bisher nie bereut.«

Lena atmete tief aus. »Wo ist dein Bruder jetzt?«

Rohloff lächelte ganz fein. »Er hat seine Strafe abgesessen. Den Mord an dem Wachmann natürlich nicht, davon weiß bis heute niemand. Doch es gibt wieder einen Haftbefehl gegen ihn, dieses Mal aus Frankreich. Es geht um Juwelendiebstahl und einen Toten in Marseille. Danach hat er sich abgesetzt. Lebt angeblich in Guatemala.«

Lena blickte stirnrunzelnd in ihre Tasse. Der Kaffee war kalt geworden, aber das war ihr egal, sie hatte sowieso keinen Appetit mehr darauf.

»Die Obduktionsergebnisse von Toby, hattest du die auch über diese Verbindung?«

Er schüttelte den Kopf. »Nein.«

Natürlich nicht. Das BKA hatte anfangs in diesem Fall ja noch gar nicht ermittelt.

Lena lehnte sich zurück und betrachtete den Mann, der sie faszinierte, anzog und der ihr gleichzeitig immer noch so fremd war. Wie viele Geheimnisse mochte er noch haben? Welche würde er ihr anvertrauen? Und wie viele nicht?

Ist das nicht egal?

Sie fühlte sich in seiner Gegenwart sicher und beschützt. Bestürzt stellte sie nun fest, dass es offensichtlich dieselben Charaktereigenschaften waren, die es ihm ermöglicht hatten, in einer so harten Welt wie dem Frankfurter Bahnhofsviertel zu bestehen und ihn beschützend und stark wirken ließen. Diese kompromisslose Härte, diese Bereitschaft, mit allen Mitteln für die eigenen Ziele und die Menschen, die er liebte, zu kämpfen.

»So, nun weißt du Bescheid, was es damit auf sich hat.« Er sah sie abwartend an. Als wolle er prüfen, wie seine Worte auf sie gewirkt hatten.

Lena beugte sich vor und ergriff seine Hand. »Weißt du was? Ich glaube, ich hätte genauso gehandelt wie du.«

76

Jetzt waren sie alle weg. Samantha, Lena und ihr Freund und auch die weißhaarige Frau. Sie war mit Astrid und der Polizistin alleine im Haus. Hier würde sie bleiben, bis man GOTT gefunden hatte. Sie glaubte nicht daran. GOTT war ein Arschloch, aber er war cleverer als diese Leute hier. Sie ärgerte sich über ihren schwachen Moment. Samantha hatte sie vertraut. Ein bisschen beneidete sie sie auch. Es war ihr ebenfalls schlecht ergangen im Leben. Nicht so schlecht wie ihr, natürlich. Aber auch sie war weggegeben worden. Von der eigenen Mutter. Jetzt lebte sie bei einer anderen Familie, es ging ihr gut und sie hatte in Lena eine Freundin. Als sie sie so gesehen hatte, in Lenas Arm, hatte sie geglaubt, dass auch sie vielleicht noch eine Chance hätte in diesem Leben etwas anderes zu erfahren als Angst und Schmerzen. Nur, was wenn ihr Vater sie wieder abholen würde?

Sie dachte nur mit Abscheu an diesen Menschen, der sie weggeholt hatte aus einem Leben, das gut war. Anfangs hatte er sie zum Betteln auf die Straße

*geschickt. Dann zum Stehlen abgerichtet. Er hatte Häuser ausgekundschaftet,
in die sie einbrach.*

*»Wenn jemand zu Hause ist, sagst du, du suchst deine Katze«, schärfte er
ihr ein. Sie hatte das nicht gemocht. Stehlen ist Sünde, sagte ihre Großmutter
immer. Was man jemand anderem wegnahm, mache nicht glücklich. Ihr
Vater wusste das nicht, ihn machten das Geld und der Schmuck, den sie
mitbrachte, durchaus glücklich. Warum ihm alles schnell wieder zwischen den
Händen zerrann, verstand sie erst, als die Männer kamen. Spielschulden habe
er, sagten sie. Dass sie die abarbeiten müsse. Dann stieg sie in ein Haus ein,
in dem sich laut ihrem Vater niemand befand. Ein Fenster war gekippt, sie
öffnete es und stand in einer Küche. Geld und Wertsachen befanden sich
meistens im Schlafzimmer, also lief sie in den ersten Stock hinauf. Und blieb
stehen wie eingefroren. Im Bett lag jemand. Eine alte Frau. Im ersten Moment
dachte Dumitra, sie sei tot. Aber sie lebte noch. Ganz langsam öffnete sie sie
Augen.*

*»Kind, was machst du hier?«, fragte sie mit einer Stimme, die schon gar
keine mehr war. Dumitra konnte sich vor Schock nicht rühren.*

*»Ruf den Arzt«, hörte sie die Alte flüstern. »Mir geht es nicht gut.« Und
als sie nicht reagierte, sagte die Frau: »Bitte.«*

*Dumitra drehte sich um und rannte die Treppe hinunter. Die Haustür war
abgeschlossen und sie realisierte, dass niemand hereinkommen und der alten
Frau helfen würde. Aber sie brachte es nicht über sich, das Telefon zu suchen.
Sie stieg durch das Fenster wieder hinaus und rannte zu der Stelle, an der ihr
Vater im Wagen auf sie wartete. Atemlos erzählte sie ihm, was geschehen
war. Doch statt einen Krankenwagen zu rufen, zwang er sie mit Fausthieben,
zurückzugehen. Noch einmal musste sie hinauf ins Schlafzimmer. Während
sie dem immer schwächer werdenden Atem der Sterbenden lauschte, zog sie die
Schmuckschatulle zwischen Pullovern hervor und kramte einen prall gefüllten
Geldbeutel aus einer alten, abgetragenen Handtasche. Als sie sich umdrehte,
hätte sie beinahe alles wieder fallengelassen. Die Frau sah sie an, ganz direkt.
Ihr Blick war so klar, dass Dumitra einen Moment lang glaubte, sie sei gar
nicht krank. Dann seufzte die Frau ganz tief und ihr Blick brach. Dumitra
stand da, Schmuck und Geld in dem Turnbeutel, den sie stets bei ihren
Raubzügen mit sich führte. Sie hatte noch nie einen toten Menschen gesehen,
erst recht keinen sterbenden, und auf einmal musste sie an ihre geliebte
Großmutter denken. Ihr wurde übel. Ihr Herz schlug auf einmal wie von
Sinnen. Hätte ein Anruf die Frau retten können? Hätte sie etwas tun
können? Sie durfte nicht darüber nachdenken. Wie in Trance verließ sie das*

Haus. Ihr Vater grunzte nur, als sie ihm den Beutel übergab. Am Abend ging er weg und kam erst am nächsten Morgen zurück. Geld für Brot und Milch war keines mehr da.

Von diesem Moment an weigerte sie sich, weiterhin zu stehlen. Der Mann, der ihr Vater war, schlug sie besinnungslos. Er gab ihr tagelang nichts zu essen, sperrte sie in ein winziges Zimmer, nicht einmal zur Toilette durfte sie gehen. Es nützte ihm nichts. Der Anblick der Sterbenden hatte sich so tief eingegraben, dass sie ihn nie wieder loswerden würde. In diesem Wissen sträubte sie sich. Dann kamen die Männer wieder, bei denen Nicolo Spielschulden hatte. Sie wurde aus dem Zimmer gezerrt, unter die Dusche gestellt und anschließend nahmen die sie mit. Ihr Vater verabschiedete sich von ihr mit einem Fußtritt und bezeichnete sie als Schlampe. Sie vergoss keine Träne, denn das hatte sie sich bereits abgewöhnt. Vielleicht hätte sie geweint, wenn sie gewusst hätte, was ihr bevorstand.

77

Tamaes Anruf kam kurz nachdem Lena und Rohloff in Bad Homburg eingetroffen waren.

Obwohl Lena sie inständig gebeten hatte, sich die Inhalte von Carmens USB-Stick nicht anzusehen, hatte sie es dennoch getan. Und dabei etwas entdeckt, über das sie unbedingt mit Lena sprechen wollte.

»Ich bin der Spur gefolgt«, sagte sie. »Was im Darknet nicht einfach ist.«

Geholfen hatte ihr dabei ihr gutes Auge. »Ein Teil der Aufnahmen wurde nicht in dem Hotel auf Menorca gemacht. Die Bauweise des Gebäudes ist anders.« Anhand eines winzigen Indizes, der kleinen Ecke einer Zeitung, die einmal kurz im Bild war, tippte Tamae auf Marokko. »Klingelt da was bei dir?«

Marokko! Lena atmete tief durch. »Man hat mir, um mich einzuschüchtern, das Foto eines misshandelten Mädchens geschickt.« Mit der ganzen Wahrheit wollte sie Tamae nicht konfrontieren. »Ihre Leiche wurde in Marokko gefunden.«

»Dann würde ich mal drauf tippen, dass die Urheber dieser Kinderpornographie, denn um solche handelt es sich, sowohl auf Menorca als auch in Marokko ihr Unwesen treiben.«

Lena dachte an Samantha. An die Warnung, die ihre Entführer ihr hatten zukommen lassen. An das Ohr, das man zur Untermalung dieser Warnung geschickt hatte.

Was, wenn sie wiederkommen? Sie noch einmal entführen? Ihr das antun, was sie den anderen Kindern angetan haben?

»Ich habe mich aus der Sache ausgeklinkt.«

»Ach so?« Tamaes Stimme klang überrascht. Erst, als sie von Lena über die Geschehnisse der letzten Tage ins Bild gesetzt worden war, gab sie einen verständnisvollen Laut von sich.

»Ja dann brauche ich gar nicht weiterzureden«, meinte sie.

»Du hast noch mehr herausbekommen?«

Rohloff betrat das Wohnzimmer, in dem Lena mit dem Telefon am Ohr auf und ab ging, und warf ihr einen fragenden Blick zu.

»Tamae«, formte sie lautlos mit den Lippen, bevor sie sich wieder ihrer Freundin zuwandte.

»Eine große SM-Fete. Am kommenden Donnerstag. In genau dem Hotel auf Menorca, das du kennst.«

»Ich stehe nicht auf SM!«

Rohloff zog die Augenbrauen hoch und verschwand in Richtung seines Arbeitszimmers.

»Ich auch nicht, wie du sehr wohl weißt.« Tamae legte eine bedeutungsvolle Pause ein, bevor sie fortfuhr. »Aber die Chance, die Betreiber ausfindig zu machen, hast du nur vor Ort.«

Später saß Lena im Garten und dachte über Tamaes Worte nach. Wären sie und Samantha jemals sicher, solange die Hintermänner nicht gefasst waren? Nur Rolf war identifiziert und zur Fahndung ausgeschrieben. Wo er sich zurzeit aufhielt, wusste allerdings niemand.

Was Frank, der Informant des BKA, von der Geschichte wusste, war ihr nicht bekannt. Er würde sehr wohl Einzelheiten über die pädophile Gruppe um Carmens Vater ausplaudern. Aber wusste er mehr als das, was er Bernadette Graf gegenüber angedeutet hatte?

Nichts von alledem musste zwangsläufig zur Identifizierung der neuen Betreiber führen. Und da genau lag der Hase im Pfeffer.

»Jemand vom sogenannten Management wird am ersten Tag, oder sagen wir mal, in der ersten Nacht, vor Ort sein.« Es war genau diese Aussage, die Lena die ganze Zeit im Kopf herumschwirrte. Sie spürte, dass Gerd hinter sie getreten war, einen Augenblick später legte er seine Hand auf ihre Schulter.

»Hast du es dir angesehen?« Sie legte ihre Hand auf seine, ohne sich zu ihm umzudrehen.

»Was möchtest du tun?«, fragte er sie.

Sie schwieg lange, bevor sie antwortete.

»Gut, dann machen wir es so.« Mit diesen Worten ging er ins Haus zurück.

78

Als das Schlimmste, oder das, was sie damals dafür hielt, vorüber war, hatte GOTT sie verkaufen wollen.

»Du bist schon viel zu alt«, lautete seine Begründung. Nicht mehr jung, nicht mehr klein genug, um sich von alten Männern bespringen zu lassen oder die Torturen zu ertragen, die einige ihr angetan hatten. Sie mochten es, wenn sie weinte und schrie, sich in Fesseln wand oder blutig geschlagen am Boden lag.

Wäre die Frau nicht verschwunden, würde sie nicht mehr leben. Die Graue hatten die Kinder sie genannt, weil alles an ihr farblos und verstaubt wirkte. Dabei war sie angeblich erst fünfundzwanzig Jahre alt. Sie kochte für die drei Männer und passte auf die Kinder auf, wenn GOTT und seine Kumpane mit einem von ihnen wegfuhren. Ihre mürrische und mundfaule Art störte die Kinder nicht. Wenigstens hatten sie bei ihr ihre Ruhe. Als immer weniger von ihnen zurück in die Wohnung kamen, war die Graue unruhig geworden. Dumitra hatte es an ihrem immer ängstlicher werdenden Gesicht gesehen, an ihrem nervösen Nägelkauen.

Von einem Tag auf den anderen war sie verschwunden. GOTT fluchte, aber er konnte nichts tun, sie war und blieb verschwunden. Dumitra war die einzige weibliche Person in der Gruppe, also übertrug man ihr die Aufgaben. Kochen und putzen, irgendwie ging es. Schlimmer war es, das Weinen der Kleinen zu hören, die immer eingeschlossen waren. Dumitra wollte auch weg, flüchten. Aber GOTT hatte aus der Sache mit der Grauen gelernt und gab ihr keinen

Wohnungsschlüssel. Den musste sie sich selbst besorgen. Manchmal, wenn die Männer Wodka getrunken hatten, war GOTT unachtsam. Dumitra schaffte es, sich in diesen Momenten einige Informationen anzueignen. Eine Telefonnummer, die GOTT häufig anrief, schrieb sie sich auf, die Angaben auf seinem Führerschein lernte sie auswendig. Noch hatte sie keine Ahnung, ob und was ihr das bringen könnte. Aber sie fühlte sich nicht mehr so ausgeliefert. Und sie wartete, was nicht einfach war mit dieser Angst und der Wut im Bauch. Ihre Geduld war belohnt worden, sie war nun frei. Nur der Junge, der hatte es nicht geschafft.

Sie setzte sich auf. Was, wenn der Mann, der auf dem Papier ihr Vater war, sie holen käme? Nicht ohne Grund hatte sie sich geweigert, ihren Namen zu nennen. Zu erzählen, woher sie kam. Wie sie es herausgefunden hatten, wusste sie nicht genau. Sie vermutete, dass Samantha etwas ausgeplaudert hatte. Sie konnte ihr nicht böse sein deswegen, obwohl sie es gerne gewesen wäre. Mit Samantha hatte sie sich fast wieder wie ein Kind gefühlt. Obwohl auch sie schlimme Sachen erlebt hatte, war sie ... unschuldig geblieben. Rein. So wie Dumitra selbst nie mehr sein würde.

Astrids Schritte näherten sich ihrem Zimmer. Sie erkannte sie mittlerweile. So forsch und munter wie die ganze Person. Die Tür öffnete sich. Ein Sonnenstrahl, der durchs Fenster fiel, ließ die blonden Haare der Psychologin aufleuchten. Sie lächelte, ein wenig zu krampfhaft. Dumitras Herz setzte einen Moment lang aus. Etwas Unangenehmes lag ungesagt in der Luft. Sie zog die Schultern hoch. Sollte ihre Zeit hier bereits vorbei sein? Astrid kam auf sie zu, ließ sich vor ihr nieder und griff nach ihren Händen. »Dumitra, gleich wird jemand von der Polizei kommen und uns beide abholen. Du musst jemanden identifizieren. Fühlst du dich dazu in der Lage?«

Sie sah die Frau vor ihr stumm an. Sie fragte nicht, weil sie nicht fragen wollte. Sie würde noch früh genug mit der schrecklichen Wahrheit konfrontiert werden. Als sie realisierte, dass Astrid auf eine Antwort wartete, nickte sie. Die Psychologin seufzte, tief und schwer, und erhob sich, um im Schrank nach Dumitras Jacke zu greifen. Wenig später setzten sie sich zu einem Mann, dessen Frisur wie eine graue Bürste aussah, in den Wagen und fuhren los. Dumitra blickte aus dem Fenster. Astrids Hand ruhte auf ihrer. Es sollte beruhigend wirken, doch etwas in Dumitra war in Aufruhr geraten. Etwas, das sich vielleicht nie wieder beruhigen ließ.

79

Die Luft im ganzen Raum schien zu prickeln. Die Frau mit dem kurzen, dunkelroten Haar und den braunen Augen stand mit dem Rücken zur Wand und beobachtete das Treiben um sie herum. Ein kleiner Zug an dem Halsband, das sie trug, veranlasste sie, sich der Tür zuzuwenden. Vier Leute betraten den Raum und sofort verstummten sämtliche Gespräche. Die beiden Männer durchquerten die Halle mit weit ausholenden Schritten, die Frauen blieben links und rechts der Tür stehen. Unter den schwarzen Lederkorsagen verbargen sich durchtrainierte Körper. Wie alle anderen Partygäste trugen sie Masken, die den oberen Teil des Gesichts verbargen.

Der größere der beiden Neuankömmlinge hatte nun ein niedriges Podest erklommen. Sein Aufzug erinnerte an alte Musketierfilme. Schmal geschnittene schwarze Hosen, die in Lederstiefeln steckten, ein weißes, weich fallendes Hemd, darüber ein schwarzes Cape. Im Hintergrund der provisorischen Bühne stand ein Musikequipment, wo der DJ des Abends die Musik leiser drehte, als der Mann nach einem Mikro griff.

»Guten Abend liebe Gäste, liebe Freunde, liebe Spielerinnen und Spieler«, begann er seine Begrüßungsrede. Eine tiefe Stimme mit dem gewissen Etwas, mit der er nun erklärte, die Spielregeln seien wie üblich, im Keller gäbe es Separées, geschlossene Vorhänge seien zu respektieren und ein Nein, egal von wem es komme, ebenfalls. Er lächelte bei diesen Worten. Als habe die letzte Aussage für ihn einen rein informativen Charakter und er selbst noch nie ein Nein gehört.

»Safe, sane, consensual«, erinnerte er die Community an die auch hier bestehende übergeordnete BDSM-Regel. Die Ansage wurde mit Flüstern, leisem Lachen und Füßescharren quittiert. Der Mann gab dem DJ hinter ihm ein Zeichen, legte die Hand an die Brust, verbeugte sich leicht und trat zu seinem Begleiter, der vor dem Podest stumm auf ihn gewartet hatte. Jetzt kam Bewegung in die Partygäste, alle strömten durcheinander. Dunkle, mystische Musik erklang gedämpft und untermalte das Rasseln von Ketten, an denen Dominante ihre Sklaven herumführten und das erwartungsvolle Geplaudere, das nun einsetzte.

Die Party war fast gänzlich ausgebucht gewesen. Karten hatten sie nur bekommen, weil einige der bereits angemeldeten Gäste von der Abreise der vorherigen Gruppe Wind bekommen und abgesagt hatten.

Rohloff hatte nach ihrem kurzen Gespräch vor ein paar Tagen alles organisiert und sie unter falschen Namen angemeldet. Lenas dunkle Haare wurden bis auf wenige Millimeter geschoren und rot gefärbt, die grünen Augen durch dunkle Kontaktlinsen verfremdet. Die passenden Outfits, sie entschieden sich für Klassiker in schwarzem Leder, kauften sie im Frankfurter Bahnhofsviertel. Lena musste danach jeden Tag ihre extrem hohen High-Heels einlaufen, sodass sie jetzt einigermaßen stolperfrei über die Runden kam. Schwieriger war es gewesen, Tamae davon abzuhalten, mitzukommen. Sie hatten es letztendlich nicht geschafft. Die Japanerin war wild entschlossen, ebenfalls bei der Party dabei zu sein, um Lena zu helfen.

»Es sind nur Paare zugelassen«, gab die zu bedenken. Sie wollte ihre ehemalige Geliebte keiner Gefahr aussetzen. Doch die war nicht zu überzeugen. Schließlich willigte Lena ein. Rohloff hatte einen Partner für Tamae organisiert. Gleichzeitig wies sie empört den Vorschlag zurück, wie Lena als Sub getarnt zu gehen.

»Nie und nimmer«, schnaubte sie. »Ich halte die Zügel in der Hand, sonst niemand.« Der von Rohloff ausgesuchte Partner Rick, im wahren Leben seit ein paar Tagen Lenas Bodyguard, fügte sich erstaunlich schnell. Die beiden gaben nun ein höchst eigenwilliges Paar ab. Die zierliche Tamae, die jetzt gerade ein paar Meter von Lena und Rohloff entfernt, den 1,90 m großen, muskulösen Mann mit ein paar Schlägen ihrer Gerte in eine bestimmte Richtung lenkte. Lena hatte keine Ahnung, wohin sie wollte. Vermutlich in den Keller, damit sie überprüfen konnte, ob die kinderpornografischen Aufnahmen tatsächlich dort gemacht worden waren. Ein paar Pet-Player, die Frauen als Pony ausstaffiert, schoben sich nun zwischen die beiden Paare, um zu ihrer Weide zu gelangen. Tatsächlich hatte man im Garten hinter dem Hotel das Gelände, das wohl ursprünglich ein Tennisplatz hatte werden sollen, eine Koppel und den Rohbau des geplanten Wellnesscenters in einen Stall verwandelt. Der gesamte Außenbereich wurde vom Licht orangefarbener Lampen und einigen Fackeln erhellt, die man rund um das Gebäude aufgestellt hatte. Im Gegensatz zu ihrem früheren Besuch war das Gelände dieses Mal durch Security gesichert. Niemand würde unangemeldet hier hereinkommen, solange die Party lief. Dass die Gastgeber für das, was sie boten, gesalzene Preise für ein Ticket verlangten, schien hier niemanden zu stören. Lena hatte heftig geschluckt, als sie mitbekam, dass Gerd für jede Person ihrer kleinen Gruppe einen Betrag hinlegte, der dem entsprach, was sie im Monat verdiente. Dass man hier unter sich war und alle Annehmlichkeiten hatte, inklusive der Zimmer, war es wohl allen wert.

»Denk daran: Die Partygäste haben nichts mit dem zu tun, weswegen wir hier sind. Vermutlich würden sie nicht herkommen, wenn sie wüssten, dass hier Kinder misshandelt und missbraucht wurden. Diese Leute wollen einfach nur ihren Spaß haben und ihre Fantasien ausleben.« So, wie früher in Gerd Rohloffs Kinky-Club. Er selbst stand nicht drauf, wie Lena zu Anfang ihrer Beziehung erleichtert festgestellt hatte. Aber er kannte sich aus. So gut, dass sie hier nicht auffielen.

Tamae und Gerd gingen inzwischen locker miteinander um. Zwar spielten sie hier die Rollen zweier Paare, die sich nicht kannten. Dennoch wäre es für Lena schwierig geworden, wenn es hinter den Kulissen Spannungen gegeben hätte. So hatten die beiden sich reserviert begrüßt, danach schnell festgestellt, dass sie ähnlich pragmatisch veranlagt waren, was die Sache erleichterte. Ebenso wie die Tatsache, dass Lena sich nicht Gerds wegen von Tamae getrennt hatte. Jedenfalls nicht nur, ihre Neuseelandreise hatte für beide Klarheit gebracht, dass sie als Freundinnen besser funktionierten.

Nun schoben sie sich durch die große Halle, die vermutlich früher einmal ein Bankettsaal gewesen war. Tamae und Rick verschwanden zügig im Untergeschoss, während Gerd Lena in eine Ecke bugsierte, in der ein Dom seine Sub an ein Andreaskreuz band, um sie vor den Augen der sich um sie herum gescharten Gäste auszupeitschen. Die Sub musste die Schläge laut mitzählen. Bei »Zehn«, tippte Gerd Lena kurz an. Sie zogen sich aus der Zuschauergruppe zurück. Ihr Plan war einfach. Sie würden sich vergewissern, dass die vier Personen, unter denen sie die Anführer vermuteten, sich inmitten des Partytrubels befanden.

Währenddessen würden sie deren Zimmer suchen. Ein ziemlich aufwendiges Stück Arbeit, wie Lena es nun realisierte. Denn zur Party waren über 200 Leute angereist, jedes der rund 150 Zimmer musste besetzt sein.

Die Aufgaben hatten sie bereits verteilt. Rick war derjenige, der die Zimmerkarte zum Einsatz bringen und danach mit Tamae Schmiere stehen würde. Rohloff und Lena würden die Zimmer nach Hinweisen auf die Identität der Betreiber durchsuchen. Vor allen Dingen mussten sie handeln, solange sich alle Gäste noch auf der Party befanden und sich niemand, egal aus welchem Grund, in ein Zimmer zurückzog.

»Wir fangen im Westflügel an«, Gerd zog sie hinter sich her, bemüht, den ungeduldigen Dom zu spielen. Sie verließen den Saal, an dessen Tür immer noch die beiden Amazonen standen, durchquerten die Halle, doch statt die Treppe hinunter in den Keller stiegen sie sie in Richtung der Gästezimmer und dann hinauf bis in den dritten Stock. Sie wandten sich nach links, gingen den langen Gang entlang, bis der einen Knick ebenfalls nach links machte und blieben ein paar Meter vor dem großen Fenster stehen. Rick und Tamae waren noch nicht da. Gerd nahm die an Lenas Halsband befestigte Hundeleine und schlang sie ihr zwei Mal locker um den Hals, als sei es eine Art Halskette. »Die kann ich dir leider nicht ersparen«, murmelte er und zog sie an sich. »Wenn jemand kommt, musst du auf die Knie!«

Lena wand sich mit einem empörten Laut aus seinem Arm und er lachte leise. Einen Moment standen sie sich so gegenüber, dann küssten sie sich. Lange und leidenschaftlich. Ein leises Räuspern ließ sie auseinanderfahren. Rick war um die Ecke gebogen. Lena atmete innerlich auf, als sie sah, dass Tamae nicht gleichauf mit ihm war und erst in ihr Blickfeld geriet, als sie sich von Gerd wieder gelöst hatte. Es war eine Sache, die Dinge zu akzeptieren wie sie waren. Eine andere, die eigene Ex mit dem Neuen knutschen zu sehen.

»Los geht's«, verkündete der Bodyguard, ließ sich auf alle Viere nieder, damit auch er nicht von draußen zufällig gesehen werden konnte, und schob die Schlüsselkarte in die Vorrichtung an der Tür. Ein leises Knacken signalisierte ihnen, dass die Tür offen war. Alle atmeten gleichzeitig auf. Scheinbar war der Verlust der Karte noch nicht bemerkt worden. Da Lena keine Ahnung hatte, wann wie und von wem Frank die Karte an sich genommen hatte, war sie sich nicht sicher gewesen. Zur Not, hatte Rick ihr verkündet, würde er eine andere Möglichkeit finden, in die Zimmer einzubrechen.

Während Rick bereits die zweite Tür öffnete, lief Lena ins erste Zimmer hinein. Ein halb ausgepackter Koffer, Frauenkleidung im Schrank, auf dem Nachttisch ein Dildo und eine Tube Gleitcreme. Eine Frau, die mit der besten Freundin oder dem besten Freund angereist ist und nicht weiß, ob sie jemanden findet oder gerne Spielzeug mit einbezieht, schlussfolgerte Lena. Das Pendant dazu wohnte gegenüber. Rasierzeug im Badezimmer, eine Großpackung Kondome neben und eine Gasmaske auf dem Bett.

Zimmer für Zimmer durchsuchten sie, in den meisten wohnten Paare, es gab aber auch Leute, die getrennt schliefen, sich vielleicht mit einem anderen Single zusammengetan hatten, um die Vorgabe zu erfüllen. Nirgendwo fanden sie einen Hinweis darauf, dass die Bewohner etwas mit dem Hotel zu tun hatten. Inzwischen hatten sie fast alle Zimmer durch, lediglich der Ostflügel fehlte noch.

»Wonach sucht ihr eigentlich?«, hatte Tamae früher am Abend gefragt, als sie zu viert in Lenas Zimmer gesessen waren, um die genaue Vorgehensweise zu besprechen.

»Wir wissen es selbst nicht«, hatte Lenas Antwort gelautet. Aber sie war überzeugt davon, dass die Zimmer von Menschen, die in ihrem eigenen Haus übernachteten, sich durch etwas verraten würde. Einen Hinweis darauf, wo die vier Personen nächtigten, denen ihr Augenmerk galt, hatten Tamae und Rick bereits geliefert. Denn sie hatten sich im ersten und zweiten Stock, wo sie auch selbst ihre Zimmer hatten, aufgehalten, bevor die Party richtig losging.

»Die vier Personen, die die Party eröffnet haben, kamen von oben, aus dem dritten Stock«, wusste Tamae. Jetzt blieben hier oben nur noch die Zimmer im Ostflügel und die Anspannung stieg mit jedem Raum, den sie durchsucht hatten. Was, wenn sie einfach gar keinen Hinweis finden würden? Was, wenn die Zimmer der Betreiber genauso aussahen, wie alle anderen Zimmer auch? Sextoys, Leder, Latex, Kondome und das eine oder andere Utensil, über dessen Handhabung Lena lieber nicht nachdenken wollte.

Tamae stand an der Biegung, um Alarm zu schlagen, sollte jemand den Gang herunterkommen. Rick öffnete die nächste Tür und in diesem Moment prallte Gerd erschrocken zurück. Er schüttelte heftig den Kopf und zog die Tür wieder zu. Einen Moment standen sie reglos, bevor er mit dem Kinn auf die nächste Tür zeigte. Rick war schon dort und schob die Karte ein. Nichts tat sich. Auch ein zweiter Versuch führte nicht zum gewünschten Ergebnis. In diesem Moment ließ Tamae ihr Peitsche durch die Luft knallen, das vereinbarte Zeichen. Jemand kam. Anscheinend sehr schnell, denn Tamae hüpfte regelrecht an ihrem Platz, bevor sie sich umdrehte und zu ihnen gelaufen kam.

Ohne groß nachzudenken hatte Rick die Karte bereits an der nächsten Zimmertür versucht. Wieder erfolglos. Lenas Herz begann heftig zu schlagen. Sie dachte daran, was Carmen ihr über die Leute, die das Hotel betrieben, geschrieben hatte. Jetzt saßen sie in der Falle. Im Ostflügel gab es lediglich fünf Zimmer auf jeder Seite. Sie könnten so tun, als kämen sie aus ihrem und darauf hoffen, dass diejenige Person, die sich ihnen näherte, ihre Zimmernachbarn nicht kannte. Andererseits wäre dann auch ihre Tarnung, zwei Paare, die sich nicht kennen, aufgeflogen. Ohne nachzudenken riss Lena Rick die Karte aus der Hand und schob sie in die Vorrichtung des Zimmers, an dem sie stand. Ein Knacken, die Tür öffnete sich. Gerd streckte noch die Hand nach ihr aus, da war sie schon drin. Und in Ermangelung einer anderen Möglichkeit auch der Rest ihrer kleinen Gesellschaft. Und gerade, als Lena vor Schreck über das, was sie sah, einen Schrei unterdrücken wollte, zischte Tamae, die durch einen winzigen Spalt in der Tür linste vernehmlich: »Psst!«

80

Im Raum herrschte diffuses Licht, Gardinen und Vorhänge waren geschlossen, aber die zwei Nachttischlampen brannten und erleuchteten ein Szenario, das bei Lena fast zu einem hysterischen Anfall geführt hätte.

Eine Person, von Kopf bis Fuß in einen Latexanzug gehüllt, der alles bedeckte. Haut, Haare, Augen, Ohren. Die Person war mit einem Seil an einen in die Decke geschraubten Haken gebunden. Sie sah und hörte nichts und atmete nur angestrengt durch das Röhrchen, das aus einer kreisrunden Öffnung in der Mundgegend ragte. Es war mucksmäuschenstill, sodass die Unterhaltung zweier Männer auf dem Gang undeutlich an ihr Ohr gelangte.

Während Lena stocksteif stand und den seltsamen Menschen vor sich betrachtete, hatte Rohloff das Badezimmer inspiziert.

»Leer«, flüsterte er, kaum hörbar. Tamae schloss leise die Tür zum Gang.

»Wir müssen hier raus«, fuhr Rohloff mit gedämpfter Stimme fort. »Die Person hier drin wird nicht lange alleine gelassen. Dazu ist das Setting zu gefährlich.«

»Hört ihr noch was?«, wandte Lena, die endlich ihre Sprache wiedergefunden hatte, sich an Rick und Tamae, die nebeneinander standen, je ein Ohr an die Tür gelegt.

»Die stehen noch auf dem Flur und unterhalten sich«, wisperte Tamae.

Rick stieß sich von der Tür ab und ging zum Fenster. Vorsichtig schob er die Gardine am Rand zur Seite. »Balkon«, murmelte er. »Zu hoch.«

Tamae drehte sich zu ihnen um. »Jetzt«, flüsterte sie. Der Mensch im Latex atmete so ruhig wie zuvor. Er schien überhaupt nichts mitzubekommen. Als habe man ihm unter seiner zweiten Haut auch noch die Ohren verschlossen. Lena mochte sich das gar nicht vorstellen. Sie war nicht klaustrophobisch veranlagt, doch dieses Szenario jagte ihr Schauder über den Rücken. Tamae öffnete die Tür, linste hinaus und winkte den anderen zu. Sie ging zuerst, gefolgt von Rick. Gerd und Lena folgten. Eilig liefen sie den Gang hinunter, wo Rick die Lage checkte. Niemand war mehr unterwegs. Zwei Minuten später hockten sie alle vier wieder in Lenas Zimmer.

»Jetzt wissen wir, wo die Betreiber die Nacht verbringen«, lautete Tamaes Feststellung. »Aber wir kommen nicht hinein.« Diese Zimmer besaßen einen separaten Zugang, der nicht mit der Schlüsselkarte des Zimmermädchens geöffnet werden konnte. Ein Hinweis darauf, dass sich dort drin eben keine normalen Gäste aufhielten. »Ich gehe davon aus, dass auch das Zimmer daneben und die beiden gegenüber über einen separaten, besonders gesicherten Schließmechanismus verfügen«, fügte Rick hinzu. Da es sich um die äußersten Räume handelte, besaß nur einer davon einen seitlichen Balkon. Die Balkone der jeweils letzten Zimmer in den Flügeln gingen zur Meerseite hinaus. Genau dort, vermutete Rohloff, hatten die beiden Männer ihre Zelte aufgeschlagen.

»Und die Amazonen? Im Zimmer daneben?« Lena biss nervös auf ihren Daumennagel. So nah dran und jetzt war alles vergurkt.

Rohloff hob den Kopf. »Die Frauen sind Bodyguards«, stellte er fest. »Ein Bodyguard im Nebenzimmer nützt aber nur dann etwas, wenn es eine Verbindungstür gibt.«

»Hm«, machte Rick. »Ich könnte noch einmal zurückkehren in eines der Zimmer daneben. Es muss ja nicht zu der Latexmumie sein.« Er schaffte es, nach den letzten Worten leise zu lachen. »Dann klettere ich über den Balkon und versuche ins Zimmer des Bodyguards einzusteigen. Auf dieser Seite des Gebäudes kann ich nur vom Parkplatz aus, aber nicht vom Garten aus gesehen werden.«

»Hm«, machte Rohloff.

Lena ließ den Kopf in die Hände fallen. Das ehemalige Hotel verfügte nicht über eine Klimaanlage, was auch zu seinem schnellen Aus als Urlauberdomizil beigetragen haben könnte. Möglich, dass die Gäste die Balkontüren gekippt ließen, um von der Nachtluft zu profitieren. Aber was, wenn nicht? Sollte Rick es nicht schaffen, wäre zwar nichts verloren, aber die Vorstellung, dass er im dritten Stock herumkraxelte, gefiel ihr nicht. Zu gefährlich. Was, wenn er stürzte? Diesen Gedanken schien sich der muskelgestählte Mann nicht zu machen. Er wirkte eher wie jemand, der es kaum erwarten konnte, sich in Gefahr zu begeben.

»Gibt es keine andere Möglichkeit?«, sinnierte Rohloff.

»Nicht heute«, antwortete Rick. »Wir könnten natürlich morgen beobachten, welches Zimmermädchen die Räume saubermacht. Das erscheint mir aber gefährlicher im Hinblick auf eine mögliche Entdeckung. Außerdem – falls die vier morgen früh bereits wieder abreisen, würden wir dann auch zu spät kommen.«

Natürlich, denn die Zimmer würden ja nach der Abreise gesäubert.

»Also müssen wir es heute Abend versuchen.« Gerd erhob sich und ging ein paar Schritte hin und her, als würde ihm das beim Denken helfen.

»Haben die beiden Männer eine Partnerin?« Tamaes Stimme klang viel zu leicht für die Überlegung, die hinter dieser Frage steckte.

Alle vier blickten sich an. Langsam schüttelte Lena den Kopf. »Habe keine gesehen. Außer der Amazone.«

Gerd sagte nichts, er hatte die Bedeutung von Tamaes Frage bereits erfasst.

Rick sah zu Boden, als wolle er genau das vermeiden.

»Was, wenn eine von uns sich an den Dunkelhaarigen heranmacht? Er war es, der uns begrüßt hat. Also wird er auch derjenige sein, der das Sagen hat.«

Stille breitete sich im Raum aus. Alle Blicke wandten sich Lena zu. Die spürte, wie sich ihr die Kehle zuschnürte.

»Keine Angst, du musst dich nicht von ihm züchtigen lassen«, beschwichtigte Tamae ihre ehemalige Geliebte. »Ich habe gesehen, wie er die Schlüsselkarte aus der Tasche seines Capes gefischt hat. Und das wird er wohl ausziehen, wenn er eine Session beginnt. Dann schlagen wir zu.«

»Wie soll das gehen?« Rick rieb sich den Nacken, bis er rot war. »Wir können doch nicht einfach in ein Separee stürmen.«

»Brauchen wir nicht«, führte Tamae weiter aus.

»Weil die beiden den Vorhang offenlassen«, setzte Rohloff ihren Satz tonlos fort.

»Nein!« Lena schüttelte vehement den Kopf.

»Ich bin auch dagegen.« Das war Rohloff.

Rick schwieg und schaute Tamae an. »Oh nein!«, sagte die. »Ich habe mit Männern nichts am Hut und das wird auch so bleiben. Außerdem bin ich dominant. Das geht schwer mit einem anderen Dominanten zusammen.«

»Woher weißt du das?«

»Er trägt den Ring links «, antwortete Gerd an Tamaes Stelle. »Er ist ein Dom. Und wenn Tamae, die hier bisher als Domina aufgetreten ist, jetzt auf einmal einen auf Sub macht, falls sie das überhaupt überzeugend rüberbringen kann, wird das womöglich schon auffallen.«

»Ach, und ich wirke wie eine unterwürfige Frau?« Lena zog verärgert die Stirn kraus.

»Nein, das tust du nicht. Das kann ich dir bestätigen. Aber du kannst vermutlich deine Gefühle etwas besser verstecken.«

»Außerdem geht es ja um dich und Samantha«, fügte Tamae hinzu.

Ja, genau. Daher muss ich wohl die größten Opfer bringen.

»Was, wenn er mich nicht will?«

»Dann schmieden wir einen neuen Plan.« Tamae schien jetzt nicht mehr zu bremsen. Lena blickte hilfesuchend zu Gerd. Der schüttelte kaum wahrnehmbar den Kopf.

Lass es, schien er ihr damit zu signalisieren. *Wir finden einen anderen Weg.*

Möglich. Nur welchen?

81

Der Mann mit seinem dunklen, bis zum Kragen fallenden Haar und dem Dreitagebart war begehrt bei den weiblichen Gästen, das war an den Blicken spürbar, die ihm zugeworfen wurden. Doch schließlich war es Lena zugutegekommen, dass viele Doms erst einmal selbst mit ihren Begleiterinnen spielen wollten. Sie hatte sich in der Nähe des Ober-Doms, wie sie ihn heimlich nannte, aufgehalten. Hatte ihn beobachtet und dabei ein Kribbeln verspürt, das nichts mit erotischer Vorfreude zu tun hatte. Vielmehr wurde ihr klar, dass sie sich in Gefahr begab. Zeit, damit aufzuhören. Es musste doch noch eine andere Möglichkeit geben, an die Informationen zu gelangen, die sie brauchten. In genau diesem Moment traf sie sein Blick. Stark und fordernd. Lena spürte diesen Blick wie eine Berührung. Es fühlte sich an, als kröche er ihr damit unter die Haut. Er zögerte nicht, kam zu ihr herüber. Sie saß auf einem marokkanischen Lederpouf und er musste sich ein wenig zu ihr herunterbeugen. Seine Finger legten sich um ihr Kinn und hoben es an.

»Bist du folgsam?«, fragte er sie. Lena nickte, wie betäubt. Es war die Rolle, die sie spielen musste.

»Mit wem bist du hier?«

Sie antwortete, dass ihr Dom sich mit einem anderen Paar zurückgezogen habe und sie vogelfrei sei. So, wie sie es besprochen hatten.

»Komm mit!«, forderte er und zog sie nach oben. Als sie stand, schwankte sie leicht und er legte den Arm auf ihre Hüfte. Trotz ihrer hohen Schuhe war sie noch einen halben Kopf kleiner als er. Etwas in ihr rebellierte. Obwohl Gerd ihr erklärt hatte, es gäbe keinen Grund zur Beunruhigung.

»Wir schnappen uns die Karte. Tamae und Rick gehen ins Zimmer hinauf, ich hole dich sofort aus dieser Session. Sag ihm, dass du Anfängerin bist, deine Grenzen noch nicht kennst und möglicherweise sehr empfindlich reagierst.«

Aber nicht sofort, sie konnten es sich nicht erlauben, dass er Lena stehenließ.

Im Moment sah es auch gar nicht danach aus. Er hatte ihre Hand gegriffen, sie strebten der Treppe zu, die in den Keller führte. Schon auf dem Weg dorthin wurde es düsterer. Nicht nur, weil das Licht immer gedimmter wurde, je tiefer sie hinabstiegen. Auch die Atmosphäre veränderte sich. Ging es im Erdgeschoss durchaus auch mal spielerisch zu, waren die Praktiken im Keller härter. Als sie angekommen waren, hätte Lena sich am liebsten losgerissen. Doch der Mann hielt sie ganz fest und zog sie mit sich.

Lena blickte sich um. Das Gewölbe sah auf den ersten Blick aus wie einer dieser alten Steinkeller. Diese Optik musste jedoch das Ergebnis eines Umbaus sein, denn das Haus darüber war ein moderner Bau. Hier unten nun ging man einen langen Gang entlang, an dessen beiden Seiten gemauerte Parzellen eingebaut waren, die mit dicken Vorhängen aus Samt oder Teppichstoff blickdicht gemacht werden konnten. Jedes dieser nur wenige Quadratmeter großen Abteile war mit dem Thema der Party entsprechenden Utensilien ausgestattet. Ketten, Seile, Winden, Haken. Schwarze Kerzen brannten in Wandkandelabern.

Der Mann zog sie den Gang hinunter. Hinter einem geschlossenen Vorhang vermischten sich Schmerz und Lust in einem tiefen Stöhnen. Die Parzelle daneben war geöffnet. Eine Domina hatte ihren Sklaven auf eine Streckbank gezogen und knebelte ihn gerade. Die Geräuschkulisse bestand aus Jammern, Klagen, Klatschen, Schreien, Weinen und leise geknurrten Anweisungen. Der Fremde blieb nicht vor einem der Separées stehen, er zog Lena weiter bis sie ganz am Ende des Kellers angelangt waren. Dort war eine hohe, schwere Holztür in das Mauerwerk eingelassen. Daneben eine Tastatur, auf der er nun schnell einen Code eingab. Die Tür schwang auf.

Im selben Moment erkannte Lena, dass ihr Plan nicht funktionieren würde. Hilfesuchend blickte sie sich um. Sie sah weder Gerd noch Rick noch Tamae. Panik erfasste sie, sie wollte ihre Hand aus seiner ziehen, doch er zog sie mit einem Ruck über die Schwelle. Die schwere Metalltür schlug hinter ihnen zu und sie standen in einem winzigen, stahlgetäfelten Flur, von dem aus drei Räume abgingen.

»Komm, ich zeige dir etwas.« Er wartete ihre Antwort nicht ab, sondern schob sie in den Raum zu ihrer Rechten, der im Gegensatz zum Rest des Hauses hell erleuchtet war. Lenas Herz setzte einen Moment lang aus, als sie sah, wo sie gelandet war. Kacheln an Wänden, Boden und Decken, ein Andreaskreuz, eine Art Stuhl aus gebürstetem Stahl. In der Mitte des Raumes ein Abfluss. Hier roch es entsetzlich nach Chlorreiniger und etwas anderem, das ihr einen Würgereiz verursachte. Am schlimmsten aber waren die anderen Utensilien. Nadeln, Messer, Zangen. Ketten, Peitschen und Dinge, die undefinierbar waren.

»Ich glaube, das ist ein Missverständnis«, brachte Lena hervor. Sie hatte Mühe, einigermaßen ruhig zu sprechen. Eine tiefe Angst hatte sie erfasst, ihr Mund fühlte sich an wie zu zementiert. »Ich stehe nicht auf Bloodsports.«

Der Mann vor ihr lachte. Als er sich zu ihr umdrehte, drohten Lenas Beine unter ihr nachzugeben. Fassungslos starrte sie in das schmale Gesicht, erkannte das markante Kinn unter dem Bart, zitterte unter dem Blick eines echten Dominanten. Denn in diesem Moment erkannte Lena entsetzt, wer vor ihr stand. Ihr Herz setzte ein paar Schläge aus und ihr wurde schwindelig. Langsam wich sie bis zur Wand zurück. Sie legte ihre Finger an die kühlen Kacheln und versuchte, langsam und gleichmäßig zu atmen.

Sie erkannte ihre eigene Dummheit. Hierherzukommen war ein Fehler gewesen. Nicht sie hatte gewartet, er hatte es getan. Im Wissen oder der Hoffnung, dass sie ganz und gar keine Ruhe geben würde, sondern ihre Nase auch weiterhin in die Angelegenheiten des ehemaligen *Naranja Azul* stecken würde. Sei es, um sich und Samantha eine Gefahr vom Leib zu halten, die ihr Leben sonst stets bedroht hätte. Sei es, um der Gerechtigkeit willen, die es einer engagierten Sozialarbeiterin nicht erlaubte, wegzusehen, wenn Kinder missbraucht wurden. Denn in diesem Moment war sie sich ganz sicher: Harald Maibaum hatte sie ebenfalls erkannt und absichtlich hier heruntergeführt. Mit nur einem Ziel: Er würde sie töten.

82

Sie schrien sich an. Schon seit fast einer halben Stunde. Hanna Stern und Carola Bergmann standen neben der geschlossenen Tür zum Büro der Sozialdezernentin und blickten sich vielsagend an. Hans-Joachim Söder war vor rund dreißig Minuten hereingestürmt und sofort zur Maibaum durchgegangen. Hatte Carola, die gerade mit ihrer Chefin den Tagesplan durchgegangen war, hinausgeschickt. Eine Weile war es verdächtig still geblieben. Dann hatten sie begonnen, sich zu streiten.

»Der Landrat ist stinksauer«, flüsterte Hanna. »Ich glaube, sie hat es zu weit getrieben.« Carola sagte nichts, sie nagte an ihrer Unterlippe und versuchte, das Ganze einzuordnen. Nach den wenigen Worten, die verständlich zu ihnen herausdrangen, ging es um die Schmutzkampagne der Presse gegen Söder.

»Eines sage ich Ihnen«, hörten sie ihn jetzt brüllen. »Damit kommen Sie nicht weit. Bisher habe ich nicht zurückgeschlagen. Aber das kann sich ganz schnell ändern.« Dem Klang der Stimme nach bewegte er sich auf die Tür zu und die beiden Frauen stoben auseinander. Gleich darauf kam Söder aus dem Büro der Maibaum, er stapfte, immer noch wutschnaubend, an den beiden Frauen im Vorzimmer vorbei. Als er es verließ, warf er die Tür krachend hinter sich zu.

Hanna Stern hob die Brauen und blickte vielsagend zu Carola. Die spürte eine heftige Nervosität, die ihre Magenwände zum Vibrieren brachte.

Die Maibaum saß hinter ihrem Schreibtisch und spielte gedankenverloren mit einem Stift. »Was für ein Trottel«, murmelte sie, als ihre Referentin zurück ins Büro kam.

»Warum war er so aufgebracht?«

»Carola, tun Sie doch nicht so. Sie wissen es genauso gut wie ich und der Rest der Welt. Er regt sich über die Berichterstattung der Presse auf. Aber was soll ich machen?« Sie hob übertrieben die Brauen und warf den Stift auf ihren Schreibtisch. »Er hat diese Fehler begangen, nicht ich. Er muss dafür büßen.«

Carola schüttelte kaum wahrnehmbar den Kopf. »Frau Maibaum. Diese Geschichte mit dem Hotel, in dem wir Flüchtlinge untergebracht haben. Da hat Landrat Söder doch nichts mit zu tun.« Sie wusste nicht, warum sie das sagte. Es war gefährlich. Die Sozialdezernentin war unberechenbar. Kritik war nicht erwünscht. Die hätte Carola allerdings noch deutlicher äußern können. Denn die Entscheidungen in dieser Angelegenheit waren allesamt im Sozialdezernat getroffen worden.

»Wollen Sie ihn in Schutz nehmen?« Die Augen der Politikerin wirkten auf einmal hart wie Glas. »Dann sollten Sie vielleicht den Job wechseln.« Sie erhob sich abrupt und wedelte leicht mit der Hand. »Sie können gehen.«

Carola stand da, wie vom Donner gerührt. Dass die Maibaum eine selbstgefällige, aufgeblasene und inkompetente Person war, wusste sie. Wie auch mindestens die Hälfte der Mitarbeiter im Haus. Dass sie sich aber aufführte wie jetzt gerade, war einfach unentschuldbar. Sie hinauszuwinken, als wäre sie ein lästiges Insekt. Ihr mit Versetzung drohen, weil sie etwas Offensichtliches angesprochen hatte. Einen Moment lang konnte sie sich nicht rühren.

»Wir sind noch nicht durch mit dem Tagesplan«, sagte sie gepresst. Das war ihr auch deshalb wichtig, weil Hanna ihr erzählt hatte, heute käme die mögliche Nachfolgerin für die Leitung des Jugendamtes.

»Sie wird es natürlich nicht so benennen«, hatte die Sekretärin halblaut anklingen lassen. »Sondern sucht nach einem geschmeidigen Namen für den Job. Die Amtsleiterstelle bleibt vorläufig unbesetzt, bis die Neue sich so eingearbeitet hat, dass bei einer offiziellen Ausschreibung gar nichts anderes übrigbleibt, als sie zu nehmen.«

»Kompetenz spielt hier wohl keine Rolle mehr«, bemerkte Carola bitter. Die Stern winkte sie heran. »Es ist eine Frau. Und sie hat eine Schwerbehinderung.« Das war nicht zu toppen. Damit hätte die Maibaum neben ihrer eigenen Stimme als Dezernentin und als Vertreterin des Fachamts noch die der Frauenbeauftragten und die des Schwerbehindertenvertreters auf ihrer Seite. Selbst wenn der Personalrat sich dagegen aussprechen würde, wäre die Sache gebongt. Denn die Personalabteilung würde, auch wenn sie Söder unterstand, niemals die Entscheidung eines Fachamtes infrage stellen. Carola hätte zu gerne gewusst, worin diese Schwerbehinderung bestand, doch Hanna zuckte die Schultern.

Die Maibaum musterte ihre Referentin mit einem schwer zu deutenden Blick. »Das Meiste haben wir besprochen. Den Rest schaffe ich alleine.« Demonstrativ setzte sie ihre Brille auf und vertiefte sich in ein Schriftstück.

Carola ging hinaus wie betäubt. So eine Abfuhr hatte sie noch nie bekommen. Schon gleich gar nicht wegen einer solchen Lappalie. Aber vielleicht hatte die Maibaum bemerkt, dass ihre engste Mitarbeiterin nicht mehr alles kommentarlos hinnahm, wie sie es gewohnt war. Als sie bereits vor ihrem eigenen Büro stand, drehte Carola sich wieder um. Sie würde sich jetzt nicht an ihren Schreibtisch setzen und so tun, als wäre nichts gewesen. Sondern endlich einmal das, was ihr angesichts der Situation das Beste schien.

83

Er kannte sie ja gar nicht.

Harald Maibaum und Lena Borowski waren sich noch nie über den Weg gelaufen, von der zufälligen Begegnung am Flughafen einmal abgesehen. Dort hatte sie ihn erkannt, weil sie früher einmal ein Foto von ihm gesehen hatte. Umgekehrt dürfte er nicht wissen, wie sie aussah. Noch immer musterte er sie mit einem schwer zu deutenden Ausdruck im Gesicht, doch nachdem sich

Lena klargeworden war, dass sie sich täuschen musste, löste sich die Verkrampfung in ihrem Körper langsam wieder.

»So, so. Du stehst also nicht auf blutige Spiele.« Er sprach langsam, schleppend. »Dann sag mir mal, worauf du stehst.« Er erhob sich und kam langsam näher.

Ein Zittern breitete sich von Lenas Bauch über Arme und Beine aus. Sie rührte sich nicht, sah ihm direkt ins Gesicht. Sein Finger strich über ihre Wange, glitt über den Hals nach unten und auf der Lederkorsage bis zur Mitte ihrer Brust, wo sein Finger nun auf sie tippte. »Oder weißt du das noch gar nicht? Möchtest du mit mir Neuland entdecken?« Er lächelte. Sein Gebiss war perfekt, dennoch kam es ihr vor, als unterhielte sie sich mit einem Hai.

»Ich bin Anfängerin. Kenne meine Grenzen noch nicht so genau. Möglich, dass ich etwas empfindlich bin.«

»Devot oder Masochistin?«

»Letzteres.« Gut, dass Gerd sie gebrieft hatte.

»Hm. Das mag ich.« Er zog sie von der Wand weg tiefer in den Raum hinein und ging um sie herum. So eng, dass sein Körper ihren immer wieder berührte. Lena hätte schreien können vor Ekel und Wut. Sie presste die Lider zusammen und biss sich auf die Lippe. Nur nicht auffallen. Aber wie sollte dieses Spiel überhaupt weitergehen? Die anderen drei würden sie suchen, hier drin aber nicht finden. Selbst wenn ihnen klar wurde, dass Lena hinter der Tür sein musste, würden sie es nicht schaffen, hereinzukommen. Geschweige denn, Maibaum die Karte abzunehmen. Unter halbgesenkten Lidern hervor checkte Lena die Utensilien im Raum. Sie würde offensiv werden müssen. Maibaum niederschlagen, ihn fesseln. Ihm die Zimmerkarte abnehmen. Falls das überhaupt notwendig war. Denn dass er hier die Finger mit im Spiel hatte, war ihr klar. Er war einer der Betreiber, womöglich sogar der alleinige.

Nun stand er direkt vor ihr. »Senke deinen Blick, wenn dein Meister mit dir spricht! Bis du nicht erzogen worden?« Sie gehorchte.

»Knie nieder.« Oh GOTT, alles bloß kein Blowjob, das würde sie niemals über sich bringen. Aber Maibaum wollte etwas anderes. Er drückte ihr die Hand ins Genick und sie damit auf den Boden. »Sag danke«, forderte er sie auf.

»Danke«, presste sie hervor.

Der Schlag kam völlig unerwartet. Er traf sie seitlich am Kopf, sie verlor das Gleichgewicht und fiel um.

»Hat dir dein Herr nichts beigebracht?«, herrschte er sie an. »Du hast mich Meister zu nennen.«

Lenas Kopf schmerzte, vor ihren Augen tanzten helle Punkte. Mühsam richtete sie sich wieder in ihre kniende Position auf. Sie wusste, dass sie dieses Spiel nicht mehr lange durchhalten würde.

»Ja, Meister.« Sie hörte selbst, wie widerwillig das klang.

»Schon besser. Wenn ich dein Herr wäre, würde ich dich jetzt schon windelweich schlagen. Aber leider muss ich ja die Grenzen respektieren, die ein anderer Dom setzt. Oder?« Er sagte es so leichtfertig dahin, dass in Lena ein Gedanke reifte.

»Hier drin jedenfalls.« Sie hatte Mühe, ihrer Stimme den kleinmädchenhaften Klang zu verleihen, der Unterwerfung signalisieren sollte.

»Vielleicht, wenn wir draußen in einem der Separées spielen könnten?«

»Ach so. Da hatte ich wohl was missverstanden.« Er lachte leise. »Du bist für hier drin etwas zu zart besaitet.«

Er reichte ihr die Hand und half ihr, aufzustehen. Einen Moment lang sah er sie nachdenklich an.

»Du möchtest wirklich, dass wir draußen weiterspielen?«

»Ja«, sagte Lena. Innerlich atmete sie auf. Hauptsache raus hier und dann die ganze Sache durchziehen, wie sie es geplant hatten!

84

Söder hatte ihr zugehört, ohne sie auch nur ein einziges Mal zu unterbrechen.

»Wo befindet sich die Akte jetzt?«

»Immer noch im Safe in Frau Maibaums Büro. Ein Teil davon liegt im Rechtsamt.«

Der Landrat griff zum Hörer und bat seine Sekretärin, die Unterlagen anzufordern. »Sofort, ich will sie in fünf Minuten hier haben.« Er lauschte kurz. »Nein. Niemand. Ich sehe es mir alleine an.« Er legte auf und musterte Carola.

»Sie wissen, dass Ihre Chefin Sie versetzen lassen wird. Oder Sie hochkant rausschmeißt?«

»Die Personalabteilung untersteht Ihnen«, entgegnete sie unaufgeregt.

Seine Mundwinkel zuckten kurz, doch er erwiderte nichts.

Sie hatten über den Fall Tobias Kiewitz gesprochen. Über Carolas Unbehagen damit, wie mit dem Fall umgegangen wurde.

»Eine Sozialarbeiterin zum Sündenbock zu machen, indem man die ganze Angelegenheit verschleppt und unter Verschluss hält, entspricht nicht meiner Vorstellung von Arbeitsmoral.«

Die Tür in ihrem Rücken öffnete sich, die Dokumente wurde gebracht. Schweigend vertiefte er sich in die Unterlagen. Es war ganz still im Raum, während er sich eine Notiz nach der anderen durchlas. Schließlich lehnte er sich zurück.

»Ich kann nichts Unauffälliges entdecken«, sagte er schließlich. »Sieht ganz so aus, als ob diese Frau Borowski die Sache verbockt hat.«

»Darf ich?« Carola wies auf die Unterlagen. Schon wieder öffnete sich die Tür, Söders Sekretärin warf halblaut die Frage in den Raum, wie mit den weiteren Terminen zu verfahren wäre.

»Verschieben«, wies er sie knapp an und Carola atmete innerlich auf. Er schien gewillt, mit ihr die Sache zu diskutieren. Immerhin hatte sie nicht viel mehr aufzuweisen als ein Bauchgefühl. Das sie offensichtlich nicht trog.

»Diese beiden Aktennotizen«, sie drehte den schmalen Ordner um, sodass Söder lesen konnte, worauf sie tippte. »Die scheinen ja zu beweisen, dass Frau Borowski bei der Familie Kiewitz war und alles für in Ordnung befunden hat.«

Söder sah sie abwartend an.

»Das, obwohl sie zu diesem Zeitpunkt bereits nicht mehr im Jugendamt gearbeitet hat, sondern in die Querschnittsabteilung im Spessartviertel versetzt worden war.« Carola spürte, wie Energie sie durchflutete.

»Das kommt vor, dass Sozialarbeiter sich nicht ganz abgrenzen können. Vor allen Dingen, wenn sie eine enge Beziehung zu Klienten aufbauen. Das brauche ich Ihnen doch nicht zu sagen.«

»Stimmt«, entgegnete Carola ruhig. »Nur, dass es zumindest an einem dieser Tage sehr fraglich ist, ob Lena Borowski überhaupt in Dietzenbach sein konnte.« Sie legte eine kurze Pause ein. Söder beugte sich nach vorn und hob fragend die Brauen.

»Denn sie hat zu dem Zeitpunkt in Langen gearbeitet. Hat dort eine Kollegin vertreten. Es ist mir nicht einleuchtend, dass sie dort einfach herausspaziert sein soll, um eine ehemalige Klientin zu besuchen. Die dazugehörige Notiz dann nur in der Akte im Computer zu hinterlegen. Geschrieben in ihrem alten Büro hier im Haus, aber ohne Unterschrift.« Sie war froh, ihrem Bauchgefühl gefolgt zu sein. Es hätte schiefgehen können, doch kaum hatte sie die Unterlagen in der Hand gehabt, war ihr sofort klar, dass hier tatsächlich etwas nicht stimmte.

»Was soll das denn heißen?«

»Dass diese Akte manipuliert wurde.«

85

Sie war schon auf dem Weg zur Tür, als er nach ihrem Handgelenk griff, um sie zu sich zurückzuziehen.

»Nicht so schnell, kleine Sub«, murmelte er. »Wir wollen doch nicht vergessen, wer dein Herr und Meister ist.«

Lena schnaufte innerlich. Sie sagte sich, dass es einfach nur ärgerlich war, mit diesem Typen hier unten zu stehen. Dass sie umso schneller hier rauskäme, je gefügiger sie sich zeigen würde.

»Meister, lass uns nach draußen gehen«, bat sie mit unterwürfiger Stimme unter Aufbietung all ihrer inneren Stärke. Der Widerwille gegen Maibaum war dabei so heftig, dass sie freiwillig einen Schritt zurücktrat. Wenn nötig, würde sie noch einmal auf die Knie gehen. Wenn sie nur einfach schnell wieder in der Nähe der anderen wären. Der Schlag traf sie völlig unvorbereitet. Mehr verblüfft als erschrocken hob sie die Hand an die Wange.

»Hände weg!«, schrie er und ohrfeigte sie ein zweites Mal, noch heftiger, noch brutaler. Lenas Kopf flog zur Seite. Ihr Ohr begann zu klingeln.

»Du blöde Kuh!«, beschimpfte er sie. Lena taumelte zwei Schritte zurück, sie vernahm seine Stimme auf der einen Seite wie durch Watte. Instinktiv zog sie den Kopf zur Seite, als er erneut zuschlagen wollte.

»Glaubst du wirklich, du kannst dich hier reinschleichen und wieder rumschnüffeln?«

Unfähig, etwas zu erwidern, blieb sie stehen, wo sie war und starrte ihn an.

Der Wutanfall ging so schnell, wie er gekommen war.

»Ach, Frau Borowski«, hörte sie ihn sagen. »Hättest du nicht einfach deine Nase in deine eigenen und nicht in meine Angelegenheiten stecken können?«

In einer fließenden Bewegung hatte er sich nach vorne gebeugt und ihr die Maske vom Gesicht gerissen. Sie war sofort in Alarmbereitschaft. Er schnaubte, als sie, gewillt, ihn anzugreifen, ihren Rücken straffte.

Plötzlich hielt er eine Peitsche in der Hand, er musste sie unter seinem Cape an der Hose getragen haben. Einer schwarzen Schlange gleich entrollte sich das Leder nun bis zum Boden. Er schlug nach ihr, verfehlte sie aber. Lena war seitlich ausgewichen und stand nun vor der Wand, an der die Ketten und Seile hingen.

»Auf die Knie!«, schrie Maibaum. »Oder ich peitsche dich, bis die Haut in Fetzen von deinem Rücken hängt.«

Sie dachte nicht daran. Er hatte sie enttarnt, es gab überhaupt keinen Grund mehr, so zu tun, als sei sie ein normaler Partygast. Mit einer schnellen Bewegung griff sie hinter sich, ihre Finger schlossen sich um das Erstbeste. Was es war, konnte sie nicht mehr erkennen. Ein so heftiger Schmerz durchzuckte sie, dass ihr Arm kraftlos nach unten fiel. Maibaum hatte zugeschlagen. Sehr kraftvoll, sehr routiniert. Sie schrie auf, rannte weiter, hinter den Stuhl. Erkannte, dass der Raum zu klein war, er sie mit der Peitsche überall erreichen konnte. Er hob sie bereits wieder, Lena hörte das Zischen des Leders, es fraß sich in ihren anderen Arm. Der Schmerz war so groß, dass sie aufschrie. Gleichzeitig griff sie nach dem weichen Ende, wollte es festhalten. Er riss es so hart zurück, dass ihre Handinnenflächen brannten.

Ich muss hier raus! Hoffentlich findet mich Gerd.

Als habe er ihre Gedanken gelesen, verzog er den Mund.

»Deinen Begleiter haben wir ausgeschaltet. Er wird heute Nacht noch den Fischen übergeben. Zusammen mit dem, was von dir noch übrig ist.«

Lena atmete tief durch.

Ruhe bewahren! Der Mann ist extrem eitel. Er will sich mitteilen und sei es auch nur, um über mich und Gerd zu triumphieren.

»Wieso glauben Sie, dass ich hinter Ihnen herspioniere? Ich wusste nicht einmal, dass Sie hier sind.«

Er zog die Brauen hoch. Wenigstens rollte er die Peitsche ein.

»Du hast uns doch angerufen, oder nicht?«

Die stumme Mailbox!

Sie zuckte die Schultern in einer hilflosen Geste.

»Einer meiner Gäste kannte die Journalistin, mit der du unterwegs warst. Er kam an ihr Telefon und war so freundlich, mir deinen Namen zu nennen. Deine Freundin hatte sie unter den Kontakten gespeichert. Dieselbe Nummer, die uns angerufen hat. Dein Name ist nicht gerade häufig.« Er kniff die Augen zusammen und betrachtete sie, als überlege er, wie viel er ihr noch erzählen wollte. »Meine Frau«, fuhr er dann gedehnt fort. »Hatte einmal über dich gesprochen. Über ihr pain in the ass.« Wieder dieses leise, böse Lachen. »Es gibt da ja auch noch einen weiteren Vorfall. Bedauerlicherweise hast du deinen Job nicht richtig gemacht.« Er sah sie an, als wäre sie ein unerwünschtes Insekt. »Wenn ich es mir recht überlege, wäre ein Selbstmord nicht verwunderlich. Nachdem ein kleiner Junge zu Tode gekommen ist.«

Lena starrte ihn einfach nur an. Konnte ein Mensch so verkommen sein?

»Warum die Entführung?« Sie konnte den Namen Samantha nicht aussprechen. Nicht hier, nicht in dieser Umgebung, nicht vor diesem Mann.

»Auch das weiß ich von meiner Frau. Diese Adoptionsgeschichte. Du bist wohl nicht nur lesbisch, sondern auch pädophil.« Er lachte bösartig auf. »Wer weiß, wie die neuen Eltern reagieren, wenn sie erfahren, was du mit …«

Ohne nachzudenken hatte sie etwas gegriffen und warf es nach ihm. Maibaum duckte sich und ließ den Holzdildo gegen die Wand prallen. Sein Gesicht war nun eine kalte Maske.

»Lady, du hast gar keine Ahnung, wie fertig ich dich machen werde. Dein Ruf ist bereits jetzt keinen Pfifferling mehr wert. Wenn ich mit dir fertig bin, wird niemand mehr deinen Namen aussprechen, ohne auf dich zu spucken, das garantiere ich dir.«

Sie hatte langsam ihre Sprache wieder gefunden.

»Sie wissen, dass das alles Blödsinn ist. Eine solche ekelhafte Fantasiegeschichte von einem Mörder und Sadisten zu hören, klingt merkwürdig«, erwiderte sie kühl. »Ihre Frau kann sich die Landratswahl in die Haare schmieren, wenn rauskommt, dass Sie dieses Etablissement hier leiten.«

»Lass meine Frau aus dem Spiel. Sie hat nichts damit zu tun.« Er hob die Hand, die die Peitsche hielt, als wolle er gleich wieder zuschlagen.

»Ich habe Sie zusammen gesehen. Neulich. Als sie Sie zum Flughafen gebracht hat.«

Zum ersten Mal schien er aus dem Konzept zu geraten. Die Hand sank herab.

»Das glaube ich dir nicht.«

»Es stimmt.« Sie nannte ihm Datum und Uhrzeit. Er erblasste leicht. Lena begriff, dass das Treffen mit seiner Noch-Ehefrau nicht gerade etwas war, was er an die große Glocke hatte hängen wollen. Doch nach den ersten Schocksekunden zuckte er die Achseln. »Auch egal. Es ist nicht wichtig. Wir hatten ein paar Dinge bezüglich unserer Trennung zu besprechen.«

»Und dabei offensichtlich Zeit genug, um auch über mich zu reden?«

Langsam wurde ihr einiges klar. Marianne Maibaum hatte freizügig über Lenas Engagement Samantha betreffend gesprochen. Vermutlich auch darüber, dass sie sie liebend gerne losgeworden wäre. Natürlich auch über den toten Jungen und seine Mutter. Deswegen kannte er ihre Verbindung zu Samantha, aber nicht ihre Adresse oder private Telefonnummer. Was auch bedeutete, dass Marianne Maibaum tatsächlich in dieses Komplott hier nicht eingeweiht war.

»Nachdem diese de Palma ausgeschaltet wurde, bist du die Einzige, die noch etwas wissen könnte über mein Hotel hier.«

Klingt, als habe nicht er Carmen umgebracht. Wer dann?

»Wären wir je sicher gewesen, das Mädchen und ich?«

Erstaunlicherweise blickte er sie auf diese Frage ganz offen verblüfft an.

»Ja. Solange du geschwiegen und dich zurückgehalten hättest.«

»Von wem stammt das Ohr, das Sie der Adoptivfamilie geschickt haben?«

Er schüttelte den Kopf, fast verärgert. »Fragestunde beendet, Lady. Du weißt doch sicher inzwischen, wo du hier bist.«

Wie aus einer Blase kehrte sie zurück ins Hier und Jetzt. Der geflieste Raum, die Instrumente, der Abfluss. Der Geruch.

Die Angst traf sie wie ein Schlag in die Magengrube. Denn so, als habe man ihr blitzartig gezeigt, zu welchem Zweck dieser Raum eingerichtet war, begriff sie, dass sie keine Chance hatte, herauszukommen. Ihr Herz schlug schmerzhaft, in ihren Ohren hatte ein Rauschen eingesetzt.

»Müssen Sie nicht die Kamera einschalten?«

Maibaums Reaktion erstaunte sie erneut. Er fing an zu lachen, ernsthaft amüsiert.

»Das ist bereits geschehen«, informierte er sie und zeigte mit dem Finger über seine rechte Schulter. Lena hob den Blick. Eine der Kacheln oben in der Wand war aus dunklem Glas. Dahinter blinkte ein winziges rotes Licht.

»Geld lässt sich damit nicht verdienen. Dazu bist du zu alt. Vielleicht zeige ich den Film aber deinem Freund. Bevor ich ihn zu Fischfutter verarbeite.«

Lena kam nicht mehr dazu, über das nachzudenken, was er sagte. Denn noch während er sprach war er zu ihr getreten und hatte etwas aus seinem Cape gezogen. Das letzte, was sie spürte, war ein scharfer Schmerz am Hals, dann sank sie zu Boden.

86

Olaf Kofler hätte nie gedacht, dass er auf seine alten Tage seine Rente mit einem Job würde aufbessern müssen. Doch die Umstände zwangen ihn dazu. Seit der Wohnblock, in dem er seit über zwanzig Jahren wohnte, modernisiert worden war, konnte er sich die Miete nicht mehr leisten. Schweren Herzens dachte er an

Umzug. Um festzustellen, dass er in der ganzen Stadt keine bezahlbare Wohnung fand. Nun arbeitete er zweimal die Woche als Nachtportier in einem etwas heruntergekommenen Hotel am Stuttgarter Stadtrand. Es war ein einfacher Job. Wer nachts hereinwollte, musste eine Klingel neben der gläsernen Eingangstür betätigen und er ließ die Gäste dann ein. An- und Abreisen kamen keine, es ging mehr darum, dass er da war, um ein Auge auf alles zu haben und falls ein Gast mal etwas brauchte.

Der ältere Mann hatte bei seinem Dienstantritt an diesem Abend kurz vor 22 Uhr keine Ahnung, dass er diese Nacht nicht so schnell vergessen würde. Leise vor sich hin pfeifend ging er in das kleine Büro, das direkt hinter dem Empfangstresen lag. Dort packte er seine Zeitschrift und seine Pausenbrote aus, kontrollierte, ob sich noch genügend Kaffeekapseln und Teebeutel im Hängeschrank über der schmalen Küchenzeile befanden und begab sich danach an seinen eigentlichen Arbeitsplatz. Von den 52 Zimmern waren 36 belegt. Monteure zumeist, die die Zimmer wochenweise mieteten, aber auch einige Individualreisende. Olaf fragte sich stets, wie man auf so ein Hotel kam, es war weder besonders gut gelegen noch attraktiv und dafür noch nicht einmal preiswert. Aber ihm sollte es recht sein. Solange das Hotel Gäste hatte, hatte er einen Arbeitsplatz.

Noch war die Drehtür offen, geschlossen wurde sie um Mitternacht. Es oblag dem Nachtportier außerdem, die Getränkeautomaten aufzufüllen, was er nun tat. Cola und Bier wurden am häufigsten getrunken, also nahm er gleich ein paar Dosen aus dem großen Kühlschrank im Hinterzimmer mit. Anschließend warf er im Foyer die Zeitschriften der Vorwoche weg und legte neue aus. Weil die Luft abgestanden roch, kippte er eines der Fenster, die zur Straße hinausgingen. Nach einem Blick in die Runde – alles war, wie es sein sollte –, kehrte er hinter den Tresen zurück und loggte sich im System ein. Eine Reservierung für die Folgewoche konnte er nach einem Blick in den Zimmerplan bestätigen. Ein weiterer Gast glaubte, bei der Abreise einen ebook-Reader vergessen zu haben. Da nichts im Schrank mit den Fundsachen lag, schrieb Olaf Kofler ihm eine entsprechende Mail. Ein Paar betrat das Hotel, sie waren offensichtlich guter Laune, als er ihnen die Schlüssel gab, baten sie um einen Weckruf für den nächsten Morgen. Danach kehrte Ruhe ein. Es gab nichts mehr zu tun für ihn. Es musste bereits nach 23 Uhr sein, als ihm der Mann auf der Straße auffiel. Er ging vor dem Hotel auf und ab, als warte er auf jemanden. Dabei rauchte er eine Zigarette nach der anderen. Immer wieder blickte er auf sein Handy. Schließlich, es war inzwischen halb zwölf, betrat er das Foyer. Ohne auf den Nachtportier zu achten, lief er schnurstracks auf den Aufzug zu.

»Hallo?«, rief Olaf Kofler. Der Fremde war kein Gast, sonst hätte er seinen Schlüssel geholt.

»Schon in Ordnung«, entgegnete der Mann, ohne stehenzubleiben. »Ich besuche einen Bekannten.«

»Sagen Sie mir die Zimmernummer!« Er durfte Fremde nicht einfach auf die Etage gehen lassen. Doch genau das hatte der Mann vor. Der Lift öffnete sich nun mit einem leisen Pling. So eine Situation hatte ihm gerade noch gefehlt!

Olaf Kofler beeilte sich, um den Empfangstresen herumzukommen. Er eilte zum Lift, der bereits abgefahren war. Laut Anzeige war der Mann in den dritten Stock hinauf gefahren und Kofler folgte ihm. Auf dieser Etage waren nur wenige Zimmer vermietet, sodass der Hotelmitarbeiter den Eindringling schnell entdeckt hatte. Er stand, offensichtlich inzwischen stark aufgeregt, an einer der Türen und klopfte laut.

»Leise bitte. Einige Gäste schlafen sicher schon.«

Der Mann gebärdete sich nicht nur unverschämt, er ignorierte den Angestellten, was diesen maßlos ärgerte.

»Aufmachen!«, schrie er jetzt auch noch.

»Ihr Bekannter scheint nicht da zu sein«, sprach Kofler das Offensichtliche aus.

»Ist er weggegangen? Haben Sie ihn gesehen? Mit einem Jungen?«

»Seit ich Dienst habe, ist niemand mit einem Kind an mir vorbeigegangen.«

Warum auch? Es war spät, ein Kind gehörte schon lange ins Bett.

»Machen Sie auf!«, herrschte der Fremde ihn nun an.

»Hören Sie, ich kann nicht einfach ...«, weiter kam er nicht. Der Mann hatte ihn am Kragen gepackt.

»Hör zu, du Arschloch! Entweder du schließt jetzt SOFORT diese Zimmertür auf, oder ich schlage sie ein.« Er stieß den Älteren von sich und hob demonstrativ das Bein.

»Ich muss den Generalschlüssel holen. Verhalten Sie sich ruhig, bis ich wieder da bin«, erklärte der Hotelangestellte so ruhig, wie es ihm möglich war. Bevor der Eindringling etwas erwidern konnte, ging er eilig davon. Mitnichten, um den Generalschlüssel zu holen. Vielmehr würde er die Polizei benachrichtigen.

Unten angekommen, griff er sofort zum Telefon. In Fällen von randalierenden Hotelgästen, so stand es in seiner Stellenbeschreibung, war umgehend die Direktion zu verständigen. Die entschied dann, ob die Polizei gerufen wurde. Olaf Kofler zögerte jedoch, die Order so umzusetzen. Was, wenn der Wüterich ihn angriff? Er hatte noch nicht gewählt, als ihm ein rotes Lämpchen einen Anruf aus einem der Zimmer signalisierte. Jemand aus dem dritten Stock, aber nicht der Gast, vor dessen Tür dieser Fremde stand. Der Nachtportier ahnte bereits, dass es sich um eine Beschwerde handelte. Nervös blickte er auf das Blinken. Was, wenn der Kerl dort oben einen Gast angriff? Er drückte auf die Verbindungstaste. Eine laute Stimme drang aus dem Hörer. »Sorgen Sie da draußen bitte für Ruhe!«, forderte ein aufgebrachter Gast.

»Bitte, bleiben Sie in Ihrem Zimmer. Wir kümmern uns um das Problem«, versuchte er, den Anrufer zu beruhigen. »Die Polizei ist schon verständigt«, log er. Dabei entschied er sich, genauso vorzugehen.

Doch dazu kam es nicht mehr. Jemand kam eilig die Treppe herunter. Der Mann rannte fast schon am Empfangsdesk vorbei und verschwand in die Nacht.

Hilflos, mit dem Telefon in der Hand, stand Olaf Kofler am Empfang und brauchte ein paar Sekunden, bis er wieder handlungsfähig war. Erneut verließ er seinen Platz, dieses Mal sperrte er zunächst die Außentür ab, bevor er erneut in den dritten Stock hochfuhr.

Ein Gast stand im Schlafanzug mitten im Flur. Er deutete stumm den Gang hinunter, wo die Tür eines Zimmers offenstand. Das Schloss war durch brachiale Gewalt beschädigt.

Als ahne er, dass das nicht gut enden würde, verlangsamte der Nachtportier seine Schritte und betrat vorsichtig den Raum. Dann blieb er abrupt stehen, stieß heftig die Luft aus und wusste, dass er nun um einen Anruf bei der Polizei nicht herumkam.

87

Der Mann war böse.

Er hatte ihm seine Giraffe weggenommen und wollte sie ihm nicht wiedergeben.

»Leg dich aufs Bett«, hatte er verlangt. Der Junge wollte sich nicht hinlegen ohne sein Stofftier. Die Schläge, die kamen, waren härter gewesen als alles, was er kannte. In seinen Ohren dröhnte es. Er konnte hören, wie ein Knochen brach. Der Schmerz war unbeschreiblich, doch schreien konnte er nicht, denn der Mann hatte ihm den Mund zugeklebt. Der Junge weinte nicht. Mit offenen Augen starrte er auf das, was er sah: Eine weiße Wand, einen Nachttisch, auf dem der Mann ein paar Sachen aufgebaut hatte, mit denen er den Jungen nach und nach traktierte. Der schluckte seinen Schmerz und konzentrierte sich auf das Licht in seinem Inneren. Irgendwann war es aufgetaucht, in einer ähnlichen Situation. Wenn er alles andere ausblendete, sich nur auf den hellen Punkt konzentrierte, ertrug er alles.

Der Mann, der sich als sein Vater ausgegeben hatte, war auch böse. Aber er hatte ihm nie die Dinge angetan, die die anderen Männer mit ihm machten. Er brachte ihn zu ihnen, Geld wechselte den Besitzer, was die Männer miteinander besprachen, verstand er oft nicht.

»Nein, nicht bis zum Ende«, hatte derjenige, der sein Vater sein wollte, heute Abend zu dem anderen gesagt.

»Noch nicht. Fragen Sie in vier Wochen noch einmal.«

Der Junge ahnte, was das hieß. Und obwohl er noch so jung war, dachte er jetzt, dass es vielleicht besser wäre. Das Ende. Dann hätte er es hinter sich.

Fast im selben Moment spürte er die Wut in sich. Darüber, dass man ihm nicht nur Leib und Seele genommen hatte, sondern auch das Einzige, an dem er überhaupt noch hing. Sein Stofftier. Der böse Mann hatte gelacht, als er es ihm wegnahm. Hatte es im Badezimmer in die Mülltonne gesteckt. Jetzt grunzte er ihm ins Ohr, er lag schwer auf dem Kind.

Nach einer unendlich lang scheinenden Zeit, der Junge hatte sich von dem Licht forttragen lassen, an einen weit entfernt liegenden Ort, rollte sich der Mann von ihm. Er ging ins Bad, der Junge hörte ihn, kehrte langsam in seinen Körper zurück. Der Schmerz brachte ihn fast um, er spürte, dass er heftig blutete. Mit einem Ruck riss der Mann den Klebestreifen von seinem Mund und löste den Gürtel, mit dem er ihm die Hände auf den Rücken gebunden hatte. Ohne ein Wort an den Kleinen zu richten, ging er zur Minibar. Holte ein Bier heraus. Der Junge richtete sich auf, der linke Arm gehorchte ihm nicht mehr, er stand merkwürdig ab. Er wand sich das mitgebrachte Handtuch um den Körper und schleppte sich mehr ins Badezimmer, als er ging. Etwas in seinem Inneren schien zu brodeln. Entsetzt blickte er auf das Blut, das auf den Boden tropfte. Ihm wurde schwindelig. Er hatte Durst. Griff nach einem der Zahnputzgläser, ließ es unter dem Wasserhahn volllaufen und wollte trinken, als das Glas ihm entglitt und auf dem Boden zerschellte.

»Du blöder Affe!«, schrie der Mann. Er stand Sekunden später an der Tür, halb angezogen bereits.

»Da!«, sagte der Junge.

»Was?« Der Mann beugte sich herunter.

Der Junge sagte nichts mehr, er stach einfach zu.

88

Nur sehr langsam tauchte sie wieder an die Oberfläche. Ihr war kalt. Jemand rumorte in ihrer Nähe. Metall klapperte. Ihr war übel.

Hartmut Maibaum stand mit dem Rücken zu ihr. Er wusste, dass von Lena keine Gefahr ausging, denn er hatte ihr Hände und Füße mit Lederfesseln an den Metallstuhl gebunden. Als ihre Erinnerung wieder einsetzte, sie einigermaßen bei Bewusstsein war, ruckelte sie vorsichtig daran. Der Stuhl war am Boden festgeschraubt. Sie hob langsam den Kopf. Noch immer blinkte das rote Licht. Irgendwo wurde all das aufgezeichnet, was sich hier drin abspielte. So, wie schon viele Male zuvor. Doch bei all dem Abscheu, den sie vor dem Mann empfand – als Kinderschänder konnte sie sich Maibaum nicht vorstellen. Das Foto kam ihr in den Sinn. Möglich, dass er ihr es geschickt hatte. Aber hatte er veranlasst, dass dem Kind die Gliedmaßen amputiert wurden?

»Wer macht so etwas?«, hatte sie fassungslos gefragt. Bernadette Graf war ihr die Antwort schuldig geblieben. Gerd erzählte ihr vom Kindermarkt in Marrakesch. »Es sind vor allem blonde Mädchen. Man sucht sie sich aus, wie in einem Katalog. Früher war das etwas schwieriger. Heutzutage stalkt man einfach ein paar Instagram-Profile, auf denen Eltern ihre Kinder präsentieren. Wer Glück hat, kommt als lebende Puppe in eine der vielen Familien, die reich genug sind, ihre lebenden Schätze zu verstecken. Wer Pech hat, gerät an Pädophile. An Geistesgestörte, die werweißwas mit den Kindern machen.« Die Amputationen waren fachgerecht vorgenommen worden. Vielleicht war es dieses Detail, das Lena so verstört hatte.

»Warum das Foto mit dem verstümmelten Kind?«

Maibaum fuhr beim Klang ihrer Stimme herum. Er schien kurz nachzudenken, was sie meinen könnte. Dann trat er näher. »Was interessiert es dich noch?«

»Ich möchte es verstehen.«

»Ist das nicht klar? Wir haben dir gezeigt, was mit deiner kleinen Freundin passiert, wenn du nicht spurst.«

Sie schob den Gedanken weg, dass Samantha erneut in Gefahr war.

»Mich interessiert, warum jemand ein so hübsches Kind … zerstört. Und wer diese Operationen durchführt.«

»Zerstört. Genau das. Der Auftraggeber ist immens reich, hat aber eine furchtbar hässliche Tochter. Die wünschte sich eine blonde, blauäugige Puppe. Die hat man ihr gekauft. Nun war es aber so, dass das Mädchen nicht so spurte, wie die kleine Araberin das wollte. Da kam sie auf die Idee, sie zu bestrafen.«

»Das … das ist doch ein übler Scherz?« Lenas Eingeweide verkrampften sich schmerzhaft.

»Nein. Allerdings hat die Kleine arg übertrieben. Als das blonde Püppchen keine Arme und Beine mehr hatte, wollte sie nicht mehr mit ihm spielen.«

Dann hat man sie auf den Müll geworfen, wie ein kaputtes Spielzeug. Nur, dass man dieses vorher noch töten musste.

Erstaunt nahm Lena zur Kenntnis, dass er offenbar von der ganzen Geschichte ebenso angeekelt war wie sie.

»Welcher Arzt macht so etwas?«

Maibaum zuckte die Schultern. »Irgendeiner, den man mit Geld zugeschissen hat. Glaubst du wirklich, dass Menschen in ärmeren

Teilen dieser Welt es sich leisten können, so hoch auf dem Ross der moralischen Empörung zu sitzen wie du und deinesgleichen?« Er trat näher zu ihr. »Aber jetzt, da du wieder wach bist, können wir ja unser kleines Spiel beginnen.« Jede Betroffenheit war gewichen. Seine dunklen Augen glitzerten diabolisch. Er war ein echter Sadist, dem es Spaß machte, Menschen körperlich zu quälen.

Sie dachte wieder daran, was Bernadette Graf gesagt hatte, als sie über die Kinderschänder sprachen, deren Telefonnummer Dumitra bei sich getragen hatte.

»Das war nicht die Gruppe, von der Frank uns erzählt hat. Das waren andere. Da ging es viel härter zur Sache. Und die Kinder waren alle sehr klein.« Bernadette Grafs Stimme hatte leise geklungen, gequält. Lena fragte sich, ob der kleine Junge hier irgendwo war. Der, mit dem Dumitra unterwegs gewesen war. Ob er noch lebte. Sie hatte noch nicht einmal seinen Namen gekannt. Weil man die Kinder dort, wo sie wie eine Ware gehandelt wurden, nicht damit ansprach. Weil er nichts gesagt hatte.

Das Ohr, das man den Treutles geschickt hatte. Mit einem Mal wusste sie, dass es von einem Kind stammte, das getötet worden waren. Hier, oder anderswo.

Man wird nie erfahren, von wem genau.

Maibaum schien fertig mit seinen Vorbereitungen. Sie hob den Blick. Er fiel auf einen Gartenschlauch, den der Sadist an einen Wasserhahn angeschlossen hatte. Ihr war, als würde Eiswasser durch ihre Adern fließen.

»Damit kommen Sie nicht durch«, versuchte sie, das Unvermeidliche aufzuhalten. In den letzten Minuten war ihr noch ein weiterer Gedanke durch den Kopf geschossen. Maibaum hatte lediglich von ihrem Begleiter gesprochen. Hatte Rohloff nicht beim Namen genannt. Von Rick und Tamae schien er gar nichts zu wissen. Sicher hatten die beiden ebenfalls gemerkt, dass sich Lena in keinem der Separées aufhielt. Falls es stimmte, was ihr Peiniger über Gerd sagte, waren sie sicherlich auch bereits über sein Verschwinden auf dem Laufenden. Es konnte nicht ewig dauern, bis sie die Tür zu diesem Verlies gefunden hatten. Lena hoffte inständig, dass Rick es schaffen würde, sich Zugang zu verschaffen. Bevor es für sie zu spät war.

»Niemand wird dich finden. Du und dein Begleiter, ihr seid unter falscher Flagge gesegelt, schon vergessen?«

Das stimmte. Rohloff hatte je zwei Tickets für die Party über zwei verschiedene Mittelsmänner gekauft. Niemand konnte wissen, dass die beiden Paare zusammengehörten. Selbst wenn Maibaum ihr Foto in einer der Zeitungen gesehen hatte, es war schier unmöglich, sie in ihrer Verkleidung zu erkennen. Dass sie mit Rohloff zusammen war, wusste auch niemand. Sie kriegte es einfach nicht zusammen. Wie hatte es passieren können, dass sie aufgeflogen waren?

Als der Mann vor ihr nach etwas griff, das wie ein Lötkolben aussah, riss sie panisch an ihren Fesseln.

»Lassen Sie mich gehen«, schrie sie in höchster Angst. »Sie verschwinden wieder dorthin, woher Sie gekommen sind. Und ich vergesse alles, was hier geschieht.«

»Bemüh dich nicht!«, entgegnete er kalt. »Du hattest deine Chance. Oder hast du nicht kapiert, dass es mit diesem Mädchen auch anders hätte ausgehen können? Du wirst diesen Raum nicht lebend verlassen, das schwöre ich dir.«

Bevor sie erneut um ihr Leben flehen konnte, ertönte ein Klacken von der Tür. Maibaum drehte sich nicht einmal um.

»Alles in Ordnung?«, fragte er, den Blick fest auf Lenas angstverzerrtes Gesicht gerichtet.

»Ja«, antwortete der Mann knapp.

Lena starrte ihn an. Sie konnte nicht glauben, was sie sah. Doch genau dieses Puzzleteilchen hatte gefehlt, um all ihre Fragen beantworten zu können. Denn der Mann, der nun neben Harald Maibaum trat, war Rick.

Noch nie hatte er so viel Blut gesehen. Olaf Kofler stand wie erstarrt, er konnte den Blick nicht von dem Mann wenden, der, mit Hose und Unterhemd bekleidet, an der Tür zum Badezimmer lag. Aus einer Wunde am Hals sickerte immer noch Blut, der ganze Boden war voll davon. Der Geruch löste Übelkeit aus.

Was war hier geschehen? Hatte der Fremde den Hotelgast umgebracht, nachdem er die Tür eingetreten hatte? Olaf Kofler tastete nach seinem Handy. Er tippte die 110 ein, war anschließend jedoch kaum in der Lage, einen verständlichen Satz von sich zu geben.

»Ein ... Mann ... liegt in seinem ... Blut«, stammelte er.

»Lebt er noch?«, wollte die Polizistin am anderen Ende wissen.

Lebte er noch? Der Hotelportier näherte sich dem am Boden Liegenden mit kleinen Schritten.

»Da ... da kommt jede ... jede Hilfe zu spät!«

Er fuhr herum. Der Hotelgast im Pyjama war nicht in sein Zimmer zurückgekehrt, sondern stand nun direkt hinter ihm, blickte mit großen Augen auf den Blutenden.

»Sind Sie Arzt?«, krächzte Olaf Kofler.

»Hallo?«, rief die Polizistin.

Der Mann im Pyjama schüttelte den Kopf. Dann drehte er sich um und rannte über den Gang zurück in sein Zimmer.

Der Hotelportier ließ sich neben dem Blutenden nieder, zögerlich streckte er die Finger aus. Er tastete keinen Puls mehr am Hals. »Ich glaube, der Mann ist tot«, informierte er die Frau am anderen Ende. Im selben Moment sah er den Jungen.

Rick hatte sie verraten! Sie konnte es nicht glauben. Maibaum hantierte mit angespanntem Gesicht noch immer mit dem Lötkolben, der sich irgendwie sperrig erwies.

»Hast du den Begleiter dieser Dame unschädlich gemacht?«, wollte er von seinem Komplizen wissen.

Rick hob den Kopf und sah Lena direkt in die Augen. »Nein«, lautete die Antwort.

Maibaum erstarrte, bevor er sich blitzschnell umdrehte. Nicht schnell genug für den durchtrainierten Bodyguard. Der schlug ihm mit der Handkante einmal kräftig von vorn gegen den Hals, trat gegen sein Schienbein und verpasste ihm einen kräftigen Kinnhaken. Maibaum schrie, nicht vor Schmerz, sondern vor Wut, bevor er zu Boden ging. Mit lautem Scheppern fiel der Lötkolben neben ihn.

Seelenruhig angelte sich Rick ein paar Handschellen, die an einem Haken von der Wand hingen und legte sie Maibaum an. Dann löste er Lenas Fesseln.

»Was ... was ist passiert?« Sie griff sich an die Schläfe, hinter der es schmerzhaft pochte. Vor wenigen Minuten noch hatte sie geglaubt, den Abend nicht zu überleben.

»Jemand hat dich erkannt. Einer seiner Schläger hat daraufhin versucht, Gerd zu überrumpeln. Wir haben ihn oben, verschnürt wie ein Weihnachtspaket.«

»Geht es Gerd gut?«

Rick grinste, der Situation völlig unangemessen, breit. »Dem geht es prima. Er hat Maibaums Komplize in die Mangel genommen. Ich glaube, wir wissen jetzt alles, um diese feine Gesellschaft hochgehen lassen zu können.« Er öffnete die Tür und brachte Lena zurück in den Keller, wo die SM-Spieler immer noch ihren Leidenschaften frönten, bevor er zu Maibaum zurückging. Ihr lief es kalt über den Rücken, als sie daran dachte, dass keiner dieser Leute auch nur den Hauch einer Ahnung davon hatte, was sich nur wenige Meter entfernt abgespielt hatte.

Tamae kam auf sie zu. Die Japanerin war noch blasser als sonst. »Lena«, hauchte sie ihr entgegen und nahm ihre Ex-Geliebte in den Arm.

»Jemand hat mich erkannt«, murmelte die. »Das ist doch eigentlich unmöglich.«

»Wir wissen nicht, wer es ist«, antwortete Tamae.

»Mich kann niemand hier kennen«, fuhr Lena fort. »Die Gäste, die vorher da waren, sind abgereist. Sie hatten andere ... Präferenzen.«

Jetzt erst fiel ihr auf, wie mitgenommen Tamae wirkte. »Was ist los?«, fragte sie leise.

Die Japanerin schüttelte auf eine Weise den Kopf, die Lena kannte. *Lass mich. Frag nicht weiter*, bedeutete das. Sie hatte dieses Kopfschütteln im Laufe ihrer Beziehung mit Tamae häufig gesehen. Dieses Mal alarmierte sie das Verhalten ihrer ehemaligen Geliebten.

»Wo ist Gerd?«, fragte sie.

»Oben. In Maibaums Zimmer.«

***

Es wurde ihnen geöffnet, kaum dass sie geklopft hatte. Lena entging nicht der Blick, den Gerd und Tamae beim Eintreten wechselten.

Lena machte ein paar Schritte in den Raum hinein, dann blieb sie wie angewurzelt stehen. Ein Mann saß auf einem der beiden Sessel, geknebelt und an Armen und Beinen gefesselt. Er starrte sie wütend an.

»Kennst du ihn?«, fragte Gerd leise.

Sie schüttelte den Kopf.

»Er kennt dich.«

Wie sollte er sie bei der Party mit dem kurzen roten Haar, den Kontaktlinsen und der Maske erkannt haben? Das war unmöglich.

»Er hat Maibaum gesagt, wer du bist.« Also war es nicht einfach ein glückliches Zusammentreffen gewesen, der hatte sie gezielt angesprochen. Sie hatten ihn aufs Kreuz legen wollen, stattdessen hatte er genau das mit ihr gemacht. Sie fast getötet. Ein Zittern durchlief sie. Dieser Mann hatte jede Grenze verloren.

Sie betrachtete den Mann vor sich. Waren sie sich an diesem Abend schon einmal begegnet? Sie durchlebte den Abend seit ihrem Eintreffen noch einmal. Da fiel es ihr wieder ein. Als sie, ganz zu Beginn der Party, von der Damentoilette gekommen war, hatte ein Mann mit dem Rücken zu ihr auf dem Gang gestanden und telefoniert. Ihre Blicke hatten sich kurz im Spiegel vor ihm an der Wand gekreuzt. Lena hatte ihre Maske wieder aufgesetzt und war davon gegangen, ohne weiter auf den Fremden zu achten. Der Mann ruckelte an seinen Fesseln. Umsonst, sie saßen offensichtlich sehr stramm. Sie trat noch einen Schritt näher, der strenge Geruch von Nikotin stieg ihr in die Nase.

Was hatten die Buckpeschs gesagt?

Er roch nach Nikotin. Heftig. Ganz sicher war er Kettenraucher.

»Rolf«, sagte sie laut und der Mann hob in einem Reflex den Kopf und bestätigte ihre Vermutung.

Gerd trat neben sie. »So, jetzt haben wir also einen Namen.«

»Sie waren mit Angelika Kiewitz befreundet«, fuhr Lena leise fort. In die Augen des Gefesselten trat ein beunruhigter Ausdruck. »Sie waren in der Wohnung, als Toby zu Tode kam.« Ihre Stimme hatte sich gehoben. Sie trat noch einen Schritt näher, beugte sich zu ihm herunter. »Haben Sie ihn getötet?« Wieder riss der Mann an seinen Fesseln, dieses Mal noch heftiger als zuvor. Lena zog mit einem Ruck das Klebeband von seinem Mund ab. Sofort fing er an zu schreien. Gerd schlug ihm rechts und links ins Gesicht, mit einer Härte, dass der Kopf des Gefesselten heftig hin und her pendelte.

»Ruhe!«, herrschte Rohloff den Mann an. »Du beantwortest jetzt jede einzelne Frage dieser Frau, die wegen dir fast gestorben wäre.« Lena überlief es kalt. Gerds Stimme hatte sich kaum gehoben, doch der drohende Unterton war schlimmer als jedes Geschrei.

Rolf starrte sie an, seine Augen waren klein und heimtückisch. Er würde nicht reden. Nicht einfach so.

»Angelika Kiewitz hat mich angerufen«, teilte sie ihm mit. »Am Samstag. Sie war im Badezimmer. Sie haben von außen gegen die Tür geschlagen.«

Sein Kopf ruckte hoch, die Unterlippe sackte nach unten.

»Sie wollte, dass ich Toby abhole. Hat sie in diesem Moment geahnt, was Sie mit dem Jungen vorhatten?«

»Die blöde Schlampe«, stieß er aus. »Erst wollte sie mit, dann wieder nicht.«

»Sie wollte ihren Sohn nicht missbrauchen lassen. Und Sie konnten ohne ein Kind nicht an dieser *Urlaubsreise* teilnehmen. Haben Sie die beiden deshalb getötet?«

Rolf starrte sie an, dann wanderte sein Blick zu Rohloff und zu Tamae. Lena wurde bewusst, dass sie alle drei noch die Fetischklamotten trugen. Sie schüttelte das Unwohlsein darüber ab, trat einen Schritt auf den Mann zu und deutete mit dem Finger auf ihn.

»Sie haben Toby über Monate hinweg misshandelt. Als er sich wehrte, haben Sie ihn so lange geschlagen, bis er nicht mehr atmete. Danach war seine Mutter dran, weil sie ihrem Sohn helfen wollte und Sie der Wohnung verwiesen hat.« Sie fabulierte ins Blaue hinein.

»Quatsch! Die Alte hatte kräftig getankt, die hing schon eine Weile wieder an der Flasche.«

Sie war nicht betrunken, als sie anrief. Aber sie war ein leichtes Opfer für einen wie dich.

»Was ist passiert? Hat sie mitgekriegt, was Sie im Nebenzimmer mit Toby gemacht haben?«

Rolf grunzte und versuchte, in ihre Richtung zu spucken. Lena wich aus und fluchte.

»Toby hat sich gewehrt. Er wollte das nicht, stimmts?«

»Dieser blöde Milchbubi! Dem taten ein paar Schläge ganz gut.«

»Sie haben zugeschlagen, bis er sich nicht mehr gerührt hat. Einen kleinen Jungen totprügeln, wie feige ist das denn.« Rohloff war neben Lena getreten. »Der Kleine hatte massive Kopfverletzungen. Die entstehen nicht durch Schläge alleine. Sie haben ihn mit dem Kopf gegen die Wand geknallt. Und dann ins Bett gelegt, gekämmt und zugedeckt, damit seine Mutter nicht sofort merkt, was los ist.« Seine Stimme klang schneidend scharf.

Dass er tot ist.

»Die konnte sich sowieso kaum noch auf den Beinen halten. Hatte Alkohol und Tabletten intus. Nicht von mir. Die war fertig, die Alte.«

»Und da haben Sie Ihre Freundin einfach besoffen liegenlassen? Mit dem toten Kind nebenan.«

Er stierte stumm vor sich hin.

»Wusste sie da schon, dass sie nicht nur in pädophilen Kreisen verkehren, sondern auch Kinderporno-Filme drehen? War es das, was Sie für Toby vorgesehen hatten?«

»Ach was. Der doch nicht. Die anderen, das sind Kinder, die keiner vermisst.«

Er schwieg abrupt, als sei ihm etwas eingefallen, was er nicht aussprechen wollte.

»Die Ihre Kumpane aus Osteuropa herholen, ja?« Ihre Stimme hatte sich unwillkürlich erhoben. Sie dachte an Dumitra. An den

Jungen mit der Giraffe, um den sich die kleine Rumänin Sorgen gemacht hatte. An das Kind, von dem das Ohr stammte.

»Geht dich einen Scheiß an«, fauchte ihr Gegenüber jetzt. «Außerdem könnt ihr nichts von dem, was ich euch erzähle verwenden. Da schützt mich unser Rechtsstaat. Alles, was ich hier sage, kann nicht verwendet werden.« Er grinste bösartig. »Mich kriegt ihr nicht in den Knast.«

»Sie Schwein!« Lena hatte unwillkürlich die Hand gehoben.

Gerd zog sie zurück.

»Das müssen wir den Behörden überlassen.«

»Du hast recht. Wir rufen Bernadette Graf an. Sie wird sich mit ihren spanischen Kollegen in Verbindung setzen. Der Mann ist zur Fahndung ausgeschrieben«, informierte Lena ihn leise. Tamae schob sich aus dem Hintergrund in ihr Sichtfeld. »Ich passe auf ihn auf.«

»Wieso? Wir sind doch hier?« Lena blickte die Japanerin verwirrt an.

»Bitte Lena. Geh in dein Zimmer und ruf die Graf von dort aus an. Ich muss zurück zu Rick.«

Natürlich. Maibaum.

»Maibaum. Wird er wieder davonkommen?«

Gerd sah sie auf eine Weise an, die ihr Angst machte. Was hatte er vor? Tamae drehte sich um und blickte angestrengt aus dem Fenster.

»Nein«, sagte Gerd endlich. »Wird er nicht.« Noch nie hatte sie seine Stimme so kalt gehört.

»Du ... ihr ... wollt doch nicht ...«

Er schüttelte ganz leicht den Kopf. Sie löste ihren Blick aus seinem und erfasste die beiden Laptops, die aufgeklappt auf dem Schreibtisch standen. Als sie darauf zugehen wollte, hielt Gerd sie am Arm fest.

»Nein«, sagte er so leise, dass es schon bedrohlich wirkte.

Tamae blickte mit einem gequälten Ausdruck in den Augen zu ihr herüber. *Lass es.*

Eine Gänsehaut überlief ihre Arme. Sie nickte wie in Trance und ging rückwärts zur Tür. »Es ist Nacht«, stellte sie tonlos fest. »Bernadette Graf wird wohl nicht erreichbar sein.« Niemand sprach, selbst der Mann auf dem Sessel wirkte wie paralysiert.

Lena blickte von Tamae zu Gerd und zurück. Zwei Menschen, die sie liebten. Jeder auf seine Art. Beide wollten unter keinen Umständen, dass sie das, was sich auf den Laptops befand, sah. Keiner wollte, dass sie sich länger als nötig in diesem Zimmer aufhielt. Dann schlug die Erinnerung zu. Der Kellerraum, Maibaum, der Lötkolben, die Messer, der Abfluss im Boden. Der Geruch. Sie drehte sich um und rannte auf den Gang hinaus, bevor ihr übel wurde.

91

»Wir befinden uns mitten in einem laufenden Verfahren. Noch ist der Mann lediglich verdächtig, etwas mit dem Tod des kleinen Toby zu tun zu haben. Das kinderpornographische Material, das wir auf seinem Computer gefunden haben, wird zurzeit gesichtet. Das, was er Ihnen auf Menorca gesagt hat, können wir nicht verwenden. Das ist Ihnen doch klar?«

»War ... war auch Toby auf den Aufnahmen?«

Bernadette Graf schüttelte mit angestrengter Geduld den Kopf. »Frau Borowski. Ich darf Ihnen nichts sagen.«

Sie waren bereits seit Tagen wieder zurück aus Menorca. Jetzt saß sie im Büro der Beamtin in einem hellen, spartanisch eingerichteten Büro in Wiesbaden. Die spanischen Behörden hatten angesichts der Sachlage schnell gehandelt. Der Mann, von dem Lena bisher lediglich den Vornamen – Rolf – kannte, war nach Deutschland überstellt worden. Es sah nicht so aus, als habe er in Spanien ein Verbrechen begangen. Anders Hartmut Maibaum. Der Mann der Sozialdezernentin saß dort in Haft. Die beiden Laptops, die Lena in dem Hotelzimmer gesehen hatte, gehörten ihm. Auf beiden befanden sich Snuff-Videos. Filme, die zeigten, wie Kinder auf abscheuliche Art gefoltert und getötet wurden. Tamae hatte sich von diesem Anblick bisher nicht erholt und war noch verschlossener als früher. Gerd befand sich auf einem Feldzug. Weil er genau wusste, dass die Laptops nicht mehr als Beweismaterial gelten würden, nachdem Tamae den Zugang geknackt und sowohl sie beide als auch Rick gesehen hatten, was sich darauf befand, hatte er alle Hebel in Bewegung gesetzt, weitere Spuren zu verfolgen. Mit Erfolg. Maibaum, soviel wussten sie jetzt, hatte sich in Marokko niedergelassen. Von dort aus unterhielt er den Vertrieb dieser Snuff-Videos. Er selbst, auch das war klar, hatte keinerlei pädophile Neigungen, es ging ihm alleine um den Profit. Hatte er auch etwas mit dem *Naranja Azul* zu tun? Immerhin waren dort im Keller einige dieser schrecklichen Filme entstanden.

»Das Haus wurde von der spanischen Polizei inzwischen geschlossen und wird gerade akribisch untersucht. Es ist für diese Leute verbrannt. Wir suchen fieberhaft nach den Besitzern. Aber alles, was wir haben, ist eine Postfachadresse auf Malta«, hörte sie Bernadette Graf sagen. In Deutschland hatte das BKA die Leitung des Falls übernommen. Rolf saß dort bereits in U-Haft. Doch viel geredet hatte er nicht.

»Kein Wort zu Angelika Kiewitz?«

»Er bestreitet nicht, mit der Toten befreundet gewesen zu sein. Aber jetzt ist Schluss!«, beendete Bernadette Graf die Diskussion.

Lena rang ein bisschen mit sich, bevor sie weitersprach. »Was, wenn ich Ihnen jemanden nennen kann, der den Mann am Samstag aus der Wohnung von Frau Kiewitz kommen sah? Würden Sie mir dann mehr über das verraten, was Sie bereits wissen.«

»Wir sind hier nicht auf dem Basar. Wenn ein Nachbar etwas gesehen hat, ist er verpflichtet, es *uns* zu sagen, nicht Ihnen. Dass wir alle noch einmal befragen, ist doch klar.«

Lena konnte nur hoffen, dass Herr Buckpesch den Mann identifizieren konnte und mit der Polizei redete.

Blieb noch die Frage, wer Carmen ermordet hatte.

»Martin Römhild, mein Kollege, hat da gute Nachrichten. Der Mann, der mit Carmen de Palmas Handtasche die Offenbacher S-Bahn-Haltestelle Ledermuseum verlassen hat, ist gefasst. Er hat bereits gestanden, der Frau die Handtasche entrissen zu haben. Sie sei danach aber unglücklich vor den einfahrenden Zug gestürzt.«

»Wer hat ihn beauftragt?«

Bernadette Graf spielte nervös mit ihrem Stift. »Wie kommen Sie darauf, dass jemand ihn beauftragt hat?«

»Weil alles andere ein unglaublicher Zufall wäre.«

»Sie wissen, dass ich Ihnen dazu nichts sagen darf.«

»Muss ich mich weiter verstecken? Ist jemand hinter mir her?«

Die Graf ließ sich seufzend zurück in ihren Bürostuhl sinken und schüttelte langsam den Kopf.

»Immerhin haben Gerd Rohloff und ich Ihnen Rolf und Hartmut Maibaum auf dem Silbertablett serviert.«

»Nur, dass wir all das, was er Ihnen erzählt hat, nicht verwenden können. Aber das wissen Sie ja.«

Lena schnaubte empört.

»Sie haben sich beide in Gefahr gebracht«, antwortete die Beamtin leise. »Aber ich kann verstehen, dass Sie wissen wollen, was mit Angelika und Toby Kiewitz geschehen ist.«

Sie zog eine Akte heran, schlug sie auf und tat schweigend so, als lese sie etwas.

»Kaffee?«

Lena nickte. War das das, wonach es aussah?

Kaum alleine, zog sie die Akte zu sich heran und überflog sie. Als Bernadette Graf mit zwei Bechern Kaffee zurückkam, lag alles wieder an seinem Platz.

92

Er konnte nicht anders, er musste nach ihm sehen.

Der Junge lag in einem Zimmer, das viel zu groß für ihn alleine war. Man hatte ihn operiert, stundenlang. Als Olaf Kofler gesehen hatte, was mit ihm geschehen war, hatte er anfangen müssen zu weinen. Die Erinnerung an die Nacht war schrecklich.

Der Kleine saß unter dem Waschbecken im Badezimmer und rührte sich nicht. Noch immer hielt er die Glasscherbe in der Hand, die ganz zerschnitten war. Das Stofftier, das er mit der anderen an sich presste, war blutgetränkt. Noch nie hatte der Nachtportier ein Kind gesehen, das so verzweifelt, todmüde und gleichzeitig voller Wut war. Leiser Wut, denn der Kleine sprach nicht. Er starrte ihn an und in Koflers Herz brannten sich die stummen Fragen ein, die diese Blicke stellten.

Todesfälle in einem Hotel waren immer furchtbar. Aber dieser, ein Mann, der in seinem Blut lag, war es besonders. Olaf Kofler hatte kein Mitleid mit ihm, es scherte ihn nicht, dass das Zimmer vermutlich längere Zeit nicht mehr vermietet werden konnte. Er schob den Blutgeruch weg wie einen lästigen

Vorhang. Alles, was er denken konnte, war, dass er hoffte, der Junge würde durchkommen.

Im Krankenhaus wollten sie ihn heute zuerst nicht zu ihm lassen. Er hatte seine ganzen Überredungskünste aufbringen müssen. Jetzt stand er da, in seiner Hilflosigkeit wie erstarrt, eine Tafel Schokolade in der Hand. Der Junge schlief. Seine Lider zuckten unruhig, seine Finger schienen nach etwas zu greifen.

»Das Stofftier«, krächzte Olaf Kofler schließlich. »Der Junge hatte ein Stofftier bei sich. Ich kann es nirgendwo sehen.« Die Krankenschwester, die ihn begleitet hatte und jetzt neben ihm stand, zuckte die Achseln.

»Diese Giraffe, sie ist wichtig für ihn.« Seine Stimme war lauter, als beabsichtigt. Er hatte gesehen, wie wichtig es für das Kind zu sein schien. Blutend, bleich wie ein Laken, einer Ohnmacht nahe, hatte es sich an das Stofftier geklammert.

Mürrisch ging die Krankenschwester zu dem schmalen Schrank, öffnete ihn und kramte darin herum. Sie zog eine Plastiktüte heraus, aus der der Kopf einer Stoffgiraffe lugte. »Die ist ganz schmutzig«, murmelte sie dabei.

»Geben Sie es her«, verlangte der ältere Mann. »Ich lasse das Spielzeug reinigen. Der Junge wird es haben wollen, wenn er aufwacht.«

Nach kurzem Zögern reichte sie ihm die Tüte. »Wenn das Blut ist, geht das nicht mehr raus«, prophezeite sie.

Kofler zuckte die Schultern. »Es ist es mir wert, es zu versuchen.« Er legte die Schokolade auf den Nachttisch des Jungen und wandte sich zum Gehen. »Morgen komme ich wieder. Vielleicht ist er dann schon wach?«

»Ja, sicher«, meinte die Frau. Sie trat ans Bett und strich dem kleinen Patienten behutsam übers Haar. »Die Polizei will auch mit ihm sprechen.«

Kofler nickte. Ihn hatten sie bereits gefragt und er hatte ihnen den Mann, der den Jungen hatte abholen wollen, beschrieben. Er konnte nur hoffen, dass sie diesen Mistkerl bald finden würden. Wenn der Junge in ein Heim in der Nähe kam, würde er ihn besuchen. Vielleicht konnte er ihn irgendwann ja ein bisschen zum Lachen bringen. Kinder, dachte er, sollten die Welt mit neugierigen Augen betrachten und nicht voller Angst und mit Wut im Bauch.

93

Die Frau mochte um die fünfzig sein, ihr weißes Haar fiel ihr in einem eleganten Bob bis knapp über die Schulter. Sie trug enge, schwarze Jeans und ein leichtes Leinenhemd am schmalen Leib.

»Hallo«, sagte sie. Eine weiche, tiefe Stimme. Aus schmalen grauen Augen musterte sie Lena zurückhaltend. »Möchten Sie zu Tamae?« Jetzt standen sie direkt voreinander im Halbdunkel des langen Flurs in der Wiener Straße. Die hohen Wangenknochen gaben dem Gesicht der Frau etwas Verwegenes und unwillkürlich fragte sich Lena, ob sie es womöglich mit Tamaes neuer Freundin zu tun hatte.

»Sie scheint nicht da zu sein. Ans Telefon geht sie auch nicht.« Deswegen war sie nach Frankfurt gekommen. Sie machte sich Sorgen.

Die Weißhaarige nickte. »Sie sind ihre ... Freundin?« Auf Lenas irritierten Blick lachte sie leise. »Ich habe Fotos von Ihnen gesehen. Neuseeland.«

»Chiara. Ich bin Tamaes Nachbarin.« Sie streckte Lena eine schmale Hand entgegen und nickte zu der Tür nebenan. »Ich würde Sie auf einen Kaffee einladen, um auf Tamae zu warten. Aber ich fürchte, das dauert länger.«

»Was dauert länger?«

»Ihre Abwesenheit. Sie ist nach Malta geflogen. Hat nicht gesagt, wann sie zurück sein wird.«

Das Haus ist für diese Leute verbrannt. Wir suchen fieberhaft nach den Besitzern. Aber alles, was wir haben, ist eine Postfachadresse auf Malta, dröhnte Bernadette Grafs Stimme in Lenas Kopf.

Es wäre ein zu großer Zufall gewesen, wenn diese beiden Sachen nichts miteinander zu tun haben sollten.

»Wann?«, stieß Lena hervor.

»Gestern Abend. Sie hatte es sehr eilig, ich habe sie zum Flughafen mitgenommen. Ich arbeite dort.«

»Ihr Handy ist aus.«

Chiara zuckte mit den Schultern. »Vielleicht ist der Akku leer.«

»Haben Sie etwas von ihr gehört?«

»Nein. Aber so gut kennen wir uns auch nicht, ich wohne noch nicht lange hier.«

Lange genug, um Urlaubsfotos gezeigt zu bekommen.

Chiaras Blick war zunehmend neugierig geworden. Kein Wunder, wenn sie Lena für Tamaes Immer-Noch-Freundin hielt, würde sie sich fragen, warum diese nichts von der geplanten Reise wusste.

»Also, ich muss dann.« Sie hob grüßend das Kinn, ging an Lena vorbei, schob den Schlüssel ins Türschloss und verschwand in ihrem Appartement.

Lena ging langsam zum Ausgang. Was hatte Tamae bewogen, nach Malta zu fliegen? Sie hatte doch mit dieser ganzen Sache um das *Naranja Azul* nichts zu tun.

94

»Tamae hat nicht mit mir über ihre Pläne gesprochen.«

Gerd stand in der Küche und entkorkte gerade eine Flasche Wein. Lena war wenige Minuten zuvor in Bad Homburg angekommen und tigerte nervös auf und ab.

»Malta. Was will sie denn dort?«

»Das frage ich mich auch. Es muss etwas mit dem *Naranja Azul* zu tun haben. Die aktuellen Besitzer des Hauses sind nicht bekannt. Es gibt lediglich eine Postfachadresse.«

»Briefkastenfirma«, brummte Gerd. Er wirkte besorgt.

»Sie geht nicht ans Telefon.« Lena nahm das Glas entgegen und schnupperte. Rotwein trank sie selten, dieser sah so leicht und klar aus, dass sie beschloss, heute eine Ausnahme zu machen.

»Was denkst du?« Gerd lehnte sich mit dem Rücken an einen der Schränke hinter ihm.

»Ich denke, dass sie etwas sucht. Bitte erzähle mir noch einmal ganz genau, was am Abend der Party geschehen ist und was ihr in Maibaums Zimmer gemacht habt.«

Gerd, der Lena beobachtet hatte, um ihr und Maibaum zu folgen, war von Rolf überrumpelt worden. »Er hat mich K.O. geschlagen, weil er uns zusammen gesehen hat, nachdem er dich aus der Toilette kommen sehen und erkannt hatte, denn er hat gespannt die Presse über den Tod von Angelika Kiewitz und ihrem kleinen Sohn verfolgt, aus nachvollziehbaren Gründen.

Dein Gesicht im Halbdunkel und das leicht verwaschene Foto in der Zeitung haben ihm gereicht. Von unseren Begleitern ahnte er nichts. Die haben sich aufgeteilt. Während Tamae dir folgte, blieb Rick in meiner Nähe und sah, wie dieser Rolf mich in eines der Separées schleifte. Rick überwältigte ihn und wir brachten den Kerl gemeinsam nach oben. Die Zugangskarte in seiner Tasche passte zu den Räumen, die wir zuvor nicht betreten konnten. Tamae war inzwischen wieder zu uns gestoßen, sie wusste, wohin Maibaum dich gebracht hatte. Rick zog los in der Hoffnung, dass Rolfs Karte für die Tür dort unten passen würde. Falls nicht, war er bereit, die Tür aufzubrechen. Ich musste bei diesem Rolf bleiben, so schwer es mir auch fiel, denn ich hätte lieber gemeinsam mit Rick nach dir gesucht. Tamae hatte in der Zwischenzeit die Passwörter der Laptops geknackt. Wir schauten uns die Inhalte an, haben aber angesichts des Schrecklichen, das uns dort erwartete, schnell abgebrochen.« Gerd verstummte und holte tief Luft, bevor er weitersprach. »In diesem Moment wurde mir schlagartig klar, was in dem Haus abging. Die Angst um dich brachte mich schier um. Lediglich der Umstand, dass ich wusste, Rick würde im Ernstfall eher in der Lage sein, die Türen dort unten wenn nötig mit Gewalt zu öffnen und die Tatsache, dass Tamae ging, um ihm zu helfen, während ich diesen Rolf weiterhin ... bearbeitete, hielten mich im Zimmer oben fest.«

Lena hatte aufmerksam zugehört. »Tamae war also nie alleine in dem Zimmer?«

Gerd sah sie mit gerunzelter Stirn an. »Warum fragst du?«

»Weil ich denke, dass sie irgendetwas entdeckt hat. Etwas, das sie dazu gebracht hat, nach Malta zu fliegen.«

Er zuckte verständnislos die Schultern.

»Gerd. Sie ist seit drei Tagen weg.«

»Sie ist niemandem Rechenschaft schuldig.«

Nein. Das war sie nicht. Doch Lena glaubte nicht daran, dass ihre Freundin einfach so genau dorthin geflogen war, wo man die Drahtzieher der ganzen Vermietung vermutete. Neben den vergleichsweise harmlosen SM- und Fetisch-Veranstaltungen eben auch Menschen, die sich untereinander ihre Kinder zum Missbrauch ausliehen. Oder solche, die vor Folter und Mord vor laufender Kamera nicht zurückschreckten.

»Warum hatte er die Filme überhaupt auf seinem Laptop?«

»Es waren keine ganzen Filme. Eher so etwas wie ... Teaser. Appetithäppchen. Vermutlich wollte er sie potenziellen Kunden zeigen.«

»Igitt! Ich hasse diesen Typen!« Lena stellte ihr Glas so hart ab, dass der Wein fast überschwappte.

»Wenn Tamae sich bis morgen nicht gemeldet hat, informiere ich die Graf. Womöglich hat sich meine eigenwillige Freundin in Gefahr begeben. Ich kann nicht so tun, als wüsste ich das nicht.«

Rohloff antwortete nicht, er blickte nachdenklich in sein Weinglas.

95

Am nächsten Tag überschlugen sich die Meldungen.

Im *Aktuellen Blitzlicht* schrieb Jens Borgmann unter der Überschrift »Ehemaliges Urlauberhotel Treffpunkt für Pädophile?« einen ausführlichen Artikel über das *Naranja Azul* und sein derzeitiges Konzept. Darin verarbeitete er nicht nur die von Carmen zusammengestellten Informationen, sondern auch eigene Recherchen. Dazu Material, das belegte, dass eine Briefkastenfirma aus Malta ein Geflecht aus Scheinfirmen aufwies. Folgte man dem roten Faden, landete man bei zwei Männern, die das Ganze aufgezogen hatten. Einer davon hieß Gustav Pfeiffer. Ein gut situierter Rentner, der seinen Lebensabend in Marokko verbrachte. Allerdings, so schrieb Borgmann weiter, sei dieser Gustav Pfeiffer bereits vor zwei Jahren verstorben. Der zweite Mann hieß Hartmut M. und Lena wusste natürlich genau, wer sich hinter dieser Abkürzung verbarg. Dass diese Namen bekannt wurden, war allerdings nur der Tatsache zu verdanken, dass die dazugehörigen Unterlagen in einem Banksafe auf Malta gefunden worden waren. Zusammen mit einer Kundenliste, allesamt Männer, die kinderpornografisches Material kauften, einige davon auch Snuff-Filme, und Bankunterlagen. Die in Bitcoins abgewickelten Zahlungen hätten dabei kaum noch rückverfolgt werden können, wenn nicht die Unterlagen eine Buchhaltung in verschlüsselter Form beinhaltet hätten. Borgmann hatte seine Quellen nicht genannt, das Material aber bereits den Behörden übergeben.

In diesem Zusammenhang berichtete er über den mutmaßlichen Mord an einer spanischen Journalistin, beauftragt vom Vater der Frau. De Palma, so war da zu lesen, habe aus Furcht vor den Veröffentlichungen seiner Tochter gehandelt und einen Dritten damit beauftragt. Er sei inzwischen in Spanien festgenommen worden. Carmens Buch wurde erwähnt, sowie die Tatsache, dass de Palma mit seiner jüngeren Tochter im *Naranja Azul* geurlaubt hatte. Ein Foto war beigefügt, sowie eine Erklärung von Carmens Anwältin Ulrike Grote-Schmidt. Darin sprach die Juristin von der Angst ihrer Mandantin, nach ihr würde nun auch die jüngere Halbschwester vom Vater missbraucht.

Es war ausgerechnet Deliahs Foto, das Carmen zum Verhängnis geworden war. Ein Trojaner sendete fortan ihre GPS-Daten, die den Mann, der ihr die Handtasche entriss, auf ihre Spur geführt hatte. Deliah hatte bei der Polizei in Spanien ausgesagt, ihr Vater habe sie zu dem gefakten Telefonat mit ihrer Halbschwester gezwungen.

Lena las das alles mit gemischten Gefühlen. Einerseits war es gut, dass Carmens Wunsch erfüllt wurde. Deliah würde aus den Händen des Vaters befreit. Andererseits bedeutete das für die Halbwaise ein Leben in staatlichen Einrichtungen. Es gab keine Familie mehr, in die sie aufgenommen werden konnte, soviel wusste sie aus Carmens Erzählungen.

Noch mehr Licht ins Dunkel hatte die Akte auf Bernadette Grafs Schreibtisch gebracht: Angelika Kiewitz hatte sich weder das Leben genommen noch war sie umgebracht worden. Sie war tot auf dem Sofa gefunden worden, hatte eine Unmenge Alkohol und Beruhigungsmittel im Blut. Vermutlich hatte diese Mischung dazu geführt, dass ihr übel wurde. Letztendlich war sie an ihrem eigenen Erbrochenen erstickt. Ob sie gewusst hatte, was Rolf mit Toby tat? Womöglich ahnte sie, was vor sich ging, wollte es sich aber selbst nicht eingestehen. Aus Angst, verlassen zu werden? Hatte sie diese Angst mit Alkohol betäubt? All das würde man wohl nie mehr erfahren.

Nur die Frage, ob das ganze Nest ausgehoben worden war, ob man sämtliche Personen, die mit dem Kinderhandel und den

Filmen zu tun hatten, gefasst worden waren, blieb offen. Gerd hatte die Zeitungen geholt, sie lasen sie beim gemeinsamen Frühstück. Als sie beides beendet hatten, klingelte Lenas Handy. Die Stimme, die am anderen Ende »Frau Borowski?« fragte, erkannte sie zunächst nicht. Konrad Leiß, der Leiter der Personalabteilung, machte einen ungewohnt hektischen Eindruck. »Können Sie in die Verwaltung kommen?«, fragte er. Um auf ihre Frage, wann, mit »so schnell wie möglich« zu antworten.

»Es geht um meine Suspendierung«, erklärte Lena, nachdem sie aufgelegt hatte. Sie blickte auf die Uhr. »Er erwartet mich in einer Stunde.«

Sie erhob sich, schob ein paar Krümel auf ihrem Teller herum und blieb gedankenverloren am Tisch stehen. Gerd musterte sie schweigend. Sie fing seinen Blick auf, als sie den Kopf hob. Sie sprachen beide nicht, dennoch fand in diesem Moment eine Verständigung statt. Lena atmete tief ein. »Besser, ich mache mich mal fertig.« Damit verschwand sie im Badezimmer. Zehn Minuten später stand sie mit geputzten Zähnen und gekämmtem Haar in der Diele.

Rohloff schloss sie kurz in die Arme, und sagte leise: »Lass dich nicht verrückt machen!«

Sie schüttelte den Kopf und ging hinaus. Der Golf sprang dieses Mal sofort an.

96

Es war wie ein Déjà-vu. Nur, dass sie sich dieses Mal im Büro des Landrats trafen und Hans-Joachim Söder mit am Besprechungstisch saß und nicht die Sozialdezernentin. Lena war erstaunt, Carola Bergmann hier zu sehen. Sie wirkte sachlich wie immer, nur wenn man genau hinsah, erkannte man ein Glimmen in ihren Augen, als brodele etwas unter der ruhigen Fassade.

Söder begrüßte sie, indem er aufstand, um den Tisch herumging und ihr die Hand reichte. Danach übergab er an den Personalleiter. Leiß räusperte sich, bevor er das Gespräch begann, indem er von den Unklarheiten sprach, die sich zunächst im Fall des toten

Tobias Kiewitz gezeigt hätten. Daraufhin habe man, in Lenas Interesse, sie von ihren Aufgaben vorläufig entbunden. An diesem Punkt trat eine kurze Pause ein. Leiß suchte den Blickkontakt mit Söder, der ihm kaum wahrnehmbar zunickte.

»Inzwischen hat sich herausgestellt, dass es bei Ihrem Weggang vom Jugendamt, leider, zu Schwierigkeiten bei der Umverteilung der Akten gekommen ist.« Leiß hielt kurz inne und musterte Lena. Die bemühte sich um einen neutralen Gesichtsausdruck. Sie hatte nicht vergessen, was Bernadette Graf in Karlsruhe zu ihrer Polizistenkollegin gesagt hatte.

»Wie sich bei unseren internen Untersuchungen herausgestellt hat, ist Frau Kiewitz nach Ihrer Versetzung von niemandem mehr betreut worden. Es konnte also auch niemand bemerken, dass es einen neuen Mann im Leben der Verstorbenen gab, der den Sohn, Tobias, misshandelte.« Er nickte leicht und lehnte sich zurück. »Aus diesem Grund heben wir Ihre Suspendierung wieder auf.« Ein erleichtertes Lächeln glitt über sein Gesicht. Er schob ihr schwungvoll einen Briefumschlag zu.

Lena blickte ihr Gegenüber nachdenklich an. Es war ihm anzusehen, dass er glaubte, die schwierige Hürde genommen zu haben. Vielleicht hoffte er, sie würde den Brief nehmen, sich bedanken und so tun, als wäre nichts gewesen. So, wie er nun Carola Bergmann und Hans-Joachim Söder anblickte, sah er aus, als hoffe er auf eine Belobigung.

Drei Augenpaare richteten sich auf Lena. Sie schob sich etwas näher an den Tisch und legte ihre Fingerspitzen auf den Umschlag. Keiner sagte etwas, bis sie sich im Stuhl zurechtrückte. »Es leuchtet mir nicht ein, warum eine so simple Angelegenheit so lange gedauert hat.«

Leiß blinzelte nervös. In Carola Bergmanns Mundwinkel zeigte sich ein kaum wahrnehmbares Lächeln. Söders Gesichtsausdruck hatte sich nicht verändert.

»Arbeitsüberlastung«, erwiderte Leiß knapp, um auf Lenas fragendes Hochziehen der Augenbrauen schnell nachzuschieben: »Bei der Sozialdezernentin.«

»Sie meinen also, Frau Maibaum hätte wochenlang keine Zeit gehabt, einen Blick in die Fallakte zu werfen? Wo die Presse anfangs täglich die aberwitzigsten Verdächtigungen in die Welt gesetzt hat?«

Carola Bergmann senkte den Kopf und blickte auf ihre im Schoß gefalteten Hände.

»Es war ... also ... Frau Maibaum musste fachlichen Rat einholen.«

»Zum Lesen einer Fallakte?«

Leiß nickte, er sah auf einmal unglücklich aus.

»Frau Brohm, meine ehemalige Abteilungsleiterin, hätte den Sachverhalt innerhalb einer Stunde klären können.«

»Frau Borowski. Können wir hier offen reden?« Das war Söder. Sein Blick war ernst, er legte die gefalteten Hände auf den Tisch, als wolle er beten und beugte sich in seinem Stuhl nach vorne. Eine Antwort wartete er nicht ab. »Es gab ein Kommunikationsproblem zwischen dem Jugendamt und der Sozialdezernentin, dem wir die Situation zuschreiben. Leider hat sich Frau Maibaum in dieser Sache etwas halsstarrig erwiesen. Aber nun ja, es ist eben ihre Art, ihr Dezernat zu führen.«

Waren die Mundwinkel der Bergmann leicht nach unten gesunken?

Das ist ja höchst spannend hier.

»Die Kommunikation nach außen hat dagegen gut geklappt«, erwiderte Lena trocken. Sie hob ihre Handtasche, einen weichen Lederbeutel, vom Boden und griff hinein. Danach legte sie Dokumente auf den Tisch, direkt vor Söder. Das erste war ein Foto, Gerd Rohloff hatte es in einem koreanischen Lokal in Frankfurt aufgenommen. Es zeigte Marianne Maibaum mit dem Journalisten der Zeitung, die als erste über die Vorwürfe gegen Söder geschrieben hatte. Lena wusste natürlich genau, dass es nicht derselbe war, der versucht hatte, ihren Ruf zu beschädigen. Aber nun konnte Söder sich selbst ausrechnen, woher der Wind der angeblichen Wahrheit über ihn wehte. Das zweite war ein Auszug aus einem Polizeiprotokoll. Der Anwalt, den Gerd ihr empfohlen hatte, hatte es besorgt. Darin stand, dass es zweifelsfrei Beweise gegen Lena gab, in Form von Aktennotizen, die sich sowohl in der digitalen als auch in der physischen Fallakte befanden.

»Da klar ist, dass ich diese Aktenvermerke nicht geschrieben haben kann, muss es sich um Fälschungen handeln. Die nur einen einzigen Zweck verfolgt haben: mir zu schaden.«

Leiß war blass geworden und sowohl die Bergmann als auch Söder wirkten nun höchst alarmiert. Nicht, dass sie das alles nicht gewusst hätten. Lena war sich sicher, dass diese Besorgnis lediglich dem Umstand geschuldet war, dass *sie* inzwischen ebenfalls Bescheid wusste.

»Woher haben Sie das?« Söders Stirn lag in Falten.

»Mein Anwalt empfiehlt mir eine Klage.«

Nach diesen Worten hätte man eine Stecknadel fallen hören können.

»Wir können nicht ...« Carola Bergmann unterbrach Söder mit einem schnellen Seitenblick und wandte sich selbst an sie.

»Frau Borowski. Wir werden eine Presseerklärung herausgeben, die Sie von jeder Schuld freispricht. Sobald Sie in den Dienst zurückkehren, wir schlagen den kommenden Montag vor, wird Herr Landrat Söder persönlich ihr gesamtes Team ebenfalls davon unterrichten. Für eventuelle Lecks, durch die Fehlinformationen an die Presse gelangten, übernehmen wir die volle Verantwortung, auch wenn es sich vermutlich um den Fehler einer einzelnen Person handelt.« Ihr Blick glitt kurz zu dem Foto von der Maibaum und dem Journalisten. »Und wir entschuldigen uns in aller Form bei Ihnen. Das hätte nicht passieren dürfen. Schon gleich gar nicht bei einer so engagierten und kompetenten Sozialarbeiterin wie Ihnen.« Sie meinte es aufrichtig, das konnte Lena sehen. Dennoch – sie hatte gelitten in den letzten Wochen. Die Geschehnisse hatten sie verändert.

»Müsste nicht Frau Maibaum eine Entschuldigung aussprechen? Sie ist meine oberste Vorgesetzte, sie hat die Akte unter Verschluss genommen.«

Die drei Personen ihr gegenüber verständigten sich mit schnellen Blicken.

»Frau Maibaum ist heute leider unabkömmlich«, nuschelte Leiß und nestelte an seiner Krawatte.

»Vielleicht, weil ihr Gatte gerade Probleme mit der Justiz hat?«

Alle drei Köpfe hoben sich ruckartig und senkten sich im selben Tempo, in dem Lena die heutige Tageszeitung zu ihnen über den

Tisch schob. Offensichtlich waren die Enthüllungen über einen Kriminellen in Spanien und Marokko noch nicht in Zusammenhang mit dem Ehemann der Sozialdezernentin gebracht worden.

Lena erhob sich, bevor sich die anderen gefasst hatten.

»Ich melde mich bei Ihnen«, sagte sie, ohne jemanden direkt anzusehen. Sie ging hinaus. Niemand hielt sie auf.

97

Bernadette Graf saß mit einem Cappuccino vor sich in einem Straßencafé in der Wiesbadener Innenstadt. Sie kannte die Frau nicht, mit der sie verabredet war, wusste lediglich, dass es sich um eine Japanerin handelte. Aus diesem Grund erhob sie sich sofort, als eine Asiatin stehenblieb und die Gäste musterte. An dem auffälligen weißblonden Haarschopf blieb ihr Blick hängen.

»Frau Kimura?«

Tamae nickte knapp und ließ sich gegenüber der BKA-Beamtin nieder.

»Sie fragen mich nicht, wie ich an die Unterlagen gekommen bin. Ich verlange nichts, will nur die Wahrheit über den Stand der Dinge bezüglich des Verdächtigen Hartmut Maibaum und sämtliche seiner Kumpane wissen.«

Danach ließ sie sich in den Stuhl zurücksinken und blickte ihr Gegenüber intensiv an. Bernadette Graf war vieles gewohnt, aber die Direktheit ihrer Gesprächspartnerin hatte sie ein wenig aus dem Konzept gebracht.

»Sie wissen, dass Sie verpflichtet sind, uns die Unterlagen auszuhändigen.« Keine Frage, eine Feststellung.

Tamae Kimura lächelte leicht. »Sie wissen doch gar nicht, was ich noch habe.« Sie tippte sich leicht gegen die Schläfe. »Alles hier drin. Momentan kann ich mich leider nicht erinnern, aber wenn Sie mir auf die Sprünge helfen, kriegen Sie zu dem, was ich Ihnen bereits geliefert habe, auch noch den Rest.«

Tatsächlich hatte das BKA alles an belastendem Material bekommen, das sich im ehemaligen *Naranja Azul* befunden hatte. Ebenso alles, was Tamae auf Malta aus einem Bankschließfach geholt hatte. Na ja, fast alles. Als sie Maibaums Laptops inspiziert hatte, war ihr in einem der Aktenkoffer, in der er sie transportierte, ein Bund mit drei Schlüsseln in die Hände gefallen. Ein an ihn adressiertes Schreiben wies eine Postanschrift in Marokko, ein anderes eine auf Malta aus. Von Lena wusste sie, dass die Betreiberin des Hotels eine Briefkastenfirma in Valletta war. Daher war sie dorthin geflogen. Um festzustellen, dass sie Maibaums Haus- und Wohnungsschlüssel in der maltesischen Hauptstadt besaß. Diese Wohnung stellte sie nun gründlich auf den Kopf. Gezielt suchte sie in Maibaums Unterlagen Hinweise auf Bank-verbindungen. Wie sich herausstellte, hatte Maibaum bei der Eröffnung des Kontos einen Partner gehabt. Der war in der Zwischenzeit zwar verstorben, was die Bank offensichtlich nicht wusste. Der Mann hatte vor seinem Tod eine Blankovollmacht für das Schließfach ausgestellt. Zu welchem Zweck Maibaum die aufgehoben hatte, konnte Tamae nur ahnen. Sie tippte darauf, dass er damit die Möglichkeit sichern wollte, einen Strohmann zum Banksafe zu schicken, sollte er selbst unter Druck geraten. Auf diese Weise würden keine Spuren zu ihm führen, sondern lediglich zu dem bereits verstorbenen Partner.

Mit dem dritten, dem Safeschlüssel, den man an seiner charakter-istischen Form erkennen konnte, und der Vollmacht gelangte sie problemlos an die Unterlagen. Sie nahm alles mit, mietete in einem Hotel ein Zimmer und sichtete, was sie hatte. Jens Borgmann würde seine Quellen nie nennen, daher bekam er beglaubigte Kopien der Dokumente, die Tamae zeitgleich dem BKA schickte. Eine Sache jedoch blieb offen. Zwar waren auf Maibaums Laptops Schnipsel von Snuff-Videos gefunden worden. Doch würde es sehr schwerfallen, ihm die Produktion und den Vertrieb der Sachen zu beweisen. Zumal die ganzen Filme nirgendwo gefunden worden waren.

»Sie besitzen also die Zugangsdaten zu Harald Maibaums Cloud-speicher?«

Tamae nickte.

»Die Sie uns geben, wenn wir Ihnen im Gegenzug Infor-mationen überlassen, die vertraulich sind.«

Wieder nickte Tamae.

»Warum? Diese Details sind doch für Sie überhaupt nicht von Bedeutung.«

»Es geht um meine Freundin Lena. Ich will wissen, ob sie sicher ist. Oder ob womöglich noch einer dieser kranken Kerle da draußen rumrennt und sie gefährdet. Freiwillig würden Sie mir diese Informationen nie geben und ich müsste mich jahrelang fragen, ob alle Hintermänner gefasst sind.«

Bernadette Graf strich sich übers Haar. Man konnte sehen, wie sie überlegte. Die Tatsache, dass Rolf Schulz jede Schuld am Tod von Tobias und Angelika Kiewitz von sich wies, sie ihm bisher lediglich den Besitz kinderpornographischen Materials nachweisen konnten, machte das Ganze kompliziert. Ebenso die Geschichte mit Maibaum. Den hielten noch die Spanier fest und sie konnte nur hoffen, dass er nicht einen hochbezahlten Anwalt herbeizitieren würde, der ihn gegen Kaution freibekam. Maibaum, das wusste sie, würde sich absetzen. Es gab Hinweise auf eine Wohnung in Marrakesch. Weitere Informationen Fehlanzeige. Offiziell, und das war der Hammer, war Maibaum unter seiner deutschen Adresse gemeldet und bewohnte gemeinsam mit seiner Frau ein Haus im hessischen Langen.

Schließlich ging es noch um de Palma. Ihm wurde Anstiftung zum Mord zur Last gelegt. Er schwieg, dafür sang derjenige, den er für den Mord an Carmen bezahlt hatte, in umso höheren Tönen, stets betonend, dass ihr Tod letztendlich ein Unfall war, er ja nur die Handtasche rauben wollte. Momentan bröckelte diese Schutzbehauptung. Man hatte bereits herausgefunden, dass von de Palmas Handy aus ein Foto an Carmen geschickt worden war. Im Anhang ein Trojaner mit einem Ortungsprogramm. Genau dieses hatte der Mann aus der S-Bahn-Station auf seinem Handy gehabt. Nicht einmal der naivste Richter würde hier an Zufall glauben.

Über die Pädophilengruppe, der er angehörte, hatte ihnen Frank bereits Details geliefert, es blieb jedoch schwierig, den Leuten etwas nachzuweisen. Ein verschworener Zirkel, der sich kaum nach außen öffnete und seine Aktivitäten, wenn man es so nennen wollte, kaum dokumentierte. Ja, Bernadette Graf war daran interessiert, mehr Material zu erhalten. Doch musste sie abwägen, was sie ihrem Gegenüber preisgeben konnte und was nicht.

Über die beiden rumänischen Kinder und die Drahtzieher des Kinderhandels durfte sie auf keinen Fall mit Tamae Kimura sprechen. Dabei hatten sie, die Japanerin und der Lebensgefährte der Borowski, auf eigene Faust ermittelt. Nicht, dass sie das gutheißen würde. Doch ohne diese trickreiche Veranstaltung auf Menorca lägen ihr nun wichtige Informationen nicht vor. Oder sie wären auf internationale Zusammenarbeit angewiesen, die sich erfahrungsgemäß nicht nur hinziehen, sondern insgesamt schwierig gestalten konnte.

»Warum ist das so wichtig für Sie?«

Tamae Kimura atmete tief aus. »Wie gesagt. Wegen Lena. Sie bedeutet mir viel. Ich will sicher sein, dass sie nicht ständig in Gefahr bleibt, nur weil Sie oder die Justiz etwas versemmeln.«

»Geben Sie mir einen Tipp«, forderte Bernadette Graf sie statt einer Antwort auf. »Sie sehen so aus, als wüssten Sie bereits, was wir in den Clouds finden werden.«

Die Japanerin beugte sich vor, sie sprach so leise, dass Bernadette Graf sich anstrengen musste, sie zu verstehen.

»Ein Mann namens Rolf war Mitglied der Gruppe von pädophilen Eltern, in der auch ein gewisser Frank verkehrte.« Sie zog leicht die rechte Braue nach oben. Bernadette Graf nickte, als der Name ihres Informanten fiel.

»Rolf besorgte Nachschub. Weil er selbst keine Kinder hatte, machte er sich an alleinerziehende Mütter ran. Dabei bewegte er sich in beiden Zirkeln: den um de Palma und den um die Snuff-Filme. Rolf ist also Ihre Schlüsselfigur.«

»Das hat Maibaum in seiner Cloud?«

»Nein. Das ist die logische Fortsetzung dessen, was Carmen an Lena geschrieben hat.«

»Okay, und weiter?«

»Rolf half Maibaum bei seinen Geschäften. Er sorgte dafür, dass die Filme im Darknet angeboten wurden und half mindestens zweimal mit, Kinder vor der Kamera zu töten.« Bei den letzten Worten versagte ihr fast die Stimme.

»Woher ...?«

Tamae hob leicht die Hand und sprach weiter. »Maibaum hat seinen Komplizen gefilmt. Dabei zweimal die Sequenzen, in denen man das Gesicht des Folterers erkennen kann, nicht verfremdet.

Vermutlich, um ein Druckmittel gegen ihn in der Hand zu haben. Dasselbe Verfahren wendete er auch bei anderen Kunden an. Diejenigen, die sich nicht mit Filmen zufriedengaben, sondern selbst mit Hand anlegen wollten.«

Bernadette Graf wich zurück, ihr Gesicht war weiß wie die Wand geworden.

Tamae winkte sie wieder zu sich. Das Café war gut besucht, sie wollte ganz sicher nicht, dass jemand mitbekam, worüber sie hier redeten.

»Es gibt auch Hinweise auf einen Mann, der Kinder für diese Filme aus Osteuropa, vorzugsweise Rumänien, besorgt.«

»Das wissen wir bereits, es geht aus dem Schriftverkehr hervor, der über den toten Briefkasten der Gemeinschaft geführt wurde.«

»Sie müssen ihn mit GOTT anreden. Die Kinder werden an Pädophile verliehen und zum Schluss, wenn sie nicht mehr ... frisch genug sind, werden sie vor laufender Kamera getötet. Vermutlich suchen Sie ihn bereits. Nach allem, was ich gefunden habe, dürfte das schwierig werden. Denn er benutzt falsche Identitäten.«

Die BKA-Beamtin senkte den Kopf. Was Tamae Kimura ihr gerade sagte, stimmte. Der Name, den Dumitra ihnen genannt hatte, war wertlos gewesen. Und ihr Vater war seit gestern in Deutschland und wollte seine Tochter wieder mitnehmen. »Taucht der Name Nicolo Popescu in diesen Unterlagen auf?«

Tamae runzelte die Stirn und dachte nach. »Glaube nicht«, sagte sie schließlich.

Hinter Bernadette Grafs Stirn arbeitete es. Dumitra hatte gedroht, sich umzubringen. Sie wusste, dass das Kind das ernst meinte. Astrid rannte von Dienststelle zu Dienststelle, um zu verhindern, was nicht zu verhindern war. Der Mann behauptete, seine Tochter wäre weggelaufen. Ihm war nicht nachzuweisen, dass er sie verkauft hatte. Es gab keinen Grund, Dumitra in ein Heim zu geben, wenn es noch ein Elternteil gab. Ihnen blieb nur ein winziger Strohhalm ...

»Sagen Sie, bei diesen Männern, diesem selbsternannten GOTT, da war anfangs auch eine jüngere Frau dabei. Sie hat die Gruppe verlassen. Wenn wir den Namen der Frau hätten, könnten wir herausfinden, ob sie etwas darüber weiß, dass ein bestimmter Mann seine eigene Tochter an GOTT verkauft hat.«

Tamae hob leicht den Kopf. Ihre dunklen Augen waren nun direkt vor Bernadette Grafs grünen. »Ich glaube, da könnten die Unterlagen in Maibaums Cloud hilfreich sein.«

98

Der Aufmacher der Samstagszeitung betraf den Rücktritt von Marianne Maibaum als Sozialdezernentin und von sämtlichen politischen Ämtern. Sie übernehme, so ließ sie verlautbaren, die volle Verantwortung für eine mutmaßliche Aktenmanipulation im Jugendamt. Die betreffende Mitarbeiterin, eine Abteilungsleiterin, war intern versetzt worden. Die Neubesetzung der Amtsleiterstelle, wurde der amtierende Landrat Hans-Joachim Söder zitiert, habe nun höchste Priorität. Der bisherige Stellvertreter werde die Aufgabe übernehmen.

»Kein Wort davon, dass die Maibaum Sieglinde gezwungen hat, die Akte zu manipulieren.« Lena hockte in ihrer Wohnung im Schneidersitz auf dem Sofa, vor sich die Zeitung, am Ohr das Handy.

»Ich bitte dich, Lena. Man kann doch einen Menschen nicht zwingen, so etwas zu tun, wenn der nicht auch einen Vorteil davon hat.« Gerd schnaubte empört.

»So wie ich das sehe, war Sieglinde von Anfang an mit der Abteilungsleitung überfordert. Dass aber irgendwann einfach Vorgänge nicht mehr bearbeitet wurden, die Akten stillschweigend liegen blieben, hat sie verschleiert. Das kam der Maibaum zupass.« Rolf Schulz jedenfalls hätte niemals mit Angelika Kiewitz in Kontakt kommen dürfen. »Der Mann war einschlägig vorbestraft.«

»Dank Tamaes Informationen wissen die Behörden aber nun, was er in Maibaums Folterkeller getrieben hat. Der wird jetzt aussagen und jeden dranhängen, der etwas damit zu tun hatte. In der Hoffnung, selbst glimpflicher davonzukommen.«

»Dass Tamae Informationen für sich behalten hat und auf eigene Faust nach Malta geflogen ist, fasse ich nicht!« Die Tatsache, dass ihre Ex-Geliebte sich in Gefahr begeben hatte, verursachte ihr immer noch eine Gänsehaut.

Gestern war die Japanerin plötzlich bei ihr aufgetaucht und hatte all die Fragen beantwortet, die Lena sich seit Tagen immer verzweifelter stellte. Woher sie ihre Informationen hatte, sagte sie nicht.

»Ich wollte, dass du voll und ganz rehabilitiert wirst«, hatte Tamae nach ihrer Rückkehr aus Malta gesagt. »Außerdem sollte dieser Maibaum nicht davonkommen. Er nicht, und keiner seiner Kumpane. Und die Kinder, nicht auszudenken, wenn man diese Kerle nicht schnappt, die sie wie eine Ware verkaufen und kaufen. Popescu ist der Einzige, der sich noch auf freiem Fuß befindet. Sie suchen jetzt nach der Frau, die bezeugen kann, dass er seine Tochter verkauft hat. Zusammen mit Dumitras Aussage wird das reichen.«

Das Mädchen wirkte nach Ansicht der betreuenden Psychologin erstaunlich stabil. Was damit zu tun haben könnte, dass sie all die schlimmen Dinge, die man den anderen Kindern angetan hatte, nicht über sich ergehen lassen musste. »Mit Ausnahme der Vergewaltigungen«, fügte Tamae düster hinzu.

Der Junge war nicht so gut weggekommen. Nachdem er seinen Peiniger mit einer Glasscherbe im Hals hatte verbluten sehen, war er verstummt. Katatonisch, hatte Bernadette Graf gesagt. »Er wäre selbst fast verblutet, war so schwer verletzt, dass sie sein Leben nur mit einer Notoperation retten konnten.« Tamaes Stimme war sehr leise geworden.

»Er könnte den Mann beschreiben, der ihn in dem Hotel seinem sogenannten Kunden übergeben hat. Wenn er denn wieder spricht.«

»Die Behörden haben den Nachtportier vernommen. Seine Personenbeschreibung war wohl gut genug, ein Fahndungsfoto zu erstellen.«

99

Landrat Söder hielt Wort. Als Lena montags zur vereinbarten Uhrzeit in ihrem Büro im Spessartviertel ankam, waren er, Carola Bergmann und Patrick Mielke bereits anwesend. Teamleiter Norbert Müller hatte alle Mitarbeiter der Abteilung im Besprechungsraum versammelt, wo sie dicht an dicht standen. Es herrschte eine gespannte Atmosphäre. Die erwartungsvolle Stille wurde lediglich durch Hüsteln, Füßescharren und gelegentliches Flüstern unterbrochen. Die Ereignisse der letzten Tage waren an keinem der Mitarbeiter spurlos vorübergegangen. Weder an der kleinen Pro-Maibaum-Fraktion noch an der wesentlich größeren Gruppe ihrer Kritiker.

Söder hielt eine kurze Rede, in der er den Sachverhalt knapp darstellte, vage über Kommunikationsprobleme sprach und sich schließlich bei Lena in aller Form entschuldigte.

»Frau Borowski hat eine harte Zeit hinter sich«, schloss er. »Darum bitte ich Sie, Ihre Kollegin jetzt wieder herzlich willkommen zu heißen. Sie ist vollkommen rehabilitiert!«

Lena blickte in erleichterte und lächelnde Gesichter. Sogar Norbert Müller schien froh, dass der Spuk vorbei war. Danach stellte der Landrat Patrick Mielke als designierten neuen Jugendamtsleiter vor, was allgemein mit lautem Händeklatschen begrüßt wurde.

»Frau Bergmann wird bis auf Weiteres die laufenden Geschäfte im Sozialdezernat abwickeln.« Auch diese Mitteilung wurde mit zustimmendem Gemurmel quittiert.

Später, als die drei weg waren, scharten sich die Kollegen und Kolleginnen um Lena. Alle versicherten ihr, niemals geglaubt zu haben, sie trüge eine Schuld an dem, was geschehen war. Irgendwann waren alle an ihre Schreibtische zurückgekehrt, die ersten Klienten betraten das Büro, Telefone klingelten. Die gewohnte Geschäftigkeit kehrte ein, die Lena seit vielen Jahren kannte. Sie schaltete ihr Diensthandy ein, fuhr ihren Computer hoch, loggte sich in ihr Programm und holte sich ihre Fallakten auf den Bildschirm. Sie arbeitete dabei ganz zielgerichtet. Sah sich zunächst die Unterlagen an, die Kollegen während ihrer Abwesenheit als »Dringend« gekennzeichnet hatten. Ging danach den großen Rest alphabetisch durch. Sie druckte sich die Adressen aus und begann zu telefonieren.

Konnte sie sich vorstellen, hier zu leben? Lena stand am Strand und beobachtete, wie die grau schimmernden Wellen herankamen, schäumend brachen und sich zurückzogen. Gerd hatte für sie ein Ferienhaus gemietet. Es lag nah an der See. Wenn sie morgens auf die Terrasse hinausging, spürte sie als Erstes die salzige Luft, die sich an manchen Tagen wie ein leichter Schleier auf ihr Gesicht legte. Sie schmeckte das Meer auf ihren Lippen und lauschte dem unendlichen Rauschen.

»Wir könnten an der Nordsee ein Haus kaufen. Hier oder auf einer der anderen Inseln. Wir könnten sie uns alle ansehen. Uns diejenige aussuchen, die uns am besten gefällt.«

Heute Morgen war sie in seinem Arm erwacht, wie jeden Tag seit sie hier waren. Gerd war schon wach gewesen, hatte sie im Schlaf betrachtet. Eine Angewohnheit, die in ihr Verlegenheit auslöste. »Keine Angst, du schnarchst nicht«, hatte er lächelnd gesagt. Und sie dann gefragt, ob sie mit ihm leben wollte. »Für den Rest meines Lebens.«

Am liebsten hier, an der rauen See, wo er aufblühte. Hatte einen herrenlosen Hund adoptiert und warf am Strand stundenlang Stöckchen für den Streuner. Wollte sich ein Boot kaufen. Nur Schwimmen musste sie alleine, er mochte es nicht. Er blieb im Strandkorb und rannte mit einem Badetuch zu ihr, wenn sie aus dem Wasser kam. Rubbelte sie trocken und küsste sie auf die Stirn, die Nase, die Schultern. Kitzelte sie, bis sie kicherte und sich blöd vorkam und sich dabei doch so gut fühlte. Sie aßen zu viel und sie tranken zu viel Wein und in den Nächten liebten sie sich bei Kerzenschein, untermalt vom Gesang der See.

Nach ihrer Kündigung, sie hatte sie Leiß noch an dem Montag ihrer Rückkehr in den Dienst auf den Tisch gelegt, besuchte sie jeden einzelnen ihrer Klienten, um sich zu verabschieden. Sie dokumentierte all das und als sie am Freitag durch war, bat sie darum, sie freizustellen. Ihre Kündigungsfrist war natürlich wesentliche länger nach so vielen Jahren. Aber auch wenn Carola Bergmann sie danach angerufen hatte, um ihr zu sagen, wie leid ihr Lenas Entscheidung tue, verspürte sie keine Sekunde Reue.

Es war zu viel gewesen. Zu viel Schmerz und zu viel Ringen um die Wahrheit. Hartmut Maibaum wäre vor drei Wochen beinahe von seinem Anwalt aus der Haft geholt worden. Man ging davon aus, dass er in Deutschland einen festen Wohnsitz hatte und keine Fluchtgefahr bestand. Lediglich die Tatsache, dass die deutschen Behörden anhand der von Tamae bereitgestellten Dokumente wussten, dass er unter falschem Namen ein Haus in Marrakesch gemietet hatte, bewahrte die spanische Justiz davor, einen Fehler zu machen. Marianne Maibaum hatte einen Nervenzusammenbruch erlitten. Sie war völlig ahnungslos gewesen. Die Hoffnung auf einen privaten Neuanfang, der gut zu ihren politischen Ambitionen gepasst hätte, war dahin. Ihre Partei zeigte sich fassungslos über ihren Rückzug. Die Presse schlachtete ihn weidlich aus. Lena hätte noch eins draufsetzen können. Immerhin hatte die Politikerin mit ihrem Noch-Ehemann über vertrauliche Interna des Amtes gesprochen. Denn sonst wäre er nie in der Lage gewesen, Lena unter Druck zu setzen, indem er Samantha entführen ließ.

Samantha. Sie dachte mit gemischten Gefühlen an das Mädchen. Sie liebte Sami und wollte sie nicht enttäuschen. Aber das letzte Telefonat mit Frau Treutle konnte man beim besten Willen nur als unterkühlt bezeichnen. Lena wusste, dass man ihr zum Vorwurf machte, was geschehen war. Es würde noch eine Weile dauern, bevor sie das Mädchen wieder sehen konnte. Vorerst hatte sie ihr eine Ansichtskarte geschickt.

Dumitra hatte den Mann identifiziert, der sich GOTT nannte. Er und seine zwei Kumpane waren in einem heruntergekommenen Haus in Brandenburg festgenommen worden, nachdem ein Kind schreiend auf die Straße und vor ein Auto gelaufen war. Die junge Rumänin hatte danach wohl nicht abwarten wollen, bis ihr Vater sie holen kam und war vor wenigen Tagen aus dem Kinderheim verschwunden, in dem man sie untergebracht hatte. Früher oder später würde man sie aufgreifen. Leider wusste das Mädchen im Moment nicht, was Bernadette Graf und ihre Kollegen herausgefunden hatten: dass die Beschreibung des Mannes, der den Jungen mit der Giraffe im Hotel abgegeben hatte, genau auf Nicolo Popescu passte. Sowohl Olaf Kofler als auch der rumänische Junge hatten ihn eindeutig identifiziert. Er war zur Fahndung ausgeschrieben und Lena hoffte inständig, dass diese Suche länderübergreifend funktionierte.

Sie blickte in den blauen Himmel, über den zerrissene Wolken trieben. Der Wind zerrte an ihrem T-Shirt. Sie war in Norddeutschland aufgewachsen. Nicht direkt am Meer, dennoch erschien es ihr jetzt fast so, als kehrte sie heim.

»Lena? Kommst du?« Gerd rief nach ihr. Der Hund hatte jemand anderen gefunden, der mit ihm spielte. Ihre Haare, noch immer viel zu kurz, aber jetzt wieder fast schwarz, stellten sich im auffrischenden Wind auf. Sie beobachtete, wie der Mann, den sie liebte, näherkam. Er war etwas schwerer geworden um die Hüften, was für einen Mann seines Alters nicht ungewöhnlich war. Ein ehemaliger Rotlichtkönig, der sein Leben verändert hatte. Mit einem Federstrich, wie es schien. Konnte auch sie ihres verändern?

Unwillkürlich flammte die Erinnerung in ihr auf, wie alles begonnen hatte zwischen ihnen. An einen Abend, an dem die Luft angefangen hatte, zu brennen.

»Ich stehe nicht auf Männer«, hatte sie zu ihm gesagt.

»Und ich nicht auf wesentlich jüngere Frauen«, hatte er geantwortet.

Dabei hatte sie damals bereits gewusst, dass er sie tief innen berührt hatte.

Er lächelte ihr zu und in ihrer Brust wurde es ganz warm. Bereitwillig ließ sie sich von seinen Armen umschließen. Stand da, geborgen, ruhig. Legte ihre Nase an seinen Hals und sog seinen Duft ein. Seinen eigenen, gemischt mit einem leichten Aroma von *Fahrenheit,* das er benutzte, seit sie sich kannten. Es gab nichts, was diesen Moment hätte noch besser machen können.

»Ja«, sagte sie.

»Was ja?« Er hatte seine Frage wohl schon vergessen und schob sie lächelnd ein Stück von sich, strich ihr mit dem Finger über die Wange.

»Ja«, wiederholte sie. Es war schließlich die andere Frage, die sie beantwortete.